理智一旦产生，支配它们，那便是美德。

——蒙田

世界散文八大家

柳鸣九　主编

Michel de Montaigne

蒙　田

散文精选

马振骋　编选

海天出版社（中国·深圳）

图书在版编目（CIP）数据

蒙田散文精选／柳鸣九主编；马振骋编选.—深圳：
海天出版社，2014.5
（世界散文八大家）
ISBN 978-7-5507-0960-7

Ⅰ.①蒙… Ⅱ.①柳… ②马… Ⅲ.①散文集-法国-中世纪
Ⅳ.①I565.63

中国版本图书馆CIP数据核字（2013）第313409号

蒙田散文精选
MENGTIAN SANWEN JINGXUAN

出 品 人　陈新亮
责任编辑　曾韬荔　林星海
责任技编　蔡梅琴
装帧设计　深圳斯迈德设计 Smart 0755-83144228

出版发行　海天出版社
地　　址　深圳市彩田南路海天大厦（518033）
网　　址　www.htph.com.cn
订购电话　0755-83460137（批发）　83460397（邮购）
印　　刷　深圳市华信图文印务有限公司
开　　本　787mm×1092mm　1/16
印　　张　18.5
字　　数　270千
版　　次　2014年5月第1版
印　　次　2014年5月第1次
印　　数　1—4000册
定　　价　32.00元

目录
蒙田散文精选

总序：散文的疆界在哪里

◎ 柳鸣九

　　"世界散文八大家"丛书是这些年来已经出版过的多种世界散文
选中，较为别具一格、多少另有新意的一种。其新意就在于编选成集
的角度不像过去一些选本那样是以国别分集，而是以作家个人成集。
其作家总数，则不多不少，恰好是八位。显而易见，这是典型的中国
传统数字文化：八仙过海、唐宋散文八大家、武学八大金刚，甚至
烹调术中的八珍丸子……都是古已有之。正是出于这种沿用传统的意
识，深圳海天出版社前几年请季羡林先生主编了一套"当代中国散文
八大家"丛书，出版后颇获成功，现在余兴未尽，又约请我主编这套
"世界散文八大家"丛书，以期构成他们散文出版中的"双璧"。这
便是这一套书的来由。

　　世界散文的发展有其客观的历史，各国的散文文库也有其客观
的存量，都不以人的主观意志与好恶为转移。如何选？选多少？是取
其六，还是取其八？都不是一个绝对真理问题。而选这一些，不选那
一些，也是一个仁者见仁、智者见智的问题。关于本套书所选的这八
位，我只能说是根据我个人对世界散文历史的认知，选取了我心目中
较有影响、较有广泛声誉者。而在思想艺术风格上，则选取了较大程
度上投合更广泛读者的口味者——也就是说，力求避免过于保守或过
于前卫。这种选法实不敢期望能获得所有行家知者一致赞同，至于这

八位散文家的思想价值与艺术风格，已分别由各卷的编选者加以论述，就用不着我再赘述了。

倒是有一个问题，这里必须着重加以说明，那就是：散文的国土有多大？它的疆界在哪里？它的边缘如何划定？因为，凡读论散文者，凡编选散文集者，都不能回避这样一个地域学问题。

文艺理论家、批评家对散文如何下定义，如何作界说，文艺学讲义、博士学位论文对散文如何进行辨析，这只是学术象牙塔里的事、云端里的事，一般的阅读者往往是不大理睬的。我们知道，在社会现实生活里，经常流通、为人常见的那些文化成分，对于人们文化观念、文化模式的形成，总是起着至关重要作用的，至少也起着约定俗成的作用。正因为如此，不难理解，一般的阅读者的散文理念、散文模式，往往不是来自教科书与学位论文，而正是来自他们常见到的、常读到的那些散文作品。

在中国能识字读书的人群中，出身于书香之族、家学源远流长、自幼饱读经史的"上帝的选民"，乃极少数，多数人所受的教育都是"大众型"的。根据我自己以及我周围人群的经历，在一般人所受到的那种"大众型"的启蒙教育与中小学教育中，《唐诗三百首》与《古文观止》是两位重要的老师。而《古文观止》对这"大众型"的智识层在形成民族传统散文的概念上，正起了某种准绳式的规范作用。特别是其中像《陈情表》、《归去来兮辞》、《滕王阁序》、《陋室铭》、《进学解》、《岳阳楼记》、《醉翁亭记》、《赤壁赋》等这样一些为青年学子广为传诵的名篇，更成为人们心目中的散文典范。

"五四"以后，散文大为发展，于是在人们的文化生活里，又多了一些传诵的名篇：《背影》、《荷塘月色》、《寄小读者》、《我所知道的康桥》等等。中国散文中这个一脉相承的传统，实际上代表了整整一个族类，其特点是抒写的内容不超出自我的半径之内，或为自我的见闻与感受，或为自我的辨析与哲理。不外园林山水、花鸟鱼虫的景观，修身养性的道理，经历行止、身边琐事的感言。形式上则单独成篇，文章结构内敛凝聚，布局谋篇甚为讲究，遣词造句力求精练，通篇追求自我的性灵、雅美的意趣、闲适从容的情致。所以，只要一讲起散文，人们首先就想到了这个族类，就把这个族类当作散文的本体、散文的"王室"。

这就是一般人的散文观的由来，也是一般人心目里的散文范畴、散文领地。这种散文范畴观可以说是在历史过程中自然形成的，因为人们是出于愉悦的需要而向这种散文倾斜的——要知道愉悦的需要毕竟是芸芸众生在文学阅读中最原始自然，而又合情合理的需要。

现在，在散文的国土问题上，让我们把亚里士多德、文艺学讲义、辞源与博士学位论文放在一边，从简单的文学事实出发吧。

对于文学的发展来说，书面文字的产生无疑是至关重要的，文学史往往都把文学的起源上溯到书面文字的出现。文字产生之后，其用于人类各种活动中不外记事、论说与歌咏等各种形式，并由此自然而然地讲究到文字上的修辞与技巧。如果说文字的产生以及修辞学的运用，离诗歌、小说、戏剧还很远的话，那么它们离散文就只有一步之遥了。不要以为直接用于人类的祭祀鬼神、公文告示、记事备忘、奏启呈文等等各种实际活动的书面文字，是绝对与散文无关的——好像虫蛆怎么也变不成蝴蝶——恰巧相反，直接为这些实际活动服务的书面文字，只要说得头头是道、明晓透辟、情词并茂，就很容易可以上升到散文的范畴：辞职书写得恳切感人，便有了李密的《陈情表》；与朋友闹纠纷讲理头头是道，便有了嵇康的《与山巨源绝交书》；祭鬼神、慰亡灵之作写得悲怆苍凉，便有了《吊古战场文》。诸葛亮的《出师表》其实就是打上去的一份政策分析报告，骆宾王的《代徐敬业传檄天下文》便是一张写得很讲究的公文告示，而王安石的《答司马谏议书》也不过是写得义正词严的"党争"中短兵相接的争辩。而这些文章，都已经成为了中国散文中公认的精品。

众所周知，人类的社会实践活动早于文学活动，人类社会实践活动的需要也远远大于文学活动的需要，而各种社会实践活动中的实际文字语言，正是散文可能滋生也比较容易滋生的温床。如果笔者不是在歪着嘴巴说理的话，那么就可以下结论说，散文艺术是文学中最古老的艺术，它的资格比小说艺术与戏剧艺术都要早；而散文又是文学世界里疆界最大的王国，它的幅员比小说与戏剧要大得多。

其实，在文学世界的版图上，除了诗的王国外，剩下的就是散文的莽原了。戏剧与小说这两个王国，也基本上是在散文的莽原上建立起来的，而且是后来的事。没有散文做基础，小说与戏剧这两个王国的独立与发展是不可想象的。即使在小说与戏剧有了高度发展之后，我们仍经常在它们的殿堂里俯首可见由散文所构成的殿堂地面——雨果的《悲惨世界》中滑铁卢一章，实际上是法国人大制作的惨烈悲凉的《吊古战场文》；博马舍的名剧《费加罗的婚礼》中主人公那段在剧本里举足轻重的著名独白，本身就是可独立成篇的绝妙的散文自述；契诃夫的独幕剧《论烟草有害》，其实就是一篇幽默讽刺散文；夏多布里昂的小说《阿达拉》的"序幕"早已被公认为一篇写景的上好佳品。

从人类社会实践活动的需要与可能来看，产生散文的层面与途径远比诗歌、小说、戏剧来得广泛；同样，从写作者的条件与可能来看，产生散文的层面与途径也比诗歌、小说、戏剧来得广泛。因为不论是诗歌、小说、戏剧的创作，都需要一定的专门艺术技巧，而散文的写作则相对要简单一些。不论是出于政治、经济、宗教、社会人际关系及交往的需要，还是出于学术文化与哲学思辨的热情；不论是由于现实景观与见闻的引发，还是个人心绪与性灵的萌动，只要具有优良的语言修养以及谋篇布局的技艺，有意识地追求一定的艺术意境，或大则成书，或小则成篇。即使从简营造，短小精悍，皆可成为散文佳品。

因此，在文学发展的过程中，散文的创作量往往实际上要大于诗歌、小说与戏剧的创作量。由于性质与内容的不同，它又有着哲理散文、历史散文、记事散文、描述散文、抒情散文、政论散文、文化散文以及交往应酬散文等等各种门类，所有这些构成了一个幅员辽阔的散文帝国。如果只承认闲适性的散文才是散文，岂不就把其他种类数量庞大的散文拒于法门之外，让它们成为野鬼孤魂？如果只把散文的领域局限于闲适性的散文，那岂不是把散文王国的大片领土生割出去，弃之不顾？如果不把它们称为散文，又称为什么呢？照笔者的理解，那些广为传闻的闲适美文精品，可说是构成了散文王国的紫禁城，然而，在紫禁城之外，还有更大的京畿，还有辽阔的外省边陲。鲁迅在《南腔北调集》的《小品文的危机》一文里，就把这种闲适性的散文称为"散文小品"，甚至称为"小摆设"，显然就没有把它当做一个"泱泱大国"来看待。

本着以上的理解来规划这套散文选集，我们有意识地拓宽了选题的范围，将一些历史论著、哲理著作、政论演说、文艺评论、回忆录，以及日记书信中有文采、有一定形象性、堪称经典散文的佳篇选入。也许，在这里，散文的边界有时会显得有点模糊，但总比割舍了一大片领土要强。这就是我们的基本立意。

文化积累是一项社会性的、需要大家添砖加瓦的工程，对世界散文的研究、梳理、编选、译介的工作也是这样，但愿各种选本相得益彰，各自做出自己的贡献。如果读者认为我们这套选集也添加了一些自己的东西，我们将感到莫大的欣慰。

选本序：蒙田空前不绝后

◎ 马振骋

1592 年 9 月 13 日，法国中南部佩里格附近的一座城堡内，一位老人躺在卧室中央有天盖的大床上。他失声已三天，神志完全清楚，自知来日无多，用笔吩咐妻子请几位邻居过来，向他们作最后的告别。客人到了大厅内，弥撒声中老人欲撑起身子，一用力颓然倒下。没有目击者留下记述，这些情节只是从他的好友艾蒂安·帕基耶的信中知道的。奥地利作家茨威格 1942 年流亡巴西，与夫人双双自杀前留下未完成稿《感谢蒙田》，最后一句话是："他是家族中第一个和最后一个，也是唯一一个带着蒙田姓氏穿越时代的人。"

蒙田家族中第一位男性继承人

米歇尔·德·蒙田的祖辈原姓埃康，一两百年来生活在佩里格的一座小镇，以贩运腌鱼、葡萄酒等杂货为生。曾祖父拉蒙·埃康把家迁到拉罗歇尔，兢兢业业工作，家道逐渐兴旺；娶了波尔多富商的女儿，带来大笔嫁妆。拉蒙在 75 岁时（1477 年）购下原属于波尔多大主教的一座城堡以及周围的葡萄园、森林和耕田。城堡外貌不起眼，却有个气势不凡的名字，叫 Montaigne，原意是"山"（汉语音译约定俗成为"蒙田"）。

拉蒙一年后逝世，两个儿子格里蒙和皮埃尔继承了城堡与事业，共同经营了 10 年。皮埃尔没有结婚便去世，家产归格里蒙独自拥有。他婚后生下儿子，命名皮埃尔，以表纪念，也即是《随笔集》作者的父亲。

皮埃尔·埃康是家族中第一个诞生于蒙田城堡的孩子，长大后是个开明的乡绅。在他那一代家庭发生了根本变化。当时要进入高层社会，只有三条途径：参军、选议员、入教会。皮埃尔显然受到文艺复兴精神的影响，放弃世代从事的职业，毅然参军，跟随弗朗索瓦一世麾下的洛特雷克元帅征战意大利。

1529 年，皮埃尔解甲回乡，埃康家已是波尔多市一个大户人家。他娶了从西班牙迁至波尔多的犹太裔家庭的千金小姐安托纳特·德·洛佩兹。此后他先后做过波尔多市行政官、副市长，还在宗教战争的艰难时势下当上了市长。

皮埃尔忠诚报国，得到了蒙田领主的称号，还获准把剥落破裂的城堡扩建重修。于是在一片良田中间竖起了一座有厚墙、塔楼、雉堞的新城堡。

弗朗索瓦一世崇尚文艺，埃康也感染到这份热诚。蒙田府向有识之士开放，他结交四方俊彦，把博学鸿儒请到庄园，奉若神明。

米歇尔是埃康的第三个孩子，前面两位姐姐在襁褓中夭折，当他在 1533 年诞生时，盼子已久的皮埃尔自豪地声称：这是蒙田家族中第一位男性继承人。接着做父亲的做出一个惊人之举，把摇篮里的长子送到城堡外的乡下，寄养在一个贫穷的伐木工家庭。父亲有意识让他在艰苦条件下磨炼心智，锻炼筋骨。这种让孩子接受"自然人"教育的做法，比卢梭提倡的早 250 年。相比 19 世纪的巴尔扎克更不可同日而语，巴尔扎克去世前还埋怨母亲把他送到近卫兵家中抚养，使他 4 岁前没有享受到母爱。

3 年后从乡下接回儿子，埃康又做出第二个惊人之举。他从意大利请来一位不懂法语的德国拉丁语教师，让牙牙学语的蒙田跟着他学拉丁语，还要求家里人无论说得多么结巴，必须用拉丁语跟米歇尔说话。

让孩子在自然法则下受命运的抚养，随同普通人过节俭的生活，

"宁可让他们从艰苦中走过来，而不是向艰苦走过去"。蒙田晚年回忆往事，非常感谢父亲让他在严格而又开放的环境下学习成长。他在生活中得到关心体贴，但不养尊处优；居于上层社会，但不当纨绔子弟；受古典教育，但不盲从权威。

1568年6月18日，米歇尔在巴黎写信告诉父亲，已奉命把雷蒙·塞邦《自然神学》一书翻译完毕，以遂他的心愿，也恰好在那天父亲弃世而去，留下未亡人和8个子女。

米歇尔是长子，继承了蒙田城堡和蒙田姓氏。他的兄弟都另有封邑。他的妹妹出嫁后随夫姓。米歇尔自后在家庭纪事和私人档案上仔细抹去"埃康"的名字，永远称自己为米歇尔·德·蒙田。

米歇尔与弗朗索瓦兹·德·夏塞尼结婚后，生了6个女儿，除了二女儿莱奥诺，其余的都没有活上多少日子便夭逝了。莱奥诺长大后嫁给了拉图尔家。

他的十指掌握了世界的美

蒙田在城堡接受与众不同的学前儿童教育。6岁进入居耶纳中学，读了7年书获得许多历史知识，但是死背硬记的教学使他日后这样说：植物水太多了会烂，灯油太满了会灭。

蒙田平生留下的事迹不多，从他的自述来看，他性格温厚平和。然而他所处的时代充满暴戾，在他出生前爆发了持续60多年的意大利战争，接着欧洲各国掀起了宗教改革，社会形态发生激烈变革，民族之间、王室之间各种矛盾错综复杂，蔓延至法国则为胡格诺战争，蒙田一生的岁月几乎都是在战争中度过的。

针对异教徒的火焰法庭，波尔多征盐税暴动，诱杀新教徒的圣巴托罗缪之夜……胜者与败者相互绞杀、斩首、焚烧……动辄大开杀戒，血洗全村。这些触目惊心的事都发生在众目睽睽之下。蒙田晚年写道："我看到的不是一个行为……而是根深蒂固的习惯势力，在非人道与无诚信方面（在我看来这是最大罪恶）表现得如此邪恶，以致我无法想到而不毛骨悚然；叫我既憎恶也赞叹。这些臭名昭著的丑事的发生标志着心灵具有的威力，也说明心灵陷入的混乱。"

　　各派都以奉神之名行反神之实，现实的黑暗与心理的阴影使蒙田早早厌倦在波尔多高等法院的工作，38岁时他决心退隐回家，"投入智慧女神的怀抱"，以求安安静静度过有生之年。

　　起初，他只是在塔楼的圆形书房里闲散地阅读古希腊罗马的经典，不拘形式地做笔记、写心得，似乎仅供自己欣赏而已。显然苏格拉底的淡定深刻启发了他，他也愿意通过平凡自然的助力、日常普通的想法，不感伤，不激扬，确定一些高尚的信念、行为与道德，让人活得更好一点。

　　宇宙无涯，认知有限，这个道理自古就有论述；而蒙田对此做出最简练的概括，那句"我知道什么"含义深刻，流传千古。

　　他认为任何人的一生都具有一个人生的全部形态。他解剖自己的灵魂，也就解剖了所有人的灵魂，犹如我们解剖人体一样。人与人有共性，不然无法交流；人的认识是多元的，不然想法不会那么不同。差异不仅存在于他人与我们之间，还存在于我们自身灵魂的不同层面。

　　任何人都有一个头脑进行思维，一颗心产生感情，一个器官要求欲望，各司其职，又相互干扰。任何人都要经历童年、青年、壮年、老年各阶段，遇到各类不同的问题，要学习如何正确去面对。

　　人的本性是不会变的，只可能适当地加以调节。人心里滋长的不一定是罪恶，而是愚妄，这使人生与世界充满荒诞。人是否能够保持自己的尊严，取决于他认识到荒诞的现实，在现实前保持理智。

　　人间世事头绪万千，也总是在不断变化，但万变不离其宗。人人都处于自身与命运的双重束缚之中，在大自然确定的法则下讨生活。世道有规律，但是表面永远变幻不定。人也就永远看不透自己。

　　弗吉尼亚·伍尔夫写下这样生动的比喻："这样议论自己，辨析自己飘忽的思维，把灵魂在其惶惑、变动，未完满状态下的重量、色彩与曲折和盘托出。这个艺术只属于一个人，他就是蒙田。"她接着还说，"总是有一群人站在这张画像前，凝视它的深度，看到里面反映出自己的面孔，他们停留愈久看到的愈多，也永远不能说清楚看到的是什么。"

　　让我们看到人心中有无尽的表面，这还不是蒙田要说的全体内容，还是引用伍尔夫的话，因为她说得实在太形象了："由于对最精微的心理不断地检验与视察，所有这些组成人类灵魂的摇摆松动的零件，经他的调试最后完成了一次神奇的组合。在他的十指之间掌握了这个世界的美。他完成的是幸福。"

蒙田要教我们如何学会"光明正大地享受自己的存在"。这是每个人一辈子要学习的东西，不是现成可以得到的。连严肃的尼采也说："有这么一个人写作，从而增加了世人对生活的乐趣。"

褒与贬

1580 年，蒙田赴意大利旅行前途经巴黎，把那一年出版的《随笔集》两卷本呈献给亨利三世，得到他的口头表扬。国王或许真的是此书的最早读者之一。

但是随后三四百年来，围绕《随笔集》的批判与反批判从来没有消停过。它甫一问世，就有法国教士向梵蒂冈告密。跟他沟通的教廷学师似乎并不严厉，指出几处有悖天主教教义的观点，要他在重印时自律。蒙田虚与委蛇，在 1588 年出版三卷本时，前两卷增加了 600 多个注释，后一卷是新的内容。书中对教廷指出的谬误不但没改，反而提得更加尖锐。

当初，《随笔集》只是流传于贵族家庭，点缀乡绅客厅。它的三卷本基本上代表了蒙田思想的三个阶段。有的读者把它看成又一部格言集锦，赞扬他是"法国的塞涅卡"；大多数人认为他是斯多葛信徒、皮浪派怀疑主义者或者伊壁鸠鲁享乐主义者。

到了 17 世纪中后期，艺术上风行古典主义，戏剧严格遵守三一律，文章讲究典雅婉约。蒙田信马由缰、雅俗不分的叙述，同一篇文章内头绪有时太多，有时没有，就像稍后莎士比亚刀光剑影、枝节横生的舞台剧，不符合当时的审美情趣，遭到了冷遇。

那个时期，旧教与新教的斗争基本偃旗息鼓。天主教廷的主要敌人已由宗教改革派改为自由思想者，后者屡屡引用蒙田离经叛道、肆无忌惮的论点使教廷难堪。首先发难的是巴黎王家码头修道院内讲学的头面人物，其中包括笛卡尔和帕斯卡。笛卡尔作为自己理论基石的那句名言"我思故我在",不难看出其中有蒙田论说的影子,但是他却用神性给人性释义。

蒙田的拥护者也同样赫赫有名,如拉封丹、塞维尼夫人、拉布吕耶尔、拉罗什富科,后两位作家著的《箴言集》和《品格论》,吸纳了《随笔集》中的真知灼见。但是他们的对手所代表的思想毕竟在当时是主流。西班牙宗教裁判所在这方面总是充当急先锋,1640年首先宣布《随笔集》为禁书。1676年,梵蒂冈教廷也正式把它列上了禁书目录(据说这条禁令至1854年才撤销)。这样从1669年到1724年,《随笔集》销声匿迹长达55年。

到了18世纪启蒙时代,蒙田的书重新出版,对前一世纪被扼杀的赞赏声做出了呼应。伏尔泰欣赏蒙田朴实无华、实事求是的人性描述,孟德斯鸠居然称他是各时代的四大诗人之一。有一位谨言慎行的沃夫纳格侯爵称"蒙田是他那个野蛮时代的奇才"。

卢梭说蒙田的好话不多,但袭用蒙田的文章不少。他借自然之名攻击文明往往与蒙田讥诮的批评如出一辙。他在《爱弥儿》一书中对儿童教育的见解也与蒙田大同小异。卢梭自认为独一无二的《忏悔录》,其实与蒙田寻找自我是一脉相承的。

进入19世纪后,批判蒙田的声音愈来愈弱,赞扬蒙田的声音愈来愈响。

夏多布里昂是文坛的领军人物,起初攻击蒙田,后又颂扬他,对他在《雷蒙·塞邦赞》一文中阐发了基督教真谛表示感谢,但是感叹在自己这个时代,好心得不到蒙田说的好报。

司汤达写《爱情论》时时参阅《随笔集》,吸收其对人心细腻的观察。有"近代批评鼻祖"称号的圣伯夫在洛桑文学院开课,谈到蒙田、帕斯卡……他对蒙田的正面评价起了决定性作用。

法兰西共和国不知道给蒙田名分

蒙田的名声其实已远播国外。最早接受与模仿他的是英国的培根,莎士比亚还在他的《暴风雨》中引用蒙田的句子,后面的拜伦、萨克雷都欣赏他。很长时期里,蒙田在英国比在法国享受更高的声誉，以致有人一度以为蒙田是个英国作家。欣赏他的人在德国有歌德、席勒，以及后来的弗洛伊德，在美国有爱默生……

可是蒙田前三个"一百周年纪念"都在无声无息中过去，也就是说根本没有纪念仪式。1892年，蒙田三百周年纪念日，除了零星几篇文章，无人提及，据一位历史学家说，是法兰西第三共和国根本还不知道给蒙田一个什么样的名分！

进入20世纪后，令人惊讶的是蒙田很快得到了世界各国读书界的全面接受。有人不无幽默地说：是欧洲社会经过两三百年的折腾，宗教斗争、帝制共和、复辟反复辟，终于在今天活出了蒙田在《随笔集》里所说的模样，是时代适合了作品，不是作品适合了时代。纪德、普鲁斯特、法朗士、柏格森、马尔罗、杜哈曼、阿兰，这些作家风格与专长五花八门，但都对蒙田推崇备至。这部写于16世纪，当时被称为语言缺乏条理、粗鄙俚俗、带着外省烙印的散文集子，今天翻开任何一篇，你都觉得这是当代人写的文章。每个读者，不论年龄层次、教育背景、文化差异，几乎都能从他的作品中获得共鸣与教益。

在形式上，有人说得好："大凡今日报刊随笔、网志博客，均可说发端于蒙田。"在内容上，对人类知识的完善、社会政体的变更、人与人绝对平等的追求等等，蒙田都表示怀疑。医生、学究、教条主义者、新教改革派在他嘴里都得不到好评，但是大家被他挪揄以后并不怀恨在心，反而都喜欢这个说话犀利、心地真诚、风趣幽默，会说些荤段子的仁厚长者。

他遇事"不问鬼神问苍生"；他不提倡任何引起敌对与仇视的伦理道德；他认为日光之下一切都接受同样的法则与祸福，天下的事是相通的，要人融入到大环境中去，人与人要和谐相处，人与天地万物休戚与共，人并不高于也不低于其他创造物。

这些话都是说在400多年前，直至今天还是余音袅袅，不绝于耳。

1992年，恰在这年纪念发现美洲新大陆500周年和蒙田逝世400周年。《随笔集》里那篇《论食人部落》特别受到关注，蒙田痛斥西班牙帝国摧毁了一个文明，与后来雨果痛斥英法联军抢劫焚烧圆明园，口吻同样严厉。他还说："那个国度（指美洲）里没有什么是野蛮和残酷的，除非大家把不合自己习俗的东西称为野蛮罢了。就像事实上，我们所谓的真理与理性，其标准也只是依据我们所处国家的主张与习俗而已。"要人从理性的规则，而不是从自己的规则来看问题，恐怕还要假以时日；具备世界公民的目光，还需要很长的学习改造时期。由此看来，蒙田《随笔集》的生命力依然很强。

第一章　论预言

　　早在耶稣基督出世以前很久，神谕已开始失去威望，这是可以肯定的，因为我们看到西塞罗着力探讨神谕衰落的原因："为什么在德尔斐岛上，不但现在，而且很久以来，从不见神谕灵验，还有什么比它更受轻视呢？"（西塞罗）

　　至于其他占卜形式，有的来自祭神仪式上禽兽骨骼解剖（柏拉图认为人对动物肢体结构的知识部分有赖于此）、鸡的颠足、鸟的飞翔（西塞罗说："我们认为有些鸟生来就是占卜用的。"）、打雷、河流改道（占卜师预见许多事，占卜也预见许多事；许多重大事件是由神谕宣布的，许多是占卜，许多是托梦，许多是奇观。——西塞罗）。这种种都是古人处理大部分公事和私事作为依据的活动，而我们的宗教把它们全都废除了。然而在我们中间还留下一些依照星辰、神鬼、身体外形、梦和其他的预卜方法——这是人天生强烈好奇的明显例子，高兴为未来的事操劳，仿佛当前的事却用不着花多少心思去解决似的。

　　"知道前途毫无用处。徒劳无益地折磨自己实在可怜。"（西塞罗）尽管如此，占卜的权威大大不如以前了。

　　这说明为什么弗朗西斯·德·萨吕佐侯爵的例子在我看来很有意义。他是弗朗索瓦一世在阿尔卑斯山的驻军司令，极受朝廷宠幸，尤令他感激的是他的侯爵领地原是他兄弟的，充公后国王再赐给他。其实他并不想乘机背叛，况且这在他的感情上也是抵触的，据称他是被当时流传四方的预言吓着了，都说查理五世皇帝必胜，而我们必败。

即使在意大利，这些疯狂的预言也迅速传播，以致在罗马听到我们即将垮掉，银行里大笔的钱进行兑换。他私下对朋友谈到他的悲哀，在他看来法国王室和他的朋友将不可避免地遭受厄运，他叛变了，改旗易帜了。不管星象是怎么说的，他已大难临头。

不过，他的行为像个内心充满感情冲突的人。因为城市与军队都掌握在他的手中，安东尼奥·德·莱瓦率领的敌军离他仅咫尺之遥，而我们对他的行为毫无察觉，他本来可以对我们造成更多的伤害。然而，尽管他变节，我们并没有损失一兵一卒，也没有失去城市，除了福斯诺，这是在争夺很久后陷落的。

谁相信下面这句相反的话，谁就错了："他们的论点是：有了占卜，就有了神；有了神，就有了占卜。"（西塞罗）帕库维尤斯说的话要聪明多了：

　　　精通鸟语的人，
　　　了解动物肝脏多于了解自己内心，
　　　我可以听他们，但不能相信他们。

举世闻名的托斯卡纳占卜术是这样产生的。一个农民犁地很深，挖出了半神塔霍，他有一张孩子的脸，但有老人的智慧。大家闻讯而来。他的智慧的话被搜集下来保存了几个世纪，这些话包含了占卜术的规则、方法。什么样的时代编什么样的故事。

我宁可掷骰子也不愿用这样的梦呓来处理自己的事务。

说来也怪，任何国家都对命运予以极大的关注。柏拉图任意虚构他的国家组织，让许多重大问题都由占卜来决定，特别提到在好人之间抽签缔结婚姻，他对偶然选择的结合那么重视，甚至提出只有他们生的孩子才有资格归共和国抚养，而坏人的后代则逐出国门。然而，被驱逐的儿童中间有人在成长过程中力求上进，可以把他召回；留在本土的儿童在少年时期没有出息，也可把他放逐。

我看到有的人研究和注解历书，常用发生的事来证实它的权威性。历书里什么都说，真话谎话都包含在内。"成天抽签的人，哪能不抽中一次呢？"（西塞罗）看到偶然说中了，并不能使我对他们有更好的看法；反而更可肯定的是他们今后只会振振有词说假话。此外，也没有人记录他们说错的预言，因为天天发生，记不胜记。正确的预言确实需要宣扬，因为太少，太不可相信，太令人惊异了。

迪亚戈拉斯外号叫无神论者，他在萨莫色雷斯岛，有人给他看许多海难幸存者在万神殿的许愿和许愿图像，再问他："您认为神对凡人的事漠不关心，可是有那么多的人受恩宠而得救，您有什么说的呢？""确有这样的事，"他回答说，"没有留下图像的溺水者，数目远远要多得多。"西塞罗说，在所有相信神存在的哲学家中，唯有克罗封的色诺芬尼曾经试图消除一切形式的占卜。我们看到那些亲王有时还不顾威望，去迷恋这样虚无荒谬的事，也就不足为奇了。

我十分高兴亲眼领略了这两部奇书：一部是加拉布里亚教士约希姆的书，他预言未来的教皇、他们的名字和为人；另一部是利奥皇帝的书，预言希腊的皇帝和主教。然而我眼里看到的则是下列的事，当人在社会动乱中遇上厄运，必然会走向迷信，向老天和前世去寻求他们不幸的原因。到了今日，他们做得那么成功，说服了我，这犹如头脑灵活但又无所事事的人的消遣，精于奇门遁甲的人，反复揣摩，在任何书写的文字中，总能找出他们所需要的东西。作者高明之处是使用的语言晦涩难懂，夹杂怪异暧昧的术语，从不给予任何明确的意义，以便后世人能够按照自己的意思来理解。苏格拉底所说的魔鬼，可能是某种意愿的冲动，从他的内心生出，不需要任何理性的解释。事情可能是这样，像他这样的一颗灵魂，终日在考虑智慧与道德，早已得到净化，非常可能是他的倾向尽管大胆唐突，但还是值得重视，可以作为借鉴。

每个人都会感到在心中存在某些冲动的魔影，会急于提出直接、热烈、意料不及的意见。我必须对这些事看得很重，虽然我对人的智慧看得很轻。这些冲动理性不足，然而在说服或劝说别人时都很急躁，在苏格拉底身上这些表现得都很平常。幸好我在这方面受到熏陶受益匪浅，或许也可认为是神明的某些启示吧。

第二章　死后才能评定是不是幸福

必须等待他的最后时刻，

死亡与葬礼以前，

谁都不敢说幸福与不幸福。

——奥维德

　　小孩都知道克里瑟斯国王的这个故事。他被居鲁士俘虏，正要处决时，他大喊："哦，梭伦，梭伦！"这句话被呈报给居鲁士，他问这是怎么一回事，克里瑟斯通过传令官说，他以身受的灾难证实了梭伦从前对他提出的警告，那就是不论命运女神对他露出怎样美丽的面孔，人决不能自称是幸福的，只有到生命的最后一天才见分晓，因为世事变化无常，稍有波动情况立刻起变化，与以前迥然不同。

　　有一人说波斯国王幸福，因为他年纪轻轻就统治一个如此强盛的国家，斯巴达国王阿格西劳斯对他说："是的，但是普里阿摩斯在这个年纪也没有不幸福啊。"亚历山大大帝的继任者，马其顿诸王，在罗马当木匠和笔录员；西西里的暴君在科林斯做教书匠。庞培，半个世界的征服者，统率过那么多军队的皇帝，却成了个可怜虫，在埃及国王的一位卑微军官面前苦苦哀求；这位伟大的庞培煞费苦心才苟延残喘多活了五六个月。

　　在我们祖辈那个时代，这位吕多维可·斯福扎，第十任米兰公爵，长期是意大利全境叱咤风云的人物，但后来在法国洛什度过了十年最惨的日子，最后瘐死狱中。最美丽的王后，最强大基督教国家国王的遗孀，不是不久前才死于屠夫之手么？^①这样的例子举不胜举。因为这好比风雨雷电首先打击的是建筑物的骄傲高耸的屋顶，天上也有神灵嫉妒下界的大人物。

> 冥冥中一种力量仇视人的强大，
> 把执政官的束棒和斧子踩在脚下，
> 当作可笑的玩具。

——卢克莱修

仿佛命运有时刚好瞅上我们生命的最后一天，为了显示威风，把花费多年心血建成的东西毁于一瞬间；使我们在拉布里乌斯之后叫喊："显然，今日是我不该超过寿命多活的一天！"（马克罗比乌斯）

因而梭伦这句金玉良言必须理性对待。但是他是哲学家；对于哲学家来说，命运的恩宠与失宠无所谓幸福与不幸福，荣名与权势都看得很淡漠。我认为实际上他看得更远，要说我们的人生幸福取决于有教养人的安详和满足，练达者的果断与自信，只要一个人尚未演完人生戏剧中的最后一幕——无疑也是最难的一幕——就不应当说他幸福或不幸福。

此外，凡事皆有掩饰。哲学中的漂亮言辞只是让我们做人体面；而那些意外也没有真正刺中要害，让我们还能保持神色不变。但是在死亡与我们之间这场最后的对手戏，不是装腔作势所能对付的，必须实话实说，抖搂出罐底里装的真货色。

> 唯有那时从心底涌出了真话，
> 面具跌落，露出本相。

——卢克莱修

---

① 指苏格兰女王玛丽·斯图亚特（1544～1567）。1558年与法王子结婚，王子继位后不久去世，1561年返苏格兰亲政，因信旧教为贵族不满。1567年被废黜，后图谋夺取英格兰王位，被英女王伊丽莎白一世处死。

这是为什么人生中一切其他行为都必须用这块最后的试金石检验的道理。这是主的日子，这是一切的审判日；一位古人说，这一天对我从前的岁月作出审判。我让死神来检验我的研究心得。我们将可看到我的言论出自嘴皮子还是出自心田。

我看到许多人一生的毁誉俱由他们的死亡来决定。庞培的岳父西庇阿生前没有好评，但他死得磊落，使声誉得到了昭雪。伊巴密浓达被人问到，卡布里亚斯、伊菲克拉特与他自己，三人中他最敬重谁，他答道："那必须看到我们死后才能下定论。"确实，假若忽略了他死时的荣耀与伟大而去评价他，这个人的声名必然逊色不少。上帝使他如愿以偿。

但是在我这个时代，我认识三个最可恶的大坏蛋，对他们的一生深恶痛绝，他们死得却是规规矩矩，处处无可挑剔。

有的人死得幸运及时。我认识一个人，正当年富力强、青云直上时生命之线戛然中断，依我之见，他的雄心壮志反因不能继续而显得更加了不起，他提出了目标，而壮志未酬，留给人们的景仰要超过他的预期与希望。他的殒落要比他走完全程获得更大的威信与声誉。

在评价别人的一生时，我总是观察他的结局是怎么样的；我对自己一生的主要关注是活得健康，也就是说平安无事，不闻不问。

第三章　探讨哲学就是学习死亡

西塞罗说，探讨哲学不是别的，只是准备死亡。尤因探讨与静观可以说是让我们的灵魂脱离肉体而独自行动，有点儿像在学习与模拟死亡；或者也可以说，人类的一切智慧与推理归根结蒂，就是要我们学习不怕死亡。

说实在的，理智不是在冷嘲热讽，就是把目标定在我们的满足上。理智的工作，总的是要人活得好，要我们如《圣经》所说的"终身喜乐行善"。世上人人都是这种看法，尽管表达形式各有不同，快乐是我们的目标；不是这样的看法一出笼就被排斥，若有人说什么他的目的是让我们受苦受难，那谁会去听呢？

在这方面，哲学宗派之间的分歧只表现在口头上。"别去听那些美妙的妖言。"（塞涅卡）在这么一个神圣的学科中不应该有那么多的顽固与恶言。某人不论扮演什么角色，扮演的总是他自己。他们不论说什么，即使谈到美德，瞄准的最终目标也是感官享乐。他们听到这个词那么反感，而我偏要在他们耳边说个不休。如果这个词意味着最强的欢乐与极度的满足，那时美德的介入才胜过其他东西的介入。这种感官享乐不论如何纵情胡闹，粗野强健，也只是更加享乐而已。我们还不如称为欢乐，更容易接受，更温和自然，而不是曾用的"精力"一词。

另一种感官享乐——若也可用这个好名词的话——较为庸俗，也是应该相提并论的，但并不更占优势。我觉得它不像美德那样不包含放肆与邪念。除了感受更短暂、更流动，毫无新鲜感，它还有它的熬夜、挨饿、辛苦和血与汗；此外还有各种各样的情感折磨，然后再有这种沉重的满足，这无异于一种受罪了。

我们还大错特错地认为，这些磨难可以成为温情的刺激物与调味品，好像大自然中的万物相生相克；也不要说当我们转向美德时，同样的障碍与困难会压倒它，使它变得严峻、不可接近；而在美德介入的情况下，会使这种神圣完美的欢乐更高尚、更兴奋、更昂扬，要胜过低级的享乐许多。

一个人权衡他的所失与所得，不知道美德的温馨与作用，当然是不配认识这种欢乐的。有人劝导我们说美德的追求艰辛曲折，美德的享受则是愉快的，这岂不是在对我们说它不会令人快乐吗？因为哪个人曾有法子获得过它呢？最成功的人也只是做到向往它，接近它，而没有获得过它。

但是那些人错了，要知道追求我们所认识的任何乐趣，这本身就是乐趣；行动包含的乐趣，存在于我们眼前的美好目标，因为这是与大部分激情共生共灭的。在美德中闪闪发光的愉悦福乐，自有千百条渠道小路，引导你进入第一条入口，直至最后一道墙。那时美德的主要好处是对死亡的蔑视，这样使人的一生过得恬然安逸，让我们专注于愉悦的享受，不如此其他一切享乐都会黯然无光。

这说明为什么一切规则都集中和汇合在这个主题上。虽则那些规则也一致认为要蔑视痛苦、贫困和其他隶属于人生的遭遇，这在关心的程度上不一样，因为有的遭遇不是必然发生的（许多人一生中没有经历过贫困，有的还不曾有过疼痛的病患，如音乐师色诺菲吕斯，他活了106岁，身体一直良好），还可以在万不得已时轻生把烦恼一了百了。但是死亡本身则是不可避免的。

因而，要是死亡使我们害怕，这就成了一个说不完的痛苦话题，而又不能使心情舒解一丝一毫。死亡从哪儿都可以向我们袭击；我们就会不停地左右窥视，像进了一座疑阵以防不测："这就像永世悬在坦塔罗斯头上的岩石。"[①]（西塞罗）我们的法院经常把罪犯送到案发

[①] 据希腊神话，坦塔罗斯把儿子剁成碎块祭神，触怒主神宙斯，罚他永世置于随时会砸落的岩石下。

地点处决，一路上押着他们经过漂亮的房子，让他们拣好吃的吃个痛快，不妨想一想，他们能够高兴起来吗？游街的最终意图昭然若揭，就不会败坏他们领受这一切恩典的兴致？

我们生涯的终点是死亡，我们必须注视的是这个结局；假若它使我们害怕，怎么可能走前一步而又不发愁呢？凡人的药方是把它置之脑后。只是愚蠢透顶才会这么懵然无知！真是把马笼头套在了驴子尾巴上。

他经常跌入陷阱也就不足为奇了。这让我们这些人一说到死亡就害怕，大多数人像听到魔鬼的名字一样画十字。由于遗嘱中必然提到这件事，就别指望在医生给他们宣读终审判决以前，他们会动手立遗嘱。在痛苦与惊慌之间，他们会以怎样清晰的判断力，给你凑合出一份遗嘱，只有天知道了。

由于这个词听在他们的耳朵里太刺激，这个声音对他们又像不吉利，罗马人学会了用婉转的说法来减弱或冲淡它的含意。不说：他死了，他停止了生命；只说：他活过了。只要是"活"，即使过去式也感到安慰。我们的"故人某某"就是从他们那里借来的。

说到这里，是不是像俗语说的，时间就是金钱？我生于1533年2月的最后一天，是按现行的以正月为一年之始的年历来说的①。恰好15天前刚过了39岁，至少还可以活那么久；可是急着去考虑那么远的事不是发疯吗？但怎么说呢，年轻人与老年人同样都会抛下生命。刚刚进来的人照样可以随即离去。再衰老的人，只要还看到玛土撒拉②走在前面，都相信自己的身子还可以撑上20年。

再说，你这个可怜的傻瓜，谁给你规定了寿限啦？你这是根据医生的胡说八道。还不如瞧一瞧事实与经验吧。按照事物的常规，你活到今天已是鸿运高照了。你已超过了常人的寿数。为了证明这一点，算一算你的朋友中间有多少人在你这个年龄以前已经谢世，肯定比达到你的年龄的人要多。再来列一张表，记上一生中名声显赫的人，我敢打赌在35岁前死的要比在这以后死的多。把耶稣——基督作为人类的楷模，也是十分理智与虔诚的，因为耶稣在33岁就结束了人

---

① 原先以复活节为一年之始。

② 《圣经·旧约》中人物，据说活了969岁。

生。亚历山大是最伟大的凡人，也是在这岁数去世的。

死亡又有多少种袭击方式？

且不说发高烧和胸膜炎病人。谁想到一位布列塔尼公爵会在人群中挤死？我的邻居克莱芒五世教皇进入里昂也是这样。你没看到我们的一位国王在比武游戏中被误伤丧了命吗？他的一位祖先竟会被一头公猪撞死？埃斯库罗斯眼看一幢房子要坍塌，徒然躲到空地上，有一只苍鹰飞过空中，从爪子里跌下一块乌龟壳，把他砸死了。还有人被一颗葡萄核哽死；一位皇帝在梳头时被梳子划破头皮而死；埃米利乌斯·李必达脚绊在门槛上，奥菲迪乌斯进议院时撞上了大门。还有死于女人大腿间的教士科内利乌斯·加吕，罗马巡逻队长蒂日利努斯，曼图亚侯爵吉·德·贡萨格的儿子吕多维可。

更糟糕的例子是柏拉图派哲学家斯珀西普斯和我们的一位教皇。可怜的伯比乌斯法官给诉讼一方八天期限，自己却突然得病，没有活到那个时候。凯乌斯·朱利乌斯是医生，在给病人上眼药膏时，死神来给他闭上了眼睛。我还该说一说我自己的弟弟，圣马丁步兵司令，年方23岁，早已显出大胆勇敢，打网球时球击中他左耳上方，表面看不出挫伤和破裂，他甚至没有坐下来休息。但是五六小时后，他死于这次球击引起的中风。

这些都是发生在我们眼前的例子，稀松平常，怎么还能够不去想到死亡呢？每时每刻不觉得死神在卡我们的脖子呢？

你们或许会对我说，既然不管怎样总是要来的，大家就不用去操这份心了吧？我同意这个看法；若有什么方法可以躲过死亡的袭击，即使是藏在一张牛皮底下，我也不是个会退缩回避的人。因为我只要过得自在就够了；我尽量给自己往最好方面去做，至于荣耀与表率则不在我的考虑范围之内。

以为这样就能做到了这也是妄想。他们来了，他们去了，他们骑马，他们跳舞，闭口不谈死亡。这一切多么美好。毫不注意，毫不防范，当死亡降临到他们身上，或者他们的妻儿朋友身上时，则悲痛欲绝，呼天抢地，愤怒失望！你们几曾见过如此萎靡、恍惚、混乱！我们必须及早防范。在一个明白人的头脑里，对待死亡时却像动物似的混混沌沌，我认为这是要不得的，也会让我们付出沉重的代价。如果死亡是个可以躲开的敌人，我建议大家不妨拿起胆小鬼的武器。但是既然它是不可避免的，既然退缩求饶和勇敢面对，它都是要把你抓走的，既然没有铁甲保护你，我们必须学习挺身而出，面对着它进行斗争。为了打落它的气势，我们必须采取逆常规而行的办法。不要把死亡看成是一件意外事，要看成是一件常事，习惯它，脑子里常常想到它。时时刻刻让它以各种各样的面目出现在我们的想象中。马匹惊跳，瓦片坠落，针轻轻一刺，立即想到："要是这就是死亡呢？"这时候我们要坚强，要努力。

欢天喜地的时候，总是想到我们的生存状态，不要纵情而忘乎所以，记得多少回乐极会生悲，死亡会骤然而至。埃及人设宴，席间在上好菜时，叫人抬上一具干尸，作为对宴客的警告。

死亡在哪里等着我们是很不确定的，那就随时恭候它。事前考虑死亡也是事前考虑自由。谁学习了死亡，谁也学习了不被奴役。死亡的学问使我们超越任何束缚与强制。一个人明白了失去生命不是坏事，那么生命对他也就不存在坏事了。可怜的马其顿国王当了波勒斯·伊米利厄斯的俘虏，差人求他不要把他带到凯旋仪式上，伊米利厄斯答复说："让他向自己求情吧。"

其实，在一切事情上，天公若不助一臂之力，手段与心计都很难施展。我本性并不忧郁，但爱好空想。从小对什么事都没像对死亡想得那么多，即使在放荡的岁月也是这样。

在女人堆里寻欢作乐时，有人以为我站在一旁醋性大发，或者抱着希望拿不定主意，其实我在想着如今已不知是谁的那个人，他就在几天前突然发高烧一命呜呼了；当他离开这样一次盛会时，满脑子是闲情、爱欲和好时光，像我一样，耳边也响着同样的话："好时光即将消逝，消逝后再不回来。"（卢克莱修）

这个想法不会比其他事情更叫我皱眉头。最初想到这类事不可能没有感触。但是日子一久，翻来覆去想多了，无疑也就习以为常了，否则我会终日提心吊胆；因为从来没有人会那么舍弃生命，没有人会那么不计较寿命的长短。直到今天为止，我一直精力充沛，极少生病，健康既没有使我对生命的期望增大，疾病也没有使我对生命的期望减少。我觉得自己每分钟都在逃过一劫。我不停地对自己唱："另一天会发生的事,今天也会发生。"

说真的,意外与危险并不使我们更靠近死亡。如果我们想到,即使没有这桩好像威胁着我们的最大事件,还有成千上万桩其他事件悬在我们头上,我们就会明白,不论精力充沛还是高烧难退,在海上还是在家里,战场上还是休息中,死亡离我们都一样近。"谁都不比谁更脆弱,也不比谁对明天更有把握。"(塞涅卡)

去世前我有事要做,即使只需一小时就可完成,我也不敢说一定有时间去做完。日前有人翻阅我的记事册,发现一份备忘录,列上我在死前要做的事。我对他实实在在说,那时离家才一里路地,还精神十足,心情愉快,匆匆把这些事记了下来,因为没把握一定能够回得到家。我这个人脑子随时随地在想东西,随即把它们记在心里,时刻做好充分准备;当死亡突然降临,对我也不算是突如其来的新鲜事。

应该随时穿好鞋子,准备上路,尤其要注意和做到的是这事只与自己有关。

不算上这件事我们已经够忙碌的了。有一个人抱怨死亡,只是因为死亡使他功亏一篑,没有打完一场漂亮的胜仗;另一个人自思自叹,没把女儿嫁出或孩子教育安排好就会撒手人寰;这人舍不得抛下妻子,那人离不开儿子,这都是人生的主要乐趣。

我现在——感谢上帝——处于这样的状态下,可以应召离开,对什么事都毫无牵挂,虽然对人生尚有依恋,失去它会感到哀伤。我正在给自己松绑,已跟大家告别了一半,除了对自己以外。没有人对离开世界做了那么干脆与充分的准备,那么彻底摆脱一切,如同我正在做的一样。

我愿意大家行动,大家尽量延长生命的功能,死神来时我正在园子里种菜,不在乎它,更不在乎菜还没种完。我看见过一个人死去,他到了人生关头,不停地埋怨命运割断了他手中的历史之线,他还只写到我们的第十五或第十六位国王。

> 谁也不能说,对财物的留恋
> 不会在你的残骸中也存在。
>
> ——卢克莱修

应该摆脱这些庸俗有害的心态。正因为如此，坟墓盖在教堂附近，在城市里人来人往最多的地方，据利库尔戈斯说，这是让男女老少不要看到死人而发毛，不断看见骸骨、坟墓和送灵，提醒着我们什么是人的处境。

埃及人在宴会结束后，给宾客展示一张死神的巨像，举像的人对着他们大叫："喝吧，玩吧，死后你就是这个样。"因而我也养成了习惯，不但心里老惦念着死，嘴边也叨念着死，干什么都没那么乐意地去打听人的死亡，他们那时说过些什么，脸上表情怎么样，神态如何；读史书时也最注意这方面的章节。

我的书里充斥着这些例子，也可看出我对这些材料情有独钟。如果我编书，就要出一部集子，评论形形色色的死亡。教人如何死亡，也是在教人如何生活。

佝偻的身材背不起重担，心灵也是如此。必须让心灵开朗飞扬才能顶住这个死敌的压力。因为心灵害怕时就永远不会安宁。一旦心灵安宁了，它就可以自豪地说焦虑、恐惧，甚至微不足道的烦恼不足以干扰它。这差不多超越了我们人类的处境。

心灵就成了情欲与贪婪的主宰，匮乏、羞耻、贫困和其他一切厄运的主宰。谁能够就应去获得这种心灵优势。这才是至高无上的自由，给我们养成浩气去取笑武力与不公，嘲弄监牢与铁链。

在我们的宗教中，人最可靠的基础就是蔑视生命。不光是理智的推理要我们这样去做：有一件东西失去后不可能后悔，我们又为什么害怕失去呢？还因为我们受到那么多死亡方式的威胁，害怕一切方式还不如忍受一种方式而少受些痛苦吗？

既然死亡是不可避免的，什么时候来也就不管它了吧？当苏格拉底听人说："三十僭主已经判了你死刑。"他回答："自然法则也会轮上他们的。"

走在摆脱一切苦难的旅程上难过起来，这是何等的愚蠢！

一切事物随我们诞生而诞生，同样，一切事物随我们死亡而死亡。为100年后我们不会活着的一切哭泣，犹如为100年前我们不曾活过的一切哭泣，都是一样傻。死亡是另一种生命的开始。正如我们当年哭闹着到来，正如我们艰难地走进这个生命，正如我们进去时换下了以前的面纱。

凡事仅有一次也就无所谓痛苦。有什么理由为瞬息的事去担那么长久的忧？活得短与活得长在死亡面前都一样。对于不复存在的东西，长与短也不存在。亚里士多德说，希帕尼斯河上有些小动物只能活上一天。上午八点钟死的属于青春夭折，下午五点钟死的属于寿终正寝。把这段时间的幸与不幸斤斤计较，我们中间谁见了不会嘲笑？我们最长与最短的生命，若与永恒相比，或者跟山川、星辰、树木甚至某些动物相比，也是同样可笑。

但是大自然逼迫我们走上这条路。它说：你们怎么来到也就怎么走出这个世界。从死到生这条路你们走时不热情也不害怕，从生到死你们也这样去走。你们的死亡是宇宙秩序中的一个组成部分，地球生命中的一刹那；事物这样紧密安排，我能为你作出任何改变吗？这是你诞生的条件，死亡也是你的一部分；你这是在躲避自己。你享受的人生对生与对死均是有份的。你诞生的第一天引导你走向死，也同样引导你走向生。

生命本身既不好也不坏：按照你给它什么位子才会有好坏之分。你若生活了一天，也就一切都看见了。一天与天天是相同的。没有其他的光，也没有其他的暗。这个太阳，这个月亮，这些星星，这样的排列，跟你的祖先欣赏到的一样，也将让你的后代同样欣赏。

你的生命不论在何地结束，总是整个儿留在了那里。生命的价值不在于岁月长短，而在于如何度过。有的人寿命很长，但内容很少；当你活着的时候要提防这一点。你活得是否有意义，这取决于你的意愿，不是岁数多少。你不停往那儿走的地方，你可曾想过会走不到吗？何况条条道路都是有尽头的。

如果有人相伴可以给你安慰，世界不正是跟你并肩而行吗？

以上是我们大自然母亲的忠告。我经常思忖怎么回事，就是战争期间，我们在自己和别人身上见到死亡的面目，没像在家里见到的那么狰狞，无从相比，要不又是一大群医生与哭哭啼啼的人。同样是死，村民与老百姓心里要比其他阶层的人泰然得多。

我相信实际上还是我们围绕死者露出的可怕神情，制造的阴沉气氛，比死亡本身更加吓人。生活完全变了样，老母妻儿号啕大哭，惊慌发呆的亲友前来吊丧，脸色苍白、两眼垂泪的一大群仆人四处张罗，不见日光的一个房间里点着蜡烛，床头围着医生与教士；总之，我们四周惊恐万状。在那时候，我们未死的人也被埋葬在土里了。孩子看到自己的小朋友戴了面具会害怕，我们也是这样。人的面具与事物的面具同样应该摘掉。摘掉以后，我们发现罩在面具之下的这个死亡，跟不久前一名仆人或丫环平平静静的死亡并无两样。

铲除了这一切繁文缛节，死亡是幸福的！

第四章　论儿童教育

——致戴安娜·德·弗瓦，居松伯爵夫人

我还从未见过哪个父亲，因儿子是癞子或驼背而不愿认他的。这不是因为过于钟爱而看不到这个缺陷，而因为这总是他的骨肉。我也是比谁都看得清楚，我的这些文章只是对在儿时对学问学了些皮毛的人在说梦呓而已，只记得一个模糊不全的印象，东扯西拉，一知半解，倒是十分法国式的。

我从来不曾扎扎实实读过一部有分量的书，除了普鲁塔克和塞涅卡；我从他们的著作中汲取知识，但像达那伊得斯，不断地往无底洞里灌水与放水。我有什么领会就写在纸上，很少记在心里。

历史是我的狩猎目标，还有诗歌我对它情有独钟。因为，如克里昂特斯说的，声音钻过狭窄的喇叭管，出来时更尖更响，我觉得名句受到诗韵的种种束缚，挣脱出来更有力量，对我的冲击也更大。至于我的天赋——这部书对它是一场考验——我感到它在重压下弯下腰来。

我的观点与看法只是在摸索中渐渐形成，犹豫摇摆，趑趄不前。当我尽量往前走远时，没有一次感到满意。可以看到远处的城郭，但是如坠云雾中模糊不清。在使用自己的语言如实表达偶然出现在思想中的东西时，我经常会在名家的著作中碰巧遇到我已尝试谈论的主题，例如不久前在普鲁塔克作品中正好读到他对想象的论述，我必须承认与这些人相比，自己是多么软弱无力、麻木鲁钝，也不由得自怜自贬起来。

但是也使我感到欣喜的是，我的看法有幸与他们的看法相遇在一条路上，虽则我远远落在后面。我还知道——不是人人都这样明智——我与他们之间的巨大差别。然而我还是照样发表我的一得之见，浅薄孤陋，不因在比较中发现缺陷而用他们的话来粉饰和掩盖。跟这类人物并肩而行必须有挺直的腰板。我们这个世纪里那些下笔轻率的作家，在他们不值一提的作品中整段照抄古人文章炫耀自己，效果适得其反。因为这两者的文采高下悬殊，判若云泥，反使抄袭者显得更加苍白丑陋，实在是得不偿失之举。

这是两种迥然不同的奇怪做法。哲学家克里西波斯在自己的作品中不但整段抄袭，还整本照搬其他作家的作品，欧里庇得斯的《美狄亚》就在他的一部书里。阿波罗多罗斯说，谁要是把他抄袭的内容删去，他的纸上就只留下一片空白。伊壁鸠鲁则相反，在他传世的 300 卷作品中没有一句引语。

有一天，我偶然遇到一段文章。那些法语句子无血无肉，空洞抽象，真是法国式废话，读来索然无味。无精打采读了很久，突然看到了一篇富有文采、精美绝伦的文章。要是觉得坡度平缓，攀登不急，这还可理解。而这是一座悬崖，笔直陡峭，刚读了六句话，就把我带往另一个世界。从那里我发现我刚才走过来的那个渊谷，实在是太浅太低了，再也无心回到那个地方去。如果把这样的美文塞到我的一篇文章中，就反衬出我的其他文章更加不堪入目了。

批评别人身上自己也有的缺点，还有批评自己身上别人也有的缺点（我常这样），我不觉得两者是不相容的。我们必须揭露它们，使之无处藏身。而且我知道这需要有多大的勇气，让我时时尝试去赶上我的抄袭之作，跟那些作者平起平坐，还怀着侥幸的希望，瞒住评论家的眼睛不让辨认出来。这要依靠我应用得法，还有赋予新意和表达有力。

此外，我不会和这些先师正面冲撞，打肉搏战；反复轻微骚扰而已。不会迎头痛击，只是虚晃几招；也不会表示出非得这样做不可。

我若能使他们感到为难，那是我这人言之有物，因为确是说中了他们牵强附会的地方。

我发现那些人在做的事，就是穿上别人的盔甲，连个手指头也不露出来，把古人的思想东拼西凑来实行自己的计划，这对于有知识的人做这类人云亦云的题目还不易如反掌。对那些人偷偷摸摸窃为己有，首先是不正义和怯懦行为。他们自己没有什么有价值的见解，千方百计盗用别人的来标榜自己，更为愚蠢的是，乐于用欺诈去骗取庸人的盲目赞扬，在有识之士面前自贬身价，其实只有他们的称颂才是重要的，而今他们对于剽窃的文句只会嗤之以鼻。

我做什么也不会去做这样的事。我引用别人是为了更好表达自己。我不是指那些集句诗，这本来作为汇编书出版的，我见过除了古人以外，当今也有编得很精致的集子，尤其是卡庇鲁普斯主编的那部书。从这些著作中处处看出时代的智慧，利普修斯在那部博学的巨作《政治》中也这样。不管怎样，我想说的是不论什么荒谬的想法，我都不会去有意掩饰，就像我的一张秃顶灰发的肖像画，画家画上的是我的脸，不要是一张十全十美的脸。因为这里写的是我的想法与意见；我写出来的是我信仰的东西，不是要人相信的东西。我在这里的目的是坦露自己，要是新学的东西使我改变的话，这个自己到了明天可能会不同了。我没有权威要人相信我，也不奢望这样的事，觉得自己学识浅陋，不配去教育别人。

读过上一篇文章的那个人，一天在我家里对我说，我应该对儿童教育的理论再深入谈一谈。那么，夫人，我在这方面还有什么看法的话，最好是把它献给即将出世的小公子（夫人生性慷慨，头胎不会不是个男孩）。从前我有幸为您服务，自然希望您万事如意；除此以外，我还曾积极促成您的婚事，有权利关注一切由此而来的门第光耀昌盛。但是说实在的，在这件事上我知道的只是，人文科学中最难与最伟大的学问似乎就是儿童的抚养与教育。

如同在农业中，播种前的耕作以及播种本身，方法都可靠简单；可是让种下的作物存活苗长，这里面就有无数的学问与困难；人也是这样，受孕怀胎无什么技巧，但是一旦到了人世，大家就要给他种种关怀，教育他，抚养他，需要终日操心与害怕。

幼年时，孩子的性格倾向不强烈不明显，天资也没有那么确定无疑的表现，很难对此作出任何有根据的判断。

您看西门、瑟米斯托克利和其他许多人，他们早年与后来的行为多么不一致。小熊与小狗显出自然天性；而人受困于习俗、看法和法律之中，很容易改变自己或伪装自己。

强迫天性还是很难的。由于选错了道路，训练孩子去做今后无法让他们立足的事，往往多年心血白费，这样的事常有发生。由于这样的困难，我主张引导他们去做最有益最有效的工作，不应该从他们童年的行为对他们的前途妄加猜测。即使柏拉图，我也觉得他在《理想国》一书给予儿童过多的权力。

夫人，学问是华丽的装饰，也是奇妙的服务工具，尤其对于夫人这样的富贵人家来说。说实在的，学问在贫贱者手里起不了应有的作用。学问用于指挥战争、统治百姓、跟君王或异国结盟，远比用于找论据、写诉状或开药方显赫得多。因而，夫人，我相信您不会忘记对自己孩子的这部分教育，因为您出身书香门第，受过闺中教育（因为我们至今保存几代德·弗瓦伯爵们的文稿，您的丈夫伯爵阁下和您都是这一脉的后裔，您的叔父弗朗索瓦·德·弗瓦，康达勒伯爵每日写作，将使贵府的文章才华绵延几个世纪不绝），我只想对您献上一条不同于世俗做法的拙见，这也是我对夫人的效力。

儿童教育的成败完全取决于您对教师的选择，教师的职责涉及许多其他重大方面；但是对此我没有值得一听的见解也就略过不谈；关于职责我向教师提出一己之见，他若认为有可取之处不妨采纳。对一位贵族子弟，学知识不是为了谋生（因为这个庸俗的目的不配得到缪斯女神的垂青与眷顾，此外这还涉及别人，取决于别人），不是为了跟外界交往，更重要的是自身要求，丰满心灵，提高修养，更有意培养成一个能干的人，而不是有学问的人，我还要进一言，就是用心给他选择一名导师，不需要学识丰富，而需要通情达理，两者兼备自然求之不得，但是性格与理解更重于学问；他必须以一种新方式工作。

有的教师不停地在我们的耳边絮聒，仿佛往漏斗里灌水，我们的任务只是重复他跟我们说的话。我要他改正这种做法，一开始，根据他所教的人的智力，因势利导，教他体会事物，自己选择与辨别；有时给他指出道路，有时让他自己开拓道路。我不要老师独自选题，独自讲解，我要他反过来听学生说话。苏格拉底，后来的阿凯西劳斯都是首先让弟子说话，然后再是他们对弟子说话。

教师让学生在前面小跑，判断他的速度，然后决定自己该怎样调节来适应学生的力量，这是个好方法。如果缺了师生的这种配合什么都做不好。善于选择这种配合，稳步渐进，据我所知这是最艰难的工作之一；名师高瞻远瞩，其高明处就是俯就少年的步伐，指导他前进。我上山的步子要比下山更稳健，更踏实。

我们这里的做法是，不论学生的资质与表现如何不同，都是用同一的教材与规则来教导，于是在一大群儿童中只能培养出两三个学有所成者，也就不足为奇了。

教师不但要学生记住课本中学过的词，还要理解词的意义与要旨；评估学生的成绩不是去证明他记住了多少，而是生活中用了多少。按照柏拉图的教学法循序而进，对学生刚学到的知识，要他举一反三，触类旁通，检查他是否融会贯通，成为自己的东西。吞进的是肉，吐出的还是肉，这说明生吞活剥，消化不良。吞进胃里的东西是需要消化的，胃没有改变它的内容与形状，那就没有起到应有的作用。

受五花八门思想的影响，受书本权威的束缚，我们的心灵都是在限制中活动。脖子套了绳索挣不脱，也就不会有轻快的步伐。我们失去了活力与自由。

我在比萨城私访一位正人君子，是个极端的亚里士多德信徒，他最大的信条是：衡量一切正确思想与真理的试金石，就是看它是否符合亚里士多德的学说；除此以外，都是胡思乱想；亚里士多德什么都见了，什么都说了。他这个信条得到广泛和歪曲的传播，从前使他长时期成为罗马宗教裁判所的常客。

教师要让学生自己筛选一切，不要仅仅因是权威之言而让他记在头脑里。亚里士多德的原则对他就不是原则，斯多葛派和伊壁鸠鲁派的原则也不是。要把这些丰富多彩的学说向他提出，他选择他能选择的，否则就让他存疑。只有疯子才斩钉截铁地肯定。

因为，如果他通过自己的理念接受色诺芬和柏拉图的学说，这些学说不再是他们的，而是他自己的。跟在人家后面的人，跟不到什么东西。什么都没找到的人，是因为他没寻找。至少让他知道他知道什么。他必须吸收他们的思想精华，不是死背他们的警句。他可以大胆忘记从哪里学到的，但必须知道把道理为己所用。

真理与理智对谁都是一样的，不看谁说在前谁说在后。也不是根据柏拉图说的还是我说的，只要他与我理解一致，看法一致。蜜蜂飞来飞去采花粉，但是随后酿的蜜汁，这才完全是它们的。不管原来是荽蓝还是牛至。这也像学自他人的知识，融会贯通，写成自己的一部作品，以此表达自己的主张。他的教育、他的工作和研究，都用于对自己的培养。

让他把学到的东西藏之于心，把创新的东西呈之于外。剽窃者、人云亦云者炫耀的是他们造的房屋，他们购的东西，而不是他们学自他人的心得。你看不到一名法官收受的礼品，只看到他为孩子招来好亲事和猎取荣誉。没有人公开他的收入；每个人都不隐瞒他的获得。

我们在学习上的获得，才使自己更完美更聪明。

埃庇卡摩斯说，有了理解才可以看见与听见，有了理解才可以利用一切，支配一切，才可以行动，掌握与统率。其余的东西都是瞎的，聋的，没有灵魂的。当然，不让理解有自由发挥的余地，就会失去活力与豁达。谁曾问过他的弟子，对西塞罗某名句的修辞与语法是怎么想的？他们只把这些句子一股脑儿往我们的记忆里装，仿佛是一点一画都有其重大含义的神谕。会背诵不等于懂，那只是把东西留存在记忆中。了然于心的东西不妨自己支配，不必看老师的眼色，也不必转睛对照书本。纯然的书本知识是可悲的知识！我可以接受它作为装饰，但不是基础，柏拉图也是这个看法，他说坚定、信仰、真诚是真正的哲学，其他另有目标的学科都是点缀而已。

我多么希望是当代杰出的宫廷舞蹈家帕瓦里或庞培，只要我们观看他们表演，不必要离开位置就可以学会蹦蹦跳跳。这就像那些人要我们提高理解力却不要动脑子，要我们学骑马、掷标枪、弹琴或练声，又不要我们练习，要我们学习明辨是非和善于辞令，又不要我们说话和判断。要学习，眼前看到的一切都可以作为合适的教材：侍从的狡猾、仆役的愚蠢、席间的谈话，统统都是新内容。

最适宜于进行这样学习的是与人交往，还有就是到国外游历，不是像我们法国贵族那样，带回来的只是圣洛东达神殿有多少台阶，利维亚小姐的短裤多么精致；还有像另一些人议论从某些废墟出土的尼禄头像，比某个金币上的头像长多少或阔多少；而是要带回这些国家的民族特性和生活方式，让我们的思想与他们的思想发生冲撞和相互磨砺。

我多么乐意孩子幼年时就带他游历，这样做一举两得，先到语言与我们相差较大的邻国去，语言若不自小训练，舌头不会灵活。

所以，大家通常认为，在父母身边培养孩子不是道理。骨肉之情会使即使最明白事理的父母过于心软，导致放纵。他们舍不得惩罚他的过错，看到他生活像常人一样随便和冒风险。他们也受不了他汗流浃背，满身尘土操练回来，有热喝热，有冷喝冷。看不得他骑在烈性马上，手执无锋剑或拿起第一把火枪跟严厉的教师对抗。因为你若要他具有男子汉气概，别无良策，且不说青春年少时不能姑息，经常还有违于医学规律，不仅要磨砺他的心灵，还要锤炼他的筋骨。心灵若没有筋骨的辅助，会压力太重，独自难以承受两副担子。对此我深有体会，我的心灵就因身子那么单薄娇弱，压得它步履艰难。我在学习中读到，我的老师经常举例谈起，一个人铜筋铁骨，耐苦耐劳促成自己大智大勇。我见过一些男人、女人和儿童，天生强健的体魄，受一顿棍棒打比我被一根手指戳还不在乎，挨揍时不吭一声，不皱眉头。当竞技家模仿哲学家比赛耐力，他们的力量来自筋骨更多于心灵。工作中耐劳其实是耐痛："劳动磨出耐痛的老茧。"（西塞罗）

要孩子忍受训练的劳苦与疼痛，是锻炼他们经受脱臼、肠绞痛、灼伤，还有坐牢和苦刑的劳苦与疼痛。在我们这个时代，好人与坏人都会遇到后两种苦难，他或许也难幸免。我们有例子为证。无法无天的人，正在用鞭子与绞索威胁精英分子。

再说，教师的权威对他必须是至高无上的，父母在场就会使权威中止与受到妨碍。知道自己的家族有财有势，再加上全家对他毕恭毕敬，以我之见，在这个年纪对他会有不小的妨害。

与人交往方面，我经常注意到这个缺陷，我们不去认识别人，而一心标榜自己，不思努力获取新知识而兜售自己的货色。沉默与谦虚是交谈中非常有用的品质。当这个孩子得到知识后，要教导他谦虚谨慎；有人在他面前说话不中听，听到不要怒形于色；因为抨击一切不合自己心意的东西，这是极不礼貌的讨厌行为。让他乐于自我改正，不要自己不愿做的事都怪别人，不要跟大众的习俗背道而驰。"做人聪明也可以不张扬，不傲慢。"（塞涅卡）

要改掉飞扬跋扈的样子。还有这种年轻好强，要装聪明来显示能耐，指摘别人与标新立异图虚名。犹如只有大诗人才可在艺术上打破韵律的约束，同样只有一代风流人物可以在行为上不拘一格。"若有个苏格拉底和亚里斯提卜行为诡异，放浪不羁，这不是说他就可以这样照着做；在他们的国家，超凡入圣的贤人才允许不拘小节。"（西塞罗）

要教导孩子只有遇到工力悉敌的能手，才与他探讨与争论，那时也不使用一切可用的招数，而只用一些最有用的招数就够了。要教导他善于选择自己的论据，说话得体，也就言简意赅。尤其要教导他面对真理就要俯首帖耳，缴械投降，不论这是由对方说出来的，还是自己深思后体会的。因为一个人上了讲台就不要说些现成话。不是自己同意的事不要任意介入。凡是可以用钱贩卖忏悔和承认错误的自由的地方，不要参与那里的任何工作。"人不是非得捍卫一切文明规定的思想观点。"（西塞罗）

他的教师若能按我的意思去做，他要让学生立志忠心耿耿对待君主，表现热情勇敢；但是纯然限于公务，其他私心都要打消。有了私交以后，坦率程度就会受损，带来许多不便；除此以外，一个人被雇用或收买后，他的判断就不会全面和自由，要不就会轻率和没有切中要害。

君主从成千上万臣民中选择了他，养在府里调教，这位侍臣除了取悦君王以外，没有权利，也不思说和想任何不悦耳的话。这种宠幸与功利关系很有理由妨碍他直言谏劝，也使他顾盼自雄。因而经常听到这些人说话跟国内其他人不同，在这类事上很少值得相信。

让他语言中闪烁良知与美德，唯理智作为指引。让他懂得，若在论说中发现错误，虽然别人尚未感到，也要改正，这是判断与诚实的表现，也是他追求的主要品质；坚持与否认错误是常人的素质，愈庸俗的人中愈明显；补偏救弊，知过必改，当机立断放弃坏主意，这都是一种罕见的、强有力的哲学家风度。

要关照他，与人相处时要时刻留个心眼儿；因为我发现最前面的位子往往被平庸之辈占据，大富大贵的人不一定有才华。

我看见坐在餐桌上座的人，闲谈的是某块挂毯的华丽或希腊马姆塞葡萄酒的醇厚，而另一端的许多妙言隽句却没有人听到。

他要观察每个人的特长：放牛人、泥瓦匠、过路人；应该懂得利用一切，学习各人之所长；因为一切都是有用的；即使从别人的愚蠢和弱点中也可学到东西。仔细观察一个人的举止风度，心头就会产生想法，羡慕优雅的，鄙弃低俗的。

培养他锲而不舍、探究一切的好奇心。周围一切稀奇古怪的事都去看一看：一幢房子、一口井、一个人、古战场遗址、恺撒或查理曼大帝的行军道路：

怎样的土地霜冻下变硬，烈日下变沙粒，
怎样的风把帆船吹到意大利。

——普罗佩提乌斯

他还要了解各个君主的习惯、实力和盟约关系。这些东西学起来饶有兴趣，知道了十分有用。

与人交往中，我还要包括——这很重要——那些生活在书籍与回忆中的人物。他通过历史了解伟大时代的伟大人物。看各人的意愿，可以是清闲的学习，也可以是富有成果的研究，如柏拉图说的，这是斯巴达人留给自己享用的唯一学习。在阅读普鲁塔克《名人传》时，他怎么不会大有收获呢？但是我的导师必须记住自己的职责所在，不要让学生死记迦太基覆灭的日期，而要了解汉尼拔和西庇阿的性格；不要他知道马塞卢斯在何地丧命，而要明白为什么他没有尽责才死在了那里。

老师不要他学那么多的历史故事，而要他去判断。在我看来，我们的智慧在这方面表现得最为不同了。我在李维的著作中读到的100件事，别人没有读到；普鲁塔克从中读到的100件事，我又没能看出来，可能这是作者的言外之意。对某些人来说，这是纯然的语法学习，对其他人则是哲学剖析，从中深入到人性最奥秘的部位。

在普鲁塔克著作中有许多长篇论述值得一读，因为依我看来他是这方面的一代宗师；但是也有许多论述只是一言带过，只是给有意深入的人指引方向，偶尔在关键问题上提个头。这些章节我们必须剥离，予以适当阐述。比如他说亚洲的居民只服务于一个人，也发不出那个单音节的词：不。可能是他说的这个词引起拉博埃西的深思和灵机，写出了他的《自愿奴役》。

还可看到普鲁塔克从某人的生平中取出一件小事或者一个词，这看起来无甚意义，但却是一篇演说。可惜的是有识之士喜欢说话那么简要；无疑他们以此名声更隆，而我们这样做会名声更差。普鲁塔克宁愿我们赞扬他明辨是非，而不是学识渊博。他宁愿让我们多向他讨教，而不是使我们满足。他知道人们对好事总是说得太多，亚历山德里达斯很有道理责备那个过分给民选法官说好话的人："喂，外乡人，你说你该说的话，不要用这种方式。"身体瘦小的人塞麻布充胖子，脑袋空空的人用废话来填满。

广泛接触世界，有助于对人性的判断，可以做到洞若观火。我们都自我封闭，目光短浅，只看到鼻子底下的东西。有人问苏格拉底从哪儿来。他不回答说："从雅典。"而是说："从世界。"他经天纬地，把宇宙看作是自己的城市，从全人类的角度来议论他的学问、他的交往与他的感情，不像我们只顾到自己的眼前。

当我的村子里葡萄冻坏了，我的神父就引经据典说是上帝降怒于全人类，并断言野蛮民族快要渴死了。再看我们的内战，谁不大叫这个地球已经乱了套，最后审判的日子已经掐住我们的咽喉，没有想到以前有过更糟糕的事，天下百姓不还是在过从前好时光吗？

而我，尽管看到战争中胡作非为、逍遥法外的事，还是庆幸使居然打得那么和风细雨。有人头上落下了冰雹，以为半个地球狂风怒号，雷轰电闪。那个萨瓦人说，要是这个法国笨国王善于理财的话，他可以当他的公爵的膳厨总管了。因为他的头脑想象不出还有比他的主子更高的位子了。我们都不知不觉陷在这个错误中，这是个后果极大、极有害的错误。但是谁在脑海中，犹如在一幅画中，想一想我们威严堂皇的大自然母亲的形象，可以看到她脸上气象万千、瞬息万变的表情，他就发现不仅是自己，还有整个王国，好似一个细小的圆点；这时人才能对事物的正确大小作出判断。

这个大千世界，有人还把它看作是恒河一沙，是一面镜子，我们必须对镜自照，从正确角度认识自己。总之我希望世界作为我的学生的教科书。形形色色的特性、宗派、判断、看法、法律和习俗，教会我们正确判断我们的这些东西，提高我们的判断力去认识其不足和先天缺陷：这可不是轻松的学习。国家历经动乱，百姓受尽沧桑，要我们知道我们的历史也不会产生大奇迹。那么多的名字，那么多的凯旋与征服，都已湮灭在遗忘中，居然还希望抓十个轻骑兵，攻下一个因陷落而出名的鸡棚，欲要因此名垂青史，岂不是笑话？那么多极尽奢华的外交排场，高官显爵前簇后拥的宫廷礼节，使我们见惯君临天下的骄傲与自豪，再见到金碧辉煌的场面也不会眨一眨眼睛。千千万万人已先于我们埋在地下，鼓励我们不要害怕到另一个世界跟他们结伴。其他事也是如此。

毕达哥拉斯说，我们的人生犹如民众大集合的奥林匹克运动会。有的人锻炼身体为了获取比赛的荣誉，有的人带了货物出售为了谋利。还有的人——那也不是不好——来此没有其他目标，只是观看事情怎么和为什么是这样进行的，作为其他人人生的观赏者，以此作出判断和调整自己的人生。

从这些例子都可以适当提取出一切最有益的哲学观点，然后人的行为又可以以哲学及其原则作为试金石。要告诉孩子，什么要知与什么要不知应该是学习的目的；什么是英勇，什么是克制与正义；雄心与贪婪、奴役与服从、放纵与自由之间有什么区别；什么是识别真正与切实的满足；对死亡、痛苦与耻辱应该怕到什么程度。

什么事促动我们前进，心中那么多波动又是什么道理。我觉得儿童启智课文里面的内容必须在今后可以调整他的习惯与意识，教育他认识自己，让他知道如何死得有意义，活得有价值。至于七门自由艺术，一开始应授以使我们心灵自由开放的艺术。

这七门艺术对我们养性怡情都是有益的，其他一切东西也是有益的。但是让我们选择直接和实际用得上的那种。

如果我们懂得把人生的方方面面都限制在适当与自然的范围内，

就会发现目前沿用的大部分学科都是用不上的。即使在有用的学科中，过于广泛和深入的东西也是很不实际，我们不妨也将其摒弃，按苏格拉底的教育观，在我们的学习中限制缺乏实用性的学科传播。教孩子星相学，第八星球的运转，然后又是他们自己的星相，这是绝对的幼稚。

阿那克西米尼写信给学生毕达哥拉斯说："死亡与奴役总是近在眼前，我还有什么心思去玩星座的秘密？"（因为那时波斯国王正在准备战争攻打他的国家）每个人都应该这样说："当我时时受野心、贪婪、鲁莽和迷信的袭击，内心又存在着人生中其他这样的敌人，我还会去对地球的运行胡思乱想吗？"

教会了如何使他变得聪明与优秀的东西后，那时才跟他说什么是逻辑、物理、几何和修辞。由于有了相当的判断力，他选上无论什么学科，都会很快精通。授课方式可以采取闲谈或课文讲解，有时教师给他准备有利于这样教育目的的作者选段，有时给他提供详细讲解的精华篇章。如果教师自己不熟悉某些书籍，对其中的要义比较陌生，为了完成自己的意图，可以请某个文人来辅助，逢到需要时提供必要的材料，整理后发给孩子。

谁还会怀疑，这样授课不是比希腊语法学家加扎更轻松更自然。加扎只会讲些晦涩难懂、索然无味的教条，空洞枯燥的字句，叫人没法领会，也不会启发心智。依我说的，心灵就会找到哪儿有粮食，哪儿得到营养，结出的果子硕大无比，也更快成熟。

令人不解的是，在我们这个世纪事情竟会发展到这个地步，即使对于有识之士，哲学也是个空洞虚幻的字眼，无论在大众心目中还是实际生活中都是毫不实用，没有价值。我相信个中原因是诡辩学家霸占了通往哲学的道路。

给哲学画上一副皱眉蹙额、狰狞可怕的脸谱，使孩子不得接近，这是大错特错的。是谁给哲学戴上了这个苍白丑陋的假面具？其实没有什么比哲学更加轻松愉快乐呵呵，我差点儿还要说挺逗人的呢。它只劝诫说欢度时光，好好享乐。愁眉苦脸的人在那里只说明他待错了地方。

心灵里留住了哲学就会健康，也会促进身体健康。心灵的安详平和也会反映在外，用它的模子塑造人的外表，最终养成他温雅自豪、轻捷活泼、满足和气。智慧的最显著的标志是长乐；犹如月亮王国里的事物，永远清朗。这是三段论的胡诌使学哲学的弟子沾上不白之冤，而哲学本身是无辜的，他们只凭道听途说而接触哲学。哲学的职责不是按照凭空想象的本轮说，而是通过自然、可以触摸的推理，去平息心灵的风暴，学习笑的渴求与热望。哲学的宗旨是美德，不是像经院派说的，高高竖立在陡峭崎岖的山顶上高不可攀。

接近过哲学的人，相反会认为它是种植在一片美丽肥沃、繁花似锦的平原上；从那里看下面事物一目了然。你若熟悉地址，也可通过绿树成荫、花草点缀的道路，愉快地走在一条平坦的缓坡上，犹如走上了天穹之路。崇高的品德，美丽，昂扬，令人生爱，既温存又勇敢，跟尖刻、乖戾、害怕和束缚水火不相容，它以本性为指引，与机缘与快活做朋友；还有人跟品德从来无缘，因这个缺陷，于是把哲学说成是个愚蠢、愁眉苦脸、爱吵架、痛苦、凶相毕露、阴沉的怪物，伫立在偏僻山顶的荆棘丛里吓唬过路人的鬼魂。

我的教师认识到让学生心中对美德充满敬意，还要在心中同样或更多充满感情；要会对他说，诗人反映了大众的情操，让他就像手指碰上一样切实领会，奥林匹克诸神在通往爱神维纳斯小室的路上，比在通往智慧女神雅典娜小室的路上，洒下更多的汗水。

当孩子有自我意识时，给他介绍布拉达曼或安琪丽克①作为嬉乐的伴侣。一个美得天真活泼，大方，英气勃勃，但不是男相；相比之下，另一个美得有点儿病态，矫揉造作小心眼；一个穿男式衣衫，戴闪光的头盔，另一个穿裙衩，戴镶珠无边帽。

要是他作出的选择与女人气的弗里吉尼牧羊人②大不相同，教师会认为他在爱情上也阳刚气十足。那时教师再教他一堂新课：真正美德的价值与崇高在于实施时感到轻松愉快，做了有用的事不感到任何困难，儿童与大人、老实人与细心人都可以同样去做。它的推行工具是调解，不是强制。苏格拉底是美德的第一个宠儿，有意识地放弃强

---

① 意大利诗人阿里奥斯托（1474～1533）《愤怒的罗兰》中两位性格相反的女主角。

② 指希腊神话中的帕里斯，特洛伊王子。阿佛洛狄忒助他诱走斯巴达王墨涅拉俄斯的妻子——美人海伦，遂引发历时十年的特洛伊战争。

制，而是自然轻松地进入了这个境界。这是人生乐趣的乳母。她使乐趣正正当当，也使它们可靠和纯洁。她若压制乐趣，就会让人急不可待要尝试。她取消她所拒绝的乐趣，刺激我们转向她所留下的乐趣。她把天性所需要的乐趣让我们充分享受，如慈母般地尽情满足，而不至于过度（或许我们不愿说节制是我们乐趣的敌人，因为要在酒客未醉前制止他喝，食客未胀胃前制止他吃，好色者未变秃子前制止他玩）。

如果她得不到一般人的命运，她就避开它，放弃它，给自己创造另一个属于自己的命运，不再摇摆彷徨。她知道怎样富有、强大和有学问，躺在有麝香味的床垫上。她爱人生，她爱美、光荣和健康。但是她的特殊使命是知道如何有节制地使用这些财富，也知道这些财富时时在消失。这个使命艰难，然而更加崇高，人生过程中没有它就会不合自然规律，动荡，崎岖，那样就避不开那些暗礁、荆棘和妖魔鬼怪。

如果这位学生另有一种不同的禀性，爱听奇谈怪论，胜过听美妙的旅行和聪明的讨论。战鼓声使同伴热血沸腾，他听到却转过身去，会给别人叫去看街头的艺术表演。他以自己的爱好认为满身风尘从战斗中凯旋，不比在网球场或舞会上大出风头更欢快更怡然，对这样的人我没有其他办法，只有让他的教师早早趁没人在场时把他掐死，或者送他到某个像样的城镇里当糕点师，即使他是个公爵的儿子，因为根据柏拉图的教导，培育孩子不是按照他们父亲的资质，而是他本人的资质。

既然哲学是教导我们生活的学问，儿童时代和其他时代都可以从中得到教育，为什么不能也教他们哲学呢？

当人生过去后才有人教我们怎样生活。许多学生染上了梅毒，才学到亚里士多德关于节欲的课程。西塞罗说他就是活上两个人生，也不会花时间去读抒情诗人的作品。我觉得这些诡辩学家真是庸碌得叫人可怜。我们的孩子更为紧迫，他只是在人生的最初十五六年期间求学，其余的岁月投身于行动。

必要的教育要在那么短的时间完成。时间不要滥用，删去辩证法中一切繁琐、牵强附会的东西，这些改善不了我们的生活；选择简单明白的哲学论述，其实比薄伽丘的故事还要容易理解。孩子从喂奶时起就能够接受，这比学习识字与书写还重要。哲学中讨论人的衰老，也讨论人的诞生。

我赞同普鲁塔克的看法，亚里士多德让他的大弟子亚历山大听了兴奋不已的，不是三段论法的组成技巧或者几何原则，而是关于勇敢、胆略、慷慨、节欲和保持大无畏精神的训诫。当他还是青春少年时，亚里士多德让他带了这份精神武器去征服全世界的帝国，随军只有3万名步兵，4000匹战马，4.2万埃居。普鲁塔克说，亚历山大还是非常尊重其他艺术与学科的，赞扬它们高雅怡情；但是尽管他饶有兴趣，要让他本人热心推广还不是件易事。

伊壁鸠鲁给迈尼瑟斯的信是这样开头的："但愿少年时不避开哲学，老年时不厌烦哲学。"这好像在说，谁不这样做，不是还没有机会活得幸福，便是再没有机会活得幸福。

说了这么多，我可不愿意人家把这个孩子当成囚犯。我不愿意把他交给一位喜怒无常的教师。我不愿意损害他的心灵，像时下的要求，约束他每天工作十四五个小时，像个脚夫那样辛苦。由于生性孤僻忧郁，不知爱惜地过分专注于学习，而我们听之任之，我认为这也不好。这会使他们拙于辞令与人交谈，错过更好的工作机会。

我见过多少同时代的人贪求知识而傻了脑袋。卡涅阿德斯就是读书读得疯疯癫癫，连刮胡子修指甲也无暇顾及。我不愿意别人的不文明与粗野损及他的仪表堂堂。法国的智慧在古代早有定论，历史悠久却不长久。说真的，我们今日看到的法国孩子，其温雅举世无双；但是他们一般都够不上我们所抱的期望；长大成人后毫无出众之处。我听到那些有识之士说那样的学校遍地皆是，孩子送了进去都被教得傻里傻气。

对我们那个孩子来说，一间书房，一座花园，桌子与床，独处时，有伴时，白天与晚上，一切时间、任何地方都是可以用来学习的。因为哲学作为判断与习惯的培训师，将是他的主要课目，也就有融入一切的特权。演说家伊索克拉特在一次宴会上，有人请他谈谈自己的艺术，他回答说："现在不是做我会做的事，现在是做我不会做的事。"大家都认为他说得很有道理。因为大家相聚在宴席上是为了说说笑笑、品尝美食，在这时候发表演说或者引起修辞学辩论，岂不是不伦不类，大煞风景。

其他的学科也可以这样说，但是哲学有一部分谈的是人与他的义务职责，这是所有聪明人一致的评语，因而为了使交往融洽，在宴席和游戏中都不应拒绝谈哲学。柏拉图把哲学请到了他的餐桌上，我们看到它如何使宾主都感到轻松，时间与地点十分合适，虽则实际上是在讲述最高尚、造福大众的理论。因此，毫无疑问，他不会比别人闲着。但是就像我们在藏画室里慢慢欣赏，走的步子即使比走往一个既定的目的地要多上三倍，也不会叫我们疲惫；我们的授课也是这样，都像是不经意间谈了起来，不限定时间与地点，天南地北海聊，将在不知不觉中结束。

游戏与运动将占学习的一大部分：跑步、角斗、音乐、舞蹈、狩猎、骑马、练习刀枪。我希望在塑造他的心灵的同时，也培养他的举止、待人处世与体魄。这不是在锻炼一个心灵、一个身体，而是在造就一个人；不该把这两者分离。如柏拉图说的，不应该在训练中顾此失彼有所偏重，而是同样训练，就像一根辕木上同时驾驭两匹马。听他这么说，好像没有给予体格锻炼更多的时间与关注，还认为精神与身体可以同时进行，而不是相反。

此外，这类的教育要宽严结合进行，不是像时下所做的那样，不是让孩子去接近文艺，而是让他们看到的尽是恐怖与残酷。请不要给我谈暴力与强权。依我之见，没有东西比它们更加戕害和迷误善良的天性。您若想要他懂廉耻、怕惩罚，就不要让他对此麻木不仁。但是要让他对他应该蔑视的汗水、寒冷、狂风、烈阳和各种风险麻木不仁。在穿着、床铺、饮食方面不要养成他娇生惯养；让他适应一切。不要他做个娘娘腔的小男人，而是强壮的青少年。

不论童年、中年、老年，我一直这样相信，这样判断。但是特别令我不悦的是我们大部分学校的这种教育法。若多一点宽容，说不定危害性要减去不少。这是一座真正的少年犯拘留所。在他们没有堕落以前就惩罚他们堕落，才使他们真正堕落了。不妨在他们上课时候去看看，您只听见孩子的求饶声和教师的怒吼声。对着这些幼小害怕的心灵，面孔铁青、手执鞭子赶着他们，这算是什么样的启智求知的好方法？这种方式极不公正和有害。

在此还可以加上昆体良的精辟见解，他说这种专横的师道尊严会带来严重的后果，特别是体罚的使用。教室里放满花草，要比悬挂鲜血淋漓的柳条合适得多！我让教室洋溢欢乐喜悦，出现花神与美惠之神，就像哲学家斯珀西普斯在他的学校里所做的一样。什么对他们有利，要愉愉快快去做。有益孩子健康的肉加的是糖水，有损孩子健康的肉加的是苦水。

妙的是柏拉图在《法律篇》中十分关注他的城市青年的娱乐与消遣，详尽阐述他们的赛跑、竞技、唱歌、跳高、舞蹈等活动，还说古代把这些事的掌管和主持工作交给了神：阿波罗、缪斯和密涅瓦。

他谈及他的体育观发挥了无数的看法；对于文艺则涉猎不多，好像只是在提到音乐时才专门谈一谈诗歌。

在举止习惯中避免有怪异行为，视同如交流与社交中的大敌，如妖魔一样可怕。亚历山大的御厨总管德莫丰，在阴影下会出汗，在阳光下会发抖，谁对他的体质不感到惊讶？我还见到有人闻到苹果味比遇到火枪射击还要躲得快。有人怕老鼠，有人看到奶油或拍羽毛床垫就反胃，像日耳曼的尼库见不得公鸡，也听不得公鸡叫。

这里面或许有什么隐情，但是依我看来及早注意是可以克服的。这方面我受教育之惠很多，当然这一切没有少费心，除了啤酒以外，我对任何果腹的东西一律很合胃口。当身体还听话时，应该让它适应一切生活方式与饮食习惯。只要胃口与意愿尚可控制，应该放心大胆让青年去适应各个民族与地区的生活，若有需要，甚至也可以放纵荒唐一下。

按照习俗的需要训练他。让他会做任何事，但是爱做的只是好事。卡利斯提尼斯因为不愿意陪着他的主子亚历山大大帝狂饮而失宠，即使那些哲学家也对他这个行为不以为然。他该跟他的亲王一起笑，一起玩，一起寻欢作乐。我甚至要他在寻欢作乐中，比他的同伴精力更充沛，兴致更高。他不去做坏事不是因为力气不济，窍门不懂，而是没有这个心。"不愿做坏事与不会做坏事，有天壤之别。"（塞涅卡）

我们的人生过程才是我们言行的真实镜子。

有人问泽克斯达姆斯，斯巴达人为什么不把他们的勇武条例写成文字，给年轻人阅读，他回答说："这是他们要让年轻人去对照行动，不是去对照书本。"拿我们中学的拉丁语学生比一比，到了十五六岁，花了那么长时间只是学习说话！世界上充满废话，从来没有见到一个人会说话太少，而总是会说话太多。我们半生岁月就随之而去了。他们让我们用四到五年听单词、做句子；然后又用同样长的时间写成一篇长文，内分四五个部分；然后又至少再用五年学会把这些编制成一篇精雕细刻的文章。这种事还是让那些以此为生的人去做吧。

一天去奥尔良的路上，我在克莱里这边的平原上遇到两位艺术教师正往波尔多去，一前一后相差五十步。在他们身后较远处，我发现一群人，为首的那位主人就是已故的德·拉·罗什富科伯爵大人。我的一名随从向走在前面的教师打听，在他后面过来的贵族是谁。那人没有看到随后还有一大帮人，以为是指他的同伴，风趣地说："他不是贵族，他是语法学家，我是逻辑学家。"

而我们这里相反，要培养的不是语法学家或逻辑学家，而是贵族。让他们闲着就闲着吧，我们其他地方还有正经事呢。但是我们的弟子要懂的是事情，懂了事情话自会来的，即使话不是立即跟上，他也会慢慢说出来的。我听过有些人谦称自己不善于辞令，装得满腹经纶，但是缺少口才，无法把它们表达出来。这是个托词。您知道我对此是怎么看的吗？这是他们学到的观念不完整，理解也不清晰，没法梳理和领会其中的道理，也就不能够阐明；这是他们还没有做到心中有数。

看到人家在创作时结结巴巴说不清楚，您可以判断他们的工作还不到分娩的时刻，只是还在怀孕，只是还在舔不成形的胚胎。就我而言，我坚持，而苏格拉底也这样说，谁心里有了一个明确清晰的概念，总是能够表达出来的，用意大利的贝加莫土语，若是哑巴的话还可用脸部表情。还有塞涅卡把自己的散文也说得诗意盎然："事情熟稔于心，语言随之而来。"西塞罗则说："事物推动词语。"他不懂什么希腊语夺格、连词、名词和语法；他的仆人和小桥上的卖鱼婆也都不懂。您若有意，可以跟他们谈得非常投机，使用语言规则有时几乎不比法国最好的文科教师逊色。他不必懂修辞学，也不用先来一段开场白吸引"公正读者"的注意；他不用操心去知道这些。说实在的，朴实无华的真理发出光彩，任何华丽的描绘相比之下都会黯然失色。

文字精雕细刻只对取悦大众有用，他们吃不下更有分量和营养的肉，塔西佗笔下的阿佩尔①就是明证。萨摩斯岛的使者前来觐见斯巴达国王克利奥米尼兹，准备了一篇声情并茂的长篇演说，要打动他对波利克拉特暴君发动战争。国王让他们把全文念完，对他们说："讲话的开头部分已经记不起来；也影响到了中段；只听到你们的结论，那是我不愿意做的。"我觉得这是一个绝妙的回答，给喜欢掉书袋的人当头一棒。

另一人又怎么样呢？雅典人要在两位建筑师中选一人建造一座大工程。第一位装腔作势，针对这工程的主题事前准备了一篇美丽的演说，争取到民众的好感。但是另一位，只说了三句话："雅典各位大人，那位说到的事，我都会做到。"

当西塞罗的辩才达到登峰造极时，许多人都不胜钦佩；但是小加图只付之一笑，说："我们有个讨人喜欢的执政官。"不论放前还是放后，有用的名言佳句总是讨俏的。即使与前言后语都不搭配，其本身也可以欣赏。我则不是这样的人，认为押韵对的就是好诗；让他高兴时就把一个短音节拉长吧，这没关系。如果他的创新受人欢迎，如果他的思想与判断得到良好的效果，我说这是一位好诗人，但是个不谙韵律的人。贺拉斯说，在他的作品中要看不出一切斧凿痕迹和格律，即使这样也不会误了他；诗篇依然很漂亮。米南德答应写一出喜剧，日子近了他还没有着手写，对人家的责怪这样回答："结构都已酝酿成熟，只待填进诗句就可以大功告成。"他已成竹在胸，其余的细节也就不在话下。

自从龙沙和杜·贝莱使我们的法国诗歌享有盛名以来，我还没见过一个小学徒写句子不是夸夸其谈、抑扬顿挫，像在学他们的样。"声音响亮，内容空洞。"（塞涅卡）在普通人眼里，从来没有那么多的诗人。但是他们的韵脚虽易学，龙沙的丰富描写和杜·贝莱的精微

---

① 原文为阿弗尔。据法国伽利玛出版社《七星文库·蒙田全集》注解，塔西佗说到的是阿佩尔。按此改正。

创新，绝不是他们能够摹写一二的了。

我曾乐意模仿我们年轻人这身随随便便的打扮，大衣斜披，披风搭在一只肩上，一只袜子不拉直，这种怪异装扮表现目空一切的自豪感和散漫的艺术性。可是我觉得在语言上更适宜应用。任何形式的做作，尤其表现在法国式的开心与自由上，对于朝廷大臣是不合适的。而在一个君主国家，每个贵族都应该按朝廷大臣的方式去训练。因而我们何不稍稍偏向自然与放松。

使用奇装异服引人注目，是小气行为。同样，语言上使用怪句子与生僻字，是出于一种幼稚迂腐的奢望。我只求使用巴黎菜市场里说的话！语法学家亚里斯多芬对此一窍不通，还指责伊壁鸠鲁用词简单和他那只要求说得明白的演说目的。模仿说话由于容易，全民都会做到。模仿判断和创新，就不是那么快见效。大部分读者由于找到了一件相似的袍子，错误地认为他们都有相似的身材。

力量与灵气是借不来的，服饰与大衣可以借来借去。

跟我常来常往的人中间，大多数说话都像我的《随笔》，但是我不知道他们思想像不像《随笔》。

（据柏拉图说）雅典人注重说话内容丰富，措词文雅，斯巴达人要求简短扼要，克里特人讲究理念丰富重于语言丰富。克里特人要胜过其他人。芝诺说他有两类弟子：第一类他称为语史学家，求知欲强，是他的得意门生；另一类是文体爱好者，他们只关心语言，这不是说说得好不是件好事，但总没有做得好那么好，而且一辈子为了这件事忙乎，怎么叫我不烦。

我首先要做到的是熟悉自己的语言，其次是与我常打交道的邻居的语言。希腊语与拉丁语无疑是美丽严谨的语言，但是要学好须花太大的代价。我在这里介绍我自己试过的一种方法，要比通行的简易得多，有意者不妨一试。

先父竭尽个人之力，在学者和有识之士之间进行过各种研究，要创造一种良好的教育形式，发现了目前的流弊。有人对他说，我们现在花费多年去学习古希腊人和罗马人轻易会说的语言，这是我们为什么达不到古希腊人和罗马人博大精深的唯一原因。我不相信这是唯一原因。

好在父亲找到了替代办法，还在我吃奶和开口说话前，把我交给了一位德国人。那人不懂我们的语言但精通拉丁语，后来客死法国时已成了名医。父亲有意重金礼聘，要他对我日夜耳提面命。他还请了两个学问稍差的人跟随我左右，减轻德国人的工作。那些人对我只说拉丁语。至于家里其他人，立下一条不可违背的规矩，就是他本人、母亲、仆人、侍女只要跟我一起，尽量用他们每人学到的拉丁词混在句子里跟我说话。

人人都获益匪浅。父亲与母亲学了足够的词汇可以听懂，遇上需要时还足够应付，侍候我的其他仆人也是这样。总之，由于我们之间经常用拉丁语交谈，连得四邻的村庄也受到了影响，有不少工匠和工具的拉丁名称在当地生了根，还沿用至今。而我已过了六岁，听懂的法语或佩里戈尔方言不比阿拉伯语多。没有刻意去学，没有书本，没有语法或规则，没有鞭子，也没落过眼泪，我就学成了拉丁语，跟我的学校老师懂的一样纯正，因为我不可能把它混淆和窜改。因此，按照学校规定的作文课上，给其他学生出题目是用法语写的，给我是一篇用蹩脚拉丁语写的文章，由我改写成地道的拉丁语。

著有《论罗马人民集会》的尼古拉·格鲁奇，亚里士多德的注释者纪尧姆·盖朗特，苏格兰大诗人乔治·布坎南，法国与意大利公认的当代最优秀的演说家马克·安东尼·缪莱，都做过我的家庭教师，经常对我说我自幼学习拉丁语，用来得心应手，他们简直不敢跟我交谈。布坎南后来我见过，当了已故的德·布里萨克元帅大人的幕僚，他对我说他正在准备写一部儿童教育的著作，要拿我的童年教育做例子；因为他那时正在调教元帅的儿子德·布里萨克伯爵，我们都知道他日后多么高尚勇敢。

至于希腊文，我几乎一窍不通。父亲计划让我通过一种游戏结合练习的新方法强化学习。我们两人对垒，交替背诵变格；就像有的人玩下棋来学习数学与几何。有人向父亲提过建议，其中一条是让我对学问与做人道理感兴趣，不能强迫我的意志，而要我自己产生欲望；在温情与自由中培育心灵，不要严厉与束缚。有人认为早晨把孩子惊醒，从睡眠中突然强拉出来（他们比我们睡得沉），会损害他们娇嫩的头脑，我要说父亲做得到了迷信的程度，他要用一个什么乐器声唤醒我，我身边也从不缺少一个演奏的人。

从这个例子可以推知其余一切，并且借此推荐这样一位好父亲的谨慎与爱心，作出这样细致的教育安排，若没有得到应有的果实，那就不是他的过错了。这里面有两个原因：土地贫瘠，不宜种植；因为尽管我身体结实健全，天性则温和好说话，同时还无精打采，昏昏欲睡，以致人家没法叫我摆脱闲散，甚至叫我去玩也不行。看在眼里的东西会很好理解。鲁钝的外表下，头脑里的想象却很大胆，看法也超过自己的年纪。思维慢，要我想到哪里就是哪里。理解迟钝，创见不多，最要不得的是记忆力差得令人没法相信。因此父亲在我身上没有得到什么有效的成果也就毫不奇怪了。

其次，像病急乱投医的人，到处去询问各种各样的看法。我的好父亲极端害怕他那么关心的事情失败，最后竟附和大众的意见，也就是像一群鹤，跟着前面的飞，当那些曾经用他从意大利带回的启蒙教本教过他自己的人纷纷离开以后，也就屈从习俗，六岁时把我送入了当时办得欣欣向荣，也是法国最好的居耶纳中学。

在那里，即使他有心也不可能要什么加什么，给我选择足可胜任的家庭教师，在学科的其他方面给我保留有悖于校规的特殊做法。毕竟，这是一所学校。我的拉丁语立即走下坡路，此后由于生疏也就完全荒废了。新教育对我的好处就是让我一步跨进高年级班。因为在13岁时离开学校，我完成了（他们所称的）我的全部课程，事实上没有一点可以让我学以致用的东西。

读了奥维德《变形记》里的故事很开心，也使我初次对书籍感兴趣。因为，七八岁时，我避开其他一切玩乐偷偷去读这些故事。尤其这种语言是我的母语，这本书我读来最容易，从内容来看也最适合我这样幼年的人。诸如《湖中的朗斯洛》、《阿马迪斯》、《波尔多的于翁》这类儿童喜爱的粗俗读物，我连个书名也不知道，更不用说内容了，因为我的纪律是很严格的。

我在阅读其他规定的课文时更加无精打采。那时，正好碰巧遇到了一位很有见地的辅导老师，他知道怎样跟我与跟我同样胡来的人心照不宣。这时，我一口气读完了维吉尔的《埃涅阿斯记》，然后泰伦提乌斯，然后普洛图斯、意大利喜剧，总是被温情的故事深深吸引。

假若他当时发了疯禁止这类阅读，我相信我从学校带走的只是对书籍的憎恨，我们的贵族阶层差不多都是这样的。

那位教师处理得很巧妙。他装得什么都没看见，只让我暗中贪读这些书来刺激我的欲望，同时又和蔼地引导我在正规课程上作出努力。因为父亲把我交给那些教师，要求他们的主要品质是和颜悦色、温存宽厚。因此我的毛病就不外乎松垮懒散。要提防的不是我做坏事，而是我不做事。没有人会预测我会成为坏蛋，而是我会成为废物。大家在我身上看到的是游手好闲，不是诡计多端。

在古希腊，贵族子弟以演戏为职业也是被允许的："他向悲剧演员阿里斯顿透露自己反对罗马的计划。阿里斯顿出身名门，家财万贯，他的职业并不辱没他的身份，因为在希腊演戏不是件下贱的事。"（李维）

我总是指出谴责这些娱乐的人说话不妥当，拒绝正规戏班子进入大城市，剥夺老百姓大众娱乐的人不公平。良好的市政管理不仅要把市民组织起来出席严肃的宗教仪式，也要参加文体活动；那样才会增加交往与友谊。再说，在行政长官和众人面前举行，还有什么比此更加规规矩矩的娱乐呢？行政长官与亲王出资举办一些文体活动娱乐大众，显示父母官的好意，在人口众多的大城市有专门的场地提供给这样的演出，借此消除隐蔽的坏事，我认为这是合情合理的。

再让我们言归正传，重要的莫过于激发孩子的渴求与热情，否则培养出来的只是驮书本的驴子。对驴子才要用鞭子抽去保住满口袋的学问；学问要做到有用，不是让它留在我们的房间里，而是要与它成亲。

第五章　论我们之间的差别

　　普鲁塔克在哪儿说过，兽与兽之间的差别不如人与人之间的差别那么大。他说的是智力与素质。的确，在我的想象中，我觉得伊巴密浓达怎么跟我认识的一个人——我的意思是思维正常的人——竟会那么不同，以致我要加强普鲁塔克的说法，要说某人跟某人的差别，要比某人跟某个兽的差别还大。天与地相差多少度，人与人智力也相差多少度，也就是说无法测量。

　　但是说到对人的评价吧，妙的是世间万物都是以其本身价值来评价，唯独我们人除外。称赞一匹马矫健挺拔，而不是夸奖它的马具；一条猎兔犬要跑得快，而不是由于它项圈美；一只鸟要有强健的翅膀，而不是套绳和脚铃。为什么我们对人不是也评价他的本质呢？他有大批随从，一座华丽的宫殿，多大名气，多少年金，这些都是他的身外之物，不是身内的品质。你不会买一只蒙在袋子里的猫，你若买马讨价还价，必然要卸去它的护身甲。你要看它赤裸着毫无遮盖；若是盖着，像古代让亲王挑选马匹，盖的也是次要部位，不是让你看着美丽的毛色和宽阔的臀部开心，而是主要仔细观察它的腿、眼睛和蹄子，这些是关键的器官。

　　评价一个人时，为什么要把他包得严严实实地评价呢？他向我们展现的并不是他的部分，把可以据此真正评价他的部分向我们隐瞒了起来。你要看的是剑的锋口，不是剑的鞘子，可能剑一出鞘，你看了一个子儿也不会掏。应该看人的本身，不是看他的穿戴。一位古人就说得非常有趣："要知道为什么你觉得他高大？你把他的高跟鞋也算上啦！"

底座不属于塑像。量人身高不要算上他的高跷；让他放下财产与头衔，让他穿着一件衬衫到面前来。他有没有足以担当职务的强壮灵活的体魄？他的心灵怎么样？是否美丽、高尚、生来健全？靠自己还是靠别人富起来的？是不是好运起了作用？他面对出鞘的宝剑是不是镇定自若？不论咽气还是断头而死他都不放在心上？他沉着、平静、满足？这是必须看到的，并以此评价我们之间的极端差别。他是不是——

> 明智，有主见，
> 贫穷和锁链都吓不倒他，
> 勇于克制感情，不慕名利，
> 不露声色，待人圆滑，
> 如滚动光洁的圆球；
> 他不受命运的控制，永不言败？

——贺拉斯

这样的人胜过王国和封邑不可以道理计：他本人足够组成一个帝国。他还有何求呢？拿我们这伙粗人跟他比较，愚蠢，下贱，低三下四，彷徨，总是受不同情欲的冲击，徘徊再三，取决于他人。天地之差距也不过如此。而且我们在生活中那么盲目，竟连自己也不觉察。我们若看到了一个农民和一个国王、一个贵族和一个贱民、一个官员和一个平民、一个富人和一个穷人，立刻在我们眼里出现巨大差异，其实他们的差异可以说只是在裤子上而已。

在色雷斯，国王与平民的区别很有趣，也很夸张。国王有专门的宗教，自己的神，不允许他的臣民崇拜：这个神是商神墨丘利。他看不上臣民崇拜的战神玛斯、酒神巴克科斯、月神狄安娜。

这只是停留在表面上，实质并没有区别。

因为，这就像喜剧演员，你看他们在台上扮演公爵和皇帝；但是转眼之间，他们又变成可怜的仆人和脚夫，这才是他们天然原始的身份，皇帝也是如此，虽然他的排场在公众面前看得你眼花缭乱，到了幕布后面再看这位皇帝，只是个普通人，还可能比卑贱的小民还卑贱。"那人是心里幸福。这人是表面快乐。"（塞涅卡）

胆怯、彷徨、野心、怨恨与嫉妒照样使他激动，跟别人没两样：

> 金银财宝、扈从侍卫
> 都驱散不了萦绕心头的
> 痛苦与不安。

——贺拉斯

即使在自己的三军之中，也战战兢兢，心惊胆战，像被掐住了脖子。

> 畏惧与忧虑占据了人心，
> 刀光剑影，飞箭流矢也赶不跑，
> 大胆地活在帝王将相中间，
> 不会被金山银山骗倒。

——卢克莱修

发烧、头痛、痛风饶不了我们饶得了他吗？当沉重的岁月压上他的肩膀，皇家卫队中的弓箭手能给他卸下来吗？当死亡的恐惧使他全身僵硬，内阁大臣齐集在身旁能让他安心了吗？当他醋性大发、恣意妄为，我们脱帽致敬能使他恢复常态吗？床顶盖上了金钱珍珠帐幔，对他的阵阵恶性腹泻也无能为力：

> 只因为床上铺了大红刺绣衾枕，
> 就相信你发的高烧要比
> 躺在粗布褥子上退得更早？

——卢克莱修

亚历山大大帝的谄媚者，让他相信自己是朱庇特的儿子。有一天，他受了伤，瞧着自己伤口流血，说："嗨，你们说怎么样？这不也是鲜红纯然的人血吗？不是荷马让诸神伤口中流出的那种血吧。"诗人赫尔莫多罗斯写诗歌颂安提柯一世，诗中称他是太阳之子；而他偏要说反话："给我倒便桶的那个人很清楚，根本不是这么一回事。"

不管怎么说，人总是人；若是他出身低贱，占领了天下也不会改变他这一点。如果这是个粗鲁愚蠢的人，那又怎么样呢？没有魄力与精神消受不了享乐与幸福。

财富的好处，即使很实在，还必须有感觉才能品尝。使我们幸福的是享受，不是占有。

他是傻子，就品不出味道；如同感冒的人享受不了希腊美酒的醇厚，或者一匹马不会欣赏人家放到它背上的华美鞍子。如柏拉图所说的，健康、美貌、力量、财富等一切称为好的东西，对于正常的人是好事，对于不正常的人是坏事，坏事反过来也一样。

再说，身体与健康都有危机时，这些身外之物又治得了什么？肉身感到针刺，心灵受到折磨，对于统治世界也会兴趣索然。痛风一旦发作，即使做皇上、称陛下也没用。他还不忘了他的宫殿与他的威风？他生气时，他的王位就能叫他不面红耳赤、脸色苍白、咬牙切齿、像个疯子？他若是个能干有教养的人，王国增添不了他多少幸福。在他看来这只是镜花水月。是的，可能他赞同叙利亚国王塞勒科斯的看法，谁知道了权杖的重量，看到它跌在地上就不敢去捡回来。他说这样的话是指一位贤明君王肩负的重担。

治人实在不是容易的事，既然治己就已遇到那么多的困难。至于发号施令看起来很惬意，考虑到人的判断力低下，对于面目不清的新事物选择困难，我竭力赞同这样的看法：跟在人后比走在人前要方便轻松，顺着现成的道路往前和不用为他人负责，这是良好的精神休养。此外居鲁士说，指挥者不比他指挥的人强就不配指挥。

但是据色诺芬记载，叙拉古希伦国王还说过，在享受欢乐方面，他们也及不上普通人，东西多又来得容易，使他们全然尝不到我们尝到的鲜味。

　　我们认为唱诗班的儿童热爱音乐吗？唱多了会让他们感到厌恶。宴会、舞会、化装舞会、竞技，只是那些不常看而想看的人看了才高兴；但是看惯了的人就觉得乏味，没什么好看；跟女人处腻了的人，女人也不会令他心动。不让自己忍受一点渴的人，就不知道解渴是多大的乐趣。街头艺人演的闹剧叫我们开心，对演的人却是苦活。事情就是这样，有时候乔装改扮，能够过一下平民百姓的生活，使亲王欢喜若狂，这是他们的节日。

　　太满会使人倒胃口和腻烦。就像那位土耳其皇帝在后宫有三百佳丽任他挑选，什么样的胃口是永不败坏呢？他的一位祖先不带上7000多名养鹰人不去猎场，这算是什么狩猎的兴致与排场？

　　除了这点以外，我相信这种豪华气派实在叫人难以去享受温馨的乐趣：太招眼、太突出了。

　　我认为他们还更需要深居简出，少惹是非。因为对我们只算是失礼的事，发生在他们身上百姓就会评论为暴政、藐视法律。除了爱作恶的天性以外，这些人还以控制与践踏民间礼仪为乐。说来也是，柏拉图在《高尔吉亚》一书中，称在城邦里为所欲为的人为暴君。因而揭露和发表他们的罪恶往往比罪恶本身伤害更大。每个人都怕被刺探和监控，他们更是连举止与思想也都受人注意，全体人民都认为有权、有道理来评议他们。污点落在凸出明亮的地方看起来更大，小疱与疣长在额上就比别处的刀疤还显眼。

　　这说明为什么诗人编造朱庇特的爱情故事总不像是他本人干的。在那么多说成是他的风流韵事中，我觉得只有一件他才做得有点儿帝王相。

　　但是还是回到希伦国王。他也说起当了国王多么不自在，无法自由外出旅行，在王宫的四墙内如同囚犯，干什么事身边都围着一群讨厌的人。说真的，看到我们的国王孤独地坐在餐桌前，旁边簇拥着那么多说着话、盯着看的陌生人，我经常感到的是怜悯多于羡慕。

　　阿尔索国王说，这方面毛驴的处境远比国王强：它们的主人还让它们有自由啃草地，而国王却没法从他们的奴仆那里得到这样的待遇。

　　我再异想天开也想象不出，坐在马桶上时有20来个人看着，这给一个有理性的人的生活带来什么样的方便；一个人有一万法郎年金，曾经攻占过卡萨列蒙菲拉托，或者守卫过锡耶纳，他会比一个富有经验的好仆人把国王侍候得更舒服周到。

做国王的好处差不多都是想象中的好处。各种级别的财富都可以有王权的气势。恺撒那时称在法国掌司法权的大小领主都是小国王。的确，除了不用陛下称号以外，他们生活比我们的国王还有过之而无不及。在远离京都的那些省份，以布列塔尼为例，一名闲居在家、奴仆成群的领主，你看看那个排场、请客、扈从、职司、服务与仪式。他的思想好高骛远，什么事比国王还像个国王。

他一年一次听到谈起他的国君，仿佛提到的是波斯国王；也只是借助他的秘书在宗谱上提到什么古代的亲属关系时才认识他的。说实在的，我们的法律是够自由的，王权的威严在一位法国贵族的一生中只触动他两次。我们中间那些靠拢王室、甘愿效劳来光宗耀祖和获得厚赏的人才是真诚的归顺。那些愿意静坐家中、太平无事管理家族的人，可以像威尼斯公爵一样自由自在："很少人受奴役束缚，更多人是自愿束缚。"（塞涅卡）

希伦尤其指出这样的事实，他看出自己对一切相互的友谊与交往都是无缘的，而友谊与交往则是人类生活中最令人满足与甜蜜的果实。因为，某人的一切成就有意无意间都是我促成的，我能从他那里得到怎样的感激与善意的表示呢？看到他无力对我表示拒绝时，我能对他谦卑的言辞与彬彬有礼的敬意太当一回事吗？我们从心存畏惧的人那里得到的称颂算不上是称颂，这些敬意不是对我而生的，而是对王权而生的。

我不就是看到昏君与明君，被人恨的与被人爱的，得到的颂歌谁都不少；侍候前任的场面与礼仪，同样用于侍候后任。我的臣民不非议我，这不说明他们爱戴我，既然他们要非议也不能非议，我怎么就把它往好里想呢？没有人由于我与他有友谊才追随我，因为没有充分的来往与共同点不可能做朋友。我身居高位使我无法与人交往，因为差异过大。他们出于礼貌与习惯追随我，而且追随的不是我而是我的财富，目的是增加他们自己的财富。他们对我说的与做的一切都是表面文章。我凌驾他们的强大威力，处处在约束着他们的自由，我看到自己的周围做什么都在掩人耳目。朱利安皇帝有一天听到朝臣称赞他执法公正，说："这些赞词若来自那些我做出相反判决时也敢指责与批评的人，我听了会感到由衷地骄傲。"

当亲王的一切真正的惠泽，其实跟小康人家没有什么区别（骑飞马，喝琼浆玉液，那是神的事）；他们的饮食与睡眠跟我们没有两样；他们的刀剑并不比我们防身的刀剑更锋利；他们的王冠既不遮阳也不挡雨。戴克里先当皇帝时受百姓爱戴，被命运宠幸，逊位退隐后享受家庭生活的乐趣。不久以后，国家又需要他回来重执朝政，他对劝进的人说："如果你们看到我在自家的庭园里种的树多整齐，种的瓜多香甜，就不会这样劝我了。"

据阿那卡齐斯的看法，最好的执政之道是一切以美德为先，舍弃罪恶，其余都可以一视同仁。

当皮洛斯国王打算进军意大利，他的聪敏的谋士西奈斯劝他对自己的野心虚荣有自知之明，他问："啊，陛下，策划这样的大行军要达到什么目的？"

"我要当意大利的霸主。"国王回答干脆。

"那么然后呢？"西奈斯又问。

"我前往高卢和西班牙。"另一位说。

"然后呢？"

"我再去征服非洲；等我最后征服了全世界，我可以休息，心满意足地生活。"

"以上帝的名义，陛下，"西奈斯依然往下问，"跟我说说为什么就不能现在心满意足地生活呢？为什么不从此刻起就到你想去的地方去安家呢？免得在那时以前还去干那么多的工作，遭遇那么多的危险。"

> 这是他不知道给欲望设下界限，
> 真正的欢乐到哪里为止。

> ——卢克莱修

我觉得这句古诗对这个问题说得特别巧妙，并以此作为此文的终结："各人的性格铸就各人的命运。"（科内利乌斯·尼普斯）

第六章　论反奢侈法

　　我们的法律试图在饮食和衣着上限制挥霍无度，其方式好像与其目的适得其反。真正的办法是唤起人们对黄金与丝绸的蔑视，看成是虚荣与无用的东西。而我们却在宣扬它们的气派与珍贵，这样来要求大家舍弃实在是一种很荒谬的做法；因为宣扬只有王公国戚才吃鲜鱼、穿丝绒、佩金饰带，对老百姓则明令禁止，这岂不是抬高这些东西的身价，引得每个人都想享用吗？

　　让国王们毅然放弃显示高贵的标志，他们有的是其他标志。在这方面挥霍滥用，亲王比其他人更难辞其咎。兹举许多国家为例，我们可以学到足够的、从外表上突出我们地位的好方法（说实在的，我认为这对于一个国家是必要的），而不让这类明显的腐败与弊端滋长成风。

　　令人惊讶的是衣着，这事看似无关紧要，却可以轻而易举地令大家立即仿效。亨利二世国王驾崩，在朝廷上穿布衣戴孝不到一年，可以肯定的是在大众眼里，绫罗绸缎已经身价大跌，谁若穿了这种衣服，肯定被人当作市民看待。医生与外科大夫才还是这样装束。虽然人人穿着大同小异，还是有不少地方明显表现出品位的差别。

　　在我们的军队里，穿油腻的羊皮军衣突然蔚然成风，鲜亮华丽的衣衫则受到指责与轻视！

　　让国王开始放弃这类开支，不用诏书和敕令，要不了一个月就可以完成；我们大家也会跟进。法律只需从反面规定除了街头艺人与妓女，谁都不得穿红戴金。查莱库斯想出这一招整顿了洛克里人的奢靡风气。他的法令是这样说的：有自由身份的女子不可带有一个以上的女仆，除非在酒醉的时候；也不可夜里走出城外；也不可身上佩戴金银首饰，除非是妓女花娘。除了皮条客，男人不可戴金戒指，穿米莱特城衣料做成的精制袍子。通过这些特例引起羞耻之心，也巧妙地让公民远离无益于身心的多余享受。

以名利诱使人们服从，是非常有效的方法。我们的国王要进行这类风尚改革，什么事都可办到；他们的爱好就是法律。"亲王无论做什么，都像在颁布圣旨。"（昆体良）法国各地都以王室的规则为规则。那块难看的前门襟，大大暴露我们的阴私部位；笨重肥胖的紧身衣，穿上根本不再像是自己，也不方便佩挂刀剑；那长条娘娘腔的发辫；在送给朋友的礼物上要亲吻，向他们致意时要吻我们的手——从前这个礼节只向亲王使用；要一名贵族走进一个礼仪场所，腰间不佩剑，衣着宽松随便，仿佛刚从小间走出来；不管祖上的做法和这个王国里贵族的特权，要求我们不论处在什么地方，有王上在周围远远的也要脱帽，不但有他们在场，有其他100位国王在场也这样做，要知道我们大大小小的王数不胜数。还有其他类似的、引进的新花样，对这一切他们都不要不高兴，它们不久就会消失和遭到指责的。

这是浮在表面的谬误，但不是好兆头。我们得到预警，看到墙壁剥落开裂，大楼也就摇摇欲坠了。

柏拉图在《法律篇》中认为，听任青年随心所欲变换服饰、举止、舞蹈、运动和唱歌的形式；一会儿按照这个标准，一会儿按照另一个标准，摇摆不定评论事物，追逐时尚，对推行者顶礼膜拜，这对城邦造成的危害比瘟疫还大；风俗也从这里开始腐败，古代的一切礼制也会遭到唾弃与蔑视。

除非是彻头彻尾的坏事，一切事物的变化都使人心存疑惧，如季节、风向、食物和性情的变化；没有规律是真正坚如磐石，除了上帝自古以来建立的规律；从而没有人知晓其起源，以及从前是否不一样。

第七章　论姓名

　　蔬菜的种类不论有多少，都包含在"沙拉"这个名称下。同样，在谈论姓名这个题目时，我也就此做出一盘大杂烩。

　　每个民族都有几个名字，我不知为什么带有贬义，在我们这里有让、纪尧姆、伯努瓦。

　　同样，在亲王谱系内也有几个名字受到命运的青睐，在埃及有托勒密，在英国有亨利，在法国有查理，在佛兰德有博杜安，在我们古代阿基坦有纪尧姆，有人说居耶纳这个名字就是从那里来的，这也算是冷不防的巧合，就是在柏拉图的书里也没有这么难念的名字。

　　同样，还有一件小事，因为情节奇怪，而且有目击者，还是值得一提。说英国国王亨利二世的儿子诺曼底公爵亨利，在法国大宴宾客，贵族出席人数多得要分组编排。为了好玩就把名单以姓氏相同划分，第一组是纪尧姆，有110位骑士都坐在有这个姓氏的桌子上，还不算那些普通贵族和侍候的人。

　　以客人的姓氏排席次，这很有趣。同样有趣的还有罗马吉特皇帝以肉类的第一个字母依次上菜。以M开头的菜一起上的有：羊肉、小野猪、鳕鱼、鼠海豚等。其余皆照此办理。

　　同样，俗语说名好运旺，这里指的是名望、名声；此外还有名字漂亮确有方便之处，容易念，容易记，因为王公大臣我们都常见，也不会轻易忘掉；在那些侍候我们的人中间，我们一般都是指派和使唤那些名字最容易上口的人。我看到从加斯科尼来的一位贵族，亨利二世国王从来不曾把他的名字念准过。对王后的一名宫女，他居然只用姓氏称呼，因为她父亲起的名对他实在太拗口了。

苏格拉底认为父亲应该用心给孩子起个好名字。

同样，据说在普瓦蒂埃建造大圣母院就起因于这个故事。一个生活放荡的青年住在这个地方，在路上带回了一个妓女，到家一问名字叫玛利亚。他听到我们救世主的母亲的神圣名字，肃然起敬，立刻感到强烈的宗教感情。他不但立即放她回去，还终生行善。由于这次神迹，就在青年居住的地方盖起了一座圣母堂，后来又扩建成我们今日看到的大教堂。

这种虔诚是通过字的发音，听在耳里直抵心灵。另一种同样的虔诚是通过感官的传输而达到的。毕达哥拉斯跟一群青年在一起，他感觉他们在灯红酒绿的节庆中昏了头，正在密谋要去亵渎一家女修道院，于是令唱诗女改变音调，用一种沉闷严肃的扬扬格乐曲，徐徐地平静他们骚乱的心情。

同样，子孙后代会不会说我们今日的改革是细致扎实的，不但打击了谬误与罪恶，使世界充满虔诚、谦卑、服从、和平和各种美德，甚至还去革除旧教名：查理、路易、弗朗索瓦，而让人间都是更有宗教气息的名字，如玛土撒拉、以西结、玛拉基。我的一位邻居贵族，认为旧时代比我们这个时代优越，忘不了那个时代贵族名字的显赫气派：唐·格吕梅登、格达拉冈、阿格西朗，只要一听名字的音色，他就觉得自己跟皮埃尔、吉约、米歇尔不是同一类的人。

同样，我十分感谢雅克·阿米奥，他在一篇法语演说辞中保持拉丁名字原封不动，不任意改动和增删使之法语化。最初好像有点别扭，但是他的《普鲁塔克》一书影响久远，这种做法在我们看来也就不足为奇了。我经常希望，用拉丁文撰写历史的作者，应将我们的名字保持原样，因为若把沃德蒙（Vaudemont）改成瓦尔蒙塔努斯（Vallemontanus），花头花脑，变成了希腊式和罗马式名字，我们也就不知身在何处，找不到北了。

作为总结，我们法国用土地和封邑来称呼人，这是一个恶俗的习惯，造成的后果很坏，也比世上任何事更容易混淆和模糊家族的渊源。一个家族的幼子得到一块封地，他以这块封地命名，受人认知，不能正正当当把它放弃。他去世后过了十年，土地归了外人，这一位也照此办理，请想一想我们对这些人还能了解多少。我们不用往别处去寻找例子，只需看我们的王室，多少封邑，多少名上加名；可是谱系的本源却不得而知了。

这些变更那么随心所欲，以致到了我这个时代，谁要是福星高照，飞黄腾达，无一不是安上连他老爸也不知道的新谱系头衔，还往名门望族上靠。默默无闻的家族走了运，什么显赫的名字都能冒充。法国有多少贵族自称是王族一脉的？我看要超过其他国家。

我的一位朋友不是有趣地说过这么一件事么？他们好几位贵族聚在一起，其中有两位争了起来。一位由于爵位与沾亲带故的关系有了特权，确比一般贵族有更高的地位。在谈到这份特权时，有人为了与他比个高低，一个提到出身，另一个提到另一个出身；有的提到姓氏相近，有的提到族徽纹章相像，有的还抬出一份古代谱牒；最差的也是某个海外藩王的曾孙。

到了开饭时刻，我的这位朋友没有上桌，反而深深鞠躬往后退，请在座各位原谅他，他竟冒昧地与他们混在一起直至现在才离开；因为刚刚获知他们古老的世系后，他开始按照他们的爵位向他们致敬，自己是不配坐在那么多的亲王中间的。他这番嘲弄后，接着就破口大骂："我们祖宗满足于我们现在的地位，看在上帝分上，你们也就满足了吧。如果我们能够清清白白守住自己的地位，已经是不错的了。不要把祖宗挣来的财产散尽、爵位败落；抛掉这些愚蠢的幻想吧，只有厚颜无耻的人才会有幻想，才会把它们搬出来喋喋不休。"

纹章跟姓氏一样都是算不得准的。我的纹章是蓝底上洒满金色三叶草，中间是一头爬行的狮子，四周环绕唇形花。这个图案有什么特权专门待在我的家门内呢？一个女婿可能会把它带往另一家族；哪个破落户买主又把它作为自己的第一批纹章：还有什么比这更多变动和混乱么？

但是考虑至此我又想到另一个话题。世人为之纷争不已的光荣与名声，为了上帝不妨就近仔细观察是建立在什么基础上的。我们那么辛辛苦苦追求的名望又是以什么为依据的？总的来说，不论是皮埃尔或纪尧姆有了名望以后，就小心保存，时刻关心。然而希望真是一种需要勇气的天赋，在人心中有时会引申到无限、无边、无止境。这是大自然赐给我们的一个开开心心的玩具。

这位皮埃尔或纪尧姆，说到头来不就是一个声音吗？或是三四笔画的字吗？首先是改动那么容易，以致我要问由谁来沾那么多胜利的光荣，盖斯坎、格莱斯坎或盖阿坎？这可比琉善《元音判断》一书中让 Σ 与 T 打官司更有道理，因为——

这可不是一个无足轻重的奖状。

——维吉尔

关系重大，这牵涉到为了这些字母中的哪个字，那位著名的陆军统帅效忠法国王室，进行了多少次围城与战役，死伤和关押了多少人。

尼古拉·德尼佐（Nicolas Denisot）关心的只是他名字中的字母，颠来倒去改换结构成了达尔齐努瓦伯爵（Conte d Alsinois），还用他的诗与画编出一篇光荣史。历史学家苏托尼厄斯只爱他的名字的意义，他不用父姓"列尼"而用"特朗基吕斯"（意为"平静"）作为他的拉丁名字，来继承他的著作的名声。谁能相信贝亚尔统帅只是借了皮埃尔·泰拉伊的轶事才有了名声？安东尼·埃斯卡林竟眼睁睁让普林船长和扈从男爵偷去了那么多海陆两地的运输苦劳与战争功劳①。

此外，这些笔画乃是千人共用的。在全世界民族中同名同姓的又有多少？在不同的民族、不同的世纪、不同的国家又有多少？历史上有 3 位苏格拉底、5 位柏拉图、8 位亚里士多德、7 位色诺芬、20 位德梅特利乌斯、20 位狄奥多尔：猜猜还有多少历史不曾记载的。谁又能阻止我的马夫取名大庞培？纵然如此，当我的马夫日后死去，或者另一位在埃及掉了脑袋，有什么方法或力量把这个响亮名字和生花妙笔下产生的荣耀，加到他们身上而为此得益呢？

————————
① 指他们本人的生平不为人知，而借了在这些外号或假名下的轶事而彰显。

你以为亡灵与骨灰会在乎这点吗？

——维吉尔

这两位勇武不相上下的英雄好汉，伊巴密浓达和阿非利加的西庇阿，在听了我们嘴里流传的赞词后，会有什么想法。伊巴密浓达听到的是：

我的战功摧毁了斯巴达的光荣。

——西塞罗

西庇阿听到的是：

起自墨奥提湖太阳照耀的地方，
无人功绩及得上我辉煌。

——西塞罗

这些话甜蜜动听，哪个活人听了都会心里痒痒地激起竞争欲望，也就贸然把自己的感受用到了死人身上，异想天开地让自己相信他们也会有这种感觉。让上帝去知道吧！
然而，

希腊、罗马或蛮族的统帅，
都为这些理由血脉贲张。
这支持着他们，不辞艰险，
求名更多于求德。

——朱维纳利斯

第八章　论判断的不确定性

这句诗说得好：

> 语言有充分余地说好或者说坏。

——荷马

一切事情都可以顺着说与反着说。例如：

> 胜利的汉尼拔不知
> 如何去获取胜利的果实。

——彼特拉克

谁要赞同这个观点，向我们的民众说明最近没有乘胜追击到蒙孔都是错的；或者，谁要指责西班牙国王不知利用他在圣康坦对我们的优势，他就可以说犯这个错误是由于心灵陶醉于自己的好运，心态满足于出师大捷，已得的胜利已无法消化，也就不思去扩大战果。他已抱个满怀，再也不能多抓，也就承受不起命运把这么一份贵重的财富再交到他的手里。

他若给敌人重整旗鼓的机会，又能得到什么好处呢？对方溃不成军，惊慌四逃时还不敢或不知道追击，当他们重新集结休整，怀着愤怒与复仇的心理反攻时，又怎么能够希望他敢于痛击呢？

　　当命运开始逆转，恐怖盖罩一切。

——卢卡努

　　总之，除了他刚才遭受的失败以外，还有什么可以盼望的呢？这不像击剑，以击中的点数定出胜负；打仗只要敌人不倒下，就要重新开始，再接再厉，只要战争没有结束就谈不上胜利。在奥里库姆城附近的那一仗中，恺撒遭到惨败，被逼入绝境，他对庞培的士兵批评说，他们的统帅不知道克敌制胜，否则他是完了；轮到他有这样的机会时就穷追不舍了。

　　但是为什么不反过来说，这是人心不足，欲壑难填，不知道让贪婪适可而止；是滥用上帝的恩宠，要突破对凡人规定的限度；胜利以后再度冒险，是再一次让胜利随命运摆布；军事艺术中最智慧的一条规则是不把敌人逼入绝境。苏拉和马略联合作战打败了马尔西人，看到对方还有一支残余部队，他们绝望之余会像疯兽似的反扑，都主张不要等着他们过来。弗瓦殿下打赢拉文纳一仗后，若不是过分热衷于穷追那些残余部队，也不致送命而使胜利逊色不少。然而他的例子让人记忆犹新，倒使昂吉安殿下在塞里索勒免受同样的不幸。攻击一个被你逼得只有一战求生的人，是很危险的；因为事出无奈会叫人奋不顾身；"困兽咬人咬得狠。"（波西乌斯·拉特罗）

　　这说明为什么斯巴达国王白天战胜了曼蒂尼亚人，法拉克斯劝他不要追击逃出重围的1000名阿尔戈斯人，让他们自由离去，免得他们在悲痛不幸中索性拼个死活保全大节。阿基坦国王克洛多米尔打赢以后，还在落荒而逃的勃艮第王爷贡德马尔后面紧追不舍，逼得他回头迎战。但是他的固执使他失去了胜利果实，因为他这次送掉了性命。

　　同样，让士兵装备华丽炫耀，还是简朴实用，若要选择的话，赞成第一种主张的有塞多留、菲洛皮门、布鲁图斯、恺撒等人。他们认为让士兵看到自己这一身戎装，感到体面光荣，鼓励他们作战更加勇敢顽强，像保护自己的财产那样保护盔甲。色诺芬说，亚洲人因这个原因带了妻妾和细软财物随军上战场。但是另一种主张的人认为应该加强士兵舍命而不是保命的思想；前一种方法会使士兵加倍害怕去冒风险；还有令敌军更加渴望胜利去抢夺死者的贵重遗物。

有人指出，从前这件事大大鼓舞了罗马人去攻击桑尼恩人。叙利亚国王安条克给军队配上华丽的装备对抗罗马人，他指着他们问汉尼拔："罗马人对这支军队满意了吧？"汉尼拔回答："他们对这支军队满意吗？我想肯定很满意，不管他们如何贪婪。"利库尔戈斯不仅禁止他的手下装备华丽，还不许掠夺战败敌人的财物，他说让艰苦朴素也在战斗过程中闪闪发光。

在围城和其他场合，我们有机会靠近敌人，会放任士兵用各种各样的指责去挑衅、轻蔑和辱骂他们，可以平白无故，不需要理由。因为这个道理是不可忽视的，就是让自己人放弃以后一切宽恕和妥协的希望，向他们说明对于被自己横加侮辱的人不要抱侥幸心理，唯一图存的方法就是战而胜之。

但是维特里乌斯对奥东这样做时遇到了挫折。奥东的士兵实力较差，长时期脱离战事，被舒适的城市生活消磨了斗志。维特里乌斯对他们百般辱骂，说他们胆小如鼠，舍不得抛下罗马的女人和花天酒地的生活，惹恼了他们，反而使他们勇气陡增，比任何激励的话还有效，做到了别人无法做到的动员，向他扑了过来。确实，当辱骂触到了痛处时，会使原本无心为国王的争吵卖力的人，转而为自己的争吵卖命了。

保存一支军队的首领至关重要，敌人的目标也主要在斩首行动，其他的目标都取决于它的成功；考虑到这两点，好像对这条意见不容置疑：许多重要将领在激战前都要乔装改扮一番。然而这种方法带来的弊端不见得比我们想要避免的弊端小，因为部下认不出将领，也就无从从他的表率作用和同甘共苦中汲取勇气，士气就会大大低落。看不到他平时的标识与旗帜，会认为他已阵亡，或者感到大势已去而逃之夭夭。

从历来的经验来说，我们看出这有时对己方有利，有时对敌方有利。在意大利跟执政官列维努斯的作战中，皮洛斯遇到的事在我们看来就有这两副面目。因为他把自己的盔甲交给了德摩加克里，随即躺在德摩加克里的盔甲下，因此保全了性命，但是也遇到另一件倒霉事，就是输掉了这一仗。亚历山大、恺撒、卢库卢斯在作战时喜欢穿着华丽，颜色鲜艳发亮，引人注目。亚基斯、阿格西劳斯和那位伟大的吉里波斯则相反，上战场全身遮得严严实实，不穿任何帝王服饰。

在法萨卢斯战役中，庞培受到的责备中有一条是他按兵不动，原地等待敌人，以致（我在此照抄普鲁塔克的原话，他说得比我好）"这削弱了最初冲锋激发的猛劲，同时也挫伤了战士交手的锐气，一般说来锐气比什么都重要，当双方在急促对撞中，锐气使心中充满威势和怒火，在奔跑中杀声震天，勇气激发了起来，而今则压制士兵的斗志——可以这么说——使之荡然无存"。

以上是普鲁塔克对这件事的论述。不过要是恺撒输了的话，也有人会这样反过来说，最强大稳固的阵地是坚守不动的阵地，停止进军，可以根据需要收缩战线，保存力量，这比变换阵地，在奔跑中丧失一半力气岂不是要强得多？此外，军队是由那么多不同部门组成的大团体，它在急速转移时行动步调不可能做到那么一致，不让阵形变样或切断，先头部队会在同伴还未做好支援以前就跟敌人交手了。

在波斯两兄弟丑恶的内讧中，斯巴达人克莱亚科斯指挥居鲁士方面的希腊部队，不慌不忙率领他们去进攻，但是离开还有五十步时他下令跑步，希望借短程突击；既可保持队形与体力，也可利用人体冲撞与箭矢发射来占优势。有人在他们的军队中用这个方法解决这个难题：敌人冲过来，你们严阵以待；敌人严阵以待，你们冲过去。

查理五世行军进入普罗旺斯时，弗朗索瓦一世国王可作两种选择：抢先到意大利去迎击他，或者待在本土候着他。他认为保护自己的家园免遭兵燹之灾，在他的兵力掌握下也可源源不断运送援助物资，这是上策。可是由于战争的需要必然随时造成许多破坏，这类事在自己的土地上发生就很不好说：比如农民看到自己的财产被自己的军队而不是被敌人的军队掠夺，就不会轻易忍受，很可能在我们中间引发暴动和骚乱；放任士兵抢劫掠夺，在自己的境内是不允许的，却是对付战争严酷的一种补偿；除了军饷以外没有其他收入，离妻子与老家才两步远，这就很难让士兵履行职责；谁摆上桌布就谁埋单请客；进攻要比防守轻松许多；在腹地打仗失败引起的震动，其影响之大不会不牵动全局，因为恐惧这种情绪是会传染的，也最容易让人相信，最迅速扩散，听到城门外响起这个风暴的城市，可能已经准备让他们尚在发抖、喘不过气来的将士退回来，但在这惊心动魄的时刻，那些人极有做坏事的危险。不管怎样弗朗索瓦一世选择了召回阿尔卑斯山那边的军队，等候敌人过来。

可是他也可以反过来想，由于他在自己的国土上，身边都是朋友，他不会得不到种种便利，河流道路全向他效忠，给他运输粮食饷银万无一失，甚至不用护送；危险愈是迫近，他的臣民愈是忠心耿耿；有那么多城市和屏障确保安全，将由他根据机会与利弊来支配战局；他若愿意拖延时间，可以从从容容待在营帐内看着他的敌人一筹莫展，被种种动摇军心的困难弄得焦头烂额；若是闯入到一块充满敌意的土地上，左右前后都要防范攻击；若发生疾病没有办法替换和扩大军队，也无法把伤病员安置室内；得不到饷银，得不到军粮，除非靠抢劫，没有时间休整和喘息；对地点和地形一无所知，无法使他们避免偷袭与埋伏；他们打了败仗，无法拯救残部。这两方面的例子从不少见。

西庇阿认为到非洲去进攻敌人的国土，要比他待在意大利保家卫国打击敌人好；他这样干赢了。而相反的例子是汉尼拔在这同一场战争中，为了保卫自己的国土放弃攻占异国而垮了台。雅典人让敌人留在自己的国土上而进军西西里岛，遭到相反的命运。但是叙拉古国王阿加托克里不顾国内的战事进军非洲，却遇上了好运。

因而我们常说的那句话很有道理，事态的发展与结果，特别在战争中，很大部分取决于命运，命运不会迎合和屈从我们的推断与算计，如这几句诗说的：

> 经常，鲁莽者成功，谨慎者失败。
> 命运对理直气壮的诉状充耳不闻，
> 还像闭着眼睛在四下乱走。
> 冥冥中有一种力量，

支配、主宰、驱使世人受制于它的法则。

——马尼利乌斯

若能很好理解，就会觉得我们的意见与决断也同样取决于命运，命运把它的混乱与不确定性带进我们对事物的判断。

在柏拉图《对话集》中，蒂迈欧说我们的推理匆促轻率，因为我们的判断跟我们人一样都有很大的偶然性。

第九章   论人的行为变化无常

对于惯常观察人的行为的人，最难的莫过于去探索人的行为的连贯性和一致性。因为人的行为经常自相矛盾，难以预料，简直不像是同一个人的所作所为。小马略忽而是玛斯的儿子，忽而又是维纳斯的儿子。据说卜尼法斯八世教皇当权时像只狐狸，办事时像头狮子，死时像条狗。谁会相信残暴的象征尼禄皇帝，当有人按照惯例把一份死刑判决书递给他签字时，竟会说："上帝啊，我真愿意不会写字！"判处一个人的死刑叫他心里那么难过？

在这件事上，在每个人身上，这类的例子不胜枚举，以致使我感到奇怪的是，有些聪明人居然费心把这些碎片拼凑在一起。因为我觉得优柔寡断是人性中最普遍、最明显的缺点，这有滑稽诗人普布利流斯的著名诗句为证：

> 只有坏主意才一成不变。

—— 普布利流斯·西鲁斯

根据一个人的日常举止来评论他，那是一般的做法；但是，鉴于人的行为和看法天生不稳定，我经常觉得，即使是杰出的作家也往往失误，说什么我们有始终如一、坚韧不拔的心理组织。

他们选择一种公认的模式，然后按照这个模式，归纳和阐述一个人的行为，如果无法自圆其说，就说这个人虚伪矫饰。奥古斯都这人他们就无法评判，因为他一生中变化多端，出尔反尔，叫人无从捉摸，最大胆的法官也不敢妄下结论。我相信人最难做到的是始终如一，而最易做到的是变幻无常。若把人的行为分割开来，就事论事，经常反而更能说到实处。

从古史中很难找出十来个人，他们一生的行为是永恒专一的。有恒专一却是智慧的主要目的。因为，为了把生活归结为一个词，把生活的种种规则归结为一条规则，一位古人①说："同样的东西要或不要必须前后一致；我不想再加上一句说：但愿这种意愿是正确的；因为，意愿不正确的话，就不可能坚定不移。"确实，我从前听说，恶行只不过是放纵和缺乏节制，因而也就不可能始终如一。据说这是德摩斯梯尼说的话，讨教与审慎是一切德行的开端；而始终如一是德行的圆满完成。我们在言词中要选择某一条道路，总是去选择一条最好的道路，但是没有人想去实践。

我们一般的行动，都是根据自己的心意，忽左忽右，忽上忽下，听任一时的风向把我们吹到哪儿是哪儿。只是在要的时候才想到自己要的东西，然后却像变色龙一般，躺到什么地方就变成什么颜色。我们在那时想到要做的事，一会儿又改变了主意，一会儿又回到那个主意，优柔寡断，反复无常。

我们不是在走路，而是在漂流；受到河水的挟制，根据潮水的涨落，时而平静，时而狂暴，

> 我们不是总看到：人不知要什么，
> 永远在探索，在寻求一片土地，
> 仿佛能够放下沉重的包袱？
>
> ——卢克莱修

天天有新鲜事，我们的情绪也随时间的推移而变换。

---

① 指塞涅卡。

人的思想闪烁不定，犹如神圣的朱庇特？
布满大地的雷电。

——荷马

我们在不同的主意之间游移不定。我们对什么都不愿意自由地、绝对地、有恒心地做出决定。

谁若能以自己的想法制定和颁布某些规范和准则，我们可以看到他生活中一切的一切自始至终矢志不渝，行为与原则丝毫不会相悖。

然而，恩培多克勒看到阿格里琴坦人的这种矛盾性，他们纵情作乐，仿佛第二天就是他们的死期，却又大兴土木，好似可以天长地久活下去。

小加图这个人的性格是很容易说清楚的；拨动他的一根心弦，也就是拨动他的每一根心弦，因为声音都是非常和谐协调，绝不会发出一点杂音。然而我们呢，有多少次行动，就有多少次不同的评论。依我的看法，把这些行动放到相似的环境中去比较最稳妥，不要前后对照，也不要借题发挥。

在我们这个穷乡僻壤有一次纵情的欢庆，听说住在我家不远的地方有一名少女，从窗里纵身往下跳，不让她的主人——一名兵痞——暴力得逞；她没有跌死，不甘心，又用一把刀子要刺自己的咽喉，被人家阻止了，但还是伤得很重。她自己承认，那名军人没有逼迫她，只是哀求她，挑逗她，送礼物打动她，但是她害怕他最后会强迫她。此外，还有她的言词，她的端庄，她的贞烈，都证明她的品德，不啻是另一位柳克丽希亚①。可是我知道事实上，不论从前还是后来，她绝不是那种拒人于千里之外的少女。就像一则故事说的：不论你是多么光明磊落，当你在恋爱中完全绝望时，不要认为你的恋人是神圣不可侵犯的；这也不意味哪个赶骡的车把式不会碰上好运气。

安提柯看到他的一名士兵道德高尚，作战勇敢，非常宠爱，还命

---

① 柳克丽希亚（？~前509），罗马贵妇。受骄傲者塔尔奎尼厄斯之子塞克斯都的凌辱，自杀身亡。据说此事引起罗马革命，结束君主统治，建立罗马共和国。

令自己的医生给他治好一种长期使他受尽折磨的病痛。看到他治愈后做事的热情远远不及从前，就问他是什么使他变成了一个懦夫。他回答说："陛下，是您自己，治好了我的病，原来我因有了病才不计较自己的生命。"卢库卢斯的士兵被敌人抢走了钱包，为了报复跟他们大打出手。当他收回失物时，一直对他很器重的卢库卢斯派他去完成一项冒险而又光荣的任务，对他谆谆教导，好话说尽，他却回答说："派个被人掏了钱包的穷小兵去吧。"他坚决拒绝去。

我们还在书中读到，穆罕默德二世看到土耳其近卫军司令哈桑的队伍被匈牙利人冲垮，自己还在战斗中贪生怕死，于是狠狠训斥了他一番，哈桑二话不说，转过身，单枪匹马迎着敌人的先头部队不顾死活地冲过去，立刻陷在里面脱不得身。这种做法可能不是为自己辩白，而是回心转意；也可能不是天性勇敢而是恨上加恨。

前一天你见他视死如归，第二天你见他胆小如鼠，那也不必奇怪：或者是愤怒，是形势，是情面，是美酒下肚，还是号角声响，又会使他鼓起勇气；他的心不是靠思考能够鼓动的，而是环境坚定了他的勇气，若是截然不同的环境又使他变成另一个人，那也不要认为意外。

我们那么容易表现出矛盾与变化，以致有的人认为我们身上有两个灵魂，另一些人认为我们身上有两种天性，永远伴随我们而又各行其是，一种鼓励我们行善，一种鼓动我们作恶。若只有一个灵魂或天性，绝不可能有这样巨大的变化。

不但偶然事件的风向吹得我任意摇摆，就是位置的更换也会骚扰我的心境。任何人略加注意，就会发现自己决不会两次处于同一个心境。按照观测的角度，一会儿看到灵魂的这一面，一会儿看到灵魂的那一面。如果我谈到自己时常常有所不同，这是因为我看到自己时确也常常有所不同。所有这一切不同都是从某个角度和由某种方式而来的。怕羞，傲慢；纯洁，放纵；健谈，沉默；勤劳，文弱；机智，愚钝；忧愁，乐观；虚伪，真诚；博学，无知；慷慨，吝啬；挥霍……这一切，我在自己身上都看到一点，这要根据我朝哪个角度旋转。任何人仔细探索自己，看到自己身上，甚至自己对事物的判断上，都有这个变幻不定、互不一致的地方。我也说不出自己身上哪一点是纯正的、完整的、坚定的，我对自己也无法自圆其说。我的逻辑中的普遍信条是各不相同。

　　我一直主张把好事说成是好事，还把可以成为好事的事也往好里去说，然而人的处境非常奇怪，如果好事并不仅仅是以意图为准的话，我们经常还是受罪恶的推动而在做好事。因此，不能从一个英勇行为中而作出那人是勇士的结论。真正的勇士在任何场合都可以有英勇行为。如果这是一种英勇的美德，而不是一种英勇的表现，这种美德会使一个人在任何时机表现出同样的决心，不论是独自一人还是与人共处，不论在私宅还是在战场；因为，无论如何，不存在什么一种勇敢表现在大街上，另一种勇敢表现在军营中。他应该具有同样的胆量，在床上忍受病痛，在战场上忍受伤痛，在家中或在冲锋陷阵中同样视死如归。我们不会看到同一个人，在攻城时勇冠三军，在输掉一场官司或失去一个孩子时却像女子似的痛苦不堪。

　　一个人在耻辱中表现怯懦，而在贫困中坚定不移；在理发匠的剃刀下吓破了胆，而在敌人的刀剑前威武不屈，可敬可贺的是这种行为，而不是那个人。

　　西塞罗说，许多希腊人不敢正视敌人，却能忍受疾病，而辛布赖人和凯尔特伯里亚人则恰恰相反："事物不基于一个坚定的原则就不可能稳定。"（西塞罗）

　　亚历山大的勇敢可以说无出其右；但是只是就他的那种勇敢而言的，而不是在任何场合下的勇敢，也不是包罗一切的勇敢。尽管他的这种勇敢超群绝伦，还是可以发现其中的瑕疵；我们看到他怀疑他的左右企图谋害他时就惊慌失措，为了弄清内情竟然那么不讲正义，狠毒冒失，害怕到了失去平时的理智的程度。他还处处事事疑神疑鬼，其实是色厉内荏的表现。他对谋害克利图斯一事过分自责自赎，这也说明他的勇气不是始终一贯的。

　　我们的行为是零星的行动组成的，"他们漠视欢乐，却怕受苦难；他们不慕荣华，却耻于身败名裂"。（西塞罗）我们追求一种虚情矫饰的荣誉。为美德而美德才能维持下去；如果我们有时戴上美德的面具去做其他的事，马上会暴露出真面目。美德一旦渗透灵魂，便与灵魂密不可分，若失去美德必然伤害到灵魂。所以，要判断一个人，必须长期地、好奇地追寻他的踪迹；如果坚定不移不是建立在自身的基础上，"对于那个已经审察和选择了自己道路的人"（西塞罗），如果环境的不同引起他的步子变化（我的意思是道路，因为步子可以轻快或滞重），那就由着他去跑吧；这么一个人，就像我们的塔尔博特说的箴言：只会随风飘荡。

一位古人说，我们的出生完全是偶然的，那么偶然对我们产生那么大的影响，也就不足为奇了。一个人不对自己的一生确定一个大致的目标，就不可能有条有理地安排自己的个别行动。一个人在头脑里没有一个总体形状，就不能把散片拼凑在一起。对一个不知道要画什么的人，给他看颜色又有什么用呢？没有人可以对自己的一生绘出蓝图，就让我们确定分阶段的目标。弓箭手首先必须知道目标在哪里，然后搭弓引箭，调整动作。我们的忠告所以落空，是因为没有做到有的放矢。没有船驶往的港口，有风也是徒然。我不同意人们对索福克勒斯的看法，认为读了他的一部悲剧，可以驳斥他的儿子对他的指控，索福克勒斯完全是有能力处理家务的。①

我同样不同意巴黎西人根据推断作出的结论。巴黎西人被派去整顿米利都，他们到了岛上，看到田地耕种良好，农舍井然有序，他们记下那些主人的名字；然后召集城里全体公民，宣布任命这些主人当新总督和官员，认为善于处理私事的人也善于管理公务。

我们人人都是由零件散片组成的，通体的组织是那么复杂多变，每个零件无时无刻不在起作用。我们跟自己不同，不亚于跟其他人不同。"请想一想，做个一成不变的人是一件了不起的大事。"（塞涅卡）

因为野心可以让人学到勇敢、节制、自由甚至正义；因为贪婪也可使躲在阴暗角落偷懒的小学徒奋发图强，背井离乡，在人生小船上听任风吹浪打，学得小心谨慎；就是爱情也可以给求学的少年决心和勇气，给母亲膝下的少女一颗坚强的心。

只从表面行为来判断我们自己，不是聪明慎重的做法；应该探测内心深处，检查是哪些弹簧引起反弹的；但这是一件高深莫测的工作，我希望尝试的人愈少愈好。

---

① 据西塞罗回忆录的记载，索福克勒斯受到儿子的指控，说他已经丧失理智。索福克勒斯要求法官阅读他的最后一部悲剧《科洛诺的俄狄甫斯》，为自己申辩。

第十章　公事明天再办

在我们全体法国作家中，我觉得我有理由把棕榈枝献给雅克·阿米奥，不但由于他的语言朴素纯正超过任何人，工作长期不懈，知识博大精深，还因为他竟能把一个那么晦涩难懂的作家阐述得非常透彻（你尽可以跟我这么说：这是我对希腊语一窍不通；但是我感到他的译文中处处文采飘逸，结构谨严，这不是他深刻理解作者的真正想象力，便是他长期阅读普鲁塔克的著作，让普鲁塔克的思想深深扎根在自己的灵魂中，至少他没有给他歪曲什么或增添什么）。

此外，我更感激他的是他知道选择这么一部有价值而又恰当的好书，赠给自己的国家；如果这部书还不能使我们明白事理，我们真是无知得没法治了。有了这部书，我们才敢在这个时刻又说又写的；妇女以此指导学校教师；这是我们的一部经书。

如果这位好人还健在，我将请他翻译色诺芬的作品，这是一件更轻松，也更宜于老年人做的工作；尽管他遇到难题总是能够应付裕如，我不知为什么总觉得，当他不慌不忙、从从容容时，他的文笔更加舒展自在。

这时刻，我正读到普鲁塔克谈到自己的一个章节，他说拉斯蒂克斯参加他在罗马举行的一次演说会，会上收到皇帝送来的一包东西，他直到会议结束才打开，（据他说）全体与会人员都高度赞扬这位人物的严肃。确实，普鲁塔克在这一章议论的是好奇；对意外事物的贪婪和难以满足的热情，经常使我们为了讨好一位新来者，冒冒失失、迫不及待地抛下手里的事；不论我们在哪里，都会不顾礼节和体统突然拆开送上来的信函；他称颂拉斯蒂克斯的持重是完全有道理的，还可以对他不愿打断演说的礼貌和周到表扬一番。

但是我却怀疑他的谨慎态度是不是值得赞扬；因为意外接到信函，尤其是皇帝的信函，迟迟不启封或许会造成损失。

与好奇相对立的恶习是漫不经心，我天生也有这种倾向，我也曾见过许多人漫不经心到了极点，他们收到信后会在口袋里放上三四天还不想到去拆。

我从不私拆人家托我转交的信，也不偷觑由于机缘落入我手中的信；当我跟一位大人物在一起，他在读什么重要函件，我的眼睛无意中看到了几句就会感到不安。再也没有人比我更不爱打听和干预人家的事。

在我父辈的时代，德·布尔蒂埃尔先生坐镇都灵城，有人交给他一封信，提到一桩劫夺这座城市的阴谋，他正与客人在宴席上吃得高兴，耽误了看，差点丢了城市。我也是在普鲁塔克的书里读到，如果朱利乌斯·恺撒被阴谋者杀害的那天，上元老院去的路上读一读人家交给他的密信，他就会逃过这场灾难。底比斯的暴君阿基亚斯也是如此，佩洛庇达要解放自己的国家，阴谋杀害他，另一位雅典人也叫阿基亚斯，给他写了一封信，把人家的策划一五一十告诉他，哪里知道晚上信送到时他正在用餐，他不立即打开，还说了一句话，以后成了希腊的一句名言："公事明天再办。"

依我的看法，一位贤人如拉斯蒂克斯可以为了其他人的利益，不想失礼中断会议，或者不想搁下一桩重要事件，立即去弄清人家给他捎来的消息；但是所有公务在身的人，为了他的个人利益或爱好，而不让人干扰他的宴席或打断他的好梦，这样做是不可原谅的。在古代罗马，他们称为"执政官席"的是宴席的上座，居于最方便到达的位置，以让有事而来的人向坐在席上的人报告事宜。这说明，身在宴席上也要须臾不忘国家大事和时刻提防意外事件。

话虽这么说，用理智的推理来给人的行动确立一个正确的准则，又不让命运行使自己的权利，这是很难两全的。

第十一章　论良心

内战时期，我的兄弟拉勃鲁斯领主和我有一次在旅途中，遇见一位风度翩翩的贵族，他属于我们的敌对派别，但是我并不知道，因为他掩饰得很巧妙，这类战争中最糟的是局势错综复杂，从外表、语言和穿戴来说，敌人和你无法区分，双方接受同样的法律，遵守同样的习俗，呼吸同样的空气，很难避免混淆不清。我害怕在一个陌生地方遇见我们的军队，不得不说出自己的名字，这时真是生死难卜。我以前遇到过这样的事，在那次不幸的遭遇中，我人马俱损，不但如此，他们还残忍地杀害了一名意大利宫廷侍从贵族，我精心培育过他，一个年轻的生命、光明的前程就这样消失了。

但是那位贵族非常容易惊慌失措，我看他每次遇见骑马的人过来，穿越效忠于国王的城市，都吓得几乎死了过去，我终于猜到他的恐惧是由于他的良心而来的。这名青年觉得，人家通过他的面具和大氅上的十字架可以看到他内心的秘密意图。良心的力量竟是那么奇妙！良心使我们背叛，使我们控诉，使我们战斗；在没有外界证人的情况下，良心会追逐我们，反对我们：

用无形的鞭子抽打，充当刽子手。

——朱维纳利斯

这已是妇孺皆知的故事：一名帕奥尼人贝苏斯，受人指责说他故意打下一个鸟窝，把里面的小鸟统统杀光。他说自己做得有理，因为这些小鸟不停地无端指责他害死了自己的父亲。这桩弑父罪进行得滴水不漏，直到那时没有人知晓；但是良心提出了申冤，使这个背上沉重赎罪包袱的人无法自制。

柏拉图认为，惩罚紧紧跟在罪恶的后面，希西厄德纠正了柏拉图的说法，他说惩罚是与罪恶同时开始的。谁在等待惩罚，就在受惩罚；谁该受惩罚，就在等待惩罚。恶意给怀恶意的人带来痛苦，犹如胡蜂刺伤了人，但是自己受害更深，因为它从此失去了自己的刺和力量。

由于自然界的矛盾对立规律，斑蝥身上分泌一种自身毒液的解毒素。所以，即使人在作恶时感到乐趣，良心上却会适得其反，产生一种憎恶感，引起许多痛苦和联想，不论睡时醒时都折磨着自己。

暴君阿波罗多罗斯在梦中见到自己被斯基泰人剥掉了皮，放在一口锅里煮，他的心喃喃地对他说："你的所有痛苦都是我引起的。"伊壁鸠鲁说："坏人无处藏身，因为他们躲在哪儿都不安宁，良心会暴露他们。"

良心可使我们恐惧，也可使我们坚定和自信。我敢于说人生道路上经过许多险阻而步伐始终不乱，就是因为我对自己的意图深有了解，自己的计划光明正大。这类例子成千上万，只需举出同一个人物的三个例子。

西庇阿有一次在罗马人民面前被指控犯了一桩大罪，他不但不要求宽恕或向法官讨情，而是对他们说："好哇，你们还不是靠了我才有权利审判每个人，如今竟要起我的脑袋来了。"

又有一次，人民法庭对他起诉，他绝不声辩，只是侃侃而谈："来吧，我的公民们，去向神祇拜谢，也是在今天这样的日子，让我战胜了迦太基人。"说罢，他大踏步向神庙走去，只见全体人跟在他后面，其中还有他的起诉人。

又是人民法庭应加图的要求，传讯西庇阿，要他对安蒂奥克省的一切开支作出汇报，西庇阿为此事来到元老院，从袍子下抽出账册，说这本账册把一切收支原原本本记了下来；但是他没有同意把它转交给法院档案室保存，说他不愿意自取其辱，在元老院当着众人的面亲手把账册撕成碎片。我不相信这颗饱经沧桑的灵魂会弄虚作假。李维说他天性慷慨豪爽，一向气度恢宏，他绝不会当个罪人，低三下四去声辩自己是无辜的。

苦刑是一项危险的发明，这像是在检验人的耐性而不是检验人的真情。能够忍受苦刑的人会隐瞒真情，不能够忍受苦刑的人也会隐瞒真情。痛苦能够使我供认事实，为什么就不能使我供认不是事实呢？另一方面，如果那个受到无理指责的人有耐性忍受这些折磨，罪有应得的人难道就没有耐性忍受这些折磨，去获得美好的生命报偿么？

我相信这项发明的理论基础是建立在良心力量的想法上。因为对有罪的人，似乎利用苦刑可以使他软弱，说出他的错误；然而无罪的人则会更加坚强，不畏苦刑。说实在的，这个方法充满不确定性和危险。

为了躲过难忍的痛苦，什么话不会说，什么事不会做呢？

审判者折磨人是为了不让他清白死去，而结果是他让那个人受尽折磨后清白死去。成千上万的受刑者脑袋里装满了假忏悔。我想到亚历山大审判菲洛特斯的情境，以及他受折磨的过程。我尤其要以菲洛特斯作为例子。

然而有人却说，人类弱点的许多发明中，苦刑还是痛苦最少的一项发明。

依我看来也是最不人道、最无意义的发明！有许多被希腊和罗马称为野蛮的国家，在这方面却不及希腊和罗马野蛮，他们认为折磨和杀害一个对其错误还只是心存怀疑的人，是可怕的残酷行为。你不知道事情，他又能怎么样呢？你不想无缘无故地杀他，对他做的事却比杀他还糟，你没有不公正吗？事情就是如此：多少次他宁愿无缘无故地死去，也不愿接受审讯，这种审讯往往比死刑还痛苦，这等于在执行死刑以前已把人处决了。

我不知道从哪儿听来这个故事，但是如实地代表了我们良心的公正。一名村妇在一位军队司令兼大法官面前控诉一名士兵，说他抢去了她仅剩下喂几个小孩的一点点面糊，这支军队已把四周村庄掠夺一空。然而没有证据。这位将军首先告诫妇女要对自己说的话仔细想一想，若是诬告就要判罪，她坚持不改口，将军下令割开士兵的肚子验证事实真相。妇女说的话是对的。罪证确凿。

第十二章　论授勋

　　奥古斯都的传记作家，都强调他的一条治军方针：对有功的人赏赐非常慷慨，授勋则十分吝啬。不错，他自己还没有走上战场以前，他的叔叔已经授给他各种各样的军功勋章。

　　为了尊重和奖励美德，建立一些虚的、无实际价值的标志，如桂冠，栎树叶军帽，香桃叶冠，特殊形式的服装，乘车游行，举火炬夜游，公共集会中的贵宾席，赏赐特殊的别名和头衔，族徽标帜，其他诸如此类的东西，根据各国国情不同，五花八门，至今还在沿用，这确是一桩了不起的发明，并为世界上大多数政府所接受。

　　我们国家以及许多邻国，有骑士团勋章，也是为这个目的而创立的。这实在是一项良好而有益的制度，用某种方法去承认极少数杰出人物的价值，使他们高兴和满足，花费的代价却并不增加群众的负担和动用国王的金库。从古人的经验，并从我们的历史中也可看到，优秀人物羡慕这类勋位要超过物质报酬的奖励，这不是没有理由和充分根据的。如果一份纯粹的荣誉奖励，再去添加其他物质钱财，这样只会弄巧成拙，贬低荣誉的价值。

　　长期以来米迦勒勋章在我们中间享有盛誉，它除了本身价值以外没有其他价值，也不跟任何价值有联系，反而使贵族追求勋位的欲望和热诚，要超过追求任何一个公职和身份，也没有一种品质比勋位更受尊敬和更有威望；有美德的人乐意选择和向往一种纯之又纯、荣耀多于实用的奖赏。确实，其他奖赏没有那么高尚，况且那些是在一切场合都可使用的。钱可以赏给仆人，信使，跳舞艺人，马戏演员，说吉利话的人，听我们使唤的人；还有赏给做坏事的人：奉承拍马，拉皮条，背信弃义。如果有德行的人不选择这类普通的财富，而选择专门为他们而设的高贵豁达的财富，也不算是出人意料。奥古斯都对勋位比对物质吝啬和计较，这样做很有道理，尤其荣誉是一种特权，其意义在于罕见；这也是美德本身的意义。一个人不会因为用心抚育孩子而受到赞扬；尽管这是正当的行为，但是这太一般了；就像密林中到处树木参天，也很难区分彼此。我不认为斯巴达人中间有谁会以勇敢为荣，因为这是他们这个国家人人具备的美德；忠诚、不慕钱财也复如此。美德不论多么大，成为日常行为以后也不会得到奖赏。而且，我也不知道，既然美德已成为普遍行为，该不该还以大美德相称。

因而对荣誉的奖赏也仅是荣誉而已，它们的价值和品位在于极少数人才能获得；若要奖赏一文不值，那只需到处滥发。今天获得勋章的人就是比过去要多，也不应降低勋章的品位。

获得勋章的人多了起来也是容易理解的，因为没有一种美德像作战勇敢那样容易蔚然成风。还有一种美德，真实、完美、有哲学意味（是根据我的习惯使用这个词的），在此暂且不提；它要比勇敢作战更高更充实，这是灵魂的一种力量和自信，同样蔑视任何艰难险阻。它镇静、坚定、不骄不躁，我们的这种勇敢同它相比只是一道闪光。习惯、教育、榜样和风俗在促成我所提的这种勇敢中可起极大的作用，使它易于为大家仿效；这从我们内战时得到的经验也可看出。

值此时刻，谁能号召我们全国人民精诚团结，奋勇投入一个共同的事业，我们的国家也就可以重振军威。

从前不是只从这个角度来考虑授勋的，这可以肯定。它的视角更为广阔。这不是奖励一名勇敢的士兵，而是奖励一位杰出的军事将领。服从命令并不配得到那么光荣的奖赏。从前战功的含义更加广泛，涉及一名军人的大部分重要的品质："士兵的艺术不等同于将领的艺术。"（李维）不但如此，还需要他具备荣任这样高位的经历。但是我要说的是，即使比从前有更多的人配得上这个荣誉，也不应该任意滥发，宁可让该得到的得不到，也不应该让不该得到的得到，像我们不久前说的，不要让那么有用的创造失去了作用。没有一名勇士会因与许多人共享同样的东西而感到光彩的。今天不配得到这项荣誉的人，反而比谁都会故作姿态，对它表示蔑视，这是为了把自己也看作是应得而未得荣誉而受到错待的人。

取消这个勋位，等待今后重新建立和恢复一套相似的做法，以我们所处的颓废病态的时期来说，是不适宜做这样的事的；新勋位甚至从颁布时刻起就包含了引起老勋位废除的那些弊端。新勋位要具有权威性，颁发规则必须非常严格和有限制性；在这动乱年代不可能予以严密和定期的监督；除了树立它的权威，在此以前还必须忘记前一个勋位的存在以及它遭受的蔑视。

本文还可以对勇敢以及勇敢与其他美德的区别说几句话。但是普鲁塔克对这个题目常有阐释，我不在这里赘述他的看法。但是必须指出的是我们的国家把勇敢看作是第一美德。从词源上也可看出，勇敢（vaillance）一词来自价值（valeur）；在我们的习俗中，称一个有价值的人或一个正直的人，从法庭和贵族的语言来说，不是指别的，而是指勇敢的人，跟罗马人的习俗相似。因为在罗马人的词汇中，泛指美德的这个词，源自"力量"。

从事战争是法国贵族固有的、唯一的和基本的生活方式。很可能男人之间首先表现的美德是勇敢，它使一部分人胜过另一部分人，最强最勇敢的人当上了最弱的人的主人，获得特殊的地位和名誉，语言上的光荣和尊严也是从这里来的。或许这些国家的人骁勇善战，把犒赏和最高头衔奖给他们最熟悉的美德。这一切犹如我们的情欲，还有对妇女贞操的这种急切关心，以至于一个善良的女人，一个有身份、有荣誉、有美德的女人，不是指什么别的，首先是指一个贞节的女人；仿佛为了使她们服从这个责任，我们把其他美德都置于次要地位，对任何其他错误都听之任之，只要她们不逃避这个责任，一切都是可以商量似的。

第十三章　论父子情

致德·埃斯蒂萨克夫人：

　　几年来我陷入了因孤独压抑而形成的一种忧郁情绪，这种情绪跟我的天性是非常敌对的。首先在我心中滋生写作的欲望。然而，实在缺乏题材，我就把自己作为论辩的对象和文章的主题。这样一部书在体裁上独树一帜，表现上也不免惊世骇俗。这部作品会因新异而引人注目；因为这样一个主题如此不着边际，琐碎，世界上最高明的巧手也无法缀合成文，值得大家一读。

　　于是，夫人，为了生动地描绘自己，若不提到我对您的品德所抱的敬意，我就忘了生活中的重要一面。我愿意在本文开头就这样做，因为在您的许多美德中，您对孩子的爱心尤其突出。您的丈夫德·埃斯蒂萨克先生使您早年守寡；像您这样地位的法国贵夫人，自有许多豪门望族来提亲；您守身如玉毫不动心，多年来含辛茹苦，在法国四处奔波照料孩子，至今还难以脱身。由于您的谨慎或者说福分，生活中一切顺利；知道上述这些事的人，必然会像我这样说，我们这个时代的母爱楷模非夫人莫属。

　　我要赞美上帝，夫人，您的母爱得到了那么好的回报；因为令郎德·埃斯蒂萨克先生显出前途无量，完全可以保证当他成年之后，您会得到一个杰出的儿子的服从和感激。但是，目前他尚年幼，还不能体会您对他无微不至的关怀。当我无力和无言向他陈述这一切时，这篇文章总有一天会落入他的手中，我愿意他从我这里得到这份真实的见证；若蒙上帝眷顾，会在他的心中引起更大的激情。法国还没有一位贵族像他那么得益于母亲的教诲，他今后除了以自身的善良和品德以外，也无法对您表示更深切的眷念。

如果有什么真正的自然规律，也就是说普遍和永久存在于动物和人中间的某种本能（这点不是没有争议的），以我的看法来说，每个动物在自我保护和逃避危险的意识以后，接下来的感情便是对自己后代的关心。这仿佛是大自然为人间万物繁衍和延续对我们所作的嘱咐。若回头来看，孩子对父辈的爱不是那么深也就不奇怪了。

此外，还有一种是亚里士多德的看法，那就是真心相待的人，付出的爱总比得到的爱要多；赐惠于人的人总比受惠的人爱得深；作品若有灵性的话，也不会爱作者胜过作者爱作品。尤其我们都很珍惜自身，自身又是行动与工作组成的；由此每个人多少存在于自己的作品中。赐惠的人完成了一件美好和诚实的工作，而受惠的人只是得益而已。得益远远不及诚实可爱。诚实是稳定的、长存的，做事诚实的人心里永远感到满足。得益很容易消失；留下的回忆也不是新鲜和温柔的。愈需要我们付出代价的东西，对我们来说愈亲切；赐惠要比受惠难。

既然上帝赐给我们理智，为了我们不像动物那样盲目接受一般规律的束缚，而是以自由意志和判断力去适应情况，我们应该向自然的权威作出让步，但是不是听任自己受自然专横的摆布。唯有理智才可以指导我们的天性。

我本人对于不经过理性判断而在内心产生的这些意向，表示格外的淡漠。因为，在我所谈的那个问题上，有人抱着初生婴儿充满热情，而我对这个心灵既没有活动、形体还未定型也就谈不上可爱的小东西，决不会产生感情。我也不乐意有人在我面前给他们喂奶。随着我们对他们有了认识，才会有一种真正的合宜的感情产生和发展；他们若值得爱，天性和理智相互推进，那时才会以一种真正的父爱爱他们。他们若不值得爱，尽管有天性我们还是以理智作为准则。

经常，事情是逆向而行的；我们对孩子的喧闹、游戏和稚拙，仍然较之于他们长大后循规蹈矩的行为更感兴趣，仿佛我们爱他们只是把他们当作消遣，当作小猴，而不是当作人。有的父亲在他们童年时不惜花钱买玩具，对他们成长后所需的费用却很吝啬。甚至可以这么说，当我们即将离开尘世的时候，看到他们成家立业享受人生会产生一种妒意，使我们对他们锱铢必较。他们跟在我们后面，好像催促我们让道，我们会感到生气。因为，说实在的，他们能够存在和生活，会损及我们的存在和生活，这是无可奈何的事物规律；如果对此害怕，那就不应该当父亲。

我自己则认为，当他们有能力时不让他们分享和过问我们的财富，掌管我们的家务，这都是残酷和不公正的，既然我们养育他们是为了他们很好生活，而又无须节衣缩食去满足他们的需要。

一个年迈衰老、奄奄一息的父亲，坐在火炉旁独自享受足够好几个孩子培育之用的财产；而孩子苦于经济拮据而虚度青春年华，无法为大众服务又不能阅历人生，这是很不公正的。因此，他们陷入绝望，通过各种方法——即使是不公正的——也要满足自己的需要。我就见过许多好人家出身的青年，偷窃成性，任何惩罚都无法挽救他们。我认识一名青年，还跟我沾亲带故，我应他的兄弟——一位非常正直自尊的贵族——的要求为此跟他谈过一次。他向我坦诚承认他走上这条邪路，完全是父亲的刻板和吝啬，但是他已深陷其中不能自拔，那时，他跟其他人一起在早晨访问一位贵夫人，偷窃她的指环时被人逮住。

这使我想起另一位贵族的故事。他青年时代沉溺于做这个不光彩的行当；日后他有了家产，决定洗心革面，然而，每当他经过一家商店，里面有他需要的东西，他就是控制不住自己行窃的欲望，宁可以后派人再去付钱。我也认识好几个积习难返的人，平时甚至偷同伴的东西，然后又去归还原主。

我是加斯科涅人，对这一种恶习也最不能理解。我在感情上感到厌恶，要多于从理智上去谴责；只是我从来没想过从谁那儿去偷东西。说真的，这个地区比法国其他地区更加斥责偷窃行为；可是我们现时好几次看到其他乡镇的良家子弟犯下可怕的偷窃罪落入了法网。我觉得这类不轨行为中，父亲的恶习难辞其咎。

如果有人对我说，有一天一位明白事理的贵族守着自己的财产，不是为了别的，仅仅以此让儿辈尊重他和对他有所求；当岁月剥夺了他的其他一切力量时，这是他唯一掌握的手段让自己在家庭内保持威严，不遭人唾弃（其实，亚里士多德说过，不但是老年，一切方面的软弱，都会使人吝啬）。这确是一个问题；但是这也是一种药，治疗一种我们必须避免的病痛。

一个父亲只是因为孩子对他有所求而爱他——若这也称为爱的话——也是够惨的了。

应该以自己的美德、乐天知命、慈爱和善而受人尊敬。贵重物质成了灰也有其价值，德高者的遗骸我们一向对之敬重异常。一个人一生光明磊落，到了晚年也不会成为真正的老朽，他依然受到尊敬，尤其受到他的儿辈的尊敬，要他们的内心不忘责任，只有通过理智来教导，而不是以物质相诱惑，也不能以粗暴相要挟。

训练一颗温柔的心灵向往荣誉和自由，我反对在教育中有任何粗暴对待。在强制行为中总有一种我说不出的奴役意味；我的看法是：不能用理智、谨慎和计谋来完成的事，也无法用强力来完成。

我是在这样的教育中长大的。他们告诉我小时候只挨过两次鞭打，都是轻轻的。我对自己的孩子也是如此；他们还在襁褓中就死去了。唯有我的女儿莱奥诺逃过这个厄运，她已六岁多，无论教育她还是惩罚她的童年错误，母亲都轻声轻气谆谆教导。当我感到失望时，总是其他许多原因失误，而不能怪罪于我的教育方法，我相信我的方法是正确和合乎天性的。

我对男孩的教育还要细致，男孩天性不易屈居人下，更加追求豪放；我喜欢他们头脑机灵，心地坦诚。我看到鞭打是产生不了效果的，不是使心灵更加屏弱便是更加冥顽不化。

我们不是愿意得到孩子的爱吗？我们不是愿意他们不要祈祷我们早死吗？（当然这种可恶的祈祷在任何场合下都是不正确的和不可原谅的："任何罪恶都不是建立在理性上的。"——李维）那么在我们力所能及的范围内理性地协助他们生活。为了做到这些，我们不能结婚太早，使我们的年龄与他们的年龄相差不大。因为这个弊病会使我们遇到许多困难。这话特别是针对贵族而言的，贵族悠闲自在——像大家说的——靠年金过日子。其他社会阶层的生活依靠收入，家庭需要许多的子女维持，子女也是发财致富的新工具和手段。

我 33 岁结婚，我同意 35 岁最佳，据说这是亚里士多德的意见。柏拉图不主张在 30 岁前结婚；他也有理由嘲笑那些在 55 岁后才想到结婚的人；认为他们的子女不值得糟蹋粮食，不配生活。

泰勒斯提出真正的年龄限制，母亲催他成亲，他还年轻时回答说还不到时候；他到了年纪时又说过了时候。对一桩不适当的事总找不到适当的时间。古代高卢人①认为，在 20 岁以前跟女人发生关系是绝对要谴责的，还特地嘱咐男人，他们是为战争而培育的，在成年以前要保持童贞，尤其跟女人睡觉会销蚀勇气和变得心猿意马。

希腊历史记载，塔伦丁、克里索、阿斯蒂吕斯、狄奥蓬布斯和其他地方的运动员为了保存体力参加奥林匹克运动会、角力场竞技和其他锻炼，他们在整个赛期避免一切房事。

突尼斯国王穆莱·哈桑，是由查理五世皇帝扶上王位的，他责怪父亲念念不忘他的妻妾，说他是懦夫，女人腔，生育机器。

在西班牙印第安人的某些国家里，男人要到 40 岁才允许结婚，而女人在 10 岁就可以成亲。

一位贵族到了 35 岁，还没到时间把位子让给 20 岁的儿子，他自己还要随军出征和侍奉朝廷。他需要财产，应该留下一部分，不能因别人而忘了自己。"我不愿意在躺下以前给人剥光了衣服。"父亲们平时嘴上常挂这句话，用在这样的人身上是很得体的。

但是一个年迈多病的父亲，虚弱不堪，已不参加社交，空自守着一大笔财富不放，对自己对家里人都是不利的。他若明白事理，应该适时脱了衣服去躺下：他不要脱到衬衣，可以留下一件温暖的睡袍；其余一切用不着的浮财，要心甘情愿地分送给按血缘情分应该占有的人。

他让他们享用大自然不让他占有的东西，这是应该的；不然无疑会引起恶意和嫉妒。查理五世平生最得人心的一件事，就是他从古代国王那里懂得了这个道理：当皇袍压在身上太重而妨碍行动时，就要听从理智脱下来；当两腿搬不动时，就要躺下来。当他感到内心缺乏

① 据《七星文库·蒙田全集》注释，引自恺撒的著作，但恺撒说的是日耳曼人，不是高卢人。

决断和力量，已不能像全盛时代那样处理国事时，他就把他的治国方略、威望和权力转交给他的儿子。

不及早有自知之明，不感到岁月不饶人，会使身体与心灵两方面都受到极度的摧残（心灵与身体是对等的，有时心灵更占一半以上），这样的错误使世上多少伟人身败名裂。我从前见过，还熟悉一些有声望的人物，他们风华正茂声名远播，然而曾几何时英名迅速陨落。为了他们的荣誉，我多么愿意向他们进一言，在文治武功已不是他们所能参与的时候，还不如及早退隐享受清福。

从前我经常出入一家贵族门第，他晚年丧偶，但是并不老态龙钟。他有好几个待嫁的女儿，一个将要踏进社会的儿子；他家有许多意外的支出和访客，他对此很少感兴趣，不但要考虑节省开支，还因年岁的关系要过一种与我们相差很大的生活。有一天我像平常那样大胆跟他说不妨给年轻人让位，把他的住宅（他也只有这幢房子宜于居住）留给他的儿子，自己搬到附近的庄园去安身，那儿没有人来搅乱他的休息；鉴于他的孩子的情况，不这样他无法不受大家的打扰。他后来听从我的话，一直过得很好。

这并不是说作出这样的允诺后就不可收回。现在我已垂垂老矣，让我的子女享用我的房屋和财产，但是一旦他们让我有理由反悔的话，我有这样做的自由。我让他们使用我的房屋，因为这对我已不必要，但是我对总的事务——只要我乐意——还保留一种权威；因为提携子女管理家务，在有生之年督促他们的行为，根据自身的经验提出劝告和意见，目睹他的后人如何继承家门的光荣和传统，对他们未来的作为寄予希望，这对一位老父来说是多么大的慰藉。

也有鉴于此，我不愿离开我的子女，愿意就近观察他们，根据健康的情况分享他们的欢乐和节日。我若不生活在他们中间（比如我年高多愁，疾病缠身，不可能不使大家扫兴，也影响和改变我自己的生活起居规律），至少借我的房子的一角，住在他们附近，一切不必讲究，但求实惠。不像我在前几年见到的普瓦蒂埃的圣希莱尔教长，患了抑郁症感到极度孤独，我去过他的房间，他已有22年没有走出门槛一步；其实除了风湿病影响他的胃以外，他的行动完全自由和正常。每星期仅一次允许别人进去看他，总是把自己独自关在房里，除了一个仆人一天一次带食物给他,进来出去也从不作逗留。他的生活就是室内散步和阅读(因为他还懂得文学),一心一意要悄悄地离开人世,不久以后的确也是这样走了。

我跟孩子有过一次温和的谈话,试图在他们心中培育一种对我坦诚的情谊——这对本性善良的人是不难做到的;当然我们这个世纪不乏凶猛的野兽,如果人成了那个样子,也只能像对待凶猛的野兽那样憎恨和避开他们。

还有一种习俗我也不敢苟同,就是不许孩子叫父亲,而用另一种奇怪的更为尊敬的称呼,仿佛这种自然的称呼不足以表示我们的权威;我们称上帝为至高无上的天父,却鄙视孩子对我们用父亲这个称呼。不许长大的孩子跟父亲怀有亲密的感情,要大人保持一种严肃高高在上的态度,以为这样可使他们敬畏服从,这也是不正确的和没有理性的。因为这简直是一场无意义的闹剧,让孩子看来自己是讨厌的,甚至是可笑的父亲。他们青春焕发,精力充沛,享有人生的机遇和赐予;对于心脏和血管内已没有多少热血,还摆出一副傲慢暴戾的神气,若大麻田里的稻草人,他们只会嗤之以鼻。在我能够令人敬畏的时候,我还是愿意叫人爱戴。

人到老年有那么多的缺点,又那么无能为力;他容易受人唾弃,能得到的最好的报偿是儿辈的温情和爱,颐指气使、以势压人再也不能成为武器。

我见到一个人,他在青年时代盛气凌人。当他上了年纪,虽则过得尽可能地理智,还是打人,咬人,赌咒,简直是脾气最急躁的法国大老爷;他时时处处窥探四周,非常警觉,然而这一切只是一出喜剧。他的一家串通一气瞒着他;尽管他把钥匙放在兜里,须臾不离,看得比眼睛还贵重,别人照样任意取用他的粮仓、库房,甚至钱柜里的东西,他自奉甚俭,三餐简单,可是他家的其他房间里花天酒地,吆五喝六,把他的怒气和小气作为笑柄。人人都望风防着他。如果哪个胆小怕事的仆人向他打小报告,只会引起他怀疑;这是老年人常犯的通病。他多少次在我面前夸耀他对家里人订下各种规矩,家里人对他如何顺从和尊敬;他看事情多么眼明心亮。

我不认识还有谁比他有过更高的天赋和才学,善于自持,却又一蹶不振地回到了孩提时代。这说明我为什么在许多同类故事中选择这个故事作为典型来叙述。

他是否可以不致如此或者成为另外一个样，这可以作为学术研究的资料。在他的面前，大家什么事都让着他。没有人违背他，都让他的权威得到虚妄的满足。大家相信他，怕他，全心全意尊敬他。他辞退一名仆人，仆人卷了铺盖走；但只是走出他的视线而已。老人的腿脚不灵，神志不清；不会发觉那名仆人依然长期生活在大院内当差。然后时机来到，从远地方发来几封信，仆人低声下气，苦苦哀求，口口声声答应以后好好干，这样他又得到他的宽恕。

老爷要做一件事或发一封信，凡不合别人心意的就被扣住，然后编造许多理由，不是说传递出了问题，就是得不到回音。外界的信没有一封是由他先看的，他只能看到别人认为他看了无碍的信。有的信凑巧先落到他的手里，他习惯交给别人给他念，别人就随口胡编，有人在信里骂他，也说成是向他求情。到了后来他看到的有关自己的事无一不是虚假的，事前布置的；为了不引起他的烦恼和愤怒，一切都叫他称心如意。

我看到许多家庭成年累月扮演这类喜剧，形式不同，效果是相似的。

妻子跟丈夫意见相左，司空见惯。她们绝不会放过机会去对付他们；任何借口都可作为她们驳不倒的辩护。我见过一位夫人从丈夫那里骗了大量钱财，只为了——据她说——向忏悔师献上更多的施舍。你们能相信这一笔虔诚的消费么？凡是丈夫同意的让步，她们都觉得不够称心，非得狡黠或自负地，然而总是不正当地耍些花招，这样得来的东西才有意思和刺激。在我提到的这件事上，她们是以孩子的名义去反对一位可怜的老人，她们以此作为招牌，公然为自己的私利打算；仿佛她们都是受奴役的人，奋起反抗她们的奴隶主和官府。如果那些男孩长大成人，他们也会不加节制地恩威并施，去收买总管、账房和其他人。

无妻无儿的老人遭到此种不幸，较为少见，然而也更残酷更丧失尊严。老加图在他的时代说过，多少仆人就是多少敌人。如果把那时代的风俗淳朴与今日相比较，岂不是在警告我们，妻子、儿女、仆人个个都是敌人么？幸而，人到了老朽，耳聋眼花，麻木不仁，任人欺侮而不知，这也是天赐之福。如果我们斤斤计较，在这个时代法官可以用钱收买，判断是非经常站在年轻人的立场，我们会得到些什么呢？

我即使看不到这类欺骗行为，至少我不会看不到我是非常容易受骗上当的。人家不厌其烦地说朋友是多么可贵，而家庭关系完全是另一码事。我看到动物中间这种纯洁的关系，多么肃然起敬！

如果有人欺骗我，至少我不欺骗自己说自己是不会受骗的，也不绞尽脑汁去这样做。我只有依靠自己逃过这样的背叛，不是疑神疑鬼担心不安，而且抱定决心不以为然。

当我听到某人的事，我关心的不是他，而是回过头来想到自己的处境。他遇到的一切都与我有关。他的遭遇是对我的警告，也促使我清醒。如果我们知道回顾自己和扩大思路，每天每时每刻谈论其他人，其实也是在谈论我们自己。

有许多作家，当他们鲁莽地勇往直前攻击他人的事业，殊不知这也是在损害自己的事业，这些攻击也可被敌人利用进行反击。

已故的德·蒙吕克元帅有一个儿子，是一位正直、年轻有为的贵族，不幸死于马德拉岛上。元帅丧子以后向我透露，他有许多遗憾，其中最令他痛心的是他觉得从未与儿子有过内心的交流。他摆出父亲的威严，使他永远失去体会和了解儿子的心意的机会，向他表示自己对他深沉的爱和对他的品德的钦佩之情。他说："这个可怜的孩子在我脸上看到的只是皱紧眉头，充满轻蔑的表情，始终认为我既不知道爱他也不知道正确评估他的才能。我心里对他怀着这种异常的感情，我还要留着给谁去发现呢？知道了又是喜欢又是感激的还不是他么？而我压抑和限制自己却去摆出这张假装尊严的脸。我失去了跟他交谈、对他表示爱的乐趣，他对我也必然非常冷淡，既然他从我这里得到的只是严厉对待，就会感到我的态度犹如一名暴君。"

我觉得他的怨恨是有根据和有道理的。因为从我自身的经验来说，当我们失去朋友时，最大的安慰莫过于不曾忘记对他倾情相诉，跟他们有过一次推心置腹的交流。

我对家里人开诚布公，乐意向他们说出自己的意愿，和对他们以及对任何其他人的看法。我坦陈心曲唯恐落后，因为不愿意人家对我有任何误解。

在恺撒提到古代高卢的奇风异俗中，有一条是孩子不许见自己的父亲，也不敢与父亲一起出现在大庭广众之下，这要等到他们开始扛起武器，仿佛以此说明，那个时候父亲才能亲切地跟他们来往。

我还发现我们这个时代还有一种不适当的做法，父亲不但在过完漫长的一生前剥夺孩子享有的财富，还把身后处置遗物的权力交给妻子，由她们随心所欲地支配。我还认识一位贵人，还是王国最高将领之一，他从继承权来说每年可以有 5 万埃居的年金，然而在 50 多岁逝世时债台高筑，贫困潦倒；而他的母亲风烛残年，却在享用他的父亲八十高龄寿终时遗赠的全部财产。我觉得这点毫无理性可言。

所以在我看来，一个事业顺利发展的人，再去找一个会带来巨大嫁妆负担的女人，这对他并无帮助。俗语说：外债最叫人倾家荡产。我们的祖先一致遵守这句箴言，我也是如此。

但是有人劝我们不要娶有钱人家的女儿，怕这样的妻子娇贵，不好侍候，这完全是为了一个不足为信的猜测而失去一个真正的机缘，他们这样说是不对的。对一个不通情理的女人来说，任何一条理由都是说服不了她的。她们愈理输的时候愈是自我欣赏。爱歪理就是吸引她们；而贤淑的女人，以自己的品行为荣，愈富有愈愿意做好事，就像愈美丽的女人愈要高傲地保持贞节。

根据法律，孩子没有到达成年自立以前，由母亲管理家务，这是很有道理的。但是女性有女性的弱点，父亲不能期望孩子成年时在智慧和能力上超过他的妻子，这就是父亲管教不严了。可是，让母亲完全遵照孩子的性情行事，这更有违于天性。女性必须享有更好的物质条件，按照她们的门第和年龄去维持她们的地位，尤其拮据和匮乏对女性比对男性来说更难忍受得多。所以负担应该落在儿子身上，而不是母亲身上。

总的来说，我觉得人在临终时对遗产最正当的安排是遗赠给家乡。法律比我们想的更周到，就是选择不当，由法律来承担，也比由我们在匆忙中贸然承担为佳。财产到头来不是我们的，从民法来说，在我们死后财产必须留给后人。虽然我们尚有自由支配的权利，我认为必须有十分明显的重要理由，才能剥夺一个人按照出身和一般情理应该享有的继承权。随心所欲和任意安排，这是违情悖理，滥用自由。

叨天之幸，我一生中还没遇到过这样的时刻，诱使我的爱心违背法律和常情。我善于识人，知道跟谁是犯不上长期真心对待的！说错一句话，使十年恩情前功尽弃。谁能在最后时刻对他们曲意奉承，这算是他做到了家，关键是做得恰到好处；不是最经常、最善意的关心，而是最近期、最实在的关心才会功德圆满。

有的人利用遗嘱，如同一手拿苹果，一手拿藤条，对于意欲染指的人每个行动都在其赏罚之中。继承是一件事关重大的、后果深远的行为，不能随时间的变换，出尔反尔。在这件事上，贤人一旦根据理智和大众意见作出决定后便不再更改。

我们太看重男性继承权，企图让自己的姓氏永留人间，未免可笑；我们也爱对天真的孩子的未来妄加猜测。无论在知识还是在体育课程方面，我当年不但在兄弟中间，也在全省少年中间，是最笨、最迟钝、最无精打采的一个，如果从而把我排斥在我的圈子以外，那就有欠公平。我们作出这些往往不准确的猜测并信以为真，据此作出事关重大的选择，这是疯狂的行为。如果我们要打破这条规则，纠正我们的继承者受命运安排的命运，首先可从外表来考虑，排斥那些重大的生理缺陷，这是永久不可改变的瑕疵，在我们这些欣赏美的人看来，也是严重有害的。

柏拉图的立法官和他的公民们有一段有趣的对话，转述如下。他们说："我们感到末日来临时，为什么不能把属于我们自己的东西遗留给我们喜欢的人呢？在我们的病榻边，在我们年老力衰时，在我们的事务中，我们的亲人曾经给过我们不同程度的帮助，我们不能根据自己的意思或多或少地分赠给他，哦，神啊，这是多么残酷！"

立法官对此作出下面的回答："我的朋友，你们无疑将不久于人世，根据德尔法城阿波罗神谕，你们很难了解自己，很难了解属于你们的东西。我是立法官，认为你们不属于你们，你们享有的东西也不属于你们。你们的财物和你们，不论过去与未来都是属于你们的家庭的。还可以说你们的家庭和你们的财物是属于集体的。如果阿谀奉承的人趁你们年老多病，或者趁你们自己一时热情，唆使你们不恰当地立下一张不公正的遗嘱，我会加以阻止的。但是为了城邦的公众利益和你们的家庭利益，我会定下法律，让大家合情合理地感到个人的财产应该归于集体。你们悄悄地、心甘情愿地去到人类需要你们去的地方。而由我，对事物一视同仁，尽可能从大众利益出发照应你们的遗物。"

回到我的话题。我不知道为什么，总觉得女人在一切方面不应该控制男人，除非从天然的母性一面来说，去惩罚那些脾气暴躁，又乐意听候她发落的人。但是这不涉及我们正在讨论的老年妇女的问题。显然出于这样的考虑，我们才那么乐意制定和实施这条剥夺女性继承王位权利的法律，然而这条法律谁也没有见过。世界上没有一块领地像这里一样，不得到类似理智的批准而援引这条法律。但是命运赋予它的权威性则各地不同。

把继承权交给母亲分配，并由她们对孩子作出选择，这充满了风险。她们的选择常常怀有私心，变幻不定。因为怀孕期喜怒无常的病态心理，时时出现在她们的心灵上。一般常见的是她们偏爱最懦弱、最鲁钝或者——若有的话——那些还搂在怀里的孩子。因为她们没有足够的智慧实事求是地对待事物，她们就听任感觉和印象的摆布；就像动物，只认识挂在奶头上的小崽。

总之，从历来的经验也不难看出，这种天生的热情没有深厚的根基，虽然我们对此非常郑重其事。我们可以用小小一笔钱叫做母亲的天天抛下自己的孩子，来养育我们的孩子。我们要她们把自己的孩子托付给我们不愿托付的体弱的保姆，或者由一头奶羊喂养。不管她们的孩子会遇到什么危险，就是不许她们喂养，还不许她们照看，要全心全意为我们的孩子服务。这样在大多数情况下，我们看到久而久之会产生一种私生的感情，这种感情比天生的感情更强烈更操心。要保存人家的孩子更甚于保存自家的孩子。我提到奶羊，这是因为在我家附近的村妇，在不能喂养自己的孩子时习惯上用羊奶喂养。我还有两名仆人，喂母奶都没有超过一周。这些奶羊训练有素，当婴儿啼叫时，认得出他们的声音，赶过来喂他们。如果换了另一个婴儿，它们就不肯喂；婴儿换了一头奶羊也会不肯吃。从前我还见到一个婴儿不肯吃另一头奶羊的奶而饿死，因为原来那头奶羊是他的父亲向邻居借来的。牲畜跟我们一样，天生的感情也会衰退，让位于私生的感情。

希罗多德提到利比亚有一个区域，男人与女人杂居一起，孩子到了会走路的年纪，靠了天性的指引，会走到人群中找出自己的父亲。我相信经常会出错。

只因为孩子是我们生育的，我们爱他们，把他们称为另一个自己；那么另有一样东西也是来自我们的，其重要性并不亚于孩子。这就是我们的心灵产物，它们是我们的智慧、勇气和才干孕育的，比肉体孕育的更加高尚，更可以说是我们的孩子；我们在孕育它们时既当父亲又当母亲；这些产物叫我们花更大的代价，如果是有益的话，也给我们带来更大的光荣。因为我们其他孩子的价值更多来自他们自己，而不是来自我们，我们在其中的作用是微不足道的；但是第二类孩子的一切美、典雅和价值都来自我们，因而，它们比其他的一切更能代表我们自己，使我们激动。

柏拉图还说，这是一些不朽的孩子，使他们的父亲名留青史，甚至被奉为神明，如利库尔戈斯、梭伦、米诺斯一样。

史书上充满父辈热爱孩子的模范事迹，我觉得在此引述一则也不算是题外之言。赫里奥道罗斯是特里加的善良的主教，他宁可失去令人尊敬的神职带来的尊严、收入和虔诚，也不愿失去他的女儿①；这个女儿至今还活着，非常温柔，然而作为神职人员的女儿来说打扮得花枝招展，过于妖冶。

在罗马有一人名叫拉比努斯，勇武威严，有许多优点，还精通各种文学，我相信他是老拉比努斯的儿子，老拉比努斯是恺撒手下的第一大将，随他参加高卢战役，后来参加大庞培一党，对大庞培忠心耿耿，直至在西班牙被恺撒击溃。我谈的那个拉比努斯品德高尚，招来许多人的嫉妒，当时皇帝的宠臣好像还对他恨之入骨，因为他心直口快，还继承父志对专制政体进行抨击，这从他写的书籍文章中可以看出。他的政敌上告罗马法庭，胜诉后把他的许多著作付之一炬。这种焚书的新刑法肇始于此，后来又在罗马发生了好几起把书籍判处死刑

---

① 指他撰写的《埃塞俄比亚史》。他因不愿听从教会的命令把它焚毁而失去神职。

的做法。我们没有其他方法和行为来表示自己的残酷时，就迁怒于这些被大自然免除了任何感情和痛苦的东西，如我们的声誉和我们的智慧产物；就针对缪斯的教导和锦绣文章大开杀戒。

可是拉比努斯不能忍受这场损失，不能在失去他的爱子后苟且偷安；他叫人把自己抬进祖先的墓穴，活活埋在里面，实行自杀和自我埋葬。再也找不到比这个更好的例子来表示深厚的父爱了。他的密友卡西乌斯·西维勒斯是一位能言善辩之士，看到他的书遭焚毁，大声叫喊说这同一条判决也可以把他烧死，因为他已把那些书的内容都铭记在心里了。

格伦蒂厄斯·科尔杜斯也遭遇到同样的事，他被指控在著作中赞扬布鲁图斯和卡西乌斯。这个卑鄙、奴性十足、腐败的议会决定焚毁他的书籍。他很高兴伴随它们同归于尽，绝食自杀。

好人卢卡努到了晚年，被暴君尼禄判处死刑。他叫医生切开自己的双臂上的血管自杀，大部分的血已经放光，四肢的末梢发冷，立刻要影响到他的致命部位，他最后记得的是他的关于法萨罗战争一书中的若干诗句，于是背诵起来，死时嘴里还念念有词。这不就是父亲给孩子的温柔的告别吗？就像我们临死时向家人表示永别和紧紧拥抱；这也是一种天性，在这最后时刻回忆起一生中有过的最亲密的东西。

伊壁鸠鲁临终时——像他说的——深受腹泻的剧痛，他聊以自慰的是他的美好学说留在人世。我们不是可以这样认为，他创作了一大批内容丰富的著作，犹如养育了一大群有教养的孩子。两者使他得到同样的满足？如果他可以选择在身后留下一个愚顽丑恶的孩子或是一部满篇胡言的坏书，他宁可选择第一桩不幸而不选择第二桩不幸，我看不但是他，就是任何这样的贤人，都会这样做的。

再举一个对圣奥古斯丁大不敬的例子，如果有人向他提出要么销毁他的著作（这些书对促进我们的宗教厥功甚伟），要么埋葬他的孩子（假定他有的话），恐怕他还是愿意埋葬孩子。

我不知道我是宁可跟缪斯，还是跟妻子生一个十全十美的孩子。

以手头这部书来说，我能奉献给它的，都是不折不扣、不思回报的奉献，就像人家奉献给血缘的孩子一样。我给这部书做出的微小贡献，也不再受制于我。它可以知道许多我不再知道的事，它保留许多我已不再保留的事，我若有需要，只能像陌生人那样向它借贷。虽然我比它聪明，但是它比我丰富。

热爱诗歌的人，很少不为自己能做上《埃涅阿斯记》①的父亲，比做上罗马最美少年的父亲还感到庆幸，失去这部作品会比失去最美少年还难过。因为据亚里士多德和一切艺术家的说法，最迷恋本人作品的人是诗人。

伊巴密浓达自夸给后世留下了女儿，有朝一日会光宗耀祖（这里指他在打败斯巴达人的两场战役中的辉煌胜利），有人说他很乐意用它们去交换全希腊最有文采的女儿；还说亚历山大和恺撒也表示过同样的心愿，宁可不要那些显赫、还是十全十美的战功，也愿意有孩子和继承者，这话叫人难以置信。我也同样怀疑菲迪亚斯或哪一位杰出的雕塑家，喜爱跟自己的亲生子女交谈和相处，不亚于喜爱他按照艺术法则长时期精心制作的杰出形象。

至于这些邪恶疯狂的情欲，煽动父亲爱上女儿或煽动母亲爱上儿子，在另一种亲情中也可找到相似的情欲；传说中的皮格马利翁就是例证，他雕塑了一尊国色天香的美女像，发疯地爱上了自己的作品，神使雕像有了生命，更迷得他神魂颠倒。

① 维吉尔的诗篇。

第十四章 论书籍

　　我毫不怀疑自己经常谈到的一些问题，由专家来谈会谈得更好、更实在。本文纯然是凭天性而不是凭学问而写成的，谁觉得这是信口雌黄，我也不会在意；我的论点不是写给别人看的，而是写给自己看的；而我也不见得对自己的论点感到满意。谁要在此得到什么学问，那就要看鱼儿会不会上钩。做学问不是我的专长。本文内都是我的奇谈怪论，我并不企图让人凭这些来认识事物，而是认识我：这些事物或许有一天会让我真正认识，也可能我以前认识过，但是当命运使我有幸接触它们的真面目时，我已记不得了。

　　我这人博览群书，但是阅后即忘。

　　所以我什么都不能保证，除了说明在此时此刻我有些什么认识。不要期望从我谈的事物中，而要从我谈事物的方式中去得到一些东西。

　　比如说，看我的引证是否选用得当，是否说明我的意图。因为，有时由于拙于辞令，有时由于思路不清，我无法适当表达意思时就援引其他人的话。我对引证不以数计，而以质胜。如果以数计的话，引证还会多出两倍。引证除了极少数以外都出自古代名家，不用介绍也当为大家所熟识。鉴于要把这些说理和观念用于自己的文章内，跟我的说理和观念交织一起，我偶尔有意隐去被引用作者的名字，目的是要那些动辄训人的批评家不要太鲁莽，他们见到文章就攻击，特别是那些还在世的年轻作家的文章，他们像庸人招来众人的非议，也同样像庸人要去驳倒别人的观念和想法。我要他们错把普鲁塔克当作我来嘲笑，骂我骂到了塞涅卡身上而丢人现眼。我要把自己的弱点隐藏在这些大人物身上。

我喜欢有人知道如何在我的身上拔毛，我的意思是他会用清晰的判断力去辨别文章的力量和美。因为我缺乏记忆力，无法弄清每句话的出处而加以归类，然而我知道我的能力有限，十分清楚我的土地上开不出我发现播种在那里的绚丽花朵，自己果园的果子也永远比不上那里的甜美。

如果我词不达意，如果我的文章虚妄矫饰，我自己没能感到或者经人指出后仍没能感到，我对这些是负有责任的。因为有些错误往往逃过我们的眼睛，但是在别人向我们指出错误后仍不能正视，这就是判断上的弊病了。学问和真理可以不与判断力一起并存在我们身上，判断力也可以不与学问和真理并存在我们身上。甚至可以说，承认自己无知，我认为是说明自己具有判断力的最磊落、最可靠的明证之一。

我安排自己的论点也随心所欲没有章法。随着浮想联翩堆砌而成；这些想法有时蜂拥而来，有时循序渐进。我愿意走正常自然的步伐，尽管有点凌乱。当时是怎样的心情也就怎样去写。所以这些情况不容忽视，不然在谈论时就会信口开河和不着边际了。

我当然愿意对事物有一番全面的了解，但是付不起这样昂贵的代价。我的目的是悠闲地而不是辛劳地度过余生。没有一样东西我愿意为它呕心沥血，即使做学问也不愿意，不论做学问是一桩多么光荣的事。我在书籍中寻找的也是一个岁月优游的乐趣。若搞研究，寻找的也只是如何认识自己，如何享受人生，如何从容离世的学问。

阅读时遇到什么困难，我也不为之绞尽脑汁；经过一次或两次的思考，得不到解答也就不了了之。

如果不罢休，反会浪费精力和时间，因为我是个冲动型的人，一思不得其解，再思反而更加糊涂。我不是高高兴兴地就做不成事情，苦心孤诣、孜孜以求反而使我判断不清半途而废。我的视觉模糊了，迷茫了。必须收回视线再度对准焦点，犹如观察红布的颜色，目光必须先放在红布上面，上下左右转动，眼睛眨上好几次才能看准。

如果这本书看烦了，丢下换上另一本，只是在无所事事而开始感到无聊的时候再来阅读。我很少阅读现代人的作品，因为觉得古代人的作品更丰富更严峻；我也不阅读希腊人的作品，因为对希腊文一知半解，理解不深，无从运用我的判断力。

在那些纯属是消闲的书籍中，我觉得现代人薄伽丘的《十日谈》、拉伯雷的作品，以及让·塞贡的《吻》（若可把它们归在这类的话），可以令人玩味不已。至于《高卢的阿马迪斯》和此类著作，我就是在童年也引不起兴趣。我还要不揣冒昧地说，我这颗老朽沉重的心，不但不会为亚里士多德也不会为善良的奥维德颤抖，奥维德的流畅笔法和诡谲故事从前使我入迷，如今很难叫我留恋。

我对一切事物，包括超过我的理解和不属于我涉猎范围的事物自由地表达意见。当我有所表示，并不是指事物本身如何，而是指本人见解如何。当我对柏拉图的《阿克西奥切斯》一书感到讨厌，认为对他这样一位作家来说是一部苍白无力的作品，我也不认为自己的见解必然正确，从前的人对这部作品推崇备至，我也不会蠢得去冒犯古代圣贤，不如随声附和才会心安理得。我只得责怪自己的看法，否定自己的看法，只是停留在表面没法窥其奥秘，或是没有从正确角度去看待。只要不是颠三倒四、语无伦次也就不计其他了；看清了自己的弱点也直认不讳。对观念以及观念表现的现象，想到了就给予恰如其分的阐述，但是这些现象是不明显的和不完整的。伊索的大部分寓言包含几层意义和几种理解。认为寓言包含一种隐喻的人，总是选择最符合寓言的一面来进行解释；但是在大多数情况下，这只是寓言的最肤浅的表面；还有其他更生动、更主要和更内在的部分，他们不知道深入挖掘；而我做的正是这个工作。

还是沿着我的思路往下说吧：我一直觉得在诗歌方面，维吉尔、卢克莱修、卡图鲁斯和贺拉斯远远在众人之上；尤其维吉尔的《乔琪克》，我认为是完美无缺的诗歌作品，把《乔琪克》和《埃涅阿斯记》比较很容易看出，维吉尔若有时间，可以对《埃涅阿斯记》某些章节进行精心梳理。《埃涅阿斯记》的第五卷我认为写得最成功。卢卡努的著作也常使我爱不释手，不在于他的文笔，而在于他本身的价值和评论中肯。至于好手泰伦提乌斯——他的拉丁语写得妩媚典雅——我觉得最宜于表现心灵活动和我们的风俗人情，看到我们日常的行为，时时叫我回想起他。他的书我久读不厌，也每次发现新的典雅和美。

稍后于维吉尔时代的人，抱怨说不能把维吉尔和卢克莱修相提并论。我同意这样的比较是不恰当的；但是当我读到卢克莱修最美的篇章时，不由得也产生这样的想法。如果他们对这样的比较表示生气，那么现在有的人把他和阿里奥斯托作不伦不类的比较，更不知对这些人的愚蠢看法说些什么好了。阿里奥斯托本人又会说什么呢？

我认为把普洛图斯跟泰伦提乌斯（他很有贵族气）比较，比把卢克莱修跟维吉尔比较，更叫古人感到不平。罗马雄辩术之父西塞罗常把泰伦提乌斯挂在嘴上，说他当今独步，而罗马诗人的第一法官贺拉斯对他的朋友大加赞扬，这些促成泰伦提乌斯声名远播，受人重视。

我们这个时代那些写喜剧的人（意大利人在这方面得心应手），抄袭泰伦提乌斯或普洛图斯剧本的三四段话就自成一个本子，经常叫我惊讶不已。他们把薄伽丘的五六个故事堆砌在一部剧本内。他们把那么多的情节组在一起，说明对自己本子的价值没有信心，必须依靠情节来支撑。他们自己搜索枯肠，已找不出东西使我们看得入迷，至少要使我们看得有趣。这跟我说的作者泰伦提乌斯大异其趣。他的写法完美无缺，使我们不计较其内容是什么，自始至终被他优美动人的语言吸引；他又自始至终说得那么动听，"清澈见底如一条纯洁的大河"（贺拉斯）。我们整个心灵被语言之美陶醉，竟至忘了故事之美。

沿着这条思路我想得更远了：我看到古代杰出诗人毫不矫揉造作，不但没有西班牙人和彼特拉克信徒的那种夸大其词，也没有以后几个世纪诗歌中篇篇都有的绵里藏针的刻薄话。好的评论家没有一位在这方面对古人有任何指摘。对卡图鲁斯的清真自然、隽永明丽的短诗无比欣赏，远远超过马提雅尔每首诗后的辛辣词句。出于我在上面说的同样理由，马提雅尔也这样说到自己：他不用花许多工夫；故事代替了才情。

前一类人不动声色，也不故作姿态，写出令人感动的作品，信手拈来都是笑料，不必要勉强自己挠痒痒。后一类人则需要添枝加叶，愈少才情愈需要情节。要骑在马上，因为两腿不够有力。就像在舞会上，舞艺差的教师表达不出贵族的气派和典雅，就用危险的跳跃，用像船夫摇摇晃晃的怪动作来引人注目。对于妇女来说也是这样，有的舞蹈身子乱颤乱动，而有的舞蹈只是轻步慢移，典雅、自然、舒展，保持日常本色，前者的体态要求比后者容易得多。我也看过出色的演员穿了日常服装，保持平时姿态，全凭才能使我们得到完全的艺术享受；而那些没有达到高超修养的新手，必须面孔抹上厚厚的粉墨，穿了奇装异服，摇头晃脑扮鬼脸，才能引人发笑。

我的这些看法在其他方面，在《埃涅阿斯记》和《愤怒的罗兰》的比较中，更可以得到证实。《埃涅阿斯记》展翅翱翔，稳实从容，直向一个目标飞去。而《愤怒的罗兰》内容复杂，从一件事说到另一件事，像小鸟在枝头上飞飞停停，它的翅膀只能承受短途的飞行，一段路后就要歇息，只怕乏力喘不过气来。

在这类题材中，以上那些作家我最爱读。

还有另一类题材，内容有趣还有益。我在阅读中可以陶冶性情；使我获益最多的是普鲁塔克（自从他被介绍到法国以后）和塞涅卡的作品。他们两人皆有这个共同特点，很合我的脾性，我在他们书中追求的知识都是分成小段议论，就像普鲁塔克的《短文集》和塞涅卡的《道德书简》，不需要花长时间阅读（花长时间我是做不到的）。《道德书简》是塞涅卡写得最好的篇章，也是最有益的。不需要正襟危坐去阅读，也随时可以放下，因为每篇之间并不连贯。

这些作家在处世哲学上大致是一样的；他们的命运也相似，出生在同一个世纪，两人都做过罗马皇帝的师傅，都出生在国外和有钱有势。他们的学说是哲学的精华，写得简单明白。普鲁塔克前后一致，平稳沉着。塞涅卡心情大起大落，兴趣广泛。塞涅卡不苟言笑，提高道德去克服懦弱、畏惧心理和不良欲望；普鲁塔克好像并不把这些缺点看得那么在意，不愿郑重其事地加以防范。普鲁塔克追随柏拉图的学说，温和，适合社会生活；塞涅卡采用斯多葛和伊壁鸠鲁的观点，不切合生活实际，但是依我的看法，更适合个人修养，也更严峻。塞涅卡好像更屈从于他这个时代的那些皇帝的暴政，因为我敢肯定他谴责谋杀恺撒的壮士的事业，是在压力下做的；普鲁塔克一身无拘束。塞涅卡的文章冷嘲热讽，辛辣无比；普鲁塔克的文章言之有物。塞涅卡叫你读了血脉贲张，心潮澎湃，普鲁塔克使你心旷神怡，必有所得。前者给你开路，后者给你指引。

至于西塞罗对我的目标有帮助的，是那些以伦理哲学为主的作品。但是，恕我直言（既然已经越过礼仪界限，也就不必顾忌了），他的写作方法令我厌烦，千篇一律。因为序跋、定义、分类、词源占据了他的大部分作品。生动的精华部分都淹没在冗词滥调中。若花一个小时阅读——这对我已很长——再回想从中得到什么切实有益的东西，大部分时间是一片空白。因为他还没有触及对我有用的论点，解答叫我关心的问题。

我只要求做人明智，而不是博学雄辩，这些逻辑学和亚里士多德哲学的药方对我毫无用处；我要求作者一开始先谈结论，我已经听够了死亡和肉欲，不需要他们条分缕析，津津乐道。我需要他们提供坚实有力的理由，指导我事情发生时如何正视和应付。解决问题的不是微妙的语法，四平八稳的修辞文采；我要求他们的文章开门见山，而西塞罗的文章拐弯抹角，令人生厌。这类文章适宜教学、诉讼和说教，那时我们有时间打瞌睡，一刻钟以后还可以接上话头。对于不论有理无理你要争取说服的法官，对于必须说透才能明白道理的孩子和凡夫俗子，才需要这样说话。我不要人家拼命引起我的注意，像我们的传令官似的50次对着我喊："嗨，听着！"罗马人在祭礼中喊："注意啦！"而我们喊："鼓起勇气。"对我来说这是废话。我既来了则早有准备，就不需要引动食欲或添油加醋：生肉我也可以吞下去；这些虚文浮礼的作用适得其反，不但提不起反而败坏了我的胃口。

我认为柏拉图的《对话录》拖沓冗长，反使内容不显；柏拉图这样一个人，有许多更有益的话可以说，却花时间去写那些无谓的、不着边际的长篇大论，叫我感到遗憾。我这样大胆亵渎不知是否会得到时尚的宽恕？我对他的美文无法欣赏，更应该原谅我的无知。

我一般要求的是用学问作为内容的书籍，不是用学问作为点缀的书籍。

我最爱读的两部书，还有大普林尼和类似的著作，都是没有什么"注意啦"的。这些书是写给心中有数的人看的，或者，就是有"注意啦"，也是言之有物，可以独立成篇。

我也喜读西塞罗的《给阿提库斯的信札》，这部书不但包括他那个时代的丰富史实，还更多地记述他的个人脾性。因为，如我在其他地方说过，我对作家的灵魂和天真的判断，历来十分好奇。通过他们传世的著作，和他们在人间舞台上的表现，我们可以了解他们的作为，但是不能洞悉他们的生活习惯和为人。

我不止千百次地遗憾，布鲁图斯论述美德的那本书已经失传：因为从行动家那里学习理论是很有意思的。但是说教与说教者是两回事，我既喜欢在普鲁塔克写的书里，也喜欢在布鲁图斯写的书里去看布鲁图斯。我要知道布鲁图斯在阵前对士兵的讲话，然而更愿详细知道他大战前在营帐里跟知心朋友的对白，我要知道他在论坛和议院里的发言，更愿知道他在书房和卧室里的谈话。

至于西塞罗，我同意大家的看法，除了学问渊博外，灵魂并不高尚。他是个好公民，天性随和，像他那么一个爱开玩笑的胖子，大凡都是这样。但是说实在的，他这个人贪图享受，野心虚荣；他敢于把他的诗作公之于众，这是我无论如何不能原谅的；写诗拙劣算不得是一个大缺陷，但是他居然如此缺乏判断力，毫不觉察这些劣诗对他的英名有多大的损害。

至于他的辩才，那是举世无双；我相信今后也没有人可以跟他匹敌。小西塞罗只有名字和父亲相像。他当亚细亚总司令时，一天他看到他的桌上有好几个陌生人，其中有塞斯蒂厄斯，坐在下席，那时大户人家设宴，常有人潜入坐上那个位子，小西塞罗问仆人这人是谁，仆人把名字告诉了他。但是小西塞罗像个心不在焉的人，忘了人家回答他的话，后来又问了两三回；那名仆人，把同样的话说上好几遍感到烦了，特别提到一件事让他好好记住那个人，他说："他就是人家跟您说过的塞斯蒂厄斯，他认为令尊的辩才跟他相比算不了什么。"小西塞罗听了勃然大怒，下令把可怜的塞斯蒂厄斯逮住，当众痛殴了一顿，真是一个不懂礼节的主人。

就是那些认为他的辩才盖世无双的人中间，也有人不忘指出他的演说辞中的错误；像他的朋友伟大的布鲁图斯说的，这是"关节上有病的"辩才。跟他同一世纪的演说家也指出，他令人费解地在每个段落末了使用长句子，还不厌其烦地频频使用这些字："好像是"。

我喜欢句子节拍稍快，长短交替，抑扬有致。他偶尔也把音节重

新随意组合，但是不多。我身边响起他这个句子："对我来说，宁愿老了不久留而不愿未老先衰。"（西塞罗）

历史学家的作品我读来更加顺心，他们叙述有趣，深思熟虑，一般来说，我要了解的人物，在历史书中比在其他地方表现得更生动、更完整，他们的性格思想粗勒细勾，各具形状；面对威胁和意外时，内心活动复杂多变。研究事件的缘由更重于研究事件的发展，着意内心更多于着意外因的传记历史学家，最符合我的兴趣，这说明为什么普鲁塔克从各方面来说是我心目中的历史学家。

我很遗憾我们没有十来个拉尔修的第欧根尼，或者他这类人物没有被更多的人接受和了解。因为我对这些人世贤哲的命运和生活感兴趣，不亚于对他们形形色色的学说和思想。

研究这类历史时，应该不加区别地翻阅各种作品，古代的、现代的、文字拙劣的、语言纯正的，都要读，从中获得作者从各种角度对待的史实。但是我觉得尤其值得我们深入研究的是恺撒，不但从历史科学来说，就是从他这个人物来说，也是一个完美的典型，超出其他人，包括萨卢斯特在内。

当然，我阅读恺撒时，比阅读一般人的著作怀着更多的敬意和钦慕，有时对他的行动和彪炳千古的奇迹，有时对他纯洁优美、无与伦比的文笔肃然起敬。如西塞罗说的，不但其他所有历史学家，可能还包括西塞罗本人，也难出其右。恺撒谈到他的敌人时所作的评论诚恳之极；若有什么可以批评的话，那是他除了对自己的罪恶事业和见不得人的野心文过饰非以外，就是对自己本身也讳莫如深。因为，他若只做了我们在他的书上读到的那点事情，他就不可能完成那么多的重大事件。我喜欢的历史学家，要不是非常纯朴，就是非常杰出。纯朴的历史学家绝不会掺入自己的观点，只会把细心搜集的资料罗列汇总，既不选择，也不剔除，实心实意一切照收，让我们对事物的真相作全面的判断。这样的历史学家有善良的让·傅华萨，他写史时态度诚恳纯真，哪一条史料失实，只要有人指出，他毫不在乎承认和更正。他甚至把形形色色的流言蜚语、道听途说也照录不误。这是赤裸裸、不成型的历史材料，每人可以根据自己的领会各取所需。

杰出的历史学家有能力选择值得知道的事，从两份史料中辨别哪一份更为真实，从亲王所处的地位和他们的脾性，对他们的意图作出结论，并让他们说出适当的话。他们完全有理由要我们接受他们的看法，但是这只是极少数历史学家才享有的权威。在这两类历史学家之间还有人（那样的人占多数）只会给我们误事；他们什么都要给我们包办代替，擅自订立评论的原则，从而要历史去迁就自己的想象；因为自从评论向一边倾斜，后人叙述这段历史事实时，不可避免地受到影响。他们企图选择应该知道的事物，经常隐瞒更能说明问题的某句话、某件私事；把自己不理解的事作为怪事删除，把自己无法用流畅的拉丁语或法语表达的东西也尽可能抹掉。他们尽可以大胆施展自己的雄辩和文才，尽可以妄下断言，但是也要给我们留下一些未经删节和篡改的东西，容许我们在他们之后加以评论；也就是说他们要原封不动地保留历史事实。

尤其在这几个世纪，经常是一些平庸之辈，仅仅是会舞文弄墨而被选中编写历史，仿佛我们从历史中要学的是写文章！他们也有道理，既然是为这件事而被雇用的，出卖的是他们的嘴皮子，主要也操心在那个方面了。所以他们从城市十字路口听来的流言蜚语，用几句漂亮的话就可以串联成一篇美文。

好的历史书都是那些亲身指挥，或者亲身参加指挥，或者亲身参加过类似事件的人编写的。这样的历史书几乎都出自希腊人和罗马人之手。因为许多目击者编写同一个题材（就像现时代不乏有气魄有才华的人），若有失实也不会太严重，或者本来就是一件疑案。

由医生处理战争或由小学生议论各国亲王的图谋，会叫人学到什么东西呢？

若要了解罗马人对这点如何一丝不苟，只需举出这个例子：阿西尼厄斯·波利奥发现恺撒写的历史中有些地方失实，失实的原因是恺撒不可能对自己军队的各方面都亲自过问，对记下未经核实的报告偏听偏信，或者在他外出时副官代办的事没有向他充分汇报。

从这个例子可以看出，了解真相需要慎之又慎，打听一场战斗的实况，既不能单靠指挥将士提供的信息，也不能向士兵询问发生的一切；只有按照法庭的审讯方法，比较证人提供的证词，要求事件的每个细节都有物证为凭。说实在的，我们对自己的事也有了解不全面的地方。这点让·博丁讲得很透彻，与我不谋而合。

不止一次，我拿起一部书，满以为是我还未曾阅读的新版书，其实几年以前已经仔细读过，还写满了注释和心得；为了弥补记错和健忘，最近以来又恢复了老习惯，在一部书后面（我指的是我只阅读过一次的书籍）写上阅读完毕的日期和我的一般评论，至少让我回忆得起阅读时对作者的大致想法和印象。我愿在此转述其中一些注释。

下面是我十年前在圭契阿迪尼的一部书内的注释（我读的书不论用什么语言写成的，我总是用自己的语言写注释）：他是一位勤奋的历史学家；依我看来，他的著作内提供他那个时代的历史真实性，是其他人不能比拟的，因为在大多数情况下，他自己就是身居前列的参与者。从表面上也看不出，他会由于仇恨、偏心或虚荣而篡改事实，他对一时风云人物，尤其对那些提拔他和重用他的人，如克莱芒七世教皇，所作的自由评论都是可信的。他好像最愿意显山露水的部分，那是他的借题发挥和评论，其中有精彩的好文章，但是他过分耽迷于此；又因为他不愿留下什么不说，资料又那么丰富，几乎取之不尽，用之不竭，他就变得啰里啰唆，有点像多嘴的学究。

我还注意到这一点，他对那么多人和事、对那么多动机和意图的评论，没有一字提到美德、宗教和良心，仿佛在世界上这些是不存在的；对于一切行动，不论表面如何高尚，他都把原因归之于私利和恶心恶意。他评论了数不清的行动，居然没有一项行动是出于理性的道路，这是令人无法想象的。不能说普天下人人坏心坏眼，没有一个人可以洁身自好；这叫我怀疑他自己心术不正，也可能是以己之心在度他人之腹吧。

在菲利普·德·科明的书中，我是这样写的：语言清丽流畅，自然稚拙；叙述朴实，作者的赤诚之心油然可见，谈到自己时不尚虚华，谈到别人时不偏执不嫉妒。他的演说与劝导充满激情与真诚，绝不自我陶醉，严肃庄重，显出作者是一位出自名门和有阅历的人物。

杜·贝莱两兄弟撰写的《回忆录》写过这样的话：阅读亲身经历者撰写的所见所闻，总是一件快事。但是不容否认的是在这两位贵族身上，缺乏古人如让·德·儒安维尔（圣路易王的侍从）、艾因哈德（查理曼大帝的枢密大臣）以及近代菲利普·德·科明，撰写同类书籍时表现的坦诚和自由。这不像是一部历史书，而是一篇弗朗索瓦一世反对查理五世皇帝的辩护词。我不愿相信他们对重要事实有什么篡改，但是经常毫无理由地偏护我们，回避对事件的评论，也删除他们的主子生活中的棘手问题。比如忘记提到德·蒙莫朗西和德·布里翁的失宠；对埃唐普夫人一字不提。秘事可以掩盖，但是人所共知的事，尤其这些事对公众生活产生这样大的后果，忌口不谈是不可饶恕的缺点。总之，要对弗朗索瓦一世和他的时代发生的事有一个详细的了解，不妨听我的话到其他地方去找。这部书的长处是对这些大人物亲身经历的战役和战功有特殊看法，还记载他们这个时代某些亲王私下的谈话和轶事，朗杰领主纪尧姆·杜·贝莱主持下的交易和谈判，这里面有许多事值得一读，文章也写得不俗。

第十五章　论荣誉

世上有名就有物。名者，指出和称呼物的一个声音；名者，不是物和实质的一部分，而且依附于物、存在于物之外的一件异品。

上帝本身是圆满与完美的极，从其内部已不可能再增再长。但是我们对他的显像表示感恩与颂扬所用的名是可以再增再长的。既然他的内部积满了善，任何的称颂我们都无法增之于内部，我们就归之于他的名下，名是他身外最接近的东西。因此这说明为什么光荣与荣耀都只属于上帝。违情悖理的是我们竟为自己苦苦追求光荣与荣耀。因为我们内部贫乏空虚，我们的本质很不完善，需要不断改进，这才是我们必须去做的事。

我们都很空虚疏浅，这不是用妄言妄语可以填补的；我们应该用更实在的东西修身养性。饿汉不去弄一顿好餐而追求一件美衣，不免头脑过于简单，人必须首先解决当务之急。就像我们日常祈祷说的："在至高之处荣耀归于神，在地上平安归于他所喜悦的人。"（《新约·路加福音》）我们匮乏的是美、健康、智慧、美德等这类基本的组成部分，只有获得必要之物以后才去寻求外部的装饰。神学全面和更中肯地论述这个课题，而我对此并不精通。

克里西波斯和第欧根尼是最早最坚决蔑视荣誉的作家。他们说所有乐事中最危险、最应该躲之唯恐不及的就是别人的赞扬。确实，经验已经告诉过我们不少损失重大的背叛行为。对君王毒害最深的莫过于阿谀奉承，坏人也最容易以阿谀奉承获得周围人的信任。用好话来哄骗和取悦女人，诱使她们失去贞节，最有效与普遍的做法也是曲意逢迎。

塞壬水妖为了诱惑尤利西斯，使用这样的伎俩是她们的第一招——

> 来吧，朝我们来吧，至尊的尤利西斯，
> 全希腊引以为荣的大英雄。

——荷马《奥德赛》

这些哲学家说，人间的全部荣誉都不值有识之士动一动手指去拾取：

> 荣誉即使再大，还不就是荣誉而已？

——朱维纳利斯

我仅以荣誉本身来说的。然而荣誉以后经常带来许多好处，这就使荣誉成为令人想望的东西了。它给我们带来好意，它使我们较少受到别人的辱骂与冒犯，诸如此类的事。

这也是伊壁鸠鲁的主要信条，因为他的学派的格言：闭门过日子，不去担任公职和让公务缠身，从而也会漠视荣誉，因为荣誉是大家对于我们公开活动所作的一种赞扬。那个人敦促我们深居简出，只管自身的事，不但不要我们引人注目，更不要我们接受别人的荣誉与赞扬。因而他劝诫伊多梅纽斯，不要以大家的意见或名望来决定自己的行动，但是也要注意看不起别人会引起意外的麻烦。

这些看法依我看来极为正确，还很有道理。我不知怎么，认为我们都是有两重性的人，这使得我们不相信我们相信的东西，不能摆脱我们谴责的事。且听伊壁鸠鲁临终前所说的最后几句话，光明磊落，确不愧出自他这样的哲学家之口，但是语气中还是含有他以自己的名义对别人的嘱咐，在他的格言中劝阻时抱有的情绪。以下是他咽气前不久口述的一封信：

伊壁鸠鲁向赫耳玛库斯致意

　　在我度过这一生中最幸福也是最后一天的时际，写下这封信，膀胱与小腹一直感到无比的疼痛。但是想到我的著作与演说给我的心灵带来的愉悦，也使我的痛苦得到了补偿。由于你从幼时起便对我个人和哲学百般爱护，请你对梅特罗道吕斯这些学子们也不吝眷顾。

　　这是他的信。这使我看出他说的著作带给他的灵魂的愉悦，其实是涉及他期望身后留下的名声，这是他的遗嘱安排；通过遗嘱希望他的学术继承人阿弥诺马库斯和提摩克拉特斯，支付每年一月他的诞辰纪念日上赫耳玛库斯提出的款项，还有每月第二十天他的哲学家朋友集会纪念他和梅特罗道吕斯时所需的费用。

　　卡涅阿德斯是持反对意见的领袖，主张荣誉本身是令人想望的，但就像我们关心我们的后代一样，其实我们既不认识他们，从中也得不到任何利益。这种学说得到普遍赞同而且历久不衰，这是因为投人所好的说法最易为大家所接受。亚里士多德把荣誉列为身外第一财富："防止两个不良的极端，一味追求荣誉和一味回避荣誉。"我相信我们若有西塞罗在这方面的论述，他会给我们提出一些精彩的见解。因为这人那么热衷于名利，我相信他若敢做，他必然会走其他人所走的极端，认为美德本身令人想望，其实只是为了想望随同美德而来的荣誉而已。

　　"闲居的懒散，与不为人知的美德，都引不起注意。"（贺拉斯）这是一种极端错误的思想，使我感到难过的是，一位有幸被称为哲学家的人，头脑里居然钻出这样的想法。

　　如果这是对的，那就应该在人前做好事。心灵是美德的真正中心所在，我们不用对心灵活动进行约束与控制，除非它们必须暴露在众人面前的时候。

　　这样岂不是坏事可以做，但要做得巧妙与隐蔽？卡涅阿德斯说，"假定你知道有一条蛇躲在这个地方，有一个人若死去可以让你得益，他不假思索去坐在了那里，你不关照他，你就是做了一件坏事，你的行为只有你一人知道，这只会加重你的罪行。"如果不以主动做好事作为一条戒律，如果不被惩罚就是合法，那我们每天会听任自己去干出多少坏事来！

C.普罗提乌斯在唯有当事人知道的情况下把自己的财产托付给了 S.佩杜索斯，事后佩杜索斯如数归还——这类事我做过不止一次——不是那么值得赞扬。而不归还则是真正的可恶。

我还觉得今天重新提起 P.塞克斯提利乌斯·鲁弗斯的例子，还是有所裨益的。西塞罗指责他昧了天良侵占一份遗产，其实这不但没有违背法律，还符合法律的要求呢！

M.克拉苏和 Q.霍尔坦修斯两人有权有势，一个外人根据一份伪造的遗嘱请他们参加继承，分得若干财产，而那人也可因此得到他的一份。他们两人很满意自己不曾参加伪造，但是可以获得一笔横财，由于隐蔽得法，也不会面对原告、证人和法律的控告。"让他们记得他们有上帝为证，也就是（以我的理解来看）他们自己的良心为证。"（西塞罗）

为了光荣而实施美德，美德也就成了十分无聊低俗的事。我们应该毫无功利目的地去实施美德，赋予它特殊地位，不与命运沾边。因为还有什么比名声更多偶然性呢？"是的，命运的权势遍及一切，它使一部分人飞黄腾达，使另一部分人潦倒落魄，不是根据事实，而是根据它的随心所欲。"（萨卢斯特）要让人的行为为世人知晓与目睹，这纯然是命运之神的安排了。

世道无常，荣誉也任意给谁就是谁。我看到不少次荣誉走在才能前面，而且超过很大一段距离。第一个想到把荣誉比喻为影子的人，恰当得超出他的意料。这些实在是过眼烟云。

影子有时出现在人体前面，而且长出许多。

有人教导贵族说在英勇中寻找光荣，"仿佛不彰明较著的行为就不是美德"（西塞罗），人生中自有千百次做好事而不被人注意的时机，而他们却教这些贵族在无人看见时不要贸然冒险，当有人见证时必须注意到他们会把他们的英勇行为宣扬出去，这有什么好处呢？一场大规模混战中，有多少可歌可泣的大事湮没无闻？在如此激战中，谁居然还津津有味地观察别人，这说明他手里的活儿不忙，在为战友的行为作证的同时也提供了不利于自己的证明。

"我们天性追求的主要目标是荣誉，真正智慧高尚的人认为荣誉体现在行为上，不是在颂扬上。"（西塞罗）我自认这一生中的最大的光荣是安宁度过，这安宁的含义不是根据梅特罗道吕斯、阿凯西劳斯或阿里斯提卜，而是根据我自己定的。既然哲学没有找到对大家都有用的通往安宁的共同道路，那各人就找各人自己的道路吧！

恺撒和亚历山大无比英明伟大，除了靠命运以外还靠什么呢？多少人在人生起步时就被命运消灭，对此我们一无所知，如果他们不是遭受不幸的命运，事业在刚开始不久便戛然而止，他们也会表现出跟恺撒和亚历山大同样的英雄气概！恺撒身经百战，出生入死，但是我记不起在哪部书里读到他曾有过负伤的记载。恺撒跨过许多劫难，别人遭遇再小的劫难也会死去成千上万。无数的丰功伟绩因没有见证而难见天日，难得有一桩可以获到酬赏。你不可能永远勇夺关隘或者身先士卒，像在高台上让指挥官都看在眼里。你会在树篱与壕沟之间被人家逮住，你对付一个鸡棚也必须碰运气；你必须把四名老弱的火枪手从粮仓里引出来；你必须独自脱离队伍，随机应变去对付局面。

如果你长着心眼，必然会凭经验看到最无人注意的时机往往最危险。在现今发生的战争中，在执行轻松平常的任务时，争夺小城镇时死去的优秀人才，要多于在轰轰烈烈的大场面上。

若不是在引人注目的场合死得众所周知，谁都认为自己死得不值，他宁可一生默默无闻，从而也漏过许多担风险的良机。所有的良机都有锦绣前程，因为各人的良心会牢牢记住。"我们所夸的，是自己的良心，见证我们……"（圣保罗）

谁是好人，只是因为大家认为他是好人，并且在知道后觉得他更值得器重；谁要是只为了让大家知道而去做好事，这样的人大家不必对他有多少期望。我们应该尽义务去参加战争，盼望这样的报偿，立了大功不愁得不到。即使最不显著的，即使只是美好的想法，都会使一颗正直的心获得做好事后的满足。表现英勇是为了自己，是为了心理优势，内心感到充实有把握，抵挡命运的袭击。我们的心灵并不是为了炫耀而尽自己的职责，而是为了心灵自身，这里面只有自己的一双眼睛才能窥透。心灵保护我们不怕死亡，不怕痛苦，甚至不怕羞辱；要我们忍受失去孩子、朋友和财富的痛苦；当时机到来，让我们去冒战争的危险。"不为任何利益，只为与美德密切相关的荣誉。"（西塞罗）这种益处要比光荣与荣耀更重要、更值得期望和冀盼；荣誉不是别的，只是人家对你的一种好评而已。

为了给一块土地作出判决，要在全国范围内遴选出 12 人。对人的倾向与行为作出判决，这是最难最重大的事，却把它交给大众来评议，大众是无知、不公和反复无常的缘由。让一位智者的生命取决于一群愚人的判决，这也是有道理的吗？

"这些人从个别来看，俱是渣滓，结合一起却不容大家忽视，这也实在是荒谬之至。"（西塞罗）

谁只思取悦他们，会一事无成；这是一个流动、无形的目标。

"群众的评判比什么都难以逆料。"（李维）

德梅特里乌斯对民众的声音说得很有趣，他们不论从上身还是从下身发出的声音，他一律不重视。

另一位说得还要过分："我认为，一件事原先可以并不可耻，一旦受到众人的称赞，就难免是可耻的了。"（西塞罗）

思想再巧妙灵活，也无法叫我们跟着一名不按路线规则的向导乱走乱跑。谣言、小道消息、街谈巷议满天飞之际，我们不知道何去何从，又怎么能够选择一条安全可行的道路呢。我们不要给自己确定这么一个漂移不定的目标，而应该始终跟着理智走。要让群众认可心甘情愿跟在我们后面，因为它完全取决于命运的偶然性，我们没有理由希望它走这一条路，而不是那一条路。当我选择一条笔直的路时，并不是因为它直因而近，而是我凭经验发现，综观而言这毕竟是最合理有效的一条路。"诚实的事于人最有益，这是上天赐给人的礼物。"（昆体良）古代一名水手在一场暴风雨中对海神尼普顿说："神啊，你一念可以叫我活，你一念也可以叫我死；但是我始终牢牢掌握我的舵。"我一生中看到多少人圆滑，两头讨好，模棱两可，无人不说他们处世之道要比我高明得多，但都已丧生，而我还幸存下来，"我笑他们使狡计而不能得逞"。（奥维德）

埃米利乌斯·波勒斯前往马其顿进行其光荣的远征，告诫全体罗马人，当他不在京城时要管住自己的舌头，不要谈他的战事。说三道四是对大事业的最大干扰！尤其不是每个人都像法比乌斯那样坚定，他不顾大众不同的侮辱性意见，宁可让自己的名誉受到无中生有的诋毁，也不愿敷衍职守而去获得老百姓的好评与同意。

受人赞扬有一种我说不出的天生惬意，但是我们实在过于重视。

我不太关心别人对我的看法，也不关心我对自己的看法。我要靠自己致富，不要靠借贷发财。外人只看到事物的外表。人人可以装得镇定自若，而内心惊恐万状。他们看不到我的心，他们只看到我的神态。

大家说到战争中的虚假性是有道理的。因为对于一个讲究实际的人，内心充满恐惧时还有什么比逃避危险和装作勇猛更容易吗？寻找贪生怕死的机会不可胜数，我们可以欺骗世人1000次，然后才会去冒一次险；即使到了那时身陷困境，我们也会脸上若无其事，说几句宽心的话，掩盖真相，虽然内心颤抖不止。在柏拉图《理想国》一书内，古盖斯国王的戒指戴在手指上，把宝石转向手掌，戴的人就会隐身不见影子，许多人就会在最需要露面的场合下隐藏起来，后悔自己被置于那么荣耀的地位，不得不表现出胸有成竹的样子。因此，只根据表面现象作出的一切判断，都极不可靠，令人生疑。最信得过的见证还是自己。

在上述这些情况中，我们又有多少手下人来成全我们的光荣呢？他在一个露天的壕沟里站得笔直，面前若没有50名一天只拿五个苏饷银的可怜工兵，为他开道，用身体掩护他，他又能有什么作为呢？

我们说扩大名声，也就是让名字挂在许多人嘴上。我们要声名远播，从中得益。这也算是这个意图的最佳理由了吧。但是这种病发展到了极端，许多人就是力图让人家谈论他，不管用何种方式。特洛古斯·庞培谈到希罗斯特拉图斯，李维谈到曼利乌斯·卡庇托利努斯，都说他们更追求的是名声大，而不是名声好。这个缺点是常有的。我们一心要大家谈论自己，而不是怎样谈论自己，让大家嘴里提到自己的名字，不论什么情况都是可以的。好像人出了名，他的生活与寿命都会得到其他人的保护。

而我认为我只是存在于自身之中，而出现在朋友熟人面前的这另一部分人生，必须是不加掩饰与单纯自在的。我知道我除了招来匪夷所思的妄评以外，感受不到任何教益与快乐。当我死后，这种感受只会更少。此外，若有什么好事在身后落在我的头上，我也不再有什么作为去保持名声，名声也就跟我无关痛痒了。

我也不能指望为我的姓氏增添光辉，首先我的姓氏不是我专用的。在我有一个姓和一个名，一个姓是全族使用的，因而也属于其他人的。在巴黎和蒙彼利埃，都有一个家族姓蒙田。在布列塔尼和圣东日有一个家族姓德·拉·蒙田。只差一个音节就会混淆两家的纹章，从而我会分享他们的光荣，而他们则会分担我的耻辱；从前我的祖先也称埃康，这个姓又涉及英国的一门望族。至于我另一个名字，谁要用谁都可以用。因而我使之沾光的不是我自己，而是一名脚夫。再说，即使我有一个特殊的称呼，当我不在人世时又能称呼什么呢？它能使虚无的人也得到称谓与恩宠吗？

目前来说，在这场死伤高达1万人的战争中，提到名字的只有15人。这还必须是命运造成功勋卓越或者意义深远，才会使这个人，还不是弓箭手，而要是将领，建立的功绩为人所知。杀死一人、两人或十人，不顾生死挺身而出，这对我们每个人来说确实了不起，因为这是玩命的事。但是对于世界来说，这些事平淡无奇，天天可以遇到不知有多少。所以这类事必须积累到相当数目才能产生显著的效果，这就不是我们能够予以特殊关照的了。

过去1500年中，法国手执武器死去的勇士不知凡几，流传至今为人所知的不满100人。不但那些将领的名字，而且战役与胜利的经过也都已湮没无闻。

半个世界以上的生存史因为缺乏记载，都留在当地，不多时消失得无影无踪。

我若掌握那些未为人知的资料，我想在任何例子里很容易用它们来替代已知的事件。

即使在罗马与希腊，有那么多的作家与历史亲历者，那么多珍贵与高尚的功绩，其实流传至今的也还不是微乎其微的一部分！

此后100年内，有人大致记起我们这个时代在法国发生过几次内战，这已经很不错了。

斯巴达人作战前祭祀缪斯女神，为了让他们的武功能如实记录下来，认为他们的战绩若找到见证人，写得栩栩如生，流芳百世，这才是神的特殊恩赐。

我们真的以为我们每次中箭，每次冒险，身边会冒出个史官做记录吗？即使有 100 名史官把它写了出来，其议论最多存在三天，不会传到任何人的眼前。古籍传世的不到千分之一；能够存在已属幸运，至于存在时间的长短则要看天意了。我们还可存疑的是，我们手里的这些资料会不会是最不可靠的，因为我们并没有其他佐证。

历史从来不记载小事，一个人必须曾是率领军队征服一个帝国或王国的统帅，必须曾经打赢 52 次大规模战役，总是以少胜多，像恺撒一样。一万名好战士、好几位大将军都跟随他后面英勇献出生命，他们的名字只是在他们的妻儿活着的时候才有人提起。即使我们目睹其功绩的人，离开人世三个月或三年以后，也不见再有人会谈起，仿佛他们从来没有存在过似的。谁若能够正确评价什么样的人物、什么样的功勋才能记载在史书中流传，他就会发现在我们这个世纪很少事迹、很少人可以声称有这个权利。

我们看到有多少俊彦之士死后留名的呢？他们在生前就看到和痛心青春年代名正言顺获得的英名早早消逝。为了过上三年自我陶醉的烟云生活，我们要失去真正实在的生活，然后心甘情愿进入永远的死亡？对于这么重要的人生大事，贤人们给自己确定了一个恰如其分的美好目标——

"做了好事，这就是对做好事的报偿"（塞涅卡）；"服务的果实即是服务本身"（西塞罗）。

一位画家或其他艺术家，甚至一位修辞学家或语法学家，他们创作是为了成名，或许还情有可原。但是做有道德的事本身就非常高尚，不能在实现它们的价值以外再索取其他的报偿，尤其在人们的妄评中寻求报偿。

不过，要是这个错误的看法有助于大家约束自己履行义务；要是世人醒悟而关注美德；要是君主看到大家怀念图拉真、唾弃尼禄而有所触动；要是这个大恶棍的名字从前叫人闻风丧胆，而今小学生一提到都可以肆无忌惮地诅咒与辱骂，这情景可以引起他们深思，那就让这个错误的看法广为传播，我们也应该竭力推波助澜。

柏拉图想方设法要让他的公民成为有道德的人，劝诫他们不要轻视老百姓的好感与口碑。他说，靠了神灵的启示，有时连恶人也知道从言辞上和思想上去正确辨别好人与坏人。这位人物和他的老师苏格拉底确是大胆巧妙的巨匠，他们在人的力量欠缺的地方无一例外地求助于神的天功与显灵；"就像任何悲剧诗人，当他们不知道如何处理剧本的结局时，就求助于神。"（西塞罗）

正是为了这个理由，蒂蒙挖苦说他是最伟大的神迹创造者。

由于人自身的缺点，并不总能获得真币的酬报，于是让假币来充数。这个方法被所有的立法者采用，没有一种法制不掺杂礼节性的虚妄、欺骗性的论点，作为控制老百姓规规矩矩的紧箍咒。为了这个道理，大多数民族都有一个神奇的起源与草创阶段，充满了超自然的神秘。也由于这个道理，邪教会有人信仰，连有识之士也逐渐接受它们；这也说明，纽默和塞多留为了取得臣民更好的信仰，编造这样的蠢话来糊弄人，前者说仙女爱捷丽，后者说白鹿，受神的差遣，带给他们一切该做什么的忠告。

纽默以这位仙女为庇护神，给他的法律树立权威；巴克特里亚和波斯的立法者所罗亚斯德以奥尔穆兹德神的名义给他的法律树立权威；埃及的特里梅吉斯图斯以墨丘利神的名义；斯基泰王国的萨莫尔克西斯以维斯太神的名义；卡尔西迪西的夏隆达斯以萨图恩神的名义；克里特的米诺斯以朱庇特神的名义；斯巴达的利库尔戈斯以阿波罗神的名义；雅典的德拉古和梭伦以密涅瓦神的名义。所有的律法都要有一位神来牵头，这一切都是假的，只有摩西逃出埃及时给犹太教徒制定的律法才是真的律法。

正如德·儒安维尔阁下说的，贝都因人的宗教中还有一条说法，他们之中谁为国王而死，他的灵魂会投身在一个更幸福、更美的、更健壮的躯体上；为此他们更乐意以自己的生命冒险。

这个信条虽虚妄，也很有益。每个民族都有不少这样的例子；但是这个题目值得专门探讨。

第十六章　论信仰自由

好意若不加以节制地滥用，会使人做出后果恶劣的坏事，这也是屡见不鲜的。当前宗教论战使法国内乱不断，最好最合理的意见就是维持国家原有的宗教和政策。追随这一派意见的好心人中间（因为我说的不是以此作为借口来报私仇，满足私欲或向亲王献媚的那些人；而是虔诚宗教，热望维护国家的和平与现状而在这样做的另一些人），我要说有不少看来狂热得失去了理智，有时采取了不公正、狂暴和鲁莽的决定。

当初基督教以律法开始赢得权威时，确实有许多人受到热忱的鼓动反对一切异教书籍，使文人们痛惜这是个难以弥补的损失。我认为这场浩劫对文学造成的灾难比野蛮人历次纵火焚烧的还要大。

历史学家科内利乌斯·塔西佗是一位好证人，因为尽管他的亲戚塔西佗皇帝下诏全世界各地的图书馆都要收藏书籍，但是任何一部书内就是只有五六个句子不符合我们的信仰，都逃不过搜寻人员详细的检查而一心要焚毁。他们还不止于此，对于为我们做事的皇帝轻易给予虚假的赞扬，对于与我们不合的皇帝不论做什么都群起而攻之，这在人称"背教者"的朱利安皇帝的生平中可以看得很明显。

其实，他是一位超群绝伦的大伟人，心灵内全是圣贤思想，也以此为准则贯彻到自己的一切行动中；说真的，没有一件表现美德的事件上他没有留下光辉的榜样①。以贞洁来说（他一生都证明他洁身自

---

① 蒙田赞扬"背教者"朱利安皇帝，也是《随笔》被教廷列为禁书的理由之一。

好），有人说他跟亚历山大和西庇阿同样清白，有许多花容月貌的女俘，他连一个也不愿意召见，其实他那时风华正茂，因为他被帕提亚人杀死时也才只 31 岁。贯彻司法过程中，他不辞劳苦聆听各方的陈述。虽则他会好奇地打听出席的人属于哪个宗教，但是对于我们的宗教的厌恶不会使他有失公正。他还制定了几项有益的法令，把前任皇帝征收的御用金和税收减少一大部分。

我们有两位出色的历史学家是朱利安功绩的见证人，一位是安米阿努斯·马西利纳斯，他在他的历史书中好几处尖锐批评朱利安禁止一切基督教徒修辞学家和语法学家在学校任教；并说他希望朱利安这条法令今后埋没在遗忘中。朱利安若对我们做了更为粗暴的事，看来马西利纳斯是不会忘记收录的，因为他还是偏向我们这一派。

朱利安确是我们严厉的敌人，但不是残暴的敌人；因为即使我们的人也在说起他这个故事。有一天卡尔西登主教马利斯绕着城墙散步，胆敢称他是基督的恶劣的叛徒，他没做什么，只是回答说："滚吧，恶棍，为你的瞎眼去哭吧。"主教反唇相讥说："我感谢耶稣基督让我双目失明，不用看见你这张丑恶的嘴脸。"据他们说，朱利安显出哲学家的耐性。至少这件事跟人家提到他对我们手段残暴的说法不相符合。他是（我的另一位证人欧特罗庇厄斯说）基督教的敌人，但他不血腥。

再回到司法方面，大家也没有什么可以说他的，除非在他建立帝国的初期，对待他的前任皇帝君士坦提二世的追随者采取过严厉的措施。他生活俭朴，如同士兵一样，在和平时期也像个准备过战争日子的人那样节衣缩食。他警惕性甚高，把黑夜分为三部分或四部分，最小部分留给睡眠，其余部分他亲自巡看兵营，检查岗哨，或者阅读。因为他有许多罕见的品质，其中之一就是精通各类文学。

据说亚历山大大帝躺在床上，害怕瞌睡妨碍他思索与阅读，让人挨着床边放一只水盆，他一只手拿了一只铜球垂在床外，要是瞌睡来了，手指松开，这只铜球落入盆内，声音会把他闹醒。朱利安要做什么事时心思非常集中，由于他非凡的节食本领不会有迷糊的时候，也就不用这样的诀窍。

他的军事才能非常令人钦佩，具备一位大将军的必要素质。他一生几乎都在沙场驰骋，大部分时间在法国协助我们抵抗德国人和法兰克人。我们也记不得谁遇到过更多的风险，经历过更多的生死考验。他的阵亡跟伊巴密浓达有点相像。因为他身上给一支箭射中，试图拔出，他原本可以做到，只是箭头太尖，他割破了手用不出力气。尽管士兵没有他依然作战英勇，他还是不停地要求把他这个样子抬到混战中鼓舞士气，直至黑夜双方收兵为止。

他学过哲学，对生命与人世间事看得很淡泊。他坚信灵魂千年存在。

在宗教方面他是个十足的坏蛋。他放弃我们的信仰，故被称为"背教者"。然而我觉得下面这个看法更有道理，就是他从来没有把我们的宗教放在心里，只是为了服从国法才假装相信，直至把帝国掌握在手才露出真相。

他对自己的宗教却非常迷信，甚至引起他同时代人的嘲笑；有人说，他若赢得对帕提亚人的胜利，他会杀尽天下的牛来满足他的祭神活动。他还迷恋占卜术，对一切运势的预测都深信不疑。临死还说这样的话：他对神非常感激，没有让他出其不意死去，而是早把死亡的时间与地点告诉了他，不让他像懒惰体弱的人那样死得窝窝囊囊，也不用长期卧在床上痛苦地等死；让他在凯旋的过程中，在荣誉的花丛中毫无惭愧地了结一生。他好似还有过类似马库斯·布鲁图斯见到的显灵，第一次在高卢神灵威吓他，后来在波斯死亡时刻神灵又来找他。

当他感到自己被箭射中时，有人说他说出这么一句话："拿撒勒人①，你打赢了。"或者另有人说："你满意了吧，拿撒勒人。"假若我的证人们相信他说过这句话，绝不会忘记，他们当时就在军中，必然对他最后的一言一行都会记录下来。他们也不会忽略附加在他身上的其他某些奇迹。

再来说我这篇文章的主题吧，马西利纳斯说朱利安心中长期怀有异教徒思想，只是慑于全军士兵都是基督徒，未敢暴露。最后，当他看到自己足够强大，可以表露心迹时，他下令打开神庙，尽一切方法

---

① 指耶稣基督，他在拿撒勒传道时，别人对他的称呼。

在里面供奉偶像。为了达到这个目的，他在君士坦丁堡见到人心涣散的民众和分裂的基督教教会主教，召他们进宫晋谒，恳切地敦促他们缓解内部纷争，每个人可以放心信奉自己的宗教。

他竭力敦促做成这件事，希望他们各行其是会增加派别，制造分裂，阻止民众团结强大、思想协调一致后会反对他。他也用某些基督徒的残酷方法，去证明世界上最令人恐惧的野兽就是人。

以上大致是他说的原话，这点是值得重视的，朱利安皇帝利用信仰自由来引起内乱，而我们的国王不久前使用信仰自由来平息内乱。从而也可以这样说，一方面对各派不加控制，任凭保持各自的意见，这是在散播不和，扩大分裂，没有任何法律的障碍与牵制来阻止其发展，那样这个势头会愈演愈烈。但是另一方面，也可以说对各派不加控制，任凭保持各自的意见，他们的斗志反因放任自流、听其自然而松懈与磨平，不会因追求罕见、新奇、困难的任务而坚强。

然而我更愿意相信，国王为了表示自己的宗教虔诚，既然做不到他们愿做的事，就装出愿做他们能做到的事。

第十七章　胆怯是残暴的根由

我常听人说胆怯是残暴的根由。

根据切身体会，我觉得这种伤天害理的暴虐每每伴有女性的软弱。我见过一些人心狠手辣，却动辄为了一些无聊的小事痛哭流涕。

费莱阿暴君亚历山大不能上剧院看悲剧，害怕演至赫卡柏和安德罗玛克受害时，让臣民听到他发出呻吟与叹息，然而他天天毫不怜悯地下令残杀多少人！他们这样容易走向各种极端是不是心灵有缺陷呢？

看到敌人听任我们摆布时，一个人的英勇也到此为止了（英勇只有表现在遇到抵抗的时候）。且说这到底也是一场庆祝啊，胆小鬼既然没能参加第一场演出，就扮演第二场角色，那就是血腥屠杀。战胜后的屠杀往往是老百姓和后勤官兵执行的。在全民战争中见识了那么多闻所未闻的残暴行为，原本庸俗的小民既然找不到用武之地，也变得杀气腾腾，双手沾满鲜血，把脚下的人体踩得粉身碎骨。就像那些缩头缩脑的癞皮狗，没有胆量在野外攻击猛兽，只会在房子里撕咬它们的毛皮。

是什么使我们在这个时代非要拼个你死我活？从前我们的祖先只进行一定程度的报复事件，是什么使我们一开始就采取最后手段，一言不合便杀？这不是胆怯还能是什么呢？每个人都觉得打败敌人比毁灭敌人，制服敌人比杀死敌人表现更多的英武和傲气。此外复仇的愿望也得到更好的平息与满足，因为愿望只要让大家感到实现就可以了。这说明为什么一头野兽或一块石头伤了我们后我们不会追击它，因为它感觉不到我们在复仇。杀一个人，是为了不让他进行伤害。

贝亚斯对着一个坏人这样喊道："我知道你迟早要受惩罚，只怕我是看不见了。"他为奥尔科米诺斯人遗憾，因为他们对里西斯库斯的背叛进行惩罚时，有切身利害关系的人和感到拍手称快的人已经一个不剩了。当复仇的对象已感觉不到这是在向他复仇时，复仇也同样令人惋惜。因为复仇者复仇是为了泄恨的快乐，那就需要让被复仇者感到痛苦，饮恨终身。

我们常说："他会后悔的。"就因为我们在他的脑袋上轰了一枪，他就后悔了么？相反，要是我们加以注意，就会看到他跌倒时在轻蔑地撇嘴。他只是没法再跟我们作对了，这离后悔还很远。让他毫无感觉地迅速死去，这是我们给予他一生中最大的恩惠。我们要像狡兔似的东躲西藏，逃脱法官的跟踪追击，而他却已在休息了。杀他是避免他今后对人的伤害，不能报复他已造成的伤害。这样一种行为是害怕多于无畏，谨慎多于勇气，防卫多于进攻。显然我们这样做背离了复仇的真正目的，有损于我们的名声；我们只是害怕他若活在人世，也会照样对付我们的。

你把他解决了，不是对付他，而是为你自己。

在纳森克王国，这种做法对我们是用不上的。那里不但军人，就是工艺匠也用剑解决他们的纷争。谁要格斗，国王还留出场地，当格斗者是贵族，他还观战，奖赏胜者一条金链子。而且谁想得到这条金链子，也可以跟戴上这条金链子的人比武。赢了一场的人往往有好几场争斗在等着他。

如果我们想在武功上永远压倒敌人，对他们恣意妄为，这时他们一死了之不受我们的控制了，我们就会感到很失落。我们要征服，但是要稳稳当当地，不见得要光明正大地。在争端中追求结果更多于追求荣誉。

阿西尼乌斯·波利奥是个正人君子，却犯了类似的错误：他写了几篇文章痛骂普兰库斯，却要等到他死后再发表。这哪里是在惹他气恼，而是在向瞎子做猥亵动作，向聋子说难听的话，刺激一个没有知觉的人。所以有人提到他时说只有精灵才跟死鬼扭打。等到作者死后才去批驳他的文章，这个人除了说明自己软弱与生闲气以外还能是什么呢？

亚里士多德听说有人在说他坏话，他说："让他骂得更凶，让他用鞭子抽我，只要我不在场就行。"

我们的祖先遇到侮辱只是反驳，遇到反驳只是还击，都是有尺度的。他们非常豪迈，不怕受辱的敌人活着对他们怎么样。我们看到敌人好好活着就心惊胆战。这样形成我们今天荒谬的做法，对伤害过我们的人与被我们伤害过的人不都是同样紧追不舍，要置于死地么？

我们在一对一的厮杀中还引进了这种胆怯的做法，就是让第二个人、第三个人、第四个人陪伴身旁。原来是决斗，现在成了群殴。最初发明这种做法的人是被孤立无援吓着了："因为每个人都怀疑自己。"（李维）从天性来说，危险时刻有个人陪伴，这带来安慰并舒解压力。从前带上第三者是为了不让发生混乱与不正当行为，保证大家听凭战斗的命运。但是自从采取上述其余人也参加的做法以后，哪个人受到邀请都不能公正诚实地当旁观者了，害怕会被人说不够义气或缺乏勇气。

用别人的勇敢与力量来捍卫你的荣誉，除了这一行为的不公正与卑劣以外，我还觉得把自己的命运跟一位副手的命运联系在一起，这对于一位有身份且又自信的男子汉也是不利的。每个人冒的风险已经够大了，不要再为别人去冒风险；依靠自己的胆量去保护自己的生命已有不少事要干，怎么能把这么重大的任务交给第三者呢？除非事前做过明确的协定，四人捉对厮杀是一场生死与共的战斗。如果你的副手倒在地上，你理所当然要对付两个人。要说这是欺诈，这确实是欺诈，犹如全身武装的人去进攻一个只剩半把剑在手的人，或者一个精力充沛的人去袭击一个身受重伤的人。

如果这样的优势是自己在战斗中获得的，再利用自然无可厚非。力量悬殊只是在战斗开始时才是必须考虑与衡量的因素，此后一切要寄希望于命运了。当你的两个同伴都被对方杀了，你有三个人和你对阵，那时像我在战场上看到一个敌人缠着我的人不放，我趁势给了他一剑，谁都不会对我多加指责。社会规则就是这样认为，当军队对军队（如我们的奥尔良公爵挑战英国亨利国王，100人对100人；阿尔戈斯人挑战斯巴达人，300人对300人；贺拉斯兄弟挑战居里亚斯兄弟，3人对3人)，每一方的群体都看作是一个人。哪里是群体作战，哪里的机缘就相互牵扯，难以理清。

说到这里想起家里的一则轶事。我的弟弟马特科隆领主，应邀到罗马去给一位不熟识的贵族当副手。那位贵族接受别人的挑战，是应战方。在这次战斗中，我的弟弟碰上了好运气，他的对手竟是他的一位更亲近的熟人（我真愿意有人给我讲讲这些荣誉规则的道理，它们往往同理性规则是相抵触的）。他把自己的对手解决以后，看到这两个决斗当事人还在精神抖擞地对打，他就去帮助他的同伴。他能不这样做吗？难道应该袖手旁观，看着——如果命运要如此——他前来帮助的那个人给人家干掉吗？

他直到那时所做的一切都是对事情毫无作用的，因为争端尚未见分晓。当你把敌人逼得只有招架之功或者身受重创时，你应该也必须对他表示应有的礼貌。由于这件事只涉及他人的利益，你只是一位副手，这场争端也不是你的，我就不知道你怎样能够做到对他有礼貌。他既不能正义，也不能礼貌，完全随着他愿助以一臂之力的人的命运而定。他因决斗被囚，只是在我们的国王迅速而郑重的要求之下，才从意大利监狱里放了出来。

做事轻率的民族啊！我们的恶习与疯狂在全世界闻名还不够，还要亲自到外国去出乖露丑。把三个法国人放到利比亚的沙漠里，不用一个月他们必定会相互骚扰，把对方抓伤。你会说这次出国，是存心给外国人，尤其给对于我们的弊病幸灾乐祸、冷嘲热讽的人，提供欣赏我们悲剧的乐趣。

拜占庭皇帝莫里斯受到托梦和不少预言的警告，说他将被一个名叫福卡斯的人杀死，那是个谁都不认识的士兵。他问他的女婿菲利普谁是这个福卡斯，他的性格、地位和习惯怎样；菲利普特别提到他是个胆怯怕事的人，皇帝立即断定他是个毒辣残暴的人。是什么使暴君嗜血成性的呢？这是关心自身的安全，他们卑怯的心无法使他们得到安宁，连抓伤也怕，于是把可能冒犯他们的人都杀光，连妇女也不放过，"他们害怕一切，于是打击一切"。（克洛迪安）

最初是为了施暴而施暴，随之而来的是害怕正义的报复，为了掩盖从而又展开新一轮的施暴，如此循环不已。马其顿国王腓力跟罗马人有数不清的账要算，他下令屠杀后又惊恐万状，面对不同时期被他伤害的那么多的家庭，不知如何是好，决定把他曾屠杀的人的遗孤统统抓走，今后一天天把他们先后杀死，这样来求得安宁。

暴君要杀人，又要让人感到他的愤怒，为了达到这两个目的，就要挖空心思出主意延长死亡时间。他们要敌人命归阴，但是又不要太快，让他们来不及品味复仇的滋味。这时候他们遇到了难题。因为，如果用刑太酷，用刑时间就会很短；如果用刑时间长，又怕不够痛苦。所以他们要有分门别类的刑具。我们看到古代这类例子不胜枚举。我不知道我们是否没想到留不下这类野蛮的痕迹。

我觉得凡是在平常的死亡上再加刑都是纯然的残酷。有人尽管怕死、怕砍头或怕绞刑，还是免不了要做错事，我们的法律不能希望这样的人因为想到了幽幽的火光、烙钳或车轮就不会去做了。但是我知道我们只会使他们陷入绝望，因为一个人四肢断裂捆在车轮上，或者用古法钉在十字架上，等待 24 小时后死亡，他的心灵会处于什么状态呢？

第十八章　观察朱利乌斯·恺撒的战争谋略

　　有人谈到许多军事统帅，说他们都有特别重视的几部书，如亚历山大大帝爱读荷马；阿非利加的西庇阿爱读色诺芬；马库斯·布鲁图斯爱读波里比阿；查理五世爱读菲列普·德·科明；据说现时马基雅弗利在其他地方颇有名望。

　　但是已故的斯特罗齐元帅更青睐恺撒，无疑作出了更好的选择，因为事实上恺撒是军事艺术的真正鼻祖，他的书也应是一切军事家的必读物。上帝还给这位天才人物兼有出众的金相玉质，恺撒的文笔那么纯正、清澈、完美，以我看来世间难有什么著作，在这方面能够与之一较长短的。

　　我愿意把尚在记忆中的几桩战事的罕见特点记录在这里。

　　传说朱伯国王率领大军前来打他，恺撒的军队听了后不免有点惊慌。恺撒既不压制他的战士的看法，也不贬低敌人的兵力，他把他们召集在一起，宽慰鼓励一番，采取一种不同于我们一般的做法。因为他劝他们不必再费心去打听敌兵的数目，他已经知道得一清二楚；于是他按照色诺芬书里提到的居鲁士的建议，说敌人号称的数目大大超过实际真相和军中流传的谣言。因为当我们觉得敌人没有原来想象的强，这比原来以为弱后来发现强要好得多，就不会太绝望了。

　　他让士兵习惯简单的服从，不要他们过问和谈论上司将官的意图，只是在实施时才告诉他们。如果他们发现了什么内容，他很高兴立即改变主意来骗他们。经常为此先指定在某处扎营后，到了还往下走，延长行军时间，尤其是气候不好和下雨天的时候。

高卢战争初期，瑞士人派出使者要求他允许他们借道通过罗马土地。虽然他计划用武力阻挡他们，还是向他们装出一副笑脸，拖延几天给他们答复，利用这段时间调集军队。这些可怜的人却不知道他是何等善于利用时间。他屡次三番强调一位将帅最大的用兵之道是懂得捕捉军机和行动神速；在他的战功中行动神速确是前所未闻，不可思议。

如果说这样以协议为掩护战胜敌人不是什么光彩的事，还有他对士兵除了勇敢以外别无要求，只有犯了反叛和违令罪才受到惩罚，也是同样说不过去的。经常获得胜利以后，他放弃军纪约束，任凭部下胡作非为一段时间，只是这些士兵训练有素，即使身上抹了香粉香水，作战时还是勇往直前。

他也确实喜欢他们装备阔绰，穿雕花的金银盔甲，更鼓动他们竭力保护，精心保存。他说话时称他们为"战友"，这称呼我们至今还在用。他的继承者奥古斯都把它改了，认为他这样做是为了军务需要，为了笼络志愿追随者的人心：

> 渡莱茵河时，恺撒是我的长官；
> 这里他是我的同伴，因为罪恶使人不分彼此。

> ——卢卡努

但是这个称呼对于一位皇帝和一位统帅未免有失尊严，于是再度简单地改成"士兵们"。

恺撒对他们以礼相待，然而惩罚也相当严厉。第九军团在皮亚琴察附近发生兵变，尽管还在与庞培军队对阵，他毫不留情地镇压，对方多次求饶后才予以赦免。他更多以权威与胆量压服他们，而不是讲究仁慈。

谈到渡莱茵河进攻日耳曼人时，他说让军队乘船过去有损罗马人的荣誉，下令架设了一座桥，让大家不沾湿鞋子过去。就是在那时候他造了这座雄伟的桥，还详细规定了制造细节；他在任何场合都不太愿意提及自己的功业，只有在这类工艺活中向我们详细介绍他的创意如何巧妙。

我还注意到这件事，他非常重视战斗前对士兵发表动员令。因为那时候他要说明他如何受到了袭击和逼迫，他总是说他没有时间给部队讲话。在跟图尔内人的这场大战前，他写道："恺撒部署一切以后，立刻奔向命运之神带他去的地方鼓励他的官兵。他遇到了第十军团，没有时间跟他们多说，除了他们应该记住勇敢传统，不要惊慌，大胆抵挡敌人的进攻；等敌人已经走进弓箭的射程以内，他下令开战；又急匆匆奔向其他阵地去鼓励其他人，到了那里发现他们已经交上了手。"

以上是他在当时说的话。说实在的，他的语言在许多场合都帮了他的大忙。即使在那个时代，他的口才在三军面前甚受推崇，军中许多人都把他的演说记录下来，从而结集成册，在后世传诵了很久。他的口头语言有一种特殊的气韵魅力，以致熟悉他的人，其中有奥古斯都，听人朗诵集子里的演讲，若有不是他说的句子与单词一听就能分辨出来。

他第一次带了公职走出罗马，走了八天抵达罗纳河边，在车上前面是一个或两个秘书，不停地写东西，背后是给他拿剑的随从。说实在的，即使单是赶路，也仅能达到恺撒节节胜利的速度。他横越高卢，在布林迪西追击庞培，在18天内征服意大利，又从布林迪西回到罗马。他从罗马又到了西班牙腹地，在那里他克服了跟阿弗拉尼乌斯与佩特雷乌斯的作战中的巨大困难，然后又对马赛进行长时间围城。从那里又挥师前往马其顿，在法萨罗打败罗马军队，从那里又一路追击庞培进入埃及，将埃及征服。从埃及又进入叙利亚和本都地区，在本都地区打败了法纳斯二世。从那里又进入非洲，击溃西庇阿和朱伯。最后他又回头经过意大利进入西班牙，击溃庞培的儿子们，

　　比闪电，比母老虎还快。

　　　　　　　　　　　　　　　　　　——卢卡努

犹如山顶上一块岩石，
被暴风骤雨吹了下来，
受岁月摧残脱离了土壤，
山崩地裂滚下了深渊，
声震大地，裹挟着
森林、羊群、牧羊人……

——维吉尔

　　谈到阿瓦里库姆围城时，恺撒说日夜跟士兵待在一起是他的习惯。进行一切重大行动，他都亲自巡察，绝不派军队到他不事先熟悉的地方去。据苏托尼厄斯说，制订渡海进攻英国的计划时，他第一个涉水侦察地形。

　　他常说更愿意以理而不是以力夺取胜利。在跟佩特雷乌斯与阿弗拉尼乌斯作战时，命运向他提供了一个显然十分有利的机会，他拒绝利用，据他说，希望多费些时间但少冒点风险去战胜敌人。

　　他在那里还作惊人之举，命令全军不带任何装备游过河去，

为了奔向战斗，士兵选择了
连逃跑也怕走的那条路；
他全身湿淋淋穿上了盔甲，
跑步暖和被激流冻僵的身子……

——卢卡努

　　我觉得他作战时比亚历山大更谨慎周密，因为后者好像奋不顾身追求危险，如一股激流横冲直撞，毫不在乎碰上了什么：

奥菲都斯河像头公牛奔腾？
穿越阿普利亚多努斯国土，
愤怒时是一股激流，

威胁着把田野变成泽国。

——贺拉斯

亚历山大建立功业时正当青春少年，血气方刚，而恺撒率军时已届成熟的中年。此外，亚历山大天性较为血腥，脾气大，热情奔放，又加上嗜酒，更易激动，而恺撒极少沾酒，但是遇上紧急关头，情况需要，无人像他那样不计较个人得失。

我在恺撒许多谈战争的著作中，好像还看出为了逃避战败的耻辱，有一种杀身成仁的决心。在跟图尔内人的大战中，他看到先头部队招架不住，不拿盾牌就这样迎头冲到敌人前面。这种事他做了还不止一次。听说部队遭到包围，他乔装改扮，穿过敌军阵线走到他们中间鼓舞士气。他带领少数兵力过海到迪拉奇奥姆后，发现他留给安东尼指挥的大部队迟迟未能跟进，又只身冒着大风浪重新渡海，偷偷回去把大部队接管过来，当时那边的渡口和海面都已被庞培占领。

他指挥作战，许多次甘冒风险，其实已经违反一切用兵之道。他去征服埃及王国，然后又去攻击数量十倍于己的西庇阿和朱伯军队，率领的兵力又是何其薄弱！这些人对自己的命运怎么会有如此超乎人情的信心。

他常说，大事业应该去做，不是应该去问。

在法萨罗战役以后，派军队挺进亚洲，经过赫莱斯蓬斯海峡时，他仅有一艘战船，却在海上遭逢了吕西乌斯·卡西乌斯带领的十艘战船。他不但有勇气不逃跑，还对着他直驶过去，勒令他投降，居然还做到了。

他把阿莱塞围得水泄不通，城里有 8 万守兵，整个高卢地区也起兵，集合了 10.9 万骑兵和 24 万步兵，奔他而来要给阿莱塞解围。拒绝撤围和同时解决这两大难题，这需要多大的胆量和执着的自信！他在这两件事上还是坚持去做。经过激战先解决了城外的敌人，又立刻去收拾城里的敌人。卢库卢斯在围困泰格雷诺瑟塔时攻打泰格雷尼斯国王也是这样，但是条件不尽相同，卢库卢斯对付的敌人不堪一击。

在这里我还要提出阿莱塞围城时两件少见的怪事。第一件，高卢人集结后跟恺撒交战，详细统计了自己的人数，怕队伍太庞大会陷入混乱，商定撤去一部分兵力，这种担心人员过多的事例也是前所未有的；仔细一想，一支军队的人员看来应该按照某些条件加以限制与调整，或者由于给养的困难，或者由于调度与布置的困难。然而这些人数异常庞大的军队没有获得过出色战绩，这样的事至少是不难予以证实的。

据色诺芬记载，居鲁士说形成优势的不是士兵的数目，而是优秀士兵的数目，其余的更会是累赘，而不会是帮助。巴雅塞特不顾将官的意见，决心跟帖木儿开战，他的主要论据是敌人的军队人员多得数也数不清，必然会给自己造成混乱。斯坎德贝格足智多谋，常说一位善战的将领拥有1万至1.2万名忠诚的战士，可以在任何类型的战役中保持声名不坠。

第二件，好像与战争的常规及原理背道而驰的。维辛盖托利克斯担任高卢各派叛乱武装的领袖，竟决定退守阿莱塞。因为身为一国统帅不应该自身陷在战场内，除非万不得已，最后防线非得死守，没有其他出路；不然他应该保持进退自在，有办法综观全局去加强各部门。

再来说到恺撒，据熟悉他的奥庇乌斯证实，恺撒随着年岁增长变得较为迟缓与慎重，认为他不应该轻易拿那么多次胜利得来的荣誉去冒险，只要一次倒运就会英名全失。意大利人要责备年轻人中常见的轻率鲁莽时，称他们为"荣誉的饿汉"，由于对名声又饥又渴，他们有理由不惜一切代价去追求，至于已有足够名声的人就不该这样做了。对荣誉的渴望可以有个合理的节制，对欲念有个满足，其他事也一样。不少人就是这样做的。

古罗马人认为在战场上单凭匹夫之勇就能成功，恺撒对他们这个信条极不以为然，他还比我们今天更讲究用智，不赞成为了获得胜利可以不择手段。在跟阿里奥维斯托斯的战争中，双方正在谈判，两军之间出现了骚动，起初是阿里奥维斯托斯的骑兵出了岔子；在混乱中恺撒对敌人取得了极大的优势；然而他丝毫不愿加以利用，怕有人责备他是恶意安排的。

他常说在战斗中要身穿华丽鲜艳的战衣引人注目。

他严格管束手下的士兵，愈接近敌人时愈严格。

古希腊人要责备某人不学无术时，常用的一句话是他不识字不会游泳。他也持相同的观点。游泳在战争中很有用，他自己也得到过不少方便。他需要急行军时，遇到河流一般都是泅水过去。因为他像亚历山大大帝一样，喜欢徒步旅行。在埃及，他为了逃命被迫躲进一艘小船，那么多人跳了上来，船有下沉的危险，他跳进海里，靠游泳到达 200 多步以外的自己船队。他左手拿了他的书板举出水面，牙齿拖着他的盔甲游，为了不致让它们落入敌手。其时他已经上了岁数。

从来没有哪位统帅对自己的士兵那么信任。内战乍起，百夫长都向他建议每人出钱供养一名战士；步兵自费为他服务；富人负担穷人军费。已故舰队司令夏蒂荣王爷在我们的内战中也让我们看到了类似的做法，因为他军中的法国人出钱给服务王爷的外国人付饷银。在老制度按老一套做法的人中间，很少看到这样兴高采烈、热情投军的例子。

情欲比理智更加起劲对我们发号施令。然而在跟汉尼拔作战时期，将士官兵仿效罗马市民的慷慨榜样，拒绝领取军饷，在马塞卢斯兵营中，把领钱的人称为雇佣兵。

他的士兵在迪拉奇奥姆海边惨败以后，自动到他面前要求惩罚和处分，使得他更多去安慰他们，而不是去痛斥他们。他的一支小分队独自对庞培的四个军团抵挡了 4 个多小时，直至最后几乎全被乱箭射死，在战壕里竟找到 13 万支箭。

有一名士兵，叫斯凯瓦，他守在一处入口，他一只眼睛被射瞎，一条肩膀和一条大腿穿孔，盾牌上有 230 处窟窿，依然屹立不屈。有不少士兵被俘后宁可死也不愿同意投靠别人。格拉尼乌斯·佩特罗尼乌斯在非洲被西庇阿俘虏，西庇阿处死了他的同伴，向他宣布说饶他一命，因为他是有地位的刑讯官。佩特罗尼乌斯回答说恺撒的军人只有饶人性命的习惯，没有被人饶命的习惯，说完立即动手自杀。

他们忠诚的例子真是不知凡几；尤其不应忘记的是发生在萨洛那被围困时居民的事迹。那座城市支持恺撒，反对庞培，发生了一桩奇事。马库斯·渥大维把他们团团围住。里面的人什么东西都极端缺乏，大多数人都非死即伤。为了弥补人员不足，他们释放了所有奴隶。为了使器械能够使用，他们不得不把所有女人的头发剪下来搓成绳子。生活资源都已到了山穷水尽的地步，他们就是死也不投降。

城市围困了那么久，渥大维渐渐懈怠起来，也不那么专注于攻城了。他们选择了一天中午，令妇女儿童排列在城墙上装得轻松的样子，自己朝着围城部队猛扑过去，力量之大冲破了第一、第二、第三道警戒线，第四道和其他的也都冲垮，逼得他们完全放弃战壕，给赶到了自己的船上。就是渥大维也逃往庞培所在的迪拉奇奥姆。

此刻我也记不起曾有其他被困者大败围困者取得战场控制权的例子，也没听说一次突围带来一场完全彻底的战役胜利。

第十九章 论盖世英雄

如果要选择心目中的英雄人物，我觉得有三位凌驾于其他人之上。

一位是荷马。这并不是说亚里士多德或瓦罗（举例而已）可能不及他那么博学多才，也不是说维吉尔在诗情上跟他无法相比——这点我让熟悉这两位诗人的行家去评论了。而我只了解其中一位①，按照我的水平来议论，即使缪斯我也不相信会超过这位罗马人：

> 弹起悠扬的里拉琴，唱出美丽的诗篇，
> 不亚于阿波罗的歌声。
>
> ——普罗佩提乌斯

然而，作出这样的评论时，还是不应该忘记，维吉尔的才情主要还是得到了荷马的启发，荷马是他的引路人和导师，《伊利亚特》中的一个章节为这部恢宏神圣的《埃涅阿斯记》提供了主题和素材。这不是我要说的话；我要衡量许多其他因素，这些因素使我看来荷马出类拔萃，几乎超出人的极限。

事实上，我经常奇怪，他以自己的权威给世界创造了那么多受人崇敬的神，自己却没有得到神的地位。他是个贫穷的盲人，在各门

---

① 指维吉尔。蒙田自认不精通希腊语，难以评论荷马的真正价值。

学科还没有一定的规则和看法时，他却门门精通，以致后来制定法规的，从事战争的，创导宗教的，研究不论什么学派哲学的，提倡艺术的，都把他看作是无事不知、无物不精的祖师爷，把他的书也看作是包罗万象的知识宝库，

什么是美，什么是耻，什么是益，什么是它们的反面，
他比克里西波斯和克朗道尔还说得清楚。

——贺拉斯

像另一个人说的：

诗人读了他的著作，
就像尝到了永不枯竭的甘泉。

——奥维德

还有一位说：

在缪斯的伴侣中，
唯有荷马可与日月共辉。

——卢克莱修

还有一位说：

丰富的源泉，
后世人从中汲取灵感；
一位天才形成的大江，
可分流成几千条小河。

——马尼利乌斯

荷马创造出这类空前绝后的杰作，简直违反了自然规律。因为事物初生时总是不完美的，随后才茁壮成长；诗歌，如同其他许多学科，还处于童年时代，他却使它成熟，完美，臻于大成。出于这个原因，根据他的传世佳作，可以把荷马称为诗人中第一人和最后一人；在他以前他无人可以模仿，在他以后也无人能够模仿他。

据亚里士多德的说法，荷马的语言是唯一有动感和情节的语言；都是言之有物的词句。亚历山大大帝在大流士的遗物中发现一只精美绝伦的宝箱，他下令这只箱子给他留着，存放他的荷马书籍，并说这是他在行军中最优秀、最忠诚的顾问。阿纳克桑德里德斯的儿子克里昂米尼，出于同样的原因说荷马是斯巴达人的诗人，因为他是军事学的好教官。

此外还有这种奇怪的论调，那是普鲁塔克对他的赞扬，说他是天下唯一的作家，从不使人陶醉，也不使人厌烦，对读者总是常见常新，永葆青春。这位淘气鬼阿西皮亚德斯，向一位从事文艺的人要一本荷马的书，那人没有，就捆了他一记耳光，好像发现我们的教士没有经文似的。有一天，色诺芬尼向叙拉古暴君希伦诉苦，说他很穷，无法养活两个仆人。暴君回答："什么，荷马要比你穷得多，他尽管死了，还是可以养活成千上万的人。"当珀尼西厄斯称柏拉图是哲学上的荷马，还有什么可说的呢？

除此以外，什么样的荣耀可以与他的荣耀相提并论呢？没有什么像他的名字和作品那样得到千古传诵；也没有什么像特洛伊、海伦和她的战争那样家喻户晓——虽然这些战争可能从来没有发生过，我们的孩子还是取他在3000多年前创造的名字。谁不知道赫克托耳和阿喀琉斯。不但那些有关的民族，就是大多数国家，都要在他创造的作品中去推本溯源。土耳其皇帝穆罕默德二世写信给我们的教皇庇护二世："我奇怪为什么意大利人结盟反对我们，我们和他们有共同的祖先特洛伊人，我跟他们都要为赫克托耳的死向希腊人报仇，而意大利人却笼络希腊人来反对我。"国王、政治家、皇帝多少世纪以来都在扮演他们的角色，而这个世界只是他们的一座大舞台，这不就是荷马写的一出贵人闹剧吗？

希腊七座城市都争说是他的诞生地，即使他的身世不明也给他带来许多光荣：斯米尔纳、罗得岛、科罗芬、萨拉米斯、希俄斯岛、阿尔戈斯和雅典。

另一位是亚历山大大帝。他很早就开始他的伟业，用那么少的手段完成那么辉煌的意图；他还是一名少年时，已在追随他在全世界作战的名将中间树立了威信；命运对他的特殊眷顾，使他完成了许多偶然的，有的我甚至要说是轻举妄动的功勋：

> 他把阻挡雄心的障碍统统推翻，
> 耀武扬威地在废墟中走出一条路来。

——卢卡努

他的伟大还在于：只有 33 岁，已在有人的大地上所向无敌，才过了半个人生就做成了人所该做的一切，以致你无法想象，他若有常人的寿命，在他合法行使权力时期，他的武功文治会如何昌盛繁荣；你无法想象这个人会做出什么来。他提拔他的军人当上了王爷，在他死后由四位继承者分治帝国，这些继承者都是他的军队中的普通将官，他们的后裔统治这块庞大的土地也维持了很久；他一身集中了那么多的美德：正义、节制、豁达、守信、笃爱、对被征服者讲究人道。（他的道德品质好似也无可挑剔，虽然他有一些个别的、不多的、特殊的个人行为是可以谴责的。但是不可能处处按照正义的规则来施展鸿图。）

对于这样的人物应该以他们行为的主流来作出判断。对底比斯的毁灭，对米南路和埃弗辛医生的谋害，对大量波斯战俘的屠杀，对印度军队背信弃义的处决，对科赛家族包括儿童在内的诛戮，都是不可原谅和过分的做法。但是在对待克雷塔斯一事上，他对自己的赎罪又过于郑重其事，这件事如同其他事说明他复杂性格中的宽厚一面；他的性格中主要还是善良的成分为多，所以有一句话说得很妙：他的美德来自天性，他的罪恶来自命运。

至于他有点好吹嘘，听到坏话欠耐心，把马槽、武器、马嚼子扔

在印度到处都是，这些事在我看来都是他少年得志而引起的；考虑到
他在军事上的雄才大略以外，还有勤奋、预见、耐性、守纪、敏锐、
高尚、决心、幸福和其他，即使汉尼拔没有以他的权威向我们指出这
点，他也是天下第一人；还有他的身材面貌世上罕见，简直是一位天
人；脸上眉清目秀，神采奕奕，全身气宇轩昂，

> 沉浸在大洋之神的波涛中，
> 如同明亮之星熠熠发光，
> 抬起圣洁的脸，把乌云全部驱散。

——维吉尔

　　他才学出众，能力高强；他的荣耀不沾瑕疵，持久而不会消失。
　　他逝世后很多年流传一种宗教般的信仰，认为他颁发的奖章会给
佩戴的人带来幸福，撰写他的功绩的历史学家比撰写其他任何帝王功
绩的都多。即使今天伊斯兰教徒瞧不起其他人的历史，唯对亚历山大
的历史则情有独钟；谁考虑到这一切，谁会认为我舍恺撒而取亚历山
大是有道理的——也唯有恺撒还可以叫我对自己的选择表示犹豫。不
可否认的是恺撒创造丰功伟绩更多靠的是恺撒之力，而亚历山大创造
的丰功伟绩更多靠的是命运之力。他们有许多事不分轩轾，在某些方
面还是恺撒略胜一筹。
　　他们是两场燎原大火或两条江河巨流，掠过大地，千秋震荡，

> 如同干枯的密林中燃起了大火，
> 到处是树枝噼啪的断裂声；
> 如同高山上滚下了江河，
> 汹涌咆哮，横扫一切后
> 投入海洋。

——维吉尔

恺撒的野心本身虽有更大的节制，但是造成的后果则是毁灭性的，国家灭亡，全世界陷入一片混乱，因而从全盘来观察，从各方面来衡量，我不能不倾向于亚历山大。

第三位最杰出的人物，依我来看，是伊巴密浓达。

论光荣，他远远不及其他两位（光荣不也是事物实质的一部分么）；论果断和勇敢，那也不是受野心驱使的人，而是受智慧和理性指导的人的那种果断和勇敢。他思想有条有理，到了随心所欲不逾矩的境界。以他的美德来说，我的意见是绝对不输于亚历山大和恺撒；因为，虽然他在战场上不是百战百胜，战绩也不是那么辉煌，但是从战功本身和结合一切环境因素来考虑，也不可以等闲视之，在军事上的胆略与计谋并不亚于他们。

希腊人众口一词，称颂他是国内第一人；但是希腊第一人，也很容易成为世界第一人。至于他的学识，早有下列这样的定论流传至今：从来没有人知道得像他那么多，又把自己说得像他那么少。因为他是毕达哥拉斯派，凡是他说的东西，无人比他说得更好。他是个杰出的演说家，很会打动人。

他的道德和觉悟，远远超过所有管理国家大事的人。因为国家大事是头等重要的大事，唯一真正标明我们是些什么人；我也把国家大事看得比其他事的总和还重要，伊巴密浓达在这方面不输于任何哲学家，包括苏格拉底在内。

在伊巴密浓达身上，清白是他固有的本质，始终如一，不可动摇。相比之下，亚历山大在这方面显得不完整、不坚定、不纯、软弱和有偶然性。

古代人对所有其他的大将军进行详尽的研究后，都可发现使某个人超群出众的某种特长。然而只有伊巴密浓达，时时处处洋溢德操和学问；在人生的任何阶段从不做有损于人格的事；不论公务还是私生活，和平时期还是战争岁月，不论是生还是死，做人都讲究光明磊落。我还不知哪个人的外貌和命运，叫我见了会引起那么多的尊敬和爱。说真的，他的好朋友描述他执意要过贫困的生活，我觉得不免有点过分。这种行为很高尚也非常值得称道，我认为太苦涩，即使有心也是模仿不来的。

　　唯有西庇阿·伊米利埃纳斯，他的结局也那么自豪壮烈，学问也那么博大精深，使我对自己的选择表示怀疑。这两位人物在普鲁塔克的书中，是最高贵的一对，一位是希腊第一人，一位是罗马第一人，这是举世公认的，这些生命到时候俱被时光带走，是多么令人扫兴的事！这就是人生！这就是伟人！

　　作为非宗教圣徒，作为大家所谓的雅士，跟普通人过同样的世俗生活，却表现出适度的优越感，一生瑰丽雄奇，在在世的人中间最丰富多彩的，据我知道那是亚西比得的一生。

　　我还想再提到伊巴密浓达的几件事，说明他的宽仁善良。

　　他自称一生中最大的满足，是让父母享受到留克特拉的胜利，这是一个辉煌的功勋，他觉得让他们享受比让自己享受会得到更多的乐趣。

　　他认为，即使为了祖国的自由，也不能滥杀一名无辜；所以当他的袍泽佩洛庇达发动战争解放底比斯时，他表现得非常冷漠。他还觉得，在战场上应该回避和宽恕在对方阵营里的朋友。

　　他对敌人讲究人道，引起比俄提亚同盟对他的怀疑。斯巴达人驻守科林斯附近的莫莱关隘，他神奇地迫使他们让道；他让他的部队穿过他们阵地中央时也不穷追不舍，他因此被免去了统帅之职；他为此而被撤职还觉得非常光荣；然而对比俄提亚人却是一桩耻辱，因为不久以后他们又不得不让他官复原职，承认他们的光荣与贡献多多少少有他的功劳，他到哪里，胜利像影子似的跟到哪里。他的祖国随他一起昌盛，也随他一起衰亡。

第二十章　论功利与诚实

谁都难免说傻话，可悲的是还说得很起劲。

这事跟我无关。我的傻话都是漫不经心时傻里傻气说出来的。想说就说，也随说随忘，毫不在乎。傻成怎样也就怎样对待，决不贩卖。我对着白纸说话也像对着任何人说话。求的是真，有以下事例为证。

虽则提比略拒绝背信弃义而遭受那么大的损失，但是谁对背信弃义不痛恨呢？有人从德国捎话给他，他若认可，可以用毒药把阿尔米尼除掉（阿尔米尼是罗马最强大的敌人，与瓦鲁斯对阵时曾卑鄙地对待罗马人，曾独力阻挡罗马在这些地区扩张霸权），他当下答复说：罗马人民一贯手执武器光明正大报复敌人，从不偷偷摸摸使用诡计。他不讲功利，而讲诚实。

你可以对我说，"这是个伪君子"。我相信。他这类人做这样的事没有什么了不起。但是从憎恨道德的人嘴里说出要尊重道德，这意义也不可小看。尤其他受真理所逼说出这样的话，即使内心不乐意接受，至少还要用言辞加以掩饰。

我们的制度，不论在公共领域和私人领域，处处都不完美。但是自然中没有无用的东西，即使无用的也有用，这个宇宙中的万物息息相关，无不有其位子。我们人身则由病态的品性黏合而成。野心、嫉妒、羡慕、报复、迷信、失望，在我们身上与生俱来，难以改变，也可从野兽身上看到其影子。残忍性——这个违反自然的恶行——也如此。因此，我们看到其他人受苦，内心不但不表同情，还会产生一种我说不出来的幸灾乐祸的快感；连孩子也体会得到："大海中白浪滔天，生死挣扎的观赏者在岸边。"（卢克莱修）

谁能从人身上消除这些品质的种子，也摧毁了我们人生的基本条件，同样在我们的制度中，有一些必要的职能，不但是恶劣的，还是罪恶的。这些罪恶有它们的位子，还竭力在弥合我们的关系，就像我们的健康要靠毒药维持。尤其这些罪恶对我们是必要的，共同的需要也就抹去它们真正的实质，从而也变得情有可原的了。这样的事还应该让更有魄力、更无畏的公民去做，他们牺牲了荣誉与良心，就像有些古人牺牲生命去拯救自己的国家。我们这些弱者，还是去扮演一些更轻松、更少风险的角色。公众利益需要有人去背叛，去撒谎，去屠杀，我们不该叫那些较听话、较懦弱的人去担当如此重任。

事实上，我经常看到一些法官通过舞弊、许愿或宽恕，使用恐吓诈骗诱使罪人招供，就感到气愤。若使用其他更合我心意的方法，这对于法律，甚至对于赞成这种做法的柏拉图都是有益的。这种不讲信义的法律，我认为会受到别人的伤害不亚于受到自己的伤害。不久以前我曾回答说，由于我很不乐意为了一位君王去背叛一个普通人，我也就不会为了一个普通人去背叛一位君王。我不但痛恨欺骗，也痛恨人家因我而受骗。我决不愿为此提供内容与机会。

我也曾几次参与君王之间的谈判，在今日令我们相互厮杀的分歧与不和中进行斡旋，我竭力避免他们因我而产生误解，因我的假象而迷惑不解。樽俎折冲的人要不露声色，掩饰自己的心意，装得最中立最迎合别人的观点。而我却把自己最强烈的意见以自己独特的方式和盘托出。我这个稚嫩的谈判新手，宁可完不成任务也不愿有违于自己良心！

幸好直到今天为止，一切都那么顺利（肯定是全靠了好运气），斡旋于敌对双方的人很少比我受到更少的怀疑、更多的礼遇和亲善。我做事开诚布公，初次交往就深得人心，取得信任。不论在什么世纪，纯朴与真诚总有机会被人接受的。而且，不谋私利的人心直口快，不会遭人怀疑和讨厌，真正可以用上伊比里德的那句话，雅典人埋怨他说话粗暴，他回答说："先生们，不要看到我直言不讳，而要看到我直言不讳并不是在谋一己之利。"

我直言不讳时，语言激烈，很少顾忌说得过重和刺伤人心，即使在背后也不会说得更加恶毒了，完全是一种坦诚与有感而发的表现，因而也更易让人觉得我不是心怀叵测。我行动时只思行动，不期望其他结果，也不考虑其长期后果，也不提长期建议；每次行动都是针对事件本身，成功则好！

此外，我对于那些大人物也不急于表示爱憎，我的意愿也不沾任何的个人恩怨。我只是以正统的老百姓的感情看待那些君王，不因私利而兴奋或泄气。这点我对自己心存感激。我对公义大事态度很节制，不会头脑发热。对于蛊惑人心的假设与私下的许诺也不偏听偏信。愤怒与憎恨都越出了履行正义的义务，这些情欲只是对不以单纯的理智来恪守义务的人是有用的。任何合理公正的意图本身就是自然的、温和的，不然就会变质成为煽动性的和不合理的。这使我走到哪里都昂首阔步，心胸坦荡。

说真的，我不怕承认这个事实，遇上必要我会按照那则民间故事中老妪的做法，灵活地把一支蜡烛献给圣米迦勒，另一支蜡烛献给他的对手苍龙，做到双头不得罪。我会为正义的一方赴汤蹈火，但是光是为此而尽我的力量。不妨让蒙田庄园在浩劫中一起毁灭；但是能不这样，我就要感谢命运让它幸免于难；只要我尽责中尚有一线希望，我将努力使它保存下来。清心寡欲的罗马骑士阿提库斯站在正义的一方；失败的一方，在这人事变幻莫测的乱世，不是依靠温和与节制得到自救的吗？

像他这样不参政的人，较为容易；在我这类人物上，我觉得要做得恰如其分，不抱有横加干涉的野心。国家多难、四分五裂之际，摇摆不定，模棱两可，还有无动于衷，没有倾向，我觉得这既不高尚也不诚实。"这不是一条折中的路，而是一条不通的路；就像等待事件来了站到命运的那一边。"（李维）

在邻国闹纠纷时或许还可以这样做。叙拉古暴君吉洛在蛮族对希腊人发动战争时暂不表态，而是在德尔斐派驻一个使团，置办了许多礼物，窥测命运之神降临到哪一方，然后乘机向胜利者讨好。若用这种方式对待国内事务则是一种背叛行为，那时必须表明意图采取立场。

但是对于一位不承担公职，也没有明确使命急于完成的人，我觉得不参与其事还是比不加入国外战争更可以原谅（然而我对自己不这样原谅）——按照我们的法律，谁不愿意是可以不参与国外战争的。不过，即使全身心投入的人，也可保持某种分寸与节制，当暴风雨袭来时吹过头顶而免遭灾难。当初我们希望已故的奥尔良主教德·莫尔维利埃阁下这样做不是很有道理的吗？①在当今那些勇于表态者中间，我也认识一些人公正温和，不论上天给他们准备怎样不幸的遭遇与贬谪，他们都能屹立不倒。

我认为让君王自己去跟君王打打闹闹，而好笑某些人兴高采烈投入到那么力量悬殊的纷争中去。因为一般人不会跟一位君王有任何个人过节，以至于为了荣誉根据义务要去公开勇敢地向他发动进攻；他若不喜欢某一个人，那最好是尊重他。在维护法律与保卫国家中这一点是不变的；那些为了个人目的而制造动乱的人，对那些保卫者即使不尊重，也是原谅的。

但是出于个人利益与情欲所产生的刻骨仇恨不应该称为"责任"（我们天天在这样做），一种背叛阴险的行为不应该称为"勇气"。他们把自己邪恶暴烈的天性称为"热诚"；使他们心热的不是事业，而是他们的利益；他们煽动战争不是因为这是正义的，就是因为要战争。

在把对方看作敌人的人之间，完全可以做到合情合理、光明正大。你也要带着感情对待他们，即使不能平等对待（因为这方面在程度上会有所不同），至少要温和对待。对于一个向你要求一切的人也不必悉数照付，对于他们适度的感谢也可以心满意足，可在浑水里蹚过，但不要在浑水里摸鱼。

全力为双方效劳的另一种方法，在于多靠良心，不是在于多加小心。双方都对你提供同样的礼遇，你为一方背叛另一方，另一方难道不知道你今后也会对他做同样的事吗？一方就会把你当作小人。他听着你时，就在算计利用你的不忠为他谋利。因为两面派的用处是会给

---

① 让·德·莫尔维利埃也是掌重大臣，参加特兰托主教会议，为人谨慎小心。

他们带来什么；但是利用的人也会尽量防着不让他们带走什么。

我对一方不能说的话，不会找个适当时机，变换一下腔调，对另一方去说。我只转述毫无区别或共知的事，或者对双方都有利的事。凡是有用的事我不用向他们说谎。交代我保密的事，我都深藏心底，但是也尽量少去沾边。君王的秘密对于知道了也无用的人来说，要保守也是很麻烦的事。我很乐意做这样的交易，我不好讲出去的事尽量跟我少讲，我向他们讲出去的事大着胆子去相信。结果我知道的事总比我要知道的多。

自己说话坦率也使别人坦率说话，把心事和盘托出，犹如酒与爱情。

莱西马库国王问菲力彼代斯："我的财富中，你要我给的是什么？"菲力彼代斯聪明地回答："随便你给什么，只要不是你的秘密就好。"受人之托，又不被人告知事情的底细，或还隐瞒着某些背后的意义，我注意到谁都会不高兴。而我，人家除了要我做的事以外什么都不跟我说，反而会很高兴，我不要求知道太多，妨碍说话。如果我必须当作欺骗工具，至少不要抹煞良心。我不愿意被人看作是个死心塌地的奴才，可以指使我去出卖别人。谁对自己不忠，也会原谅自己去对主人不忠。

要是君王不接受保留自己主见的人，鄙视别人有限度、有条件地为他效力，那就没好说的了。我向他们坦白说出自己能力有限。因为作为奴才，我只是理智的奴才，即使这样我也不能彻底做到。这也是他们自己的错误，要求一个自由人，就像要求一个他们提拔和收买的人，或者其命运完全取决于他们的人，那样卑躬屈节地为他们效力，这也是他们自己的错误。

国法为我消除了大患，给我选择了政治派别和为之效力的主子；其他一切等级与义务对它都是相对次要的。这并不是说，当我的感情属意另一方时，我会立即予以援手。意愿与欲望有自己的法则，而行动必须接受公约的命令。

我这套行事方式与我们现行的做法颇不合拍。这样既不会产生重大效果，也不会长久。谈判不会不装腔作势，讨价还价不会不撒谎，天真的人本来就做不出这些。所以担任公职绝不合我的脾性。我的职务要求我做的，我尽力而为，尽可能以我独特的方式去处理，我在年幼时就对政治耳濡目染，印象深刻。但是我及时抽身而出。此后经常避免卷入，很少接受，更不求上门去；对野心敬而远之；万不得已时像个划桨的人，背着方向往前进，就这样由于不是甘心上船，靠命运而不是靠个人意愿划到哪里就是哪里了。由于有些途径我并不反感，也更符合我的志趣，如果命运召唤我去为大众服务，获得世人的称誉，我知道我也会越过我的种种道理而去追随命运的。

有人对我的人生宗旨不以为然，说我所谓的坦率、真诚和单纯，无非是策略与手段，其中谨慎多于善意，卖乖多于本性，良知多于好运，不会让我受累，更会给我增荣。但是说真的，他们把我的狡黠说得过于狡黠了。任何仔细观察我、注意我的人，他若不承认他们的学派中没有一条规则，可以让人在这曲折复杂的世道上做得这么自然，保持一种始终如一、不折不挠的自由与洒脱，自己就是用努力与机智也达到不了这一境地，那我就心甘情愿让他当胜利者。

真理的道路是单一的、单纯的，在公事上谋私利、投机取巧的道路是双重性的、非法的、充满不测因素的。我在生活中经常看到这些装模作样的自由自在，绝大多数都不成功。让人觉得就像伊索寓言中的那头驴子，为了跟狗争宠，竟然撒娇把两条前腿搁到主人的肩上；狗这样表示亲昵会得到抚摸，可怜的驴子这样换来两倍的棍棒。"最适合各人的东西也是最符合天性的东西。"（西塞罗）

我不否认欺骗也有其用途，不然就会对人世产生误解，我知道欺骗经常也可以成全好事，人的大部分天职是靠欺骗维持与培育的。世上有合法的罪恶，就像有许多良好的或可以原谅的行动，但是非法的。

自然界、宇宙间有其本身的法规，其运用不同于，也更高尚于那种服从于制度需要而特殊制定的国家法规。"对于真正的法与完美的司法，我们并不掌握其坚实正确的模式；我们只是在实施中捕捉到一点影子和图形而已。"（西塞罗）以致印度哲人丹达米斯听了人家讲述苏格拉底、毕达哥拉斯、第欧根尼的生平后，认为他们在什么方面都是大人物，但是对法律过于毕恭毕敬；为了同意和辅助法律，真正的道德不得不失去原有的许多活力；不但在法律的允许下，还是在法律

的怂恿下，许多坏事都做了出来："有些罪行是经元老院批准和平民会议通过后再犯的。"（塞涅卡）

我使用大众语言，把功利的东西与诚实的东西区分开来；而大众语言却把一些不但有用而且必需的天然行为，称为不诚实和肮脏的。

还是让我们继续谈背信弃义的事例。有两位色雷斯王位的觊觎者为了自己的权利争论了起来。皇帝阻止他们武力相拼；但是其中一位借口要达成一份友好协定，建议两人见面，邀请他的对手出席家宴，把他关起来杀了。

司法要求罗马人对这个罪行予以惩罚，但用正常途径很难办到，按照合法手段就会引起战争和意外不测，他们试用暗算来解决。有一位庞波尼乌斯·弗拉库斯非常适合做这件事：这个人花言巧语，信誓旦旦，把那人引入圈套，不是给他许诺的荣誉与恩惠，而是把他五花大绑押到了罗马。一名叛徒违背常理背叛了另一名叛徒；因为他们满腹狐疑，很难用他们的伎俩去袭击他们：刚才那个故事就是一个例子，叫我们心情沉重。

谁愿意做都可以做庞波尼乌斯·弗拉库斯，而且愿意做的人还不少；至于我，我的诺言与信义，犹如其他，都是我整个人身的一部分；最佳的效应是为大众服务；我以此作为一切前提。但是若有人命令我当法官和辩护律师的职务，我会回答："我对此一窍不通。"或者做工兵先锋，我则会说："我做这个角色有点屈才。"同样谁要用我在某项大事中撒谎、背叛和起伪誓，且不说去暗杀和下毒，我会说："我要是偷了谁，抢了谁，你尽可把我送上苦役船去。"

斯巴达人被安提帕特打败以后，即将签订协定时说："你们可以随心所欲命令我们干有伤身体的重活苦活；但是要我们去做可耻、不诚实的勾当，那是在白费时间。"一位正人君子完全可以说这样的话。

埃及国王要法官庄严宣誓："不论什么命令，即使是国王下的，他们在执行时不要偏离自己的良心。"每个人对自己也应起这样的誓言。执行这样的任务，显然充满耻辱，被人唾弃；谁要你做，其实是指控你，你必须明白，要你这样做是给你负担，让你为难。你把这些公事办得愈是出色，你的私事就愈是糟糕。你做得愈好，你闯的祸愈大。让你这样去做的这个人也会为此责怪你，这也不是什么新鲜事，或者看来也没什么不公正。在特定的情况下，背信弃义可以看作是可以原谅的，那也只是用来去惩罚和背叛背信弃义的人。

还有不少背叛行为，不但被背叛的受益者否定，还遭到他们的惩罚。谁不知道法布里西乌斯对皮洛士的医生的制裁[①]？但是也有这样的情况，某人下了命令以后，又严厉惩罚那个他用以执行命令的人，否认他曾允许这样滥用权力，要人俯首帖耳、唯唯诺诺去做这么一件卑鄙的事。

俄罗斯大公雅罗佩克收买了一名匈牙利贵族，要他背叛波兰国王博莱斯拉斯，或者把他杀死，或者给俄国人提供给他重创的机会。这个人堂而皇之到了波兰，比从前更加殷勤侍候国王，当上了他的枢密大臣，成为他的一名心腹。他有了这些有利条件，选择了主子不在的大好机会，把那座富庶的大城市维耶利奇卡出卖给了俄国人，被他们抢劫一空，放火烧毁，不仅居民不分男女老幼尽遭杀戮，而且被他为此目的召集于此的大部分贵族也死于非命。

雅罗佩克这下子报了仇，泄了恨，他的仇恨也是有其原因的（博莱斯拉斯也曾用这个方法对他下过毒手），对于背信弃义的胜利果实陶醉了一阵以后，逐渐觉得这纯然是种赤裸裸的丑恶行为，用一种健康的、不再受情欲操纵的目光来看待，深深感到内疚与悔恨，下令剜掉执行人的眼睛，割去舌头和阴部。

安提柯说服阿吉拉斯庇德的士兵去背叛他的对手攸墨涅斯统帅。但是一旦他们把统帅交出给他下令处死后，他又要充当神圣的正义之神，要惩罚这种令人发指的罪行，把这些士兵交到行省总督的手里，明确下令不论用什么手段，把他们折磨至死方才罢休，以致这一大批人中间，没有一个再看到马其顿的天空。人家对他效力愈周到，他认为这种做法愈阴险，愈应加重惩罚。

那个奴隶说出他的主人 P. 苏比西乌斯的藏身之地，根据苏拉作出的允诺，他成了自由人；但是根据社会公理的要求，他这个自由人

---

① 皮洛士的医生向罗马执政官法布里西乌斯献计，由他毒死皮洛士，反被法布里西乌斯拒绝而受到惩罚。

要被人从塔尔塔雅山上推下来。他们把叛徒吊死，脖子上还挂着奖金袋。他们首先完成第二种特殊的信念，又完成第一种普遍的信念。

穆罕默德二世，嫉妒根据民族的做法而居统治地位的哥哥，要除掉他，雇用了他的一名军官，在哥哥的喉咙里一下子灌了大量的水而把他呛死。事情做成以后，为了赎罪，他把这个谋杀犯交到死者母亲的手里（因为他们是同父异母兄弟）。她当着他的面，剖开谋杀者的胸膛，两手在汩汩的热血中掏出他那颗心，扔给狗吃。

我们的国王克洛维买通了卡那克尔的三名仆人，仆人把主人出卖后，他又下令把他们三人吊死。

即使那些无赖，在一次恶行中得到好处以后，安安心心做出一件善良公正的小事，好像让良心得到补赎与悔改，这有多么甜蜜啊。

此外，他们把手段毒辣的雇佣杀手，看作是会对他们进行谴责的人，非要他们去死才能灭口销赃。

有时，为了公众利益不得不出此下策，而你也因幸运受到了奖赏，那个奖赏你的人绝不会把自己，而把你看成是个千夫所指的坏人；认为你是比你背信弃义干掉的人更加背信弃义。因为他通过你的双手，不用否认，不用狡辩，就触及你内心的恶毒。他使用你，就像使用社会渣滓去执行极刑，这项工作虽有用，但不光彩。这样的差使不仅低贱，也出卖良心。

塞亚努斯的女儿犯了罪，因为还是闺女，不能用罗马任何哪条法律条款来处以死刑；为了符合法律程序，先由刽子手把她强暴，然后再把她掐死。不但是他的手，即使他的良心，也是国家利益的奴隶。

穆拉德一世，由于他的大臣支持他的儿子弑父篡位，要对他们严厉惩罚，下命令要他们最近的亲人去执行死刑，其中有些人宁可选择极不公正地犯罪去杀别人的父亲，而不愿执行法律去杀自己的父亲，我觉得这是很真诚的。

当年在小要塞的攻克战中，我看到一些卑鄙小人为了保全自己的生命，同意去吊死自己的朋友与同伴，我认为他们比被吊死者更可悲。据说，立陶宛亲王维托尔德以前颁布过这条法律，死刑犯都必须亲手对自己处以极刑，他认为让一个没有任何过失的第三者去执行杀人的任务是一桩怪事。

当一种紧急情况或某种不测变故危害到国家，迫使君王背弃诺言和信仰，或者使他无法履行职责时，他应该把这种万不得已的事看成是神的一种鞭策。这不是一种罪，他只是抛弃了自己的理性，而接受一种更普遍、更强大的理性，但这当然也是一种不幸。因此，有人问我："有什么办法？"我回答："没有办法。如果他实在处于两难之间，'但是他不要寻找借口去做伪誓'（西塞罗），还是必须这样去做的；但是做的时候若不遗憾，也不痛苦，这说明他的良心有了毛病。"

如果有人良心实在太脆弱，觉得没有一种疾病值得这样的霸药去治疗，我也不会对他有失尊敬。他也不见得会更可原谅、更像模像样地毁了自己。我们不是什么都能做到的。事实就是如此，就像我们的船抛下了最后一只锚，经常只有完全求助上苍的引导来保护了。他还有什么更紧急的正事要做吗？国王应该视信仰与荣誉比他自己的安全，甚至比他臣民的安全更可贵，那样他怎么还有可能去做损害自己的信仰与荣誉的事呢？当他双臂交叉高呼上帝帮助他时，他就不会想到上帝的仁慈会拒绝给一只纯洁正义的手以特殊的帮助吗？

这都是些危险的例子，在我们的自然法则中也是罕见和病态的例外。我们必须忍让，但是给予极大的节制与界限。这对良心是个极强的冲击，任何私人意图都不能这样去做；为了公利，还要是非常明显与重要的公利，那还可以。

蒂莫利昂为自己非同寻常的功绩[1]辩护时热泪纵横，他回忆说他是怀着手足之情杀死暴君的，他为了大众的利益而不得不牺牲自己光明磊落地做人，这使他深感痛心。即使是元老院从他的行为中获得解放，也不敢对这件功荣给予圆通的结论，还闹得势均力敌的两派对立。恰在此刻，叙拉古人派遣使者来得正是时候，要求科林斯人提供保护和派一员大将恢复他们城市的基本尊严，清除压迫西西里的几名暴君。

元老院委派蒂莫利昂承担此重任，又一次巧妙地声明，根据他这次完成使命的好坏，再决定以国家的解放者赞扬他，还是以杀害兄弟

---

[1] 指古希腊军事政治家蒂莫利昂（约前410～前337）。协助科林斯人诛死其暴君兄弟。

的罪犯审判他。鉴于这个突出事例的危险性与重要性，这个结论虽然匪夷所思，还是情有可原。元老院避免作出自己的判决，而以客观的考虑来予以支持。蒂莫利昂在这次出征中的表现，立即使他的案件明朗化，他在各方面的为人处世都大度高尚。他在这次讲究仁义的任务中，如有神助似的克服了一切艰难险阻，仿佛神也在暗中串通好了为他的案情辩护。

若有什么错误的目的是可以原谅的，那么元老院的这个目的就是。但是我接着要说的罗马元老院为了有利于增加国家收入而提出这样卑劣的建议，就不够有力去为这件不正义的事辩解。某些城邦获得元老院批准以后，用钱从苏拉手中赎回了自由。事情又回到原地重新审批，元老院却要城邦像以前那样缴付人头税，他们用于赎买的钱不是白付了么。

内战经常制造这类不光彩的事。当我们摇身一变以后，又去惩罚那些原来信任我们的人。同一位法官自己改变主意，却把处分转嫁到无能为力的人身上。师傅鞭打听话的徒弟，带路人鞭打瞎眼的主人。多么可怕的公正面目！哲学中有些规则是错误和站不住脚的。有人给我们举的例子，为了让私利高于公义，添加了一些情景也未能具有足够的说服力。盗贼把你逮住，要你起誓付出一定赎金后放了你，若说一位正派人因已脱离他们的魔掌，不用付赎金也是信守了自己的诺言，这话是不对的。

因为事情并非如此。害怕时作出的诺言，不害怕时也有责任履行。即使害怕逼得我口是心非，我还是有责任让我说的话始终如一。对我来说，有时说话过于轻率，走在思想前面，因此不予以否认就会良心不安。不然，我们就会逐步剥夺他人从我们的诺言与誓愿中得到的一切权利。"仿佛正直的人也需要强迫命令。"（西塞罗）如果我们作出的诺言是恶的和不公正的，个人的利益才有权利原谅我们不去履行。因为美德的权利应该超越义务的权利。

过去我把伊巴密浓达看成是第一流的俊彦人物，自后没有改变看法。他重视个人职责，实非常人所能及！他从不杀害俘虏；为了国家自由这个至高无上的义务，他下手诛戮了一个暴君和他的党徒，但因没经过司法程序而感到有愧；他认为一个人不管是多么好的公民，在敌人中间、在战场上作战对朋友和客人手下无情，就不是个好人。他有一颗丰富的心灵！他在世上最严酷暴烈的行为中从不放弃善良与人道的做法，也即是哲学探索中最博大精深的部分。他对待痛苦、死亡与贫困的态度英勇豪迈，坚忍不拔，不知是天性还是修养，使他的性格达到如此质朴敦厚？

他在铁与血的战场上如凶神恶煞，屡战屡胜的斯巴达民族只是遇上他遭到了灭顶之灾，在鏖战正酣时他会转身避开他的朋友与客人。说真的，在大家杀得昏天黑地，眼睛发红，口吐白沫时，会给战斗这匹野马套上口嚼子，压一压煞气，这才是善于驾驭战争的将才。

在这类行动中还能讲究一点正义，这可算是奇迹了。但是也只有刚正不阿的伊巴密浓达才能做到如此温良谦恭而保持清白，不被人指责。有一人①对马墨提人说法律对付不了武装人员；另一人②对平民保民官说司法时期与战争时期是两回事；第三人③又说武器的乒乓声不但使他听不到礼乐之声，也听不到法律之声。而伊巴密浓达却向敌对的斯巴达人借鉴出征前祭祀缪斯女神的仪式，不是以她们的温和婉约抵消了一些战神的杀气吗？

有这样伟大的导师在先，我们也就不必担心认为对付敌人也有不尽人意的地方，公众利益并不要求所有的人做所有的事都不计较个人利益，"即使大众社会分崩离析时还会念念不忘个人利益"（李维）。一个正派人即使为他的君王效忠，为大众事业与法律服务，也并不是什么都可为所欲为的。"因为对国家尽职并不排斥对其他一切尽职，公民对父母尽孝道对于国家也很重要。"（西塞罗）这是一条适合当今时代的训词。用刀剑磨砺我们的勇气是干什么用的呢？我们的肩膀已经受够了。用笔蘸墨已经不错，不要再去蘸血。要是说为了服从官府、体恤众情而置友谊、个人义务、诺言与亲情于不顾，也表现一种大勇和罕见的特殊美德，那么——敬请原谅——这种大勇在伊巴密浓达的大勇中是没有位子的。

---

① 据《七星文库·蒙田全集》，指庞培。

② 据《七星文库·蒙田全集》，指恺撒。

③ 据《七星文库·蒙田全集》，指马略。

令一个失去理性的心灵发出这样狂妄的煽动，实在令我感到厌恶。别去听信天生嗜血成性、六亲不认的恶人讲的这番所谓道理；别去理睬这个大而无当、高不可攀的正义，让我们效法最有人性的行为。凡事都是此一时也，彼一时也！在庞培与秦那的内战时期，庞培的一名士兵无心杀死了在敌营中的亲兄弟，羞愧之下当即自刎而死。几年后，在同一民族的另一场内战中，一名士兵杀死了他的兄弟，还向他的将军要求领赏。

从功利性出发，很难辩说一个行动的诚实与高尚。这个行动若是功利性的，那也难下结论认为每个人都有义务去做，对每个人都是诚实的："不是什么事都一律适合每个人。"（普罗佩提乌斯）

若选择人类社会最需要和最有用的一件事，那就是结婚。然而圣徒们则认为不结婚更洁纯，从而排除人的最应该尊重的天职，这就像我们只是把劣马送进了种马场。

第二十一章 论悔恨

其他人教育人，我则叙述人，描绘一个教育不良的个人；若由我来重新塑造，则会塑造出另一个截然不同的人来。但是一切已成定局。

我描述的面貌不会相差太远，虽然它一直变化不定。世界只是一个永动的秋千。这里的一切事物不停地摇摆：地球、高加索山地、埃及金字塔，随着"公摇"，也"自摇"。所谓恒定其实只是一较为有气无力的摇摆而已。

我不能保证我的这个人不动。他带着天生的醉态稀里糊涂、跌跌撞撞往前走。我此时此刻关注他，也就画出此时此刻的他。我不描绘他的实质，我描绘他的过程，不是年龄变化的过程——如俗语说的，以七年一期——而是从这天到那天，从这分钟到那分钟。我的故事必须适时调整。我时时刻刻会改变，不仅随世事变，也随意图变。这是时局变幻莫测，思想游移不定，有时还是相互矛盾的写照；或是因为我自己换了一个人，或是因为我从另外的位置与角度来看待这些事物，不论我有时会自我违背，但是实际上像狄马德斯说的，我绝不会违背真情。如果我的思想能够安定下来，我不再试探，而是作出决定；我的心灵永远处于学徒和试验阶段。

我提出的是一种平淡无奇的人生，如此而已。丰富多彩的人生中含有哲学伦理，平凡家居的人生中也含有哲学伦理；每个人都是人类处境的完整形态。

著书者通过独特奇异的标志与老百姓沟通；而我，第一个向世人展现不是作为语言学家或诗人或法学家，而是他本人全貌的米歇尔·德·蒙田。如果世人抱怨我过多谈论自己，我则抱怨世人竟然不去思考自己。

但是，我这人在生活中与世无争，却又张扬得让谁都知道，这有道理吗？在这个尔虞我诈、藏奸耍滑的世界上，我要人保持自然坦荡、低首下心的生活姿态，这又做得对吗？要写书没有学问又不讲技巧，这不是像砌墙壁没有石头吗？音乐的幻象受艺术的指导，我的幻象受天命的指导。

从学科体裁来说，至少这是我独有的：我目前所做的这份工作，在内容上没有谁比我更懂更理解，就此而言，我是世上最有学问的人了。其次，也没有谁对自己本人的材料钻研更深，细枝末节解析更细致，更能全面确切地达到预期的工作目标。要做到完美我只需写得真实。真实，那是出自肺腑的纯正、直率。我说的真实，不是一切直言不讳，而是我敢于说的一切；随着年事增高，敢说的事也增多，因为依照习俗，大家也允许这把年纪的人更加自由闲聊，更加放肆议论自己。

在这里不会发生我常见的工匠与工作互不合拍的情况：谈吐文雅的人怎么写出这么愚蠢的文章？或者这么精彩的文章怎么会出自语言乏味的人之手？

一个人口才平庸、文采斐然，这就是说他的才能是借来的，不是他的天分。有学问的人不是处处都有学问，自满的人则处处自满，即使自己的无知也自满。

在这里，我的书与我亦步亦趋，一致前进。别的书里，大家可以撇开作者不谈，只对作品说长道短。这部书里不行，谁动了一个，也动了另一个。谁不了解这一点就加以评论，对自己造成的损失更大于对我的损失；谁认识到这一点，就使我完全满意。我若在这点上得到大家的赞许，让善于领会的人觉得我——若有点学问的话——还学有所用，我值得得到记忆更好的帮助，那样我就感到非分的幸福了。

请大家在这里原谅我常说的那句话，我很少反悔，我也心满意足，不是像天使或马那样心满意足，而是像人那样心满意足。还要加上这句老话，不是礼节性的老话，而是与生俱来的谦逊：我说话像个无知的探索者，仅是诚恳地祈求从大众合理的信仰中得到结论。我不教育人，我只是叙述。

真正罪恶的罪恶没有不伤人的，不会不遭到全体一致的谴责与审判。因为它的丑恶与劣迹那么明显，以致说作恶的人简直愚蠢与无知可能是有道理的。很难想象有人会认识罪恶而不憎恨罪恶的。恶心恶意的人吮吸了自己身上的大部分毒汁，因而中毒身亡。罪恶在心灵中留下悔恨，就像在人体内留下溃疡，总是在糜烂出血。

因为理智抹去其他一切悲哀与痛苦；但是却滋长悔恨，它是从肉里长出来的，从而也更痛。犹如发高烧时的冷与热要比户外的冷与热更难受。我说的罪恶（但各人有各人的标准）不但是理智与天性谴责的罪恶，也指众人的意见造成的罪恶；这种意见即使是平白无据与错误的，但是已为法律与习俗所接受。

同样，没有一件好事不叫天性善良的人喜欢的。确实，做好事会在我们心中感到一种难言的愉悦，伴随着心地磊落也会有一种慷慨自豪。不顾死活的坏人有时也会逍遥法外，但是决不会感到怡然自得。一个人觉得自己不受当今坏风气的影响，还可对自己说以下这样的话："谁看到我的灵魂深处，也发现不了我有什么罪过；既没有让人痛苦和破产，也没有报复与嫉妒心理；既没有公开触犯法律，也没有标新立异制造混乱，说话不足为凭。虽然糜烂的时代教唆人胡作非为，我可没有侵占别人财产，把手伸进哪个法国人的钱包，不论战时与平时都靠自力更生，也不曾无偿地利用别人的劳动。"能这样说这不是一桩小小的乐事，而是证明良心安宁，听了让人开心。这种来自天性的欢欣对我们有极大的好处，也是唯一不会令我们失落的报酬。

做了好事期望别人赞扬才算得到回报，这种期望太不可靠，也是非难辨。尤其在这么一个腐朽愚昧的时代，受到大众的好评是对人的一种轻侮，说到什么值得赞扬你该去相信谁？从我看到上天把荣誉赐给了谁，只想祈求上帝不要让我做这样的好人。"从前的罪恶现今成了社会公德。"（塞涅卡）

我的某些朋友或是主动或是应我的要求，有时开诚布公地责备我，批评我，对于一个有教养的人来说，这是一种友爱，比任何其他友爱更有裨益、更温情。我总是敞开胸怀，满心感激欢迎他们这样做。但是此刻静心一想，我经常觉得他们的责备与表扬中有许多错误的标准，我宁可犯我这样的错误，而不愿按他们的方式去做好事。

主要是我们这些人，深居简出，心中必须树立一套行为准则，以此自律，根据这个准则自勉或自责。我有自己的法律和法庭审判自己，有事在这里而不去别处告状。我根据别人的看法来约束我的行动，但根据自己的看法来扩展我的行动。只有你自己才知道自己胆小还是残酷，忠心还是虔诚；别人看不透你；他们只是用不确定的假设来对你猜测；他们看得多的是你的表现，不是你的本性。因此不要在乎他们的判决，而在乎你自己的判决。"你应该运用你自己的判断力。""由良心提出善与恶的证据，这才有分量。"（西塞罗）

有人说悔恨紧紧跟随罪过，这话似乎不是指那种自以为是、根深蒂固的罪过。对于不经意和情急之下犯的罪过可以否认和推卸；但是那些蓄谋已久、不做誓不罢休的罪过，就没有什么好说的了。悔恨只是对我们意愿的否定，对我们怪念头的抵制，这可以用各种意义解释。悔恨使这个人否定他从前的美德和节制。

内心一切保持井然有序，这是一种美妙的人生。人人都会当众演戏，在舞台上扮演正人君子，但是在一切都可自由自在、不为人知的内心，做到中规中矩，这才是要点。接着可做的是使家庭、日常起居中保持井然有序——那也是我们无须向人说明理由，不用做作，不用矫饰的地方。

贝亚斯描述美满的家庭生活时说，"主人在外面在法律管束与人言可畏的情况下怎样做的，在家里也该怎样做。"还有朱利乌斯·德鲁苏的一句话也值得一听，工匠向他提出，花3000埃居可以把他的房子盖得让他的邻居再也看不到里面。他则回答说："我给你们6000埃居，造个每个人从哪个角度都可看到里面的房子。"

大家也欣赏阿格西劳斯的做法，他旅行时总是投宿教堂，为了让大家和神看到他私下生活是怎么样的。有些人在社会上备受尊敬，但是他的妻子与仆人则看不出他有任何出众的地方。受到仆人称赞的人是很少的。

历史经验告诉我们，没有人在自己家里，还有在自己家乡做得成先知。在小事上亦复如此。从琐碎的事例中看出大事是怎么样的。在我的家乡加斯科涅，他们看到我出书都感到挺好玩。离家愈远我的名声愈大，身价也愈高。在居耶纳，我买印刷商，在其他地方印刷商买我。活着时深居简出的人，就是从这点起做到日后不在人世时获得好声名。我宁愿少些名气。我来到这个世界只求得到我的一份教益。除此以外，我就不予理会了。

那个人从官府出来，被大家一路簇拥护送到大门口。他脱下官袍，离开官职，原先升得愈高，如今跌得愈低。他家里的一切都杂乱无章。即使有什么秩序，也必须有敏锐的观察力在这些日常平凡的行动中把它识别出来。再说秩序本来就是一种死气沉沉、不起眼的美德。攻破一座要塞，率领一个使团，治理一方人民，这是威风显赫的大事。责备，欢笑，买与卖，爱与恨，跟家人与自己平静愉快地交谈，不懈怠，不否认自己，这些事更少，更难，也不引人注目。

不管怎么说，退隐生活中包含的义务要比其他的生活更艰巨更紧张。亚里士多德说，平民百姓实施美德要比身居官职的人更难更可贵。我们准备去建功立业，更多是求荣耀，不是为良心。其实达到荣耀的最短途径，就是立志在良心上去做你愿为荣耀所做的一切。

我觉得亚历山大在他的舞台上表现的美德，不及苏格拉底在底层默默表现的美德有力量。苏格拉底处于亚历山大的位子我很容易想象，但亚历山大处于苏格拉底的位子我则想象不出来。若问亚历山大他会做什么，他会回答："征服世界。"问苏格拉底，他会说："让人按照自然状态过日子。"这倒是更普遍、更重要、更合理的学问。心灵的价值不是好高骛远，而是稳实。

心灵的伟大不是实现在伟大中，而是实现在平凡中。因而从内在来评判我们这些人，不看重我们在公开活动中的出色表现，认为这只是从淤泥河底溅上来的几颗小水珠。同样，那些从堂堂外表来评判我们的这些人，也会对我们的内在气质作出结论，但无法以他们平庸凡俗的能力去攀附惊世骇俗的才情，高下太悬殊了。

所以，我们让魔鬼长得奇形怪状。随着帖木儿声名远播，根据想象揣摩他这人的外表，谁不把他说成两眉倒竖，鼻子朝天，面目狰狞，身材像个巨无霸？我若在从前见过伊拉斯谟，我很难不认为他对妻子和仆人说话也是满口警句与格言。从工匠的穿着或妻子去想象他是怎样的人，那要比想象一位大法官容易得多，大法官道貌岸然，一本正经。让我们觉得他们高高在上，不过人间生活。

坏人有时心血来潮做起了好事，好人也会这样去做坏事。那就应该以他们日常的心态、一贯的行为来评判他们。至少与平时的自然状态相差不远。人的天性可以通过教育改进与加强；但是不会完全改变与消除。在我们这个时代，成千上万人通过相反的学说走上行善积德或是为非作歹的道路：

> 在囚笼中忘记自己的森林，
> 温顺的野兽失去了凶相，
> 接受人的驯服，但是有一滴鲜血
> 落进他们的嘴里，那时
> 又会野性大发，张开血盆大口，
> 连惊慌失措的主人也不放过。

——卢卡努

本性是不可能根除的，只能掩盖，只能隐藏。拉丁语对我像是个母语，我理解得比法语都好；但是40年来我没用拉丁语交谈与书写。如果遇上意外的危急事——我一生中有过两三次，一次是看到父亲好端端地仰倒在我身上不省人事——我从肺腑发出的第一句话总是拉丁语。长期的习惯也拦不住本性强烈的表现。这个例子可以引出许多其他例子。

在我这个时代，那些人试图用新观点来纠正社会风气，只是从表面上去改变罪恶。那些实质性的罪恶，他们若没有去增加，也是根本没有触动。增加倒是必须担心的。他们要去做其他好事，还是更乐意停留在这些夺人耳目的外表改革，代价更小，更易讨好；这样也就不费多大功夫就满足了其他共生共灭的天然罪恶。

从我们自身经验就可以明显看出。谁若愿意审视自己的话，没有一个不会发现自己的内心有一种固有的占主导地位的脾性，抗拒外界的教育和一切相反的情欲引起的风暴。至于我自己认为较少受到阵阵冲击，几乎总是稳稳当当留在自己位子上，像那些笨重的躯体。我若失去常态也不致太离谱。做荒唐事也不会太过分。行为不极端也不怪异，也常做清醒与深刻的反省。

真正应该谴责的是，我们这些人一般在退思生活中也充满污秽与堕落；改革的想法属于空谈；补赎的方法是病态和错误的，与他们的罪恶相差无几。有些人，或是不能摆脱天性的罪恶，或是由于长期的沉湎，已不觉其丑恶。另一些人（我也在其中）感到罪恶的沉重，但是会找乐趣或其他机会去减轻，还会付出一定的代价罪恶地、卑怯地去容忍，去接受。

因而，一有欢乐就原谅了罪恶，就像我们对待功利一样，完全可以想象这个措施是那么不成比例。不论是那种偶一而为、算不得罪恶的小偷小摸，还是那种如跟女人睡觉，这类冲动是强烈的，有时还说是无法抗拒的犯罪行为。

那天我在雅马邑一位亲戚的领地上，遇见一个农民，大家都叫他小偷。他对自己的身世是这样说的：他一生下来就当了乞丐，他看到靠双手挣面包，怎么也摆脱不了贫困，于是想到去当小偷。他靠体力以偷盗为生，青年时代过得太太平平。因为他到别人的地里去收割庄稼，路程远，数量大，人家没法想象一个人用肩膀在一夜间扛得回那么多东西。此外他还细心把作案的损失均匀分散给各家，因而每家每次受害不是太大。

现在他已年迈，作为农民他是富裕的，他公开承认这是靠了他的偷盗；为了要上帝谅解他的所作所为，他说每天去给他偷过的人的后代做好事；他若做不完（因为他不可能一次都做了），他责成他的继承人，根据只有他知道给每人造成的损失去给他们作补偿。从他这番不论是真还是假的叙述来看，他还是认为偷盗是不诚实的，恨它，虽然不及恨贫困那样。悔恨也很直率，但是这样使这件事得到了平衡与弥补，他也就不悔恨了。这不是恶习让我们对罪恶执迷不悟，也不是狂风使我们的心灵迷乱，一时失去了判断和一切，卷进了罪恶不能自拔。

我做事习惯上一个心眼儿做到底；也没有什么行动需要向理智隐瞒和回避的，差不多都是得到全身心各部分的同意才干的，不会引起分裂和内乱。事情的对错与褒贬全在于我的判断。判断一旦错了，就永远错了，因为几乎生来它是这样的：同样的倾向，同样的道路，同样的力量。对待一些具有普遍性的问题，我从童年就站在了我那时必须保持的立场上。

有一些来势凶猛、猝不及防的罪恶，让我们暂且撇在一边。但是另一些罪恶，屡犯不改，有计划，有预谋，甚至可以说是职业性的天赋，我不相信没有理智和心计时时刻刻的酝酿和支持，怎么可能在这些有罪恶意识的人的心中存在那么久。他们宣称在某个时刻幡然醒悟，我对他们大谈悔恨的话是很难想象与苟同的。

我不能接受毕达哥拉斯的学说，"人在走近神像领受神谕时，灵魂焕然一新"。除非他的意思是说，为了这个时刻必须换上一颗不同的新灵魂，原有的灵魂藏污纳垢，已不配出席这番祭礼了。

他们做的一切恰与斯多葛派是相反的，斯多葛派要求我们改正自身认识到的不足与罪恶，但是不用为此感到悔恨，郁郁不乐。毕达哥拉斯派要我们相信他们内心感到极大的遗憾和内疚。但是从表面上他们没有让我们看到有一点改过自新、决不重犯的样子。病若不除根，就不算痊愈。悔恨若放在天平上，重量必须超过罪恶。我觉得不从行为与生活上去规范，表面上装得信仰上帝还不是轻而易举的事。虔诚的实质是深奥的、隐藏的；外表是容易装模作样的。

至于我，总的来说可以希望成为另一个人；我也可以对自己整个儿否定和不满意，恳求上帝给我来个脱胎换骨，并消除我的天性懦弱。但是这样的心愿我不能称之为悔恨，好像也不是当不成天使或教徒而不高兴。我的行动是根据我的天性和条件调整而与之相符合的。我不能做得更好了。那些非我的力量能够做到的事，谈不上悔恨，要说的话也只是遗憾。天性比我高又比我更懂自律的人，我想不计其数，但是尽管如此，这改变不了我的天赋，正如我不会因为想象别人有强壮的四肢与坚毅的精神，我的四肢与精神也就会强壮和坚毅。

如果想象和盼望一种比我们更高尚的行为，就对自己的行为产生悔恨，那么我们还是对自己更平常的行为表示悔恨吧。尤其我们认为若天性更优秀，这些行为必然会更加完美、更加讲究尊严。我们也会恶意这样去做的。

　　当以我的老年的眼光去审视我青年时的行为，我觉得依照我的能力一般还是做得规规矩矩的。我的生活能力也仅此而已。在这些情况下我不自我吹嘘，我会一如既往地这样做。这不是我身上的一块瘢痕，而是涂遍全身的色彩。我不会有表面的、不痛不痒和装门面的悔恨。要我说悔恨，那是触动我身上每一部分，引起撕心裂肺般的痛苦，就像被上帝看在眼里，深刻，无一遗漏。

　　说到经商，由于缺乏有效的管理，我失去了不少好买卖。根据当时的情况，我的建议还是经过良好选择而定的；做法总是以简捷可靠为原则。我觉得在我过去所做的决断中，都是从人家给我提出的实际情况，按照自己的规则去审慎行事。即使1000年后处在相似的情境中我也是会这样作出决定。我不看现在的情况是怎么样的，看我考虑时的情况是怎么样的。

　　一切建议的力量取决于时间。时机稍纵即逝，事物不断变化。我一生中有过几次重大的失误，不是我的主意不对，而是时机不对，后果严重。我们接触的事物中都有其秘密的部分，尤其涉及人性时更深不可测，一些因素不声不响，深藏不露，有时即使本人也不知就里，遇到机会突然爆发了出来。如果小心翼翼还是没能看透和预见，我也不会郁郁不乐，谨慎只是在其范围内发挥作用；我就会受事情的打击。事情若对我拒绝的一个方案有利，那也没有办法；我不怪自己；我责怪命运，不责怪我的工作；这就不叫做悔恨了。

　　福西昂给雅典人出了个主意，未被采纳。事情进展顺利却跟他的意见大相径庭。有人对他说："福西昂，事情那么顺利你很满意吧？"他回答说："事情发展成这样我当然满意，但是我提那样的建议也不后悔。"

　　当我的朋友要我提什么建议时，我坦率明确地给予回答，不像其他许多人所做的那样，不敢尽言，担心事情吉凶难测，一旦与我的预测相悖，他们就会责备我出那样的主意。这点我不在乎。因为这是他们不对。他们要求帮忙我是不该拒绝的。

　　我不会拿自己的过失或不幸去怪别人，而不怪自己。因为事实上，我很少采用别人的意见，除非出于礼节性的表示，或者我需要请教科学知识或了解事实真相的时候。但是只是在要求我作出判断的事情上，其他人提出的理由可以支持我的论点，但很少改变我的论点。他们说的我都会侧耳聆听；但是就我记得起的，迄今为止我还是只相信自己的意见。依我来说，这只是一些苍蝇与蚊子，来分散我的意志。

我不太赏识自己的意见，我同样不太赏识别人的意见。命运对我很宽厚。我不采纳人家的建议，我给人家的建议也少。请教我的人不多，相信我的人更少；我也不知道哪件公众或个人事务是听了我的意见提出和通过的。即使那些被命运拴在一起的人，也乐意让自己听从其他人的头脑指挥。像我这个对自己的休息权利和自主权利同样珍惜的人，更喜欢这样去做。他们按照我表达的信念对待我，决不要勉强。我的信念是一切都取决于自己。不卷入其他人的事务，摆脱它们的约束，这对我是一大快事。

对于一切已经过去的事，不论其结果如何，我很少抱憾。它们本来就应该这样发生的，这个想法使我免除烦恼；如今它们已经进入宇宙大循环，斯多葛的因果连锁反应。你用什么方法祈求和想象，都不能改变一丝一毫，事物的顺序不会颠倒，不论过去与未来。

此外，我讨厌随着老年而来的那种油然而生的悔恨。一位古人说他感谢年岁增长使他摆脱了情欲，这个意见可是跟我的不一样；阳痿给我带来怎么样的好处，我绝不会表示感激。"上帝绝不会那么仇恨他的创造物，竟把性无能看作是一桩好事。"（昆体良）人到老年欲望衰退，此后又了无兴趣，这在我看来心灵不见得作如是想。忧愁与衰老强令我们遵守一种力不从心的美德。我们不应该让自然衰退带走一切，连带判断力也拿不准了。青春与逸乐在从前并没有让我看不到肉欲中的罪恶面目，同样此时此刻，年岁带来的厌世情绪也别让我看不到罪恶中的肉欲面目。

现在我对此已不沾边，还是像沾边时一样去判断事物。当我用力用心去撼动理智时，发现理智与我在寻欢作乐的年代是一样的，只是有时因年事已高而有所减弱和衰退；还发现理智虽因关心我的身体健康不让我沉湎于欢乐，但在精神健康上并不比从前有更多的限制。看到理智退出战局，我也不因而认为它是急流勇退。

诱惑对我已失去威胁，无能为力，不值得运用理智去抵抗，只需伸出双手便可驱散。要是让我的理智去面对早年的情欲，我只怕它已不像从前那样有力量去承受。我看不到它判断事物跟以前有什么两样，也没有新意。若有什么复原，也是向恶的复原。

若要健康先得生病，哪有这样可怜的药！这样做不应让我们陷入不幸，而是让我们判断力健全。伤害与打击除了逼得我咒骂以外做不了其他事。只是对鞭挞后清醒的人才可以这样做。我的理智在意气风发时运用自在，消化痛苦必然比消化欢乐更分心、更费力。风和日丽时我也看得更清楚。健康要比疾病更轻松，也更有效地提醒我。我还有健康可以享受时，也就尽量清心寡欲，讲究养生之道。要是年迈衰老竟至胜过我精力充沛、思维敏捷的好时光，要是人家不以我一贯是的那个人，而以我已不是的那个人来尊重我，我会感到汗颜和嫉妒。

依我的看法，做人所以美妙是活得幸福，不是安提西尼说的死得幸福。我不曾想把一位哲学家的尾巴丑陋地续接在一个绝境中人的头和身体上；也不会让人生残局去否定和抹杀我大段的美好人生。我愿意让人把我通体融合统一来看。我若会重生，会照样再活一遍。我不埋怨过去，也不畏惧未来。我若不想欺骗自己，心里心外都一样表现。我对命运至为感激的一件事，就是我的身体状况跟岁月配合得恰到好处。我看到了人生的长苗、开花与结果；而今又看到枯萎。这也是件幸事，因为这顺乎自然。我较为平心静气地忍受着病痛，因为它们是按时来的，更有利于我去回忆从前的大好时光。

彼时与此时，我的智力可以说还是不相上下；但是从前更有建树，更见精彩，朝气、活泼、纯真，而今迟钝、多怨、辛苦。我也就放弃了进行效果难料、痛苦的改造。

必须由神来激励我们的勇气。必须通过理智的改造，而不是欲望的减弱，来促进我们的觉悟。肉欲本身绝不像老眼昏花看到的那么苍白，那么暗淡。节制是上帝对我们的命令，为了尊重上帝，我们应该爱节制，还有贞洁。由于患上重感冒或者为了医治腹泻而不得已而为之，那就不算是贞洁和节制了。

人若看不到也不知道肉欲为何物，不体会它的风情、力量、极为迷人的魅力，那就不能吹嘘说自己轻视肉欲，战胜肉欲。我对两个时期都有体会，有资格来谈一谈。但是我觉得，我们到了老年后心灵沾上的毛病与缺点，还比青年时更不易改掉。我年轻时说过这样的话，他们嘲笑我嘴上无毛。如今须眉花白给了我威严，我还是说这样的话。

我们常把脾气执拗、不满现实称为"智慧"。但是事实上，我们没有抛弃罪恶，只是改变罪恶，按我的看法，还愈变愈坏。愚蠢老朽的傲慢，令人生厌的唠叨，难以相处的倔脾气，迷信，对于用不着的钱财锱铢必较的可笑心态，除了这些以外，我还觉得比从前更嫉妒、更不公正、更狡猾。岁月在我们精神上留下的皱纹比在面孔上的还多。人到老年不变得更加尖酸刻薄，不是绝无仅有就是很少见。人总是整个儿走向成长与衰退的。

看到苏格拉底的智慧以及几次对他判决的情境，我敢相信从某种程度上说他是有意渎职去迎合的，他年届古稀，敏捷丰富的思维到底迟钝了，素来明晰的头脑也糊涂了。

我天天在许多熟人身上看到老年给他们带来多大的变化！这是一种势不可当的疾病，在身上自然地、不可察觉地扩散。必须仔细观察、小心预防去避免它在我们身上造成的缺陷，或者至少延缓其势头。我觉得不论我们如何设防，它还是步步进逼。我竭力支撑。但是我不知道它何时把我逼入绝境。不管怎样，让人知道我在哪里跌倒的也就满意了。

第二十二章　论维吉尔的几首诗

　　有益的思想日趋充实与稳定的同时，也愈加成为羁绊与负担。罪恶、死亡、贫困和疾病都是重要的主题，令人感到沉重。必须让心灵接受教育，学习承受和战胜这些苦难的方法，学习好好生活与好好信仰的规则，经常还要在这种美好的学习中启发它，锻炼它。但是对于一个普通的心灵，还必须有条不紊地进行，如果操之过急，会使它急得发疯。

　　我年轻时需要敦促、激励，才会安于职守。有人说，性格活泼，身体健康，不适宜于进行这类严肃与隽智的思考。我现在处于另一种状态。迟暮之年对我屡敲警钟，也使我安分听话。我从轻举妄动陷入老成持重，反而更加有害。故而此刻有意稍稍放纵自己，有时让心灵停留在年轻人的虚无中想入非非。此后我只会是太沉着、太稳重、太成熟。年岁天天教育我要冷静，要节制。肉体对越轨行为又是躲又是怕。

　　现在轮到肉体带领着精神去进行改造了。轮到它更粗暴、更专横地管教。不论睡着或醒着，不让我有一小时不听到关于教育、死亡、耐性与悔罪的训诫。我防止自己克制就像从前防止自己逸乐。克制把我往后拉到了发呆的程度。我要在各种意义上做自己的主人。明智也有过分的时候，也像疯狂一样需要节制。因而，在病痛留给我的间歇时刻，只怕自己精神枯竭，思想断流，谨小慎微得不敢有所行动了。我轻轻转过身子，移开视线，不去看面前这片布满乌云、孕育暴风雨的天空。感谢上帝，我看着时并不恐惧，但是不能说不费力，不思索。回忆过去的青春年代不纯然是一件乐事。

童年瞻前，而老年顾后，这是伊阿诺斯两面神的意义吗？岁月若愿意可以挟着我去，但是往回去吧！只要目光还能辨认出这段逝去的锦瑟年华，总会不时转过头去看它。虽然青春已从我的血与血管中消失，至少这个形象不会从我的记忆中根除。

柏拉图要求老人去观看青年的体操、舞蹈和游戏，在他们身上去享受自己不再有份的肢体柔软和健美，去回忆这个青春年代的优雅与恩赐，还要他们在这些活动中把胜利的荣誉颁发给那个生龙活虎、最逗人快乐的青年。

从前我把沉重阴郁的日子标为不平常日子，后来，这些日子反成了平常日子，而不平常的则是那些明朗美丽的日子。哪天没有不称心的事，我就像受到新的恩宠似的欢欣雀跃。后来就是强颜欢笑，这张老朽的脸上也不会添一丝可怜的笑容。只是在幻想与梦境中才心情开朗，用诡计转移老年的悲哀。

当然还需要在梦幻以外寻找另一种良药，跟自然对抗也仅是一种于事无补的办法。大家所做的延长或提前做人的种种不便，这是最简单不过的。而我宁可老而速去而不要未老先衰。我要紧紧抓住遇到的任何细微的欢乐机会。听人说起好些温和、快活和正派的消遣，但是我听了并没能引起兴趣。

我不要那些奢侈豪华、崇尚气派的游乐，我要的是温馨、简单易玩的游乐。"我们与大自然渐行渐远，像大家那样去做，他们可不是好向导。"（塞涅卡）

我的哲学在行动，遵循自然与现实的习惯，很少耽于幻想。就是玩上了掷骰子与转陀螺觉得有趣又怎么样呢！

逸乐是一种不必兴师动众的品质。它不用虚名的掺入本身就丰富多彩，悄悄地进行还更有意思。年轻人若把时间消磨在对酒类与饮食的挑剔上，应该挨鞭子的抽打。这类事我最不擅长，也最不重视。现在我学了起来。为此很难为情，但是又能做什么呢？使我更难为情与更恼火的是促使我这样去做的情境。我们这些人空想和闲荡；年轻人安身立业，他们走向世界，寻找立足之地，我们则已从那里回来了。

"给年轻人刀剑、马匹、标枪、狼牙棍，让他们去游泳，去奔跑；但是给我们老年人各种各样玩具以外，还有骰子和骨牌。"（西塞罗）自然规律正在送我们回家。年老体弱，为了养生，我也只能像童年时代一样找玩具与戏耍。我们都返老还童了。智慧与愚笨有许多事要做，必须交替上班，帮助我们度过这段人生的灾难。

就是最轻微的刺激我也避开。从前损伤不到肌肤的事，如今让我感到心如刀割，我已开始习惯凡事都往坏处上想！"病弱之躯受不起任何打击。"（西塞罗）

我遇事一向多愁善感，现在更加脆弱，处处又很大意，易受伤害。

自然责成我去承受的种种苦难，理智不让我去埋怨与抗拒，但并不阻止我去感受。我别无目的，只求生活与欢乐，会走遍天涯海角去寻找在哪儿过上一年平静愉悦的好日子。死气沉沉、了无生趣的宁静我并不缺乏，但这使我消沉与偏执；我不高兴这样。若有什么人，什么好伴，在乡下，在城里，在法国或他乡，居家中或旅途上，他与我、我与他同声相应，同气相求，只要用手一声呼哨，我就给他带去几篇有血有肉的随笔。

既然思想的特权是老来也可以活力不减当年，我就竭尽全力让我的思想做到这一点。让它返青，让它开花，能做到像一株枯树上的槲寄生。但是我担心它别是一个叛徒。思想与肉体密切相连，遇上事情总是抛下我而去满足肉体的需要。我在一旁向它献媚，再卖力气也是一场空。徒然想拆散它们的联盟，向它介绍塞涅卡、卡图鲁斯、贵夫人和宫廷舞蹈；要是它的同伴患了腹泻，它好像也会拉稀。即使是它的独家本领同样施展不起来，显然都予人一种颓唐的感觉。身体萎靡不振，精神的产品也不会表现得兴高采烈。

我们的先师没有说对，他们在研讨精神十足、灵光闪现的原因，只是归之于灵感、爱情、战斗激烈、诗歌、酒，从不提到健康的功劳。想当初我青春年少，生活安定，从不感到不安的那种健康状态：热血沸腾、朝气蓬勃、精力饱满又优哉游哉。在我天生的禀赋之外，这种快乐的火苗使人精神激扬清明，既保持快活但又不发狂的热望。相反的肉体状态使我处于相反的精神状态，消沉颓唐，也是毫不奇怪的了。然而我心里还是要对它表示感谢，因为据它说，它约束我还比约束其他人宽松得多。至少当它与我停火的时候，没有给我们的交往添加麻烦，制造困难。

"不妨用嘻嘻哈哈打发忧愁。"（阿波里奈尔）我喜欢一种愉悦、合乎性情的智慧，避开刻板僵硬的世情，觉得面目可憎的人都别有用心。

柏拉图说，性情随和与乖戾对心灵的善良与邪恶有极大影响，这话我衷心赞成。苏格拉底的面容保持一致，恬静含笑，老克拉苏的面孔是另一种始终如一，他从来不笑。

美德是一种愉悦快活的品质。

我知道少数人会对我的思想自由皱眉头，但对他们自己的思想自由不见得会如此。我符合他们的勇气，但是冒犯了他们的眼睛。

停留在柏拉图的著作，而避开据说他与费多、迪昂、斯特拉、阿基纳萨之间的交往，这也是一种为尊者讳的做法。"不怕难为情去想的东西也要不怕难为情去说。"（佚名）

我讨厌满腹牢骚、愁眉苦脸的人，他们对生活的乐趣视而不见，牢牢抱住苦难不放；犹如苍蝇，在平洁光滑的物体上站不住，专找粗糙崎岖的地面停下；犹如水蛭，专门吮吸脓血。

此外，我还要求自己敢做的事就要敢说，不能公之于众的事想了也不舒服。我最坏的行动与做法还不至于丑恶得连自己也不敢说。大家在忏悔时谨慎小心，其实应该在行动时谨慎小心。大胆做坏事在一定程度上受到大胆忏悔的制衡与阻止。谁有义务把一切都说出来，也有义务不去做必须隐瞒的一切。但愿我这种毫无顾忌的言论，引导大家超越了由自身缺点造成的那些怯懦有害的美德，而走向自由；凭我个人不加节制的想法，把大家带往理智的起点！

个人的罪恶应该看到，研究了以后再去否定它。对别人隐瞒罪恶的人，通常也是对自己隐瞒罪恶。他们看到了，只是想到没把它遮盖好；在良心上回避掩饰。"人怎么会不承认自己的罪恶？这是他依然在当罪恶的奴隶。梦都是在醒了以后才会去叙述的。"（塞涅卡）

肉体的病痛愈重愈明显。原以为是感冒与扭伤，其实是痛风。精神的病痛愈深愈隐蔽；病得愈重的愈不承认。这就需要经常用无情的手把病痛抖搂在光天化日之下，把它们从心底挖出来进行剖析。对待好事与对待坏事都一样，有时唯有一吐为快。有什么丑事是我们不应该说出来的呢？

我这人不善于作假，因而避免代别人保守秘密，因为没有勇气矢口否认自己知道的事。我可以不说出来，但是予以否认，就会很为难，很不开心。会不会保守秘密，这是出于天性，不是出于义务。为君王效忠，不要求说谎，只要求不说，这还是容易做到的。有人问米利都学派的泰勒斯，他是不是应该郑重声明他没有通奸；他若问到我，我就会回答说他不应该这样写，因为在我看来撒谎比通奸还要不得。而泰勒斯给他另一种劝告，要他发誓，用较小的罪恶掩饰较大的罪恶。然而这样的劝告不是在选择罪恶，而是让罪恶增多。

说到这里，顺便说一句，向一个有心人提出做一件难事去抵消他的罪恶，这对他是一桩便宜的交易；但是要他在两桩罪恶之间选择，这就叫他左右为难，就像有人向奥利金说，要么他进行偶像崇拜，要么把他交给一个埃塞俄比亚大无赖当肉体玩物。他接受第一个条件，据说痛苦无比。那些改信新教的女人如今向我们抗议说，她们宁可在良心上压着十个男人，也胜过压着一场弥撒；按照她们信新教的错误戒律，她们这样说也不是没有道理的。

若不慎把一个人的错误公布了出来，也无须担心它会成为仿效对象；因为阿里斯顿说，最令人害怕的风是暴露人的风。必须把遮盖我们行为的这块愚蠢的破布往上拉。他们把良心送进了窑子里，表面上却道貌岸然。即使是叛徒与杀人犯也遵守礼仪，作为应尽的义务。也不必由不公正来指责不文明，狡诈来指责冒失。可惜的是坏人不全是傻子，用体面掩饰罪恶。这些镶嵌装饰只值得用在保存或翻新的精致墙壁上。

胡格诺派指责我们只是在私下用耳朵听忏悔，遵照他们的意见，我就公开地、虔诚地、专心地做忏悔。圣奥古斯丁、奥利金、希波克拉底把他们言论中的错误都发表了，我就把我行为中的错误也发表出来。我急于让世人了解我，不在乎多少，只在乎真实。或许说得更恰当一些是我不急于做什么，但是令我心惊肉跳的是，偶尔听到我名字的人把我错当成了另一个人。

一生以荣誉与名望为目的的人，若戴了一副面具混迹人间，不让大众见到他的真面目，那他想获得什么呢？夸奖一个驼背身材好，他听了必然认为是侮辱。你若是个懦夫，被人当作勇士，大家说的是你吗？那是把你当成另一个人了。我还觉得有趣的是那个人见到人家向他举帽致礼，以为自己是什么头儿，其实他只是个卑微的随从而已。

马其顿国王阿基劳乌斯走在街上，有人向他身上泼水，随从说他该罚，国王说："不过，他没有向我泼水，他是在向他认为我是的那个人泼水。"有人对苏格拉底说有人说了他坏话，他说："不会吧，我没有他们所说的缺点。"就我来说，谁若说我是好船员，谦逊有礼，不近女色，我是不会领情的。同样说我是叛徒、小偷或酒鬼，我也不感到冒犯。没有自知之明，才会被虚假的好话陶醉；而我不会，我对自己的心灵深处有深刻的了解，知道什么是自己有的。我喜欢人家对我少赞扬，只求对我多了解。人家会认为我在某种需要明智的情况下表现很明智，而我自己觉得那时很傻。

我的《随笔》成了贵妇名媛的一件常用家具，而且是放在客厅里作摆设，这让我很烦恼。我喜欢跟她们私下有一点交往。在大庭广众之前那就毫无情趣与情调可言。在跟要放弃的东西道别时，总不免表现出超过平时的矫情。我在跟人世间百事作最终告别，是我与它们的最后拥抱。但是还是回到本题吧。

生殖行为对于人是那么自然、必要、正当，但是怎么又会让大家不敢坦然议论，在严肃正经的谈论中从不提及呢？我们使用这些字眼时神气十足，如杀、偷、背叛；而那件事只敢在牙缝里嗫嗫嚅嚅说。这是不是说我们愈是不用言辞表达的东西，愈是有权利在思想里夸大呢？

因为这倒不错，愈是少用、少写、少说的词愈是让人知道得最清楚、最普遍。无论什么年龄、什么风俗的人没有不知道的，就像面包一样。不用表述、不用声音、不用形象，都深深印在每个人心中。这也不错，这个行为我们给予它沉默豁免权，即使为了批判它、审问它，也不可剥夺它的豁免权，不然就是犯罪。我们也只敢用隐语、用比喻来鞭笞它。

一名罪犯坏得连法律也认为无论怎么碰他和看他，正义都得不到伸张，这对他反是一件大好事，严厉的惩治倒使他沾光得到了自由。

书籍难道不是这样吗，遭禁后往往更卖得动，更广为流传。我接着要借用亚里士多德的这句话，他说难为情对年轻人是一种表露，对老年人是一种指责。

不管怎么说，结婚不是为了自己；结婚是为了传宗接代，人丁兴旺。婚姻制度与利益远远影响到我们以后的家族。故而通过第三者而不是通过自己选择，按别人的心意而不是按自己的心意操办，我是同意这种做法的。这一切跟爱的本意完全背道而驰！因而，像我好似在什么场合说过的，在这么一种崇敬神圣的联姻中用上你情我爱时的轻佻放肆，简直是一种乱伦行为。

亚里士多德说，接触妻子时应该谨慎严肃，只怕过于猥亵的抚摸，使她兴奋得冲破理智的樊篱。他针对妇道说这番话，医生针对健康说同样的话。房事过于热烈、刺激、频繁会损害种子，妨碍受孕。他们此外还说，从自然规律来说，交媾过程是缓慢的，为了使它充满恰当与生殖的热力，这件事应该做得次数少，间隔长。

我也没见过哪种婚姻比建立在美貌与情欲上的婚姻更快产生裂缝，陷入混乱。婚姻应该有更坚实、更稳定的基础，必须小心对待。沸腾的激情于事无补。

那些人认为婚姻中加上了爱情使婚姻更加光彩，这使我觉得他们的做法跟另一种人一样，为了提倡美德就说贵族不外乎就是美德。这些事有相似之处，却有很大的不同。把姓氏与称号混淆毫无必要，把它们合在一起对两者都不利。贵族是一种良好的品质，引进也很有道理；但是这个品质是由别人给的，也会落在一个品德败坏、不学无术的人身上，它就远远不及美德那样受人尊敬；这若是一种美德的话，也是人为的与看得见的；取决于时间与运气；根据地域有不同形式；有生也有死；像尼罗河一样找不到发源地；世袭的和出自民间的；自上而下的和彼此相似的；有功受禄的和无功受禄的。学问、力量、善良、美貌、财富，还有其他品质，都进入到社会交往与联系中，而贵族头衔只归个人拥有，对他人毫无用处。

有人向我们的一位国王推荐两个人，谋取同一职位，一位是贵族，另一位不是。国王下令说不论身份如何，选择最能干的那个，但是同样能干时，那就考虑贵族，这就是所谓让贵族身份沾了光。安提柯遇到一个陌生青年，向他要求让他继承父亲的职位，他父亲是位杰出人士，不久前逝世。安提柯对他说："我的朋友，在这类事情上我注意军人的是他的勇敢，而不是他的贵族身份。"

说实在的，不应该学斯巴达国王的官员那样，不论号手、乐师、厨师，都由他们的孩子顶替，不论是多么无知，也比精通技艺者优先录用。卡利卡特人把贵族视作高人一等。禁止结婚，不得担任军职以外的任何工作。妻妾要多少都可以，女人也有同样多的情夫，从不相互嫉妒，但是跟其他阶层的人姘居就是犯了不可饶恕的死罪。他们走在路上被人碰撞一下，就认为玷污了身子；于是贵族身份也必受到极大的污辱，谁只要过于靠近他们，就会遭到杀害。

因此贱民在行走时就像威尼斯船夫在水路转弯时，必须喊叫以免相互碰撞。贵族命令他们朝指定的方向绕道。这样贵族避开他们认为终生洗不掉的污迹；而贱民则可免于一死。时间不论多长，君王不论多恩宠，任何功勋、美德和财富，都不能使平民变成贵族。行业之间禁止通婚，更巩固了这种风俗。鞋匠的女儿不能嫁给木匠。父母有义务培训孩子继承父辈的职业，不能从事其他职业，这样维持他们的社会地位泾渭分明，长期不变。

若有什么好婚姻，也不让爱情作伴，以爱情为条件。它会竭力以友谊为条件。这是一种温和的终生交往，讲究稳定，充满信任，平时有数不清的有用可靠的相互帮助和义务。体验其中深意的女人，没有一个愿意当丈夫的情人与朋友。以妻子身份享受的感情，会使她感到更光荣更安全。当他在其他地方动心献殷勤，这时有人问他宁可让妻子还是让情妇忍受耻辱，谁的不幸会让他更难受，他希望谁更体面风光。在美满的婚姻里，对这些问题的回答不用任何怀疑。

琴瑟和谐那么少见，正说明它的宝贵与价值。夫妻若圆满结合，彼此相敬，婚姻实在是组成我们社会的最好的构件。我们少了它不行，但又时时在损害它。这就像看到鸟笼的情况，笼外的鸟死命要往里钻，笼里的鸟又绝望要往外飞。

有人问娶妻与不娶妻哪样更好，苏格拉底说："人不论做哪样，都会后悔。"有一句话完全适合用到这个契约上去："人对人"既是"神"又是"狼"。必须有许多因素的汇合才造成这种情况。当今这个时代，婚姻更适合平民百姓，他们不会被享乐、好奇和闲散无事搅乱了心。像我这样生性放荡的人，憎恨任何形式的联系与义务，是不适宜结婚的。

凭意愿，即使有贤惠女子要嫁我，我也会躲开不去娶她的。但是这话都是白说，男婚女嫁的社会习俗比我们都强。我的大部分行为都是出于仿效，不是出于选择。而且也不是自己要仿效，而是被人领着走，再加上各种巧合就上了钩。因为不要说是不适宜，就是再丑、再堕落、再不该沾边的事，都可以在某种条件和情急之下变得可以接受的：人的姿态都是徒劳的！如今我已有了这种体验，面对这种事自然更加无意和敌对。不管人家说我多么放浪，其实我遵守婚姻的法规远远比我口头说的、心里想的更为严格。

让自己入了彀，再尥蹶子也为时已晚矣。必须小心掌握自己的自由；但是既然承担了义务，那就要受共同责任的约束，至少努力去做。有些人接受了婚约却又仇恨它、轻视它，这样的做法不公正也不利。我还看到娘儿们相互传授的那个民间金点子，简直是一条神谕，

> 对你的丈夫，像爷儿那样侍候他，
> 像叛徒那样提防他。

——民间谚语

这就是说，"你对他的敬意是被迫的、敌对的、怀疑的"，这种战争与挑衅的叫嚣同样也是有害的、难以接受的。

我这人太软弱，对付不了布满陷阱的用心。说实在的，我还没有这么完美的手段与心计，会不分理智与不正义，把一切不合我脾性的秩序与规则都看作笑柄。我不会因为憎恶迷信，而没头没脑去反宗教。人若尽不到自己的责任，至少要爱和承认责任之所在。既结了婚又不算夫妻，这是背叛。再深入谈一谈吧。

我们的诗人维吉尔描绘了一宗婚姻，两相情愿，门当户对，就是没有太多的忠诚。他是不是要说，努力得到爱情又对婚姻保持若干义务不是不可能的，婚姻会受伤害但又不完全破裂？犹如一个仆人偷了

主人的东西但并不恨他。美貌、机缘、命运（因为命运也会插手）使她恋上了一个外人，可以不是全心全意的，对丈夫在属于他的权利上还保持着一些情分。

这是两种意图，各有各的道路，不可以混淆。一个女人可以委身于某个自己绝对无意要嫁的男子。我不说这是财富的条件，而是男子本身的条件。很少有人娶了以前的情人而不后悔的。即使在另一世界也是如此。朱庇特起初对他的女人又爱又怜，结成夫妻后不是闹得不可开交吗？这就是俗语说的：在篮子里拉了屎，又把它扣在自己头上。

从前，我见到上等人家，用婚姻来可耻虚伪地治疗爱情。对事情的考虑是大不一样的。我们可以互不抵触地去爱上两件不同与相反的事。伊索克拉底说雅典城令人赏心悦目，就像风月场上的女人。大家都喜欢到雅典城内散步，消磨时光；但没有人爱她是为了娶她，在这里也就是说定居扎根。我看到有的丈夫自己对妻子有了不是，却对她们发狠，很不是滋味。自己有了错误至少不应该再去少爱她们。至少出于悔恨和同情，看她们更应该觉得亲热。

他①还说，目的各异，但在某种形式中又是互容的。婚姻这方面讲的是实际、合法、荣誉与稳定，乐趣是平淡的，但是包括全面。爱情仅建立在快活上，也确实叫人心里更痒痒，更兴奋刺激；因不容易得到而点燃的一种快乐，需要激情与煎熬。没有箭矢与烈火就不成为爱情。女人在婚后过于慷慨大方，反而浇灭了欲火与热情。让我们看看，为了弥补这个缺点，利库尔戈斯和柏拉图是如何为立法而操心的。

女人拒绝这些世上通行的生活规则并没有错，尤其是男人制定时没有和她们商量过。她们与我们之间自然会有摩擦和口角。我们跟她们订立最密切的协定也是是非不断，充满暴风骤雨。

据维吉尔的看法，我们在下列事件中对待她们过于轻率：我们发现她们在爱情上的能耐与奔放，高得使我们无法比拟，这也得到那

---

① 据《七星文库·蒙田全集》注释，"他"是指维吉尔。据唐纳德·M. 弗莱姆与 M. A. 斯克里奇的两部英译本《蒙田随笔》，"他"是指伊索克拉底。

个忽男忽女的古代祭师①的证实。此外，我们还从生于不同世纪的一位罗马皇帝和一位罗马帝后的嘴里得到这样的证据，两人都是行房事的至尊高手，他一夜间给十个萨尔梅舍被俘少女破瓜，而她也在一夜间 25 次颠鸾倒凤，根据自己的需要与兴趣轮换对手。在加泰罗尼亚发生的一桩诉讼案里，来了一个女子，埋怨丈夫要求过于频繁，以我看来并不多得让她感到厌烦（因为我只在信仰中相信有奇迹），她只是利用这个借口在婚姻的基本行为上，去削弱和控制丈夫对妻子的权威，表明她们的不满与恶意已经超越婚床范围，还把维纳斯的温文尔雅踩在脚下。丈夫是个十足变态的粗汉，对这样的控制提出自己的回答，说即使在斋日他也不能少于十次。

这时颁布了亚拉冈王后的著名法令。经过内阁深入讨论，这位善良的王后，为了在正当的婚姻中让节制与谦恭在任何时刻都有例可循，制定合法与必要的限额是每天六次。这对于女性的需要与欲望是远远不够和欠缺的，然而是为了建立——据她说——一种容易执行，因而也是长期不变的形式。

医生们对此表现得大惊小怪：既然她们通过理智、改良和贤德还得到了这个尺码，女性的胃口与荒淫又会达到怎样的程度呢？至于男性的胃口，经过多方面的审察，首席立法官梭伦为了夫妻尽兴而玩，不致有名无实，定出每月三次的法令。我们对此是这样相信和宣扬的，这以后又去要求她们克制天性，不堪忍受极端的痛苦。

比此更迫切的欲念是不存在的，我们却要她们独自去抵抗，不仅仅是一桩不容轻视的罪恶，还十恶不赦，该受诅咒，比不信教和弑父之罪更加要不得。我们做了则不会受到自责和咒骂。我们中间有人曾试图克服它，又承认这有多么困难，还几乎是不可能的，还使用上了药物让肉体抑制、平静和冷却不来。我们相反地要求女人健康，保养好，飒爽英姿，但又要保持贞洁，这就是说血要热，心要冷。因为我们说婚姻的职能是防止她们欲火中烧，按照我们的习俗，很难让她们解渴。如果她们觅到了一个血气方刚的男子，他把精力发泄在别的地

---

①　指提瑞西阿斯，希腊神话中底比斯盲人占卜者。因向死者揭示奥林匹斯山的秘密，七岁时便双目失明。

方倒可以引以为荣。

哲学家波莱蒙活该被妻子告上法庭，他把传宗接代的种子撒到了一块不长庄稼的土地上。如果她们嫁了个没用的家伙，那是比做处女与寡妇还惨。因为有个男人在她们身边，我们总以为她们心满意足了，像罗马人那样由于卡里古拉皇帝近过身，就认定贞女克洛蒂雅·莱塔被玷污了，而事后证实他只是走近她的身边而已。其实这反而刺激了她们的需要，有男性作伴、接触会撩动她们的欲念，独处时心情比较平静。由于在这种情况下有意保持贞节显得更加可贵，波兰国王博莱斯拉斯与王后金姬，双方同意立下誓愿，在新婚之夜同床共衾，既享有婚后的权利也保持童身。

我们培养她们从童年起就熟悉爱情：风度、穿着、知识、谈吐，对她们的这一切教育都是针对这个目标的。女教师不做别的，只是在她们的心目中留下爱情的印象，甚至说个不停弄得她们心烦为止。我的女儿（我唯一的孩子）时年十五，达到法律允许早熟少女的结婚年龄；她秉性迟钝，长得纤弱瘦小，被她母亲养在深闺里个别教育，以致她刚开始摆脱童年的稚气，情窦未开。她在我面前朗读一部法国书，遇到了 fouteau①这个词，只是一种熟悉的树名；指导她行为的那个女士立刻有点粗鲁地打断她，要她跳过这个坏词。我由着她做，不去破坏她们的规矩，因为我从不干预这种教育；闺训自有其神秘的一面，这应该让她们去安排。

但是我若没有说错，她使唤 20 个男仆 6 个月，也不会在心目中弄清这些可恶的音节意味着什么，怎么使用，其中包含的所有后果，而这个好心的老妇人一声断喝与责骂倒都教会了她。让她们摒除礼仪客套自由地发表意见，在这个学问上我们跟她们相比还是孩子。听她们说起我们的追求与谈话，你就会知道我们给她们的一切都早已明白与消化。难道正如柏拉图说的，女孩在前世都是荒淫的少年。

有一天，在一个女人说悄悄话而不用担心引人怀疑的地方，我的耳朵凑巧逮住了其中几句话，叫我怎么说呢？（我要说）"圣母哪！这个时刻我们去学些《阿玛迪》的词句，研究薄伽丘、阿雷蒂诺的故

---

① 因与一个脏词读音相近。

事集，才不至于落伍；我们真要好好利用自己的时间！怎么说，怎么示范，怎么进行，她们无不比我们书中写的还懂得多：这套学问生来就在她们的骨子里。'维纳斯都自学成才。'（维吉尔）自然、青春和健康，这些都是好教师，不断地向她们的灵魂灌输，她们不用去学，这本来就是她们创造的。"

> 几曾见过洁白的鸽子？
> 或更淫荡的小鸟，赶得上？
> 恋爱中的女人热情奔放，
> 频频要求去亲吻咬着的嘴唇。

——卡图鲁斯

这般天生的欲火烈焰，若不时时用畏惧与荣誉稍加节制，我们这些人都会身败名裂。世上的一切活动都可归结为男欢女爱。这个物质无处不在，是一切事物注视的中心。古老智慧的罗马为爱情服务所立的条例，苏格拉底教育娼妓的古训，依然还可看到。芝诺制定的法律中，同样规定了与处女交欢的开苞与入港规则。哲学家斯特拉多托的《论肉体结合》是什么意思？提奥弗拉斯特斯在他一部题名为《恋人》，另一部题名为《论爱情》的书内，谈的是什么呢？亚里斯提卜在他的《论古代乐趣》中又谈些什么？柏拉图对他那个时代较为大胆的爱情作详尽生动的描写，要达到什么目的呢？还有德梅特利乌斯·法雷鲁斯的《论恋人》；赫拉克里德斯·彭蒂古斯的《克丽尼亚斯》或《被迫的恋人》；安提西尼的《论生儿育女》或《婚礼》，另有《主人》或《情人》；阿里斯顿的《论爱的动作》；克里昂特斯的一部《论爱情》，另一部《爱的艺术》；斯弗吕斯的《爱情对话》。克里西波斯的《朱庇特与朱诺》那篇寓言，不堪入目，他的50篇《诗体书简》满纸色情，又是为什么呢？

还有追随伊壁鸠鲁学派的哲学家所写的文章，那就不提了。从前有50位神专门为爱情服务。还有这么一个国家，为了满足朝圣者的肉欲，在教堂里养着一批少男少女服侍香客，也用于进入礼拜前的表

演仪式。"显然，禁欲必先纵欲，灭火也要火来灭。"（佚名）

在世上大部分地区，我们身体的这个部位是被神化了的。在同一个地区，有人剥下这上面的一层皮作为神圣的祭品，有人贡献出他们的精子。在另一个地区，青年男子当众在生殖器的皮肉之间刺几个洞，再穿上铁扦，铁扦的粗长以极度忍受为限。然后把这些铁扦放在火上灼烧后奉献给他们的神。他们若忍受不了这样剧烈的疼痛，就被认为不够坚强与贞洁。另外的地方，从这些器官来认定和评审最受人推崇的官员，在许多仪式中，高举男性器官的图像隆重地向诸神献礼。

埃及妇女在酒神节上，脖子上挂一个木制男性生殖器，雕工精致，大小轻重根据各个妇女的体力而定。此外酒神的雕像也突出这个部位，在尺寸上超过身体其余部位。

我家附近的已婚妇女，在帽子上也有这个形状的头饰，放在额前，炫耀她们享受这份乐趣；当了寡妇，就把头饰放在脑后，埋在帽子底下。

罗马最贤淑的妇女接受荣誉向生殖神普里阿普斯献花与花冠；闺女在婚礼之日可以坐在他的不那么尊贵的部位。在我的时代是否还见过这一类的虔诚礼拜，不得而知了。我们父辈穿的裤子前襟那块可笑的东西，在今日的瑞士卫队服饰中还可看到，这算是什么东西呢？我们现时穿的宽松裤下露出那个东西的形状，更糟的是经常比真的要大，进行虚饰和欺骗，这又是为什么呢？

我不禁要想，这类衣饰是在世风淳朴敦厚的时代发明的，为了不要遮遮掩掩，大家都公开大方地展示自己的东西。较为原始的民族依然保持这种符合真实的习俗。那时还传授床第之欢，犹如学习如何量手臂与脚的尺寸。

在我青年时代，那位大好人①为了不让有碍观瞻，在他的那座大城市里把那么多美丽的古雕像阉割了，这是根据另一位古代大好人的主张做的。其实应该像《美哉女神》这出歌颂贞洁的神秘剧一样，要考虑不让出现任何男性象征；但是不把马、驴子，总之一切大自然都阉割了是无济于事的：

---

① 指教皇保罗四世（1554～1559）。

大地上一切生灵，人、野兽、

水族、牛羊群、彩色斑斓的飞禽，

都扑向爱的烈焰与怒火。

——维吉尔

柏拉图说，神给我们这么一个不听话与专横的器官，它就像一头猛兽，贪婪饕餮，企图把一切吞下肚里。女人也一样，这是一头贪嘴好吃的动物，发情时不给它食物，就会发狂，一刻也等不得，体内热力上升，血管不通，呼吸不畅，百病丛生，直至它吮吸到共同饥渴的果汁，才感到浑身舒泰，子宫深处滋润滑溜。

我的立法官也应该想到，让她们及早见识实物，比按照自由热情的想象力胡思乱想更加贞洁和有效果。否则她们看不到真实的东西，出于欲念与希望凭空揣摩出大上三倍的怪物。我就认识一个人，他完蛋了，就因为他在还不知道怎样正确掌握、严肃使用时，把他的玩意儿到处招摇。

那些孩子在王宫走廊与楼道上留下那么大的画像，造成的伤害真难说个清楚。看了这些后对我们的自然尺寸根本不屑一顾。柏拉图研究了其他制度健全的共和国以后，主张男女老幼在做体操时都要一丝不挂，彼此不回避，谁知道他是不是针对这一点而言的。

印第安女人看惯了男人赤身裸体，至少减弱了视觉冲击。（缅甸）勃固大王国的女人，腰部以下只遮一块小布，前面开缝，非常狭窄，不管她们做得如何端庄，每走一步让人一览无遗，这种设计的目的是勾引男人，也是把男人从全民族盛行的相公癖中拉回来。但也可以说，她们是得不偿失，颗粒不进毕竟要比眼福不浅难受得多。

所以李维娅说，赤裸裸的男人在正经女人眼里只是一幅画。斯巴达女人结了婚也比我们的少女还纯洁，天天看到城里的青年光着身子操练，自己也不在乎走在路上露出大腿，就像柏拉图说的，有了贞德也就不用衣衫遮羞。圣奥古斯丁则证实有些人认为裸体有一种神奇的诱惑力，他们猜疑女人在最后大审判后会重生当女人，不愿当男人而放弃用这种圣洁的状态来迷惑我们。

对罪恶的评议极不公正！我们与她们都会干出千百种坏事，要比淫乱更有害更反常；但是我们归纳罪恶与衡量罪恶不是根据事物的性质，而是根据我们的利益，这方面的形式真是三六九等不一。我们的法令惩罚妇女这方面的罪恶过于严厉与恶劣，超过罪行本身，产生的后果也比原因还要坏。

一位美丽的少妇，在我们的教育下成长，接受和接触时代潮流与知识，受各种不同事例的影响，处在千百种连续强烈的诱惑中守身如玉，我不知道她这种决心，是否要比恺撒和亚历山大建立丰功伟绩时更加坚定。这种无所作为要比有所作为更多荆棘，更多生气。我认为一生披坚执锐要比守身做处女容易。保持童贞的誓愿由于最难遵守，也是最高贵的誓愿，圣哲罗姆说："魔鬼的力量在肾脏里。"

确实，我们把人类最艰苦卓绝的任务交给了女人，也让她们去独占光荣。这大约奇异地刺激她们更加坚定不移；这也成了向我们挑战的良好材料，把我们自称在价值与品德上超越她们的这种不符合实际的优越感踩在脚下。她们若加以注意，就会发现自己不但因此受到尊敬，还更加让人宠爱。风流男士遇到拒绝，只要不是被女人嫌弃，而是她洁身自好，那他就绝不会放弃追求的。我们徒然发誓、威胁、埋怨，这都在撒谎，其实只会为此更加爱她们。明白事理，又不板着面孔皱眉头，这是再楚楚动人不过的了。面对憎恨与轻视还穷追不休，这是愚蠢与卑贱；但是对方只是执意保持美德与坚贞，还心存感激，那是一颗高尚慷慨的心灵大展身手的时候了。她们可能接受我们献殷勤到一定的程度，让我们真诚感到她们并不轻视我们。

谆谆教育女人因我们崇拜她们而嫌恶我们，因我们爱她们而恨我们，这样的法规毕竟太残忍，也很难实施。只要我们的提议与要求不越出谦逊的责任，她们为什么不能听一听呢？为什么要去猜疑这里面有没有不轨的心声？我们时代的一位王后说得好，拒绝爱的表白是软弱的证据，说明自己容易得手；一位没有受过诱惑的女人不能吹嘘自己贞洁。

声誉的界限并不是划一不二的，而是有回旋的余地，可以避开又不致犯规。沿着它的边缘总有一段无人管辖、自由中立的空间。谁非得把她赶了出去，逼入她的角落与要塞就不会满足自己的福分，这是个蠢夫。胜利的价值是以难与易来评估的。你的殷勤与长处在她的心里留下什么印象，你想知道吗？那要根据她的脾性来估计。有的人可以给得更多，但不给那么多。恩惠的赐予完全取决于赐予者的意愿。其他参与恩惠的客观条件都是无声的、死亡的、偶然的。她给你的一点点要比她给她的女伴的一切还珍贵。若有什么物以稀为贵，那用在这里正恰当。不要看这那么少，看得到的人也寥寥无几。钱币的价值是随造币所的模子与铸造而定的。

不管恼怒与冒失会使某些人在气过了头时说些什么，美德与真情总是会占上风的。我见过一些女人，她们的名誉长期受到辱骂，她们既不在乎，也不矫饰，保持坚贞，最后重新获得男人的普遍赞美，他们人人都后悔，否定以前相信的事。这些遭人怀疑的女人现在跻身于名媛贵妇之列。

有人对柏拉图说："人人都在说你的不是。"他说："让他们去说吧，我今后的生活会让他们改变说法的。"除了对上帝的恐惧和获得这种罕见的荣誉而叫女人保持贞节以外，这个世纪的世风堕落也逼得她们不得不如此。我若处在她们的地位，怎么也不愿意让自己的名声毁在这些危险者的手里。在我那个时代，只是对某个知己与唯一的朋友叙述自己的风流韵事（这种乐趣简直跟当时在做同样有滋有味）。现今聚会与餐桌上的普通话题，就是吹嘘自己的艳福和提及那些夫人私下的放浪。让温情女子被无情无义的花花公子傲慢地作弄、侮慢、贬低，感到人心实在太卑劣低下了。

我们对于淫乱的这种不合情理的痛恨，源于一种最虚妄、最暴虐的疾病，它戕害人类的心灵，那就是嫉妒。

嫉妒，还有它的姐妹羡慕，我觉得是最要不得的两种情感。关于羡慕，我无话可说，这种情欲被人家说得那么强烈，承蒙它的好意，没有找上我。至于另一种情欲，我知道，至少目睹过。连动物也有这种感情。牧羊人克拉提斯非常宠爱一头母羊，它的公羊趁他睡觉时，出于嫉妒冲过来用角撞得他头破血流。

我们曾提出某些野蛮民族的例子，描写这种情欲的过激。受文明约束的民族也会嫉妒，但有理智，还不致醋性大发失去控制。卢库卢斯、恺撒、庞培、安东尼、加图和其他一些英雄好汉都戴过绿帽子，他们听到这件事并未非得拼个你死我活。那个时代只有一个叫雷必达的蠢人，为此难过得死去。

嫉妒会以友谊的名义潜入心灵；但是心灵一旦落入它的掌握以后，原先该引起好意的事，都会转化成深仇大恨的原因。在精神病中，这个精神病诱发的养料极多，治愈的良药极少。丈夫的品德、健康、才能、声誉都可以是引燃妻子怒火、妒火的点火棒。女人身上原有的美与善，都被这种妒火损害与腐蚀，一个嫉妒的女人不论多么贞洁与善于持家，行动中处处表现出刻薄与讨厌。这是一种疯狂的偏激心理，把她们推向与其动机完全相反的极端。

对什么事都要打听那是缺德，在这件事上好奇更是害人。这一种病没有药可治，用药只会使它加剧和恶化；嫉妒只会增加耻辱，闹得满城风雨；报复只会殃及孩子，而不会治愈我们自己；要查明这样一种病岂不是在做傻事吗？去打听这么一件弄不清楚的事会耗尽你的精力，断送你的性命。

我那个时代也有人调查得水落石出的，达到目的时多么狼狈不堪！告发者倘若不同时提供良药与援助，那么这种告发有害无益，撒谎否认还应该挨上一刀子。费力去弄清真相的人受到的嘲笑，不见得少于蒙在鼓里的人。戴绿帽子的污点是洗不掉的。一旦沾上，永远沾上；惩罚反使这件丑事更加热闹。把个人隐私从阴影和疑惑中揭露出来，放到悲剧的舞台上大声吆喝，这样很光彩么？这类不幸只有愈传愈伤人心。

因为妻子贤惠和婚姻美满不是说真正如此，而是没有闲言闲语。这类事实真相是讨厌无用的，应该巧妙地避开。古罗马人习惯上出门回家，先派人到屋前向女眷宣布他们正在过来，免得撞个正着。有的民族还有这样的习俗，婚礼那天由祭师给新娘开道，为了消除新郎的疑惑和好奇，免得春风初度时追究她嫁过来是处女还是被外来的情人破过身。

"但是人人都在说这件事。"我认识100个正派人，当了乌龟依然作风正派，也没丢脸。有一位高雅人士得到同情，但不受轻视。要让你的美德化解你的不幸，让善良的人指责你的这种遭遇，让冒犯你的人想到此事心里颤抖。此外，从一介草民到达官贵人，谁不被人家这样说过？你看这声谴责不就把许多老实人拉到了你面前来了吗？想一想人家在其他方面也不会饶了你的。"连太太们也在嘲笑！"在这个时代，还有什么比一场和平美满的婚姻更引起她们嘲笑呢？你们中间每个人都让某个男人戴绿帽子：大自然在有来有往、一报还一报、风水轮流转方面是一致的。这类事频繁发生，可能从此变得不再叫人耿耿于怀，以后会成为习俗也难说。

可怜的情欲，至今还是不能向人诉说，因为你敢向哪个朋友去诉衷情，他就是不笑话，也会利用这些内情去接近，去通风报信，以求自己分到杯羹。

婚姻中的苦与甜，聪明人都不会对外说的。这里面自有许多麻烦事，对我这样一个爱唠叨的人来说，最主要的一个麻烦就是把自己知道与感觉的东西告诉别人，这在礼节上都是不妥当的，有害的。

用同样理由去劝说女人放弃嫉妒，这是浪费时间；她们的天性浸透了怀疑、虚妄与好奇，若要用正常方法治愈她们，千万别抱这个希望。她们经常经历了这番折腾有所改善，表面上恢复了健康，其实这比疾病还可怕。因为，就像有的魔法不会除病，只是把病转移到另一人身上，当她们自己消除了妒火，很乐意让妒火烧到她们的丈夫身上。

可是说实在的，我不知道她们身上还有什么比嫉妒更叫人受不了；这是她们性格特征中最危险的部分，就像头脑相对于其他肢体来说。皮塔库斯说每人都有苦衷，他的苦衷是妻子的那个坏头脑，除了这个以外，他认为自己处处幸福。这确是一个严重的缺陷，连这么一个公正、明智、勇敢的人觉得自己的全部生活因此受到破坏，我们这些凡夫俗子更不知该怎么办了。

有人为了摆脱妻子的暴虐，要求马赛元老院批准他自杀，元老院同意这个请求是有道理的；因为这一种痛苦只有随同根子一齐除去，其他有效的办法就是躲避或忍受，虽则这两者都是极难做到的。

那个人我觉得他深谙人生，他说老婆是瞎子，丈夫是聋子，婚姻才会美满。

还必须看到，我们强加于她们身上的这种极为粗暴严酷的义务，会产生两个与我们的目的相违背的结果，一是怂恿了追求者，二是使女人更容易依从。因为首先是抬高了要塞的价值，我们也抬高了征服的价值与欲望。即使是维纳斯也用法律来拉皮条，巧妙地提高了床头资，认识到不以新奇与高价相招徕，都只是一种平淡无奇的玩乐。

总之，正如款待弗拉米尼乌斯的主人说，都是一样的猪肉，只是沙司使它分出不同的味道。丘比特是个调皮捣蛋的神，他的拿手好戏是跟虔诚与法律作对；他的光荣就是用自己的力量来抗击其他力量，用自己的规则使其他规则让步。

其次是根据女人的秉性，假若我们怕做乌龟就会少做乌龟吗？因为禁止更诱人跃跃欲试。

对梅萨丽娜的行为还能有更好的解释吗？起初她按照常规让丈夫偷偷戴绿帽子。但是偷情过于容易，丈夫又冥顽不灵，她突然看不起这样的做法。于是她公开做爱，承认那些情人，供养他们，恩宠他们，对谁都不隐瞒。她要丈夫有所不满。这个畜生丝毫没有感觉，反而不闻不问提供方便，好像这些奸情得到了他的承认与授权似的，使它们变得平淡无奇，毫无乐趣可言。

她怎么办呢？她是一个身体健康、尚在人世的皇帝的元配正宫，有一天趁丈夫克劳迪乌斯皇帝离开京城，在这座世界的中心舞台罗马，正午时刻，跟她长期的相好西利乌斯结婚，举行公开隆重的庆典仪式。这是不是像在说，她由于丈夫的冷淡而走向贞洁之路，或者是她找了另一位丈夫，引起他的醋心，来刺激他的肉欲？抗拒他是为了煽惑他？

然而她遇到的第一桩难事也是她最后一桩难事。这个畜生惊醒过来。这类麻木不仁的聋子经常更难对付，我有过经验，这种极端的痛苦面临释放时，会采取极其严酷的报复行为。因为怒火与愤恨累积成堆，一着了火，立即迸发出全部能量。

他把她处死，还杀了许多奸夫，甚至包括一个不愿做但被她鞭打着上床的男人。

维吉尔对爱神维纳斯与火神伏尔甘的描写，在卢克莱修作品中也有；他更适当地用在维纳斯与战神玛斯的偷情上：

> 玛斯，暴烈的神，武功的王子，
> 经常躲到你女神的怀抱里。
> 永恒的爱情创伤把他压倒；
> 他要爱的滋养，贪婪的目光
> 盯着你的目光，呼吸掺入你的呼吸。
> 他靠着你圣洁的躯体躺直了休息。
> 女神啊，搂着他，轻轻安慰吧。

——卢克莱修

我反复咀嚼这首诗的遣词造句，美妙高雅，对于后世人琐碎小气的隐喻觉得不屑一顾。这些大师不需要夸张做作的堆砌，他们的语言丰满有力，清新自然。他们的文章不但结尾充满讽刺，头、腹、脚也都妙语连篇。不勉强，不拖沓，全文平稳和谐。"他们的文章充满阳刚之美，不玩弄华丽的辞藻。"（塞涅卡）

他们的辩才不软弱无力，而是不冒犯人。激情有力，不媚俗，但是让人充实动情，尤令具有独立思想的人动情。读到这些精彩文章，表述得那么生动深刻，我不说这话说得好，我说这思想得好。思想充满朝气，语言才会志远昂扬。"心使人能言善辩。"（昆体良）今人称判断为语言，美丽辞藻为空洞概念。

我最终认为爱情不是别的，只不过是跟钟情的对象共同欢乐的渴望，维纳斯也只是一种宣泄的乐趣，若不节制与谨慎是有害的。对于苏格拉底来说，爱情是由美撮合的繁殖欲望。多次看到这种乐趣引起可笑的挠痒，芝诺与克拉蒂普斯在激动时失魂落魄的荒谬动作，失态的狂怒，在爱情最甜蜜的时刻因兴奋与残暴而涨红的面孔，还有在疯狂中摆出这副庄重、严肃与出神的死样，这里面杂乱无章地并存着高尚与龌龊，人生至乐竟像痛苦那样既会全身僵硬，也会低声呻吟，我就想到了柏拉图说人是神的玩具这句话说得真对。这是大自然的嘲弄，给我们保留了这个最烦心又是最普遍的行为，在这方面平等对待，智者与愚者、人与兽都一视同仁。最爱沉思与最谨慎的人，当我想到他处于这个状态时还装出沉思与谨慎的样子，我会把他当作一个厚脸皮的人，要用孔雀的爪子压压他的傲气。

有人在游戏时不谈正经事，犹如某人说的，神像前面若没有遮蔽就不敢向他奉礼。

我们像动物那样吃喝，但是这些行为并不妨碍我们的精神活动，这是我们对动物占有的优势。但是那件事使其他思想都置于它的桎梏之下，专横独断，扰乱和打懵了柏拉图头脑中的全部神学和哲学。即使如此，他也毫不抱怨。你在其他地方都能够保持分寸；其他活动都要遵守老老实实的规则；唯有这件事在大家的想象中只能是淫荡或可笑的。你不妨找出一种明智与文雅的做法给大家看看。亚历山大常说，他主要通过这件事与睡眠认识到自己还是个凡人。睡眠窒息和停止我们的心灵功能，而这件事也同样使心灵功能荡然无存。当然，这不但标志我们的原罪，也标志我们的虚妄与邪念。

另一方面，大自然又把我们往那里推，既让这种欲望包含了最高尚、有用与愉悦的行为，又要我们把它看成是无礼与无耻的事加以谴责，远远躲开，为此脸红，又主张禁欲。

把我们赖以生存传种的行为称为禽兽行为，我们不正是蠢得像禽兽吗？

各族人民在宗教方面有许多不谋而合的做法，如祭祀、点灯、焚香、斋戒、上供，此外还有谴责性行为。各派意见在这点上取得了一致，包括在广大区域实行割礼，这也是对性行为的一种惩罚。可能我们有理由责备自己造出这么一件愚蠢的产品——人，称这种行为是耻行，完成这个任务的部位是耻部（此刻在下的这个耻部倒是实在耻为人知了）。

大普林尼说到艾赛尼派教徒中好几个世纪没有乳母，没有襁褓婴儿，而是依靠外来者延续生嗣。外来者也赞赏这种美好的教规，不断加入他们的队伍。整个民族冒灭种的危险，也不承诺去拥抱女人，宁愿绝后也不去生产一个。他们说芝诺一生中只跟女人有过一次交欢，这还是出于礼貌，为了避免过于固执而有轻视女性之嫌。

人人都是见到生孩子就躲，见到死了人就看。毁灭一个人时，找个宽敞明亮的场所，分娩一个人时，要猫在阴暗狭窄的洞穴里。隐藏起来红着脸去造人，这是义务；懂得如何去杀人，这是光荣，还附带产生许多美德。前一种是侮辱，后一种是恩典。亚里士多德说杀了他就是恩赐他，这是他家乡的一个说法。

雅典人把生与死都同样看作是坏事，为了净化提洛斯岛，到阿波罗面前表白自己，在岛内同时禁止生育与丧葬，"我们为自己难为情。"（泰伦提乌斯）

我们认为自己的存在是罪恶。

有些民族躲起来吃东西。我认识一位极为尊贵的夫人，她也有同感，认为咀嚼极不雅观，大大有损女人的风度与美姿，从不愿在人前表现好吃的样子。我认识一位男士，他受不了看人吃，也受不了让人看着吃，因而他进食比排泄更躲着别人。

在土耳其帝国，许多男人为了显得比别人优秀，用餐时从不让人看见；还一星期只进一餐；在面孔与四肢上进行自残；从不跟人说话；这些都是狂热分子，认为破坏天性就是尊重天性，轻视自己就是重视自己，糟蹋自己就是改善自己。

对自己穷凶极恶，视欢乐为罪过，身处不幸才安心，真是可怖的禽兽啊。

有的人一生过隐居生活，躲开世人的目光；他们视健康与逸乐为有害的大敌。不但许多部落，还有许多民族，诅咒自己的出生，祈求自己的死亡。有的地方还痛恨太阳，崇拜黑暗。

我们只是折磨自己时手段高明；是自己的精神暴力的猎物，精神错乱实在是个危险的工具！

"唉，可怜的人啊，你生来就有不少缺点，不要再动脑子去添加了；你的命运已经够惨，不要自作聪明去加剧了。你本质上的丑陋应有尽有，也就不必凭空臆造了。如果不在闲中生出些烦恼，你是不是觉得活着太闲？你是不是觉得大自然要你做的事做完后，若不让自己再做些什么，就是失职和游手好闲？你不怕违背不可置疑的普遍法则，自以为是地建立个人狭窄幻想的法则；那些法则愈是特殊、没把握和矛盾，你愈是竭力坚持。你自己制定铁定的法则占据你全部心灵，你教区的规则——上帝与世界的规则——则使你无动于衷。稍为浏览一下这方面的例子，就包含了你的全部生活。"

维吉尔和卢克莱修这两位诗人关于维纳斯的诗句，谈到色情含

蓄而谨慎，使我觉得反而得到更多的启发与说明。女士用蕾丝遮盖乳
房，教士把许多圣物放在胸前；画家在作品中用阴影衬托光明；有人
说阳光的折射与风的旋转都比走直线方向更强。有人问一个埃及人：
"你的长袍下藏了些什么？"埃及人聪明地回答："藏在长袍下就是
为了让你不知道。"但是有些东西藏起来是为了让人看的。且听这个
人说得更直白："我搂着她赤裸的身子紧贴身上。"（奥维德）

　　我好像在被他阉割的感觉。马提雅尔把维纳斯的裙子撩得再高，
也不会让她全身赤裸。谁把话说满了，使我撑，使我腻烦。谁怕把话
都说出来，倒使我们想得更远。这类谦逊中有背叛的意味，其实是这
些手法给想象力开拓了一条康庄大道。行为与行为描写都应该像是偷
偷摸摸的。

　　西班牙人与意大利人的爱情，较为尊重与腼腆，婉转与含蓄，这
叫我喜欢。我不知道是哪位古人希望头颈长得像鹭鸶，东西咽下去可
以尝的时间长一些。这个愿望更适用于这个急躁快速的欲望，像我这
样的急性子，成不了好事。为了防止速战速决，延长前奏，在他们之
间安排一切有利与有效的花絮：一个眼神、一个鞠躬、一句话、一个
暗示。一个人若把烤肉的香味当作正餐喂肚子，岂不是个良好的节约
习惯？

　　这种情欲里实质的东西少，虚荣热烈的幻想多，那也要按照实
际价值付款与食用。应该教会那些女士保持身价，讲究自尊，让我们
开心，让我们发痴。我们一开始就猛冲猛撞，总是改不了法国人的急
躁。她们若是让情意细水长流，那么每个人到了悲惨的晚年，还可以
保存一份快乐，仔细玩味。

　　谁若在玩乐中享受玩乐，得到最高分才算赢，要狩猎就要有所捕
获，这样的人不适合加入我们一伙。台阶与梯级愈多，顶上的宝座愈
高愈光荣。我们应该乐于有人引导，就像参观美轮美奂的宫殿，通过
不同的门和过道，悦目的长廊，数不清的弯道。这样千回百转增加我
们的乐趣，流连徘徊时间更长。不抱希望，没有欲望，我们的追求也
就索然无味。我们的绝对占有欲使她们无限害怕，她们的一切取决于
我们的忠诚与坚定，其处境就岌岌可危了。这是罕见、困难的美德；
一旦她们是我们的，我们就不再是她们的了。

希腊青年特拉索尼德太珍惜爱情了，他赢得情人的心以后，却不去占有她的身子，不愿因享乐而使他引以为荣和萦绕心头的这种不安的热情有所减弱、腻烦和松懈。

少吃才知肉滋味。且看有许多敬礼致意的方式，这也是我国的特点，苏格拉底说接吻刺激，危险，夺人魂魄，但由于日以为常失去了魅力，对于夫人来说，背后有三个跟班的那个人无论多么讨厌，都要向他伸出樱唇，这对她们实在是一个不愉快、带侮辱性的习惯。

> 狗鼻子下挂一条灰色冰柱，
> 胡子只是一撮荆棘，又硬又粗，
> 亲他还不如亲一百次大屁股。

——马提雅尔

我们也占不上什么便宜；因为世界就是这样组成的，要吻上三位美女，我们必须搭上吻 50 位丑人；对于我这把年纪肠胃不好的男人，一个臭吻不是一个香吻所能抵消得了的。

在意大利，男人即使在卖笑女子面前也做得像个殷勤胆小的追求者。他们是这样辩解的："享乐有程度高低的区别，只有贴心相待才会换来她们全心全意的服侍。她们出卖的只是肉体；心可没有标价出售，它完全是自由的，属于她个人的。"他们这样说明他们要的是心，这话很有道理。

应该善待与交往的是心。给我一个没有热情的身体，我想到就骇怕，我觉得这是几近失去理智的行为，就像那个男孩：普拉克西特勒斯塑造了一尊美丽的维纳斯像，男孩爱上了却去把它玷污了。或者像那个疯狂的埃及人，正给一具女尸涂香料与裹尸布时竟冲动起来，做出奸尸的行为。这件事后来促使埃及颁布了一条法律，年轻美女与名门望族的妇女，死后其尸体必须在家保持三天后，才能交到执行殡葬仪式的人手里。科林斯暴君伯里安得更是人面兽心，他的妻子梅丽萨逝世，他还在她的尸体上继续享受（合法合理的）夫妻情缘。

这不就像月亮女神的怪脾气，只因没法得到心上人恩底弥翁的温情，催眠使他睡上几个月，跟这位只会在梦幻中活动的俊少年恩恩爱爱。

我还要说的是，爱上一个不表同意、没有欲望的肉体，就像爱上一个没有灵魂和感情的肉体。并不是一切享乐都是一样的。有的享乐合乎伦理道德，毫无趣味。除了好意以外还有千百种原因可以使我们得到女士的青睐。这不足以说明有热情。也可以像在别的方面弄虚作假，她们有时只是伸出半只屁股让你干。我还知道一些女人，宁可出借身体也不愿出借马车，也只是在这方面跟人有来往。这就必须观察她们喜欢跟你做伴是为了其他目的，还是仅此而已，就像对待马房里的大男孩。你在那里面占什么地位，有什么价值，她若吃着你的面包，却蘸着想象中更好吃的沙司，那又怎么样呢？怎么，我们难道没看到现今有人利用这种事进行可怕的报复，下毒药杀死了一个正派女人？

我不在其他地方寻找这个题材的例子，熟知意大利的人不会觉得奇怪，因为这个民族在这方面足以自称是世界的导师。他们的美人一般比我们多，丑女比我们少；但是说到国色天香，我认为我们不相上下。在人才方面也是如此，平庸之辈他们远远超过；性格粗暴的人，相比之下那里显然少得多；旷世奇才与精英，我们不逊于他们。

若把这样的相似性继续往下做，我认为说到勇敢，我们比他们更普遍与自然，但是有时在他们身上表现出逼人的霸气，那要盖过我们所能提出的最骁勇的事例。这个国家的婚姻制度有如下的缺陷：社会习俗给妇女定下非常严酷的法律要她们俯首帖耳，跟外人有任何交往，不论最疏的还是最密的，对她们都是一桩十恶不赦的罪。这条法律使得任何形式的接近都属情节严重；既然一切皆导致同样的后果，她们的选择也就简单了。一旦冲破樊篱，索性一不做二不休，热情宣泄无遗："淫欲如同一头猛兽，上了链子后乱跳乱蹦，再后又被放了出来。"（李维）应该给她们松一松缰绳，给她们一点自由，发情反而缓和。

我们几乎遭遇同样的命运。他们过于约束，我们又过于放纵。我们国家有一个良好的做法，把孩子寄养在好人家，就像进了一所贵族学校接受当宫廷侍从一般的教育。据说，拒绝接受贵族学习是失礼的，是一种侮辱。我发现（因为不同的家庭有不同的家风和方式），对收留的女孩管教甚严的夫人并不取得更好的效果。必须适度，大部分行为必须让她们自己掌握。因为事实上没有一种纪律是对什么都能监控的。可以肯定的是，带了衣物从自由学校偷逃出来的女孩，比从门禁森严的学校走出来的清纯少女更多自信心。

我们父辈培育女儿懂廉耻、慎行事（好心与欲望是同样的）；培育我们要自信。我们并不理解。萨尔梅舍女人不曾在战争中亲手杀死过一个男人，就没有权利跟男人睡觉。而我呢，还有权利用耳朵听，若倚老卖老让她们听听我的忠告已够不错的了。我就要劝她们也劝我自己保持节制，但是如果这个世纪对此很敌对，至少保持谨慎与适度。亚里斯提卜就有这么一个故事，年轻人看到他走进一名妓女家，面孔红了起来，他对他们说："进去不是罪，不出来才是罪。"不愿保全良心的人要保全名声；肉质已坏，至少外观要好。

两情相悦，我主张循序渐进，过程缓慢。柏拉图指出不论哪种爱情，当事者不应该贪易图快。轻率鲁莽地全面投降，这是贪吃的表现，她们应该施展一切伎俩加以掩饰。施予恩惠有条不紊，更加刺激我们的欲望，也不流露自己的欲望。让她们永远在我们面前躲躲闪闪，即使那些有意要被逮住的女人也这样做，像斯基泰人，逃跑时打得我们更惨。

根据大自然给她们制定的规律，她们确实也不适合主动表达意愿与欲望；她们的任务是忍受、服从、同意；这说明为什么大自然赋予她们一种长久的能力，而赋予我们是时有时无、不确定的能力；她们常备不懈，可以随时随刻适应我们："天性被动。"（塞涅卡）大自然要我们雄起表示自己的欲望，要她们隐蔽内敛，不宜张扬，只是用于防御。

以下的事例说明亚马逊人的放浪不羁。亚历山大大帝路过赫凯尼亚，亚马逊女王塔莱斯特里率领 300 名全副武装、骑大马的女兵前来找他，大军的其他人马在邻近的山头后面跟随。女王对他当众高声宣说，久闻他战功赫赫，勇冠三军，使她前来瞻仰风采，愿为他的事业献上她的财力与物力；见他那么年轻美貌、英气勃勃，她自己也是个十全十美的女子，还向他建议同床共枕，好让世上最勇敢的女人和天下最英武的男人今后生个顶天立地的人物。亚历山大婉言谢绝，但是对于她的第二个要求给予时间满足，在当地住了13天，值此时际他日夜宴乐，欢迎这么一位飒爽英姿的女王。

几乎在一切方面，我们都是女人行为的不公正的法官，女人对我们也是。我承认这是事实，不管它对我有利还是有害。这是一种恶劣的神经错乱，使她们经常动摇不定，不能把感情专注在任何一件事物上；从这位维纳斯女神身上就可看到，竟有那么多次变心与那么多个朋友；然而说来也是，爱情不暴烈就不符合爱情的本质，爱情若稳定就不符合暴烈的本质。

有人对此惊讶、怪叫，认为这是违背自然与不可思议的怪病，要在她们身上寻找这病的原因。他们经常看到自己身上得了这种病怎么就不大惊小怪了呢？还应该说身上没有这种病才更令人诧异。这是单纯的肉体上的情欲，既然贪婪与野心没有终止之日，淫欲也无了结之时。满足后还会存在，人不可能让它时时刻刻满足，也不可能让它满足后就此消失；它总是贪多务得；而她们的感情不专还比我们的感情不专更加情有可原呢。

她们首先可以像我们那样声辩，喜新厌旧是人之常情，大家彼此彼此；其次她们可以声辩，而我们不能，就是她们买的猫总是打着闷包。（那不勒斯女王雅娜用亲手做的一根金丝绳，把她的第一任丈夫吊死在窗前栅栏上，因为她看到他的身材、美貌、青春与体魄想入非非，到了床上短兵相接时发现他的阳具与力量都不尽人意，感到自己上了当，受了骗。）由于主动总比被动要作出更多的努力，因而她们至少可以满足需要，而我们就会发生意外。

柏拉图在这件事上明智地制订了他的法律，为了决定婚姻是否合适，法官要检查结婚双方，男的全身赤裸，女的裸至腰部。在检验我们时，她们会觉得我们不符合她们的选择。不是有了意愿便能使它挺立，软弱与无能可以合法地解除婚约。为什么不呢？根据她的标准，她会选择更风流、更有生气的如意郎君。在我们那么想取悦于人、博取欢心的事情上，把缺陷与弱点暴露无遗，这岂不是太不谨慎了么？此刻我不愿意功亏一篑，去惹一个我尊敬、害怕的女人讨厌。

让这个年纪很可怜，而又不让这个年纪很可笑，大自然做到这点应该满足了。我讨厌看到这样的人，藏有一些残余的精力，一周要热身三次，气急败坏，穷凶极恶，仿佛腹中的欲火可以烧上一天，其实只是蓬蒿着火，瞬息即灭。我欣赏在人生黯淡的寒冬还亮起强烈摇曳的火光。这种欲望应该属于风华正茂的年轻人。你心中意气风发，精神抖擞，真以为可以实现这种妄想，你看着，它就会把你撂在半路上！若把欲念鲁莽地发泄在某个稚嫩的少女身上，她惊讶，不懂事，在小棍子前发抖脸红。他可以等着第二天，即使自己不羞死，也会看到她这双美丽的眼睛中流露的轻蔑，他的卑鄙与无礼都落在她的眼里。那一夜殷勤又辛苦，翻江倒海，弄得对方两眼无光，眼圈发黑，但是感不到满足与自豪。当我看到某位女士对我讨厌了，我绝不立即责怪她轻浮；而是想一想我是否应该去责骂老天爷使我这么不争气。当然，它这样对待我有欠公正，很不客气，造成极大创伤。

我和其他人同样都是由自身各个器官组成的。我要是成为男人则完全亏了这个玩意儿。我有责任向公众全面地展现自己。我学习的智慧完全存在于真理、自由、事物本质之中；不屑把虚饰、等因奉此、乡俗的生活小节列为真正的义务，而崇尚合乎天性、普遍长久的准则，礼貌与仪式虽与它们是姐妹，但是私生的姐妹。

当我们在本质上有了缺点，必然会呈现于表面。当我们克服了本质上的缺点，若还需要努力，再去克服其他的缺点。因为不然有这样的危险，为了原谅自己对天然责任的疏忽，凭空臆造一些新的责任，又把这两者混淆不清。这样的话就会看到以下情况，在错误是罪恶的地方，罪恶只是错误；在一些礼教较少、民风较松的民族，原始普遍的法则反而得到更好的遵守，数不尽的清规戒律窒息、减弱、分散了我们的注意力。对琐事的关注引得我们抛开了急事。哦，这些浅薄的人走的一条路，跟我们相比是多么轻松讨巧啊！这都是虚情假意，我们相互掩盖，相互奉承；但是没有付出，在伟大的法官面前欠下更多的罪愆，他会撩起我们围在腰际破烂的遮羞布，不用装得把我们看透，就是我们最隐蔽秘密的丑事也逃不过他的目光。我们处女的童贞若能不让他发现这个秘密，那倒也不失为一桩有益的体面事。

总之，谁若能使人摆脱幼稚，不那么迷信这种语言上的顾忌，对世界不会带来重大损失。我们的人生半是疯狂，半是谨慎。谁只是毕恭毕敬、循规蹈矩写到它，那是把一大半疏漏了。我不为自己作辩解，我若作辩解，那不是为了什么，而是更多地为我的辩解作辩解。我要向这样的人辩解，我认为他们在人数上要超过在我这一边的人。

想到他们，我还要说（因为我希望使谁都满意，这是很难办到的）："由一个人去迎合那么多的习俗、理念与意志。"（西塞罗）他们不要责怪我，因为我引用了几个世纪来得到认可与赞同的权威的话；也没有理由因为我写的不是韵文，就不让我说些当今教会人士和头面人物在说的话。这里就是他们写的两句诗：

> 她的缝儿若不细，还是让我死！

——泰奥多尔·德·贝萨

> 情人的鸡鸡使她舒舒服服，欢欢喜喜。

——圣·热莱①

还有许多别人写的，还要引用吗？但我喜欢谦逊。我选择这类引人反感的说法不是出于判断，而是大自然为我选择的。我不赞赏它，同样也不赞赏任何违背习俗的形式；但是我为它辩解，无论在特殊和普遍的场合下减轻人们对它的指责。

接着谈吧。同样，有些女人作出牺牲对你表示好感时，你就自认为对她们有至高无上的权威，这是怎么来的呢？立即摆出夫权的私利、冷漠与专横？这是一种自由的契约，你既然要她们遵守，你自己怎么不遵守了呢？在两厢情愿的事情上是不讲法规的。

这是违反常规的，但是在我那个时期根据自然许可的范围，我处理这件事跟对待其他事那样认认真真，还带一点评理的神气。我还向她们提出我感受到的热情，向她们天真地袒露其中的消沉、兴奋、产生、投合与消失，并不总是一成不变的。我轻易不许诺，因为我想我

---

① 贝萨是加尔文的接班人，改革教会的领袖。圣·热莱是弗朗索瓦一世和亨利二世国王的布道师。

做到的要比许诺的与积欠的多。她们感到我这人忠实得愿为她们的不忠实效劳。我说的不忠实是指承认的与反复多次的不忠实。我只要还怀着一丝一缕的感情，决不向她们断交；不论她们向我提供什么样的机会，我也不会跟她们绝情到轻蔑与憎恨的地步。因为这种亲昵，即使是在最羞惭的条件下得到的，也令我感到她们的好意。在她们要诡计、找遁词、双方争执时偶尔也会让人看到我贸然发火与不耐烦。因为我这人天生会激动，尽管不严重，时间也不长，经常也损害我们的交往。

她们曾经要试一试我看问题是否自由开放，我也免不了给她们提出父辈的忠告，触到她们的痛处。我若任凭她们埋怨我，这是在我身上看到了一种爱，这从现代的习惯来说是又蠢又认真的。我信守诺言，即使在人家会轻易放过我的事情上也是如此。她们有时会为保全名节而投降，投降条款被征服者篡改了也不计较。从她们的名誉考虑，我不止一次在欢乐达到顶点时悬崖勒马，这时听从理智的驱使，甚至给她们编出理由来反对我，她们若坦然接受我的规则，并照此办理，要比凭自己的规则去行事更可靠更严格。

我总是尽量独自去承担幽会的风险，让她们轻装上阵。我总是给约会作出最曲折、最出人意料的安排，这样最不引人怀疑，而且在我看来也最容易撮成。约会地点愈隐蔽，其实是愈公开。最不让人担心的事是最不禁止和最少有人注意的事。没有人想到你竟敢会这样做的事，则最宜于放心大胆去做，这所谓难事不难做也。

男人在交往中总是遇到尴尬的性问题。这种爱的方式更多时候还要讲究纪律，但是我们这些人多么可笑，又那么缺少效率，有谁比我知道得更清楚呢？我若没有什么可后悔的，我也没有什么可失去的了。现在是公开说出这话的时候了。但是就像我在跟另一个人说似的："我的朋友，你在做梦；在你这个时代，爱情跟信仰与正直没有多少关系。"所以，反过来说，若由我重新开始，肯定还是走同样的路，有同样的过程，不管它可能会多么无效。在一件不必赞扬的事情上，缺点与傻气还是值得赞扬的。这方面我离他们的脾性愈远，离自己的脾性则愈近。

此外，在这件事上，我不会全身心投入。我愉悦，但不会忘乎所以，大自然赋予我的这一点点理智与谨慎，还是完整保存的，为她们与自己效力；有一点感动，但是不存幻想。良知也会卷入，在荡检逾闲前为止；但是不会到忘恩负义、背叛、恶毒、残忍的程度。我不会不计代价去得到邪恶之乐，只肯按照它的原来值付款："一切罪都不止于其罪本身。"（塞涅卡）

我讨厌昏昏沉沉无所事事的游闲，差不多也同样讨厌艰难竭蹶的劳苦；前者使我无精打采，后者叫我身心交瘁。轻伤与重伤、一刀见血与不见血我都同样欢喜。在这件事上当我跃跃欲试时，不走极端而采取中庸之道。爱情是一种清醒、活泼和愉悦的激情，我不为之心烦意乱，愁眉苦脸，但是为之心热，还感到口渴。必须到此适可而止。爱情只对疯疯癫癫的人是有害的。

一个青年问哲学家珀尼西厄斯，圣贤恋爱是否适宜，他回答说："不谈圣贤，只谈不是圣贤的你与我，不要让我们卷入这种那么动感情、撩人心火的事，它使我们当别人的奴隶，也被自己瞧不起。"他说的话有道理。谁的心灵都不能承受爱情的冲击，不能反驳阿格西劳斯的名言：谨慎与爱情不能并存，那就不要去相信这种本质上是来去匆匆的事。这确是一桩无妄的工作，不正经，不好意思，不合法。但是以这种方式操纵它，我认为还是健康的，可使沉重的身心活跃起来，我作为医生向像我这样性格状态的人推荐这个方法，完全如同推荐其他一切有益身心健康、延年益寿的方子一样。趁我们尚停留在老年的门槛，脉搏还在跳动时，我们就需要有爱情这个让人痒痒的东西来撩拨心火。你们看爱情使圣贤阿那克里翁恢复青春，朝气蓬勃！苏格拉底比我年纪还大的时候，谈到他的爱情对象，他说："我与她肩并肩，头靠头，共同在读一部书，我绝不是乱说，就是在肩头突然感到一刺，像被动物咬了一口，此后五天内感觉有东西在我身上爬，一直不停地痒到心里。"一个年迈冷漠的老人因一次偶然的肩头接触，竟重新燃起热情，使人间最伟大的一颗灵魂焕然一新！为什么不可以呢？苏格拉底是人啊，他不愿意是，也不愿意像其他东西。

哲学不反对天然的肉欲，只要掌握分寸，主张节制不是逃避；竭力抵制的是怪诞不经的肉欲。哲学还说精神不应该加强肉体的欲望，巧妙地告诫我们切切不可以纵欲去引起饥饿，肚子只要填饱而不要塞满，避免去享受一切使我们难熬的乐趣，一切让我们腹饥口渴的肉食与饮料；说到爱情服务，哲学关照我们只要取得满足肉体需要的东西就够了，不要惊动心灵，心灵也无须包揽成为自己的事，只要照着肉体的意思帮着做就可以了。

但是这些训诫有点儿苛刻，这只是涉及会完成任务的身子来说的。一个老朽的身子好比是一只功能衰退的胃，对于它不妨想办法温暖和强壮，通过想入非非去引起它已失去的欲望与轻松心情，我这样认为不是很有道理的么？

我们不是还可以说，当我们困在这个人间监狱里，身上没有什么东西纯然是肉体的或纯然是精神的，把活生生的人分裂为二那是十分有害的；我们既然甘愿去忍受痛苦，不也至少有理由甘愿去追求快乐？圣徒通过苦赎忍受剧烈的痛苦（比如说）达到心灵的完美，肉体由于与精神是相连的，虽与这样做的原因很少沾边，必然也连累受这份苦，因而圣徒并不满足于肉体单纯跟随与参加心灵的受苦，还要让它也遭受残酷的折磨，以致肉体与精神两相竞争，让人沉浸在痛苦之中，愈吃苦愈有益于灵魂。

同样，追求肉体享受而冷落心灵并强制它如同去做一项必要而不得违背的义务，这是不是公正呢？其实支配的任务属于精神，更应是精神来酝酿和培育、参与和诱发肉体的快乐；同样按我的看法，也是在精神感觉本身快乐的同时，也把快乐传播和注入整个肉体，做到快乐对肉体与精神都是同样愉悦与有益的。因为这就像他们说的很有道理，肉体追求快乐不应有损于精神；但是精神追求快乐不应有损于肉体，为什么不是同样有道理呢？

没有其他情欲叫我充满期待。对其他像我一样没有特殊天职的人，由齐嚣、野心、口角、诉讼引起要做的事，由爱情来做更为方便；爱情使我恢复机灵、节制、优雅，注重仪表，保持举止，不让老年的鬼脸、可怜兮兮的怪相有损风度；回到健康明智的学习，以此获得人们最多的爱戴与尊敬；在精神上摆脱自暴自弃，恢复思考；驱除因年老力衰、无所事事而产生的种种厌世思想、忧郁情绪；被大自然抛弃的这颗心，至少在幻想中重新温暖起来；这个可怜人正在大踏步走向毁灭，让他昂起脑袋，保持心灵活力，精神矍铄，延年益寿。

　　但是我很明白爱情这件好事是很难恢复的；由于体力弱与阅历深，我们的情趣变得更细腻精致；我们要求更多，而给予更少；我们愿意作最佳的选择，而我们只配被人最差地接受；我们认识自己，较前更为胆怯多疑；了解自己与她的状况，没有东西可以保证我们被人爱。置身于这群朝气蓬勃、热情洋溢的青年中间自惭形秽，他们自身有力量有理智；给他们让位，我们没有什么可以顶的了。

　　这束含苞欲放的花朵不会让一双粗糙的手去抚摩，也不会被纯粹的物质手段诱放。古代一位哲学家追求一名青春少女，未能得到她的青睐，有人嘲笑他，他回答说："我的朋友，鱼钩钓不住这么鲜嫩的奶酪了。"

　　这种交往需要有相互应求的关系；我们得到的其他乐趣可以用不同性质的报酬予以接受；而这种乐趣只能用同一种货币来支付。事实上，做这件事得到的乐趣，使我的想象力痒痒的，比实际感觉的乐趣更甜美。只思得到乐趣而又不给人乐趣，这样的人绝不是高尚的人；一切都是欠人家的，把负担都加在跟他维持关系的人身上，这个人的心灵就更卑鄙了。风流汉要以这个代价去满足欲望，也就谈不上美、交情与亲密了。

　　如果她们只是出于怜悯才善待我们，我宁可去死也不愿靠施舍过日子。我在意大利看到人家这样募捐，我也要求有权利这样问他们："为了你自己给我做做好事。"或者像居鲁士鼓励他的士兵："自爱的人跟我来吧。"

　　有人对我说："你去找你这阶层的女子，命运相同的人做伴更容易。"——哦，多么愚蠢乏味的妥协！

　　色诺芬反对梅诺提出的责问，说自己要找青春不再的女人。看到一对金童玉女在一起真是天作之合，即使只是心里想一想，我也觉得比在极不般配的结合中当个配角有味道得多。我宁可让加尔巴大帝有这种匪夷所思的胃口，他专爱跟身子硬邦邦的老女人干。

　　我认为人造的、装腔作势的美是最大的丑。希俄斯岛的少男埃莫内，想通过打扮去达到大自然没有给予他的美，到了哲学家阿凯西劳斯面前，问他一位贤人会不会恋爱，另一位回答说："会的，只要不是像你这样装扮雕砌出来的美。"坦然承认的老与丑，在我看来，就没有浓妆艳抹的那么丑与老。

我这样说，会不会有人来掐我的脖子？我认为稚气未脱的少年时代，是顺乎自然的爱的当令季节，美也是在这时刻。

荷马把美延长到下巴开始发乌的年龄，就是柏拉图也认为这已是稀世奇珍了。诡辩派迪昂把阿里斯托吉顿和阿莫狄乌斯①戏称为少年的绒毛，其原因也是众所周知的。壮年时代已经出位，更不用说到老年了。

那瓦尔王后玛格丽特作为女人，还让女人把自身的特长发挥更长的时间，下令到 30 岁才把"美人"称号改为"善人"。

我们让爱情主宰生命的时间愈短，生命的价值就愈大。且看动情的人，这是个嘴上无毛的稚子。谁不知道在爱情学校里一切都杂乱无章？学习、操练、实验都显得无能，因为管事的都是些新手。"爱情不懂规则。"（圣哲罗姆）当然爱的行为就混乱不堪，也回味无穷；出现错误，事与愿违，也都很有趣美妙。只要刺激与渴望，谨慎不谨慎是小事。你看丘比特就是疯疯癫癫、跌跌撞撞的。谁若用道理与明智去指导他，你这是给他戴上了镣铐；把他交到顽固的老人手里，也就限制了他神圣的自由。

此外，我经常听到女人描绘这种纯然精神的融合，完全忽视感官对此的享受。一切都是为此服务的。但是我可以说我经常看到我们并不在乎她们精神的软弱，而重视她们肉体的美；我还未曾见过她们为了精神的美——不管多么睿智和成熟——愿意伸出手去交给一个显得老态龙钟的身子。苏格拉底主张精神美，为什么在他高尚的门下就没有女弟子急着用大腿去建立哲学关系，生出一个智慧的后代——这样做岂不是能把大腿哄抬到最高价吗？

柏拉图在他的《法律篇》中规定，在战争中立下丰功伟绩的人，不论多丑多老，出征时期他要得到意中人的亲吻和恩宠，都不能予以拒绝。他觉得对战功的褒奖那么公正，为什么在其他才华方面不能也给予同样的褒奖呢？怎么就没有女人抢在她的姐妹前面去享受这种贞洁爱情的光荣呢？我确是说的"贞洁"两字，因为罪恶在头脑里就夭

---

① 为希腊两少年，合谋杀死暴君，解放雅典。在此比喻少年初生胡髭，也摆脱爱情的暴政。

逝，这不算太糟糕。

我的话一开闸就滔滔不绝，有时还造成危害，为了给这个长篇大论做个小结。我要说男人与女人都来自一个模子；除了教育与习惯，区别不是很大。

柏拉图在他的理想国中，毫不区分男性与女性，号召他们参加一切学习、操练、职责、战争与和平事宜，哲学家安提西尼一笔勾销她们与我们的品德有任何区别。

对异性指责比为同性开脱要容易得多。其实彼此彼此，真所谓：火钩子嘲笑煤铲子。

第二十三章　论交谈艺术

　　我们的司法中有一条是杀一儆百。

　　人做错了事就定罪，柏拉图说这是愚蠢。因为做过的事已无法挽回；但是可以让他们不再犯同样错误，或者别人不重蹈覆辙。

　　绞死的人无法改正，通过绞死的人来改正别人。我也如此。正直的人作出示范的榜样让人受益，而我不让人学我的样而对别人有益：

> 看到么，阿比乌斯的儿子生活苦？
> 巴路斯又多么穷？让浪荡子？
> 记住教训……

——贺拉斯

　　把我的缺点公之于众，有人见了就会害怕。最叫我自鸣得意的，自责比自吹还感到光荣。这说明我为什么常常乐此不疲。当一切都昭然若揭，再谈论自己也不会损失什么。说自己差，人家就会信你；说自己好，人家就不会信你。

　　有人可能跟我的气质相同，从反例中比从范例中，从回避中比从追随中学到更多东西。这类教益来自大加图，他说贤人得益于愚人，更多于愚人得益于贤人。波萨尼亚斯说到那位古代里拉琴师，老是强迫他的弟子去听他家对面一位拙劣的乐师演奏，学会听到荒腔走调就发恨。我讨厌凶狠，也就使我偏向于宽大，甚至比宽大为怀的范例还走得远。一名优秀骑师要纠正我的骑马姿势，还不如坐在马背上的检察官或者威尼斯人有效。一个错误的说法比一个正确的说法更能改正我的说法。

我天天都把别人的愚蠢举止看在眼里，记在心里。难过的事比开心的事更容易触动我，惊醒我。时间只有回头来看才能改进我们，冲突比协调，差异比相似更有效。我得益于好事不多，于是就从坏事中去汲取一般的教训。我看到别人讨厌，就努力让自己讨人喜欢；看到别人软弱，让自己坚强；看到别人态度僵硬，让自己和气。我还给自己制定不做到誓不罢休的措施。

依我看，训练思想最有效与最自然的方法是与人交谈。我觉得这是我们生活中比什么行为都要温和的做法。所以我若被迫作出选择，我相信就是失去视力也不要失去听力与说话能力。雅典人，还有罗马人，在他们的学院中这种训练居于光荣的主课地位。在我们这个时代，意大利人还保留了古代遗韵，这对他们大有裨益，这从他们与我们的理解力比较上就可以看出。

书籍阅读，这个行动迟缓，叫人冲动不起来。而讨论让人学到东西，同时又锻炼口才。我若跟一位有主见的人和强手讨论问题，他就会不断出手，令我左右难以招架；他的想象力会刺激我的想象力，嫉妒心、荣誉感、凝神专注会催促我，推动我超越自己。在讨论中你唱我和意见一致，那是最没劲的。

由于我们的思想在跟俊彦人士切磋中得到磨炼提高，决不能说跟凡夫俗子日常不断的交往会使我们变得迟钝与衰退。这方面不存在传染与扩散。我从切身经验知道是怎么一回事。我喜欢思想交锋与讨论，但是这是跟少数人，是为了我自己。在权贵面前拿腔作势，唯恐不能卖弄自己的才学与三寸不烂之舌，我觉得一位有识之士是不屑这样去做的。

愚蠢是一种坏品质；但是像我这样不能忍受，为之气恼与心烦，这也是另一种病，绝不比愚蠢少叫人讨厌。这是我现在愿意自责的地方。

我这人非常自由随意地就会与人交谈与争论，尤其是在一种意见难以在我心中扎根的时候。什么建议都不会叫我吃惊，什么信仰都不会叫我生气，不管它们与我多么格格不入。我认为不论如何荒谬离奇，毕竟都是符合人类精神成长过程的产物。我们这些人，不让判断力拥有决定的权利，对不同意的看法就会软弱无力；我们若不作出判断，也可轻松地伸出耳朵。如果天平的一个秤盘上空无一物，我就让另一秤盘在老妇人的梦想卜摇晃。我若更喜欢的是单教而不是双教，星期四而不是星期五；在宴席上第十二或第十四座位而不是第十三座位，在旅途中更愿看到一只兔子沿着而不是横穿我的路走；穿鞋子时先穿左脚再穿右脚，我觉得这些都是可以原谅的。

所有这些怪念头在我们周围很流行，至少值得大家去听听。对我来说，它们总还聊胜于无，但也只是聊胜于无。同样民众偶发的看法还是要比实际的虚无更有分量。人若为了避免迷信之嫌什么都听不进去，则会犯上顽固之症。

意见相左不会冒犯我，也不会损害我；只会惊醒我，磨砺我。我们不思改正。其实应该挺身而出，迎头而上，尤其当改正以讨论的方式而不是训斥的方式提出来的时候。每次遇到相反的意见，我们不去注意这是不是正确，而是千方百计为自己开脱。我们不是伸开双臂，而是张开爪子。我可以忍受朋友对我粗声粗气说："你是个蠢人，你在做梦吧。"我喜欢文人学士之间说话要有勇气，想到什么就说什么。应该增强听话能力，善于辨别语言中的虚情假意。我喜欢豪爽随便的交往，友情深重，直来直去，不怕得罪对方，就像爱情，难免会咬一口抓一把弄出血来。

友谊若不发生口角，若讲究文明与客套，若害怕冲突与缩手缩脚，就不够豪爽跌宕。"因为不争吵是争论不起来的。"（西塞罗）

有人违忤我的意思，会引起我的注意，而不是怒火；我会过去向那个说反话的人请教。寻求真理应该是双方共同的事。他会作出怎样的回答呢？激动的情绪已经影响到他的判断。理智未发挥作用以前，思维已陷于混乱。或许用物质的损失作为依据，来回顾我们的决定还是有用的，以致我们可以这样总结，我的仆人也能够跟我说："就因为无知与顽固，去年一年有 20 次每次让您损失了 100 埃居。"

无论从谁的手里学到真理，我都会额手称庆，欣然迎上前去，远远向他缴械投降。只要他不是太盛气凌人，横加指责，我绝不拒绝人们对我作品的批评；我也经常改动，有时进行修饰更多看在情面；因为人家看见我容易采纳意见，更会好心自由地开导我；有时也使我弄巧成拙。

然而要吸引当代人做这件事很不容易。他们没有勇气去修改，因为他们没有勇气被人修改，在人前总是文过饰非。我是那么高兴被人评判，被人认识，因而无论修改别人或被别人修改我都一样高兴。我的想法经常自我矛盾和自我否定，于是人做或者我做没有什么不同，主要还是我对他的批评我愿意予以同样的权威性。但是我绝不跟过于专横的人打交道，我就认识一个人，他的意见不被采纳就怨气冲天，人家不照他的话做便破口大骂。

苏格拉底遇到有人对他的言论有不同意见，总是含笑接受，我们可以说这源自于他的自信力，最终优势总是在他那一边，他接受它们更增添一份他的光荣。但是从另一方面，我们看到自视甚高与轻视对方最会使我们的感情变得脆弱，按理来说，弱者更愿意接受对方有利于他提高与改进的意见。

实际上，我有意多接近对我严厉的人，而少接近对我害怕的人。跟崇拜我们的人，和礼让我们的人打交道，谈不上乐趣，而且还是有害的。安提西尼告诫他的子女绝不要感谢和宽恕对他们唱赞歌的人。在激烈的论战中，我被对方有力的道理所折服，也从而战胜了自己，我对这样的胜利非常自豪，远远超过我利用对方的弱点而把他战胜的喜悦。

总之，向我直截了当提出各种各样的责难，不管如何无关紧要，我都采纳与承认，但是对于那些无中生有的责难则缺乏耐性。我不在乎内容是什么，我对意见总是一视同仁，哪个说法赢了也差不多无所谓。如果辩论进行有条有理，我会整天平心静气地提出看法。我对力量与缜密就不及对条理那么有要求。牧羊人、小店员天天吵架中见到的条理，在我们之间从不存在。他们若有出轨之处，那是缺少礼貌；我们也这样。但是他们大声嚷嚷，心急气躁，从不脱离吵架主题，他们的语言循着思路前进。他们打断对方说话，抢在前面先说，至少他们彼此理解。对我来说，回答得体就是最好的回答。但是当大家争得不可开交时，我会离题，一气之下贸然纠缠在形式问题上不放，顽固蛮横地进行狡辩，事后叫我不得不为之脸红。

跟蠢人是无法坦诚相见的。在一位暴君手下，不但是我的判断力，还有我的良心也会受到腐蚀。

我们的争论应该像其他口头罪行那样列为违法，受到惩罚。争论总是受怒气的掌控与操纵，会引起和积攒多大的罪恶！我们首先针对理性，其次针对人抱敌视的态度。在争论中学到的只是反驳，每个人都在反驳，又在被别人反驳，于是争论的果实就是失去真理和毁灭真理。因而柏拉图在他的《理想国》一书中禁止头脑不健全和出身低微的人参加争论。

你要追求的是事物本质，跟一个既无才学也无见识的人能够探讨出什么呢？离开主题去探究对待主题的方法，这并不损害主题。我说的不是学院式、矫揉造作的方法，而是自然、思维清晰的方法。结果会怎么样呢？一个往东，一个往西；他们失去了谈论的要旨，对事情东扯西拉之际也把它扔到一边去了。暴风雨刮了一小时后，他们都不知道自己要说的是什么。一个偏高，一个偏低，另一个更远离靶心。

有人抱住一句话、一个比喻不放；有人只沉浸在自己的思路中，再也感觉不到人家反对他的是什么，他想到的是自己的想法，不是你的想法。有人感到自己底气不足，害怕一切，拒绝一切，一开始就语无伦次，或者争到激烈时赌气一声不出；虽然无知得可怜，还要装出高傲的蔑视或者傻乎乎的谦逊来逃避交锋。

这个人只顾到攻击，没有料想自己是多么暴露。那个人字斟句酌，满口都是道理。还有人发挥嗓音与肺活量的优势。这里有人作出自我否定的结论，那里有人用毫无意义的开场白与废话说得你晕头转向！有人纯然以辱骂为武器，平白无故找岔子吵架，来摆脱别人对他的紧逼，不敢与之来往。最后还有不讲道理的，但是用他一套教条与花言巧语把你困在辩证法的围墙内。

谁不开始对学问失去信任，谁不怀疑从学问中是否可以学到有益于生活的实际知识，同时在考虑我们常说的这句话："一无用处的学问。"（塞涅卡）谁学逻辑学提高了理解？它的美好的诺言又实现在哪里？"并不活得更好，思维也不更健全。"（西塞罗）谁都看到搞这一行的人当众吵架时，要比长舌妇的唠叨还聒噪。我宁可儿子去小旅店里学说话，也不让他上专门学校学口才。

找一位艺术教师谈谈，欣赏到他推理严密、条理清楚，怎么不让我们折服于他的架势，不叫女人和我们这样的无知之徒不着迷呢？他怎么能不凌驾于我们之上，一切都听他的呢？这么一位出类拔萃的人物为什么在出手时口出脏言，举止不雅，大光其火呢？让他脱下礼帽长袍，不要满口拉丁语；让他别在我们耳边唠叨他生搬硬套的亚里士多德；你就看出他是我们一类的人，或者更糟。他们把语言颠三倒四，说得我们如坠云雾，使我觉得他们好比是耍把戏的艺人；他们巧舌如簧，可以冲击我们的感官，但动摇不了我们的信仰。除了能说会道以外，他们做的事无一不庸俗低下。虽是知识多了一点；人则没有更加聪明。

我喜爱与敬重学问，不亚于喜爱与敬重有学问的人；使用得法，学问是人类最高尚和强有力的收获。但是有些人（这类人不计其数），他们把学问作为自负与价值的基础，以记忆力代替了智力，"躲在他人的庇荫下"（塞涅卡），除了照本宣读以外什么都不会，他们身上的这种知识我讨厌，若敢大胆说，还比愚蠢更讨厌。

在我的国家，在我的时代，知识经常改善的是钱包，很少是心灵。知识若遇见软弱的心灵，成了一堆难消化的硬块，阻滞和窒息心灵；若遇见飞扬的心灵，它必然使它清澄净明，直至精纯到苍白为止。知识这东西本身无所谓好与坏，对天资高的人是非常有用的点缀，若不是这样的人反而有害，造成损伤。也可以说是使用讲究的东西，不出高价是得不到的；在某人手里是权杖，在另一人手里是丑物。但是让我们接着往下说。

让你的敌人知道他不可能打败你时，你还等待比这更伟大的胜利吗？当你的建议占上风时，这是真理的胜利。当你的规矩与行为占上风时，这是你的胜利。在柏拉图和色诺芬的作品里，我的看法是苏格拉底在辩论中更注重提出论点的人而不是论点本身，为了教育欧提德莫斯和普罗塔哥拉，要他们认识自身的不当，更多于他们辩术的不当。不论遇到什么题目，他树立一个更有用的目标，不是把它的内容说明白，而是要人的思想弄明白，这即是弄明白思想他才能进行塑造与锻炼。

要狩猎必然有惊动与奔跑。我们做得不得当是不可原谅的；一无所获则是另一回事。因为我们生来是追求真理的，真理的掌握属于更高超的力量。犹如德谟克利特说的，它不是藏于深渊之底，而是置于九天之上，属于神的认知范围。人间只是一所探索学校。这不是谁进入里面，而是谁跑得最快。说真话的人与说假话的人可以是同样在装疯卖傻，因为我们计较的是说话方式，而不是说话内容。我这人把形式与内容、道理与原因看得一样重要，像亚西比得要求别人做的那样。

我每天读书消遣，不分学科，研究的不是内容，而是作者对待主题的方式。这样我与某位大家保持联系，不是为了他教我什么，而是为了我认识他。

人人可以说得很真诚；但是要说得有条理、有分寸和恰到好处，那只有少数人能够做到。因而，使我生气的不是由于无知说错话，而是由于愚蠢说错话。我中断过好儿次对我有利的买卖，是由于跟我做交易的人无理取闹。听命于我的人犯错误，我一年中也不会生气一次，但是有人要是愚蠢强辩，提出的理由与借口荒诞不经，那我们会天天闹得面红耳赤。他们既没听明白说的是什么，也不知道为什么，还是照样回答，这真是让人要命。

我只有自己的头碰上了另一人的头才觉得撞得很凶，手下人有罪过我可以妥协，他们冒失、讨厌与愚蠢我决不放过。只要他们有一技之长，可以让他们干得少些，对他们的奋发抱着希望；但是对一根枯木不要妄想它会开什么花。

要是我换一种态度对待事物呢？我可以这样做，不过我要责怪的是我缺乏耐心，首先认为它对于对的人与错的人同样是有害的（因为还是那种暴君式的专横，不能容忍与己不同的想法）。其次，说实在的，对世人的荒谬激动与恼火，那是最大、最常见和最要不得的荒谬事。因为这主要是在跟我们自己过不去。古代那位哲学家①一想到自

---

① 指古希腊哲学家赫拉克利特。其常与德谟克利特并提，因一见世事荒谬而哭，一见世事荒谬而笑。

己的处境，从来不会放过机会大哭一场。七贤之一的米松[1]，兼有蒂蒙和德谟克利特的性格，被人问到为什么独自在笑，他回答说："就因为我独自在笑也就笑了。"

从我自己看来，每天要说和回答多少蠢话，从别人看来更不知还要多多少！我若能咬紧牙关不说话，别人又会做什么呢？总而言之，我们必须生活在活人中间，让河水在桥下流过，不用我们操心，至少不用我们去改变。毕竟，我们遇见身体畸形的人不激动，为什么遇见精神障碍的人就不能忍受，要大光其火呢？这种暴虐的态度来自人的判断而不是那人的缺陷。让我们永远念念不忘柏拉图的这句话："我觉得什么不正常，岂非是我自己不正常？"不是我自己有错吗？我的责怪不会是针对我自己的吧？智慧神圣的老话鞭挞的是众人共同普遍的错误。不但我们相互的指责，即使我们在争执中提出的理由与论证一般也会反弹到我们自己身上。我们会被自己的武器刺穿身子，古代给我们留下不少意义重大的例子。

这句话实在是说得太巧妙太合适了："人人都觉得自己的大便也是香的！"（伊拉斯谟）我们的眼睛看不到身后，一天中上百次，我们在邻居身上嘲笑的是我们自己，讨厌他人的缺点，其实这些缺点表现在我们身上还要明显，自己则恬然不以为怪，反而欣赏不已。就在昨天，我还见到一位明白事理的好好先生，嘲笑另一人的愚蠢做法，说得既风趣又实在。那个人拿了他的大半是伪造的家谱与联姻关系跟谁都干仗（身份愈是可疑与不确切的人愈是起劲说这类蠢话）；他若再回过头看自己，他到处散播与吹捧妻子的光耀门第也同样夸夸其谈，令人生厌。而老婆被丈夫这么一捧居然也神气活现起来！他们若懂拉丁语，应该对他们说："来吧，她若不够疯，催她再疯些。"（泰伦提乌斯）

我的意思不是说自己不清白就不要批评别人，那样的话就没有人可以批评了。也不是说他自己必须没有同样的错误。我的意思是说，当我们针对别人作出判决，不能让自己在内心不受审讯。一个人不能清除自己身上的罪恶，却忙着清除别人身上一个不怎么有害和根深蒂

----

① 古希腊七贤中无其人，不知这里何指。

固的罪恶，这也算是做好事么？

有人提醒我的过失，而我说这个过失他也有，我觉得这也不是适当的回答。这一切算什么？提醒总是实在和有益的。我们要是鼻子灵敏，对自己的粪便应该更加容易闻到臭味。

苏格拉底认为，任何哪个人看到儿子和一个外人动粗对骂，他觉得自己有罪，应该首先上法庭去受处分，为了赎罪要求刽子手帮助惩罚自己，然后惩罚儿子，最后才是外人。如果这样认识问题的调子太高了，至少他应该首先在良心上谴责自己。

感觉是我们固有的第一批法官，通过外部反应观测事物。在我们社会的各个服务部门，浮现于表面的仪式永远是普遍配合的，以致最佳与最有益的政策也体现在这里，也就不足为奇。我们什么事都是以人为本，而人的条件又是奇妙地以外形为主。

前几年，有人要给我们创造一种完全是无形的沉思静修方式；要是在我们中间，除这种方式以外不树立标志、名称与派别之类的属性，就会让人觉得这会从他们的指缝间溶化与消失，这也不用惊讶。就像在会议中，讲话人的端庄、长袍、地位经常使他一些平淡无奇的废话也有了分量。大家不会去想，这么一位受人追捧、令人敬畏的人物肚子里没有一点超出常人的本领，一个头衔众多、趾高气扬、不可一世的人并不比远远向他行礼、无官无职的人更能干。

这些人不光是说的话，还有装出来的怪相，也非同一般，自有人挖空心思去给它们引经据典，美化一番。倘若他们大驾光临，参加大众的讨论，你若向他们说几句不够恭敬和逆耳之语，他们便会倚老卖老来吓唬你：这是他们听到过的，看到过的，做过的。于是例子便会没头没脑压过来。

我会跟他说一位外科大夫有了经验，并不一定会把医术说得头头是道；他只记得治过四个瘟疫病人、三个痛风患者，如果不能从他的实践中归纳经验，还是不能让我们觉得他通过行医变得更加聪明了。

犹如在一场音乐会，听的不是单一的诗琴、斯频耐琴和长笛，而是整体的和谐声，所有这些乐器的交响乐。如果旅行和工作增进他们的见闻，这是通过他们的领会表现出来的。经验累积是不够的，还必须融会贯通，琢磨其中的道理，从中得出结论。

如今历史学家何其多！因为他们博闻强记，满腹经纶，听他们说话总是有用的。这对于生活当然大有裨益；我们此刻追求的不是这个，我们要弄明白的是史料叙述者与搜集者是不是值得称道。

我憎恨一切形式的暴政，口头的与行动的。我乐意倾全力反对这些通过感官模糊判断的荒谬状况。对这些大人物作了一番观察的同时，发现这些人充其量跟其他人没有什么两样。"一般说来，贵人缺乏常识。"（朱维纳利斯）

也可能这些人还及不上表面那么好呢，尤其因为他们担任的事多，暴露自己的机会也多，他们担当不起他们的重任。挑夫的力量与能耐应该超过挑担的需要。一个人没有用尽全力，会让你猜测他的力量还绰绰有余，还是已经达到了极限；一个人挑不起他的担子，就暴露了他的能耐与肩膀的弱点。

这说明为什么在有学问人中间看到那么多的蠢人，比其他地方还多。他们可以做个优秀的管家、精明的商人、能干的工匠，他们的天资也仅限于做这类的事。学问是庞然大物，他们在底下会被压垮。他们没有足够的胸怀，足够的智谋来吸纳其中的精华，然后推广于人，造福大众。这需要气度恢宏，而气度恢宏的人是很少的。苏格拉底说："心地窄的人摆弄哲学会损害哲学的尊严。"哲学放在一只破盒子里，显得无用与有害。从中看出这些人是如何自欺欺人的，

就像猢狲学人样，
顽童用丝巾遮头上，
屁股背脊露在外，
满桌客人笑开怀。

——克洛迪安

同样，那些治国安民、统治我们的人，把世界掌握在手的人，只具备一般人的智力，只能做我们能做的事，那是不够的。他们若不能远远超越我们，这说明他们远远低于我们。他们承诺愈多，欠债也愈多；因而沉默对于他们来说，不但显得举止庄重，经常还有藏拙

的好处。

墨伽波斯到阿佩尔的画室去看他,好长时间不出声,后来开始议论他的画,为此遭到严厉的呵责:"当你不声不响时,看到你的项链与排场很像个人物;现在人家一听到你开口说话,连我画店里的伙计也看不起你了。"这身华丽的装束,这种高贵的气派,不允许他像平民百姓那样无知,说到绘画满口都是外行话。他应该默默地保持这种自命不凡的外表。在我这个时代,脸无表情,沉默不言,装得聪明能干的样子,帮了多少蠢材的忙!

爵位与官职必须依靠才干,更多还是依靠运道获得的;经常有人错怪君王。反过来说,他们那么昏庸,却那么幸福,真是妙不可言。

"君王要善于识人。"(马提雅尔)因为大自然没有赐给他们慧眼,不可能看到芸芸众生;识别他们的长处,洞悉他们的内心,从那里才会了解一个人的意志与才华。现在他们必须通过猜测、摸索、家族、财富、学派、百姓呼声来挑选我们,这些都不是充分的根据。谁能提出办法,凭正义评判事情,凭理智选择人才,以此就能制定出一套完美的制度。

"是的,他还是把这件大事做好了。"这当然也是个成就,但是还不够。因为正好还有这句格言:不应以事态发展来判断建议。在迦太基,凡有将官提出坏主意,虽然结果很幸运得到了改正,还是要受到惩罚。罗马人民经常拒绝给为国造福的辉煌胜利举行凯旋仪式,因为主帅靠指挥比不上靠他的好运气。

我们平时也可以从世界大事中发现,幸运之神告诉我们她在一切事务中举足轻重,就要以此打击我们的自负心理,这样还是没有能够使无能的人更聪明;她使他们幸运,好像是在跟道德之神较劲。命运之神还乐意操纵事态的进行,这时候其脉络让人一目了然。从而我们天天看到最平庸的人会做成一件件非常重大的事情,包括公事与私事。

波斯人西拉内斯说话头头是道,经营的事屡屡遭到失败,大家都觉得奇怪,他对他们说,他说话可以自己个人做主,事业成功则要靠机会运气。那些人也可作同样的回答,但是从相反的角度。世间事大多数自行完成,"命运寻找自己的路"(维吉尔),这条路往往让愚蠢通行无阻。我们的引荐只是一桩例行公事，考虑更多的是为人处世，而不是思维。有一件大事使我吃惊，我通过执行的人了解到他们的动机与做法，听到的尽是一些世俗之见，而最平庸的世俗之见虽然见不得人，却是最肯定和最容易会得到采纳的。

为什么最平常的道理最有根据呢？为什么最一般、最不高明、最因循守旧的做法用在事务处理上最合适呢？为了维护国王枢密院的权威，不需要让外人参与其间，把目光越过第一道障碍。我们若要它声誉保持不坠，就只要对他们全体毕恭毕敬。问到我时，我对事情勾勒出个大概，然后对开头的步骤浅浅一谈；至于重头戏，我皆交给老天爷安排："其余皆由诸神定夺。"（贺拉斯）

幸运与厄运依我看来是两大主宰力量。认为人的谨慎可以担当命运的角色，这种看法实在有欠谨慎。谁预测自己能够把握原因与结果，一手掌握事情的进展，这人的做法是徒劳的，在审议战争进展时更加徒劳。在军事上考虑问题审慎小心，远远超过我们平时做事。他们害怕在中途迷路，保存力量去迎接这场游戏的最后灾难，不是这样想的吗？

我还要进一步说，我们的智慧与思考大部分情况下是受机会摆布的。我的意志与见解时而这个调子，时而另一个调子，其中许多变动是不受我掌控的。我的理智每天都会有突如其来的冲动与骚扰：

> 情绪变化无常；心思时而这样，
> 时而那样，犹如云朵
> 随着风转向……

> ——维吉尔

不妨看谁是城里最有权势的人，谁又干得最好。一般看到的往往是最不精明的人。也有过女人、孩童和疯子管理大国，干得和贤明的国王一样好。修昔底德说，坐在王位上的粗人要比细人多。我们把他们的好运归之于他们的智慧。

命运使他坐上了头把交椅，

在大家眼里也就成了人中豪杰。

——普洛图斯

因而不管怎样，我要说，遭遇不足以说明我们的价值与能力。

现在我正说到了这一点，只要看一眼那些飞黄腾达的人。三天前我们还认识他是个无足轻重的人，不知不觉间我们的印象会改变，他有了个高大威风的形象，随着他的气派与权势增加，相信他必然有所贡献。我们评论他不是根据他的价值，而是像筹码的面值一样根据他的地位与特权。一旦交上霉运，沦为平民百姓，每人又会兴冲冲去打听他当初怎么会爬得那么高。大家说："真是他吗？他在台上时也这么昏庸？君王真那么好骗的吗？我们的领导真够英明的了。"这类事在我的时代见得多了。

即使舞台上大人物的面具，也是有意要打动我们，欺骗我们。我个人最欣赏国王的地方，就是他们有一大群朝拜者。尽管什么都会向他们卑躬屈膝，智慧却不会；而我，该向他们弯曲的不是我的理智，而是膝盖。

有人问梅朗提乌斯，他觉得狄奥尼修斯的悲剧怎么样，他说："我没有看过，里面那么多的话把剧本都堵死了。"所以大多数听过君王说话的人，也可以这样说："我没有听到他说什么，庄严肃穆把话都堵死了。"

有一天，安提西尼敦促雅典人，要他们下令让他们的驴子也像马那样耕田，他得到的答复是这个动物生来不是干这个活的，他反驳说："这都一样，这要看你怎么带领。你指挥战事时使用最无知最无能的人，就是因为你用了他们，很快就变得非常胜任了。"

这跟许多民族的习俗有关，他们从自己人中间选出国王，加以神化，若不崇拜他就认为对他不够敬重。墨西哥人在国王加冕授圣以后，再也不敢正视他的面孔。但是，人民授以王权使他成为神，同时也要他起各种誓言，其中有保持他们的宗教、他们的法律、他们的自由，要勇敢、正义和仁慈，他还要起誓让太阳沿着历来的轨道旋转发光，在适当季节使乌云变成雨，使河水长流不改道，给大地带来老百姓的一切必需品。

我这人跟大众的看法还有所不同，看到精明能干的人，还伴有大量财富和得到百姓爱戴，会更加起疑。我们必须注意到这有多么重要，就是说话要及时，内容要恰当，架子十足地打断话头，或者改变话题，摇一摇头，笑一笑或者不说话就把别人的异议挡了回去，周围的人无不诚惶诚恐，毕恭毕敬。

当大家正在宴席上谈笑风生，一位平步青云的家伙发表自己的意见，他这样开头："只可能是个骗子或无知者才会不这样认为……"那时你就抓起匕首跟着去搞哲学斗争吧。

下面还有一个注意事项使我得益匪浅：在争论与商谈中，我们觉得正确的话并不一定立即被人接受。大多数人都是拾人牙慧，而装得很有学问。某人可能会说上一句俏皮话、一句妙对和一句格言，在人前用时又不知其分量。借来的东西并不一定好使，有时还得自己核实。不论这包含什么真与美的东西，不应该总是退让。我们必须有意识地进行抵制，或借口没有听明白往后退一步，四下揣摩作者到底是什么用意。也可能我们撞在他的剑头上，反而被他刺得更加深。

从前我在争得难分难解时突然出其不意反击，取得意外的效果。我反击时以数量让他们感到分量。就像我跟一位强者辩论，我喜欢先声夺人，不让他有充分表达的机会，把他刚冒出来尚不完整的想法抢先说了出来（他的思维一旦形成条理则会给我警告，远远构成威胁）。对其他人我采取相反的办法，一切按他们说的去理解，不要预测什么。如果他们泛泛评论"这个好，这个不好"，居然又说中了，那就要看是不是命运替他们说中的。

让他们对自己的评语说得更具体更集中一点：为什么好？哪里好？这些到处可用的评语我认为是太平常了，完全言之无物。这就像面对一个人却向民族致敬。那些对此真正有认识的人向他致敬，就会指名道姓个别对待。但是这样做有风险。我无日不看到那些根基浅薄的人要附庸风雅，阅读中要发现某部作品的精华，却对糟粕唱起了赞歌，不但没有向我们介绍作者的长处，反而暴露了自己的无知。

当你看完维吉尔的一页，可以放心地喝彩："这才是美！"机灵的人借这句话躲过去了。但是要一步步深入阅读，得出精辟的见解，看到一位好作家在哪些方面擅长，又如何字斟句酌、新意迭出，提高了自己，那就得扩大研究！"不但要研究每人说了什么，还要研究他的看法，甚至看法的根据。"（西塞罗）

我天天听到有些蠢人说的话并不蠢。他们说的是一件好事，让我们看他们了解了多少，是从哪儿得到的。我们帮助他们使用他们还不完全掌握的这句好话与好道理。他们只是使用着，或者还是偶然与摸索着创造的。我们使它发扬光大。

你帮他们一把。这是为了什么？他们丝毫不会感激你，还会变得更加别扭。不必协助他们，任其自然。他们处理这类事，缩手缩脚像个害怕被火烫的人，不敢对其本义有任何不同看法和深化。稍有触动，他们就掌握不住。不管它多么强和美，他们就是把它留给你了。这是些优良的武器，但是没有好好装配。这类的事我见过的还少么！

如果你对他们的话加以阐明和触认，他们立即把你演绎中的精彩部分据为己有："这就是我要说的，那恰是我的理念；我若没有表达清楚，那只是我词不达意。"瞎吹！对付这种自负的愚蠢要要点儿心眼。赫格西亚斯的信条是不要恨、不要责怪，但要教育，这话用在别处是有道理的，但是在这里去帮助和纠正一个对此毫不在乎，还一无是处的人，那就不公正和不人道了。我喜欢让他们陷在泥淖里烂得更深，这样还有可能最后幡然醒悟。

愚蠢与神志昏乱绝不是提醒一声就能改正的。至于如何弥补正好可以用上居鲁士的那句话，有人在开战时刻要求居鲁士去激励他的士兵，他回答说："不会因为在战场上听了一次慷慨激昂的动员令就变得勇敢杀敌，就像不会听了一首美妙的曲子立即成了音乐家。"这是必须及早进行长期不懈的训练才能学成的功夫。

坚持反省与培育，这样的工作只有依靠自己的家庭。但是逢人说教，看到谁冥顽不灵就好为人师，这种事我是绝对不做的。即使与人讨论时我也很少这样做，说什么也不会去加入这种落后的学究式教育方式。我的脾性不适合对初学者讲话和写文章。但是对于在众人面前或者相互之间在说的话题，不论我认为多么虚伪与荒谬，绝不会插话和示意而加以阻拦。总之，令我愤懑的莫过于没有任何理由就不胜自喜的蠢人。

明白事理使你无法自满和自豪，还总是使你不高兴和战战兢兢，而顽固与鲁莽的人则喜气洋洋，充满信心；这是很不幸的。那些最笨拙的人挺着肩膀傲视别人，从战场回来风光十足。更有甚者，这种夸大其词的语言和脸上洋溢的喜悦，在群众的眼里赢得了胜利，群众一般不善于明辨是非，不知道什么是真正的优势。顽固与看法过激都是最可靠的愚蠢证明。有什么比得上驴子那么肯定、坚决、傲慢、若有所思、凝重、严肃呢？

我们可不可以不把朋友之间轻松愉快相互打趣时所说的尖刻机智的妙语，包括在讨论与交谈之中？我的快乐天性就适合这样说说笑笑。这虽没有我刚才提到的那种说话高尚严肃，在敏锐与风趣方面并不稍逊，依然有益于人，就像利库尔戈斯那样。

就我来说，我带来的是氛围自由多于隽智，语言恰当多于创意，但是我的忍受能力无懈可击，因为经得住反击，不论尖刻还是不讲道理的话，听了都不会心烦。针对他人对我的进攻，我若仓促间不能马上予以还击，也不会随随便便顺着他的话锋，进行有气无力、烦闷的争论，显得顽固不化，我不会纠缠不清，高高兴兴认输，时机来时再作道理。天下没有只赚不亏的生意人。

大多数人理屈词穷时，都会变脸和拔高声音，恼羞成怒，不但不能报复，反而暴露自己的弱点与急躁。趁着兴致好的时候，我们偶尔揶揄自己的缺点，拨动几根秘密的心弦，对彼此的缺陷可以好意暗示一下，这类事在敛容正色时谈到不免有点冒失。

还有其他动手动脚的游戏，粗鲁无礼，在法国人之间才有，使我恨之入骨。对于这类事我这人特别敏感与软弱。我一生中已知道有两位王室血统的亲王死于非命①。比武中真打是很丑恶的。

此外，我要评判别人时，我问他对自己有多少满足，对他的谈吐与工作又有多少喜欢的。我不想提到这样美丽的借口："那是我做着玩玩的；'活儿才干一半就撂下了砧板'（奥维德）；我待了没一个钟点；以后也再没看过。"那时我会说："那么把这些文章暂先放下。

---

① 指亨利二世国王 1559 年在比武中、恩格希姆公爵 1546 年在赌博中死亡。

给我举出一篇文章可以代表你的整体，你也喜欢人家用这篇文章来评论你。"然后又说："你觉得你这部作品里什么地方最美？这段还是那段？是文字优美，还是内容扎实？是有新意，还是见解独到，还是学识丰富？"

因为我总发现对自己的作品也像对人家的作品同样缺乏判断力；不但掺有个人感情，而且还不具备认识与辨别的能力。作品依靠自身的力量与机缘，帮助作者超越自己的创意与认识，也能走在作者前面。而我评论人家的作品价值不比评论自己的作品价值更少糊涂；我把《随笔》看得时而低，时而高，既不稳定，也狐疑重重。

有很多书由于其主题而成为有用的书，而作者本人并不见推崇；有些好书像好工程反叫作者蒙受耻辱。我以后会写我的宴庆和服装，但很不乐意；我也会发表当代诏书、流入民间的亲王信札；我给一部好书做节写（对好书的任何节写都是愚蠢的节写），这样的书以后会消失，诸如此类的事也是这样。后代就从这类文章中汲取奇特的用途。对我除了好运以外犹有什么光荣呢？大部分名著都是这个遭遇。

几年前我阅读菲列普·德·科明，他当然是位非常优秀的作家，我觉得下面这句话说得不俗：服侍主人千万别太殷勤，免得他不知道如何赏赐你。我应该称赞有新意，不是称赞他本人。不久前我在塔西佗的作品里又读到这样的意思："看来能够偿还的好事令人愉快，若超出这个限度很多，我们不但不感激，还会以冤报德。"塞涅卡说得更激烈："因以不报答而感羞耻的人，愿意再也见不着那个要报答的人。"西塞罗则婉转温和："觉得自己无法报答你的人，怎么也不愿意做你的朋友。"

根据书的主题，可以看出作者是个有学问和博闻强记的人。但是要评论他身上哪些是他自己最有价值的部分，他的心灵的力量与美，那就需要了解什么是他的，什么不是他的，不属于他的部分里考虑到他的选材、布局、表现和语言，有多少是他的功劳。为什么？因为借用材料而加以糟蹋，这样的事比比皆是。

我们这些人读书不够，就会处于这类的困境，在一位新诗人身上发现美妙的创意，在一位传道士口里听到有力的论据，只有向某位学者请教这是他本人的创意还是人云亦云以后才敢赞扬。在这以前我绝不会贸然表态的。

我不久前一次读完了塔西佗的《历史》一书（我已不常有这样的事，20 年来还没有一口气读上一小时的书），我是听了一位贵族的推荐才这样做的，他本人以勇敢以及一贯的处事能力与善意很受法国人器重，这也表现在他的几位兄弟身上①。我不知道还有哪位作者会像塔西佗在《编年史》中，那么重视个人生活描述和个人见解。我觉得这与他看到的东西是相反的。他专注于同时代帝王的宫阙生活，这些生活穷奢极侈，绚丽多彩，以及他们残酷迫害臣民的一些人所共知的大事，他有丰富的资料，若要写的话会写得比各国大战与人间骚乱更为惊心动魄。然而我发现他文思干枯，对于那些壮烈的死亡只是一笔掠过，仿佛害怕内容重复冗长会叫我们生厌似的。

这类历史描述其实是最有用的。国家大事更多取决于命运的指引，而个人私事取决于我们自己的指引。更可说是评历史而不是写历史，里面教诲多于故事。这不是一部供阅读的书，是一部供研究与学习的书。到处是警句，其中有对的也有错的。这是一部伦理与政治理念大全，可作为操纵世界大势者的案头书目。他遵循他那个时代矫饰的文笔，措辞尖锐，振振有词地进行申辩。

那些人喜欢慷慨激昂，当事情平淡无奇时，他们也会借用这部书里的文章。塔西佗文风跟塞涅卡很相似，我觉得他更厚实，塞涅卡更尖锐。他的书更有益于一个战乱频仍的病态国家，就像我们目前的处境。你还可以屡次三番说他描述的就是我们，他针砭的就是我们。

对他的真诚表示怀疑的人却正好说明自己对他抱有偏见。他的意见是正确的，在罗马事务中站在正义的一方。然而我责怪他的是他对庞培的评价要比对庞培同时生活与来往的正直人更为激烈，认为庞培跟马略与苏拉是一丘之貉，除了他更加不露声色。庞培掌握政权不排除怀有野心与报复心，他的朋友甚至害怕他一旦胜利会失去理智的控制，虽还不至于像其他两位那样胡作非为。然而他的一生中并没有事例让我们感到威胁，认为他会明目张胆地实施残酷的暴政。

还有不应该用怀疑来代替事实，从而这使我难以信服。他的叙述

① 指蒙田的朋友，特朗一家三兄弟，在同一天内惨遭死亡。

朴实而平直，恰从这件事也可以证明事实并不总是确切符合他所下的结论；他的判断经常不顾他自己向我们提出的史实，而根据他的个人倾向做出。至于史实他倒不会篡改一点的。他无须为自己赞成当时的宗教、否定真正的宗教而道歉，这是遵照法律规定而做的。这不是他的缺点，而是他的不幸。

我重点研究他的评论部分，并不是什么都弄得明白的。比如提比略年老体弱时写给元老院的信中的这几句话："诸位大人，当此时刻我给你们写什么，或者怎么给你们写，或者该不该给你们写呢？我若知道这件事，但愿男女诸神让我死得比我每天感觉在死的还惨。"我看不出他为什么那么肯定这些话用在折磨着提比略良心的无尽悔恨上。至少我念到这个章节时还看不出其所以然来。

还有一件事我也觉得有点儿委屈他，当他必须说出自己在罗马担任过高官职位，他接着抱歉他这样说绝不是卖弄。这种做法我觉得对他这样的人物显得猥琐。不敢坦然谈论自己是有了某种心病。具有光明磊落判断力的人，判断事件明察秋毫，在任何时候都可以援用自己和他人的例子，给自己就像给第三者一样坦然做证。

世俗的礼仪规则应该突破，有利于真理与自由。我不但敢于说自己，还敢于只说自己。我在写其他事时会离题跑辙。我没有自爱到不知分寸的程度，也不会自恋到了看自己不像看邻居与树木那样清楚。这样的错误犹如看不到自己有多少分量，不亚于说的总比人家看到的多。我们欠上帝的爱比欠自己的爱多。我们对上帝知道不多，若要多，我们必须多谈。

塔西佗的作品还是说出了他的一些情况，这是一位大人物，正直勇敢，他的德操不是基于迷信，而是基于哲学与旷达。他的某些史料使人觉得可以商榷。比如说一名士兵抱了一根木架，双手冻僵粘在木架上，从手臂断落以后直到坏死为止一直没有脱开。在这类事情上，我习惯屈服于那些大证人的权威。

他还说韦斯巴芗皇帝得到萨拉匹斯神的神力，在亚历山大城用他的口水治愈了一个盲妇的眼疾，还有什么其他我不知道的神迹，他遵循一切优秀历史学家的例子与职责这样写。他们记录重大事件；社会大事中间也夹杂民间的流言蜚语。他们的任务是复述而不是调整大众信仰。后一部分工作是由神学家和指导良心的哲学家做的。

可是，他的一位同道——跟他一样的大人物——说得非常聪明："事实上，我追述的事比我相信的事多，因为我既无法肯定我怀疑的事，也不能删除传统教给我的事。"（昆图斯·库提乌斯·卢弗）另一位又说："世上有些事情不必费心去肯定或否定……人云亦云就是了。"（李维）在这个神迹信仰愈来愈淡薄的时代，他写作时还是愿意在他的编年史上不遗漏这些记载，不让自古以来备受那么多的善良人尊敬的事情失去立足之地。

这话说得太好了。让他们更多根据他们接受的史料而不是根据他们取舍的史料来保存历史。我写的材料我做主，不需要听命于他人，但并不相信自己写的全是真的。我经常也会写上内心冒出的几句赌气话——我自己也表示怀疑；还说几句俏皮话——我自己听了也摇耳朵。但是我让它们去闯天下。我看到有人做这样的事得到了荣誉。这不是我一人能够评判的。我让人家看到我的站姿和卧姿，我的前身和后身，我的右侧和左侧，我的一切天然习惯。各人的精神即使在力量上一样，在使用与情趣上也不尽相同。

以上是据我的记忆所提供的大致情况，颇不确定。一切迂阔的评论都是疏漏和不严密的。

第二十四章　论意志的掌控

　　跟一般人相比，让我感动的事——或者说得更确切——使我留恋的事不多。事物只要不控制我们，而只是感动我们，那还是理智的。我通过学习与思考，花了很大心思去提高无知无觉的这份特权——这在我的天性中原本已很突出了。

　　我常做的事不多，因而热心的事也不多。我目光清晰，但专注在少数事物上；感觉细腻不敏锐。理解与处事能力则鲁钝迁拙，进入状态缓慢。我对自己的事全力以赴；可是在这个题目上，我要克制一下感情，乐意不让它陷入太深，因为这个题材可由我控制，但也受制于人，命运对此比我更有权利。从而，就是我十分珍视的健康，我对它也不要过多祈求、煞费苦心地注意，让我觉得生了病就非同小可。人应该在怕疼痛与爱享乐之间保持克制。柏拉图主张生活中要走两者的中间道路。

　　但是对于那些使我不顾自己、分心他事的感情，我当然不遗余力抵制。我的意见是为别人应该效劳，为自己才应该献身。如果说我有意愿乐于仗义执言，一言为定，但是我坚持不了，我的天性与为人都太软弱。经过一场激烈持久的辩论以对手胜利而告终，热烈追求后得到令我面红耳赤的结局，这都会叫我痛心疾首似的难受。我若像别人一样坚持，我的心灵没有力量忍受这些死抱不放的人的号叫与激动。内心一骚乱必然土崩瓦解。

　　有时有人把我推出去执行外界事务，我答应接受，但不会呕心沥血；我负责，但不会如同身受；我可以做到事必躬亲，但不热情洋溢；我会照看，但不会时刻在琢磨。

需要我处理与安排的紧急家务已经够多，让我终日牵肠挂肚的，哪里还能定下心来接受外人的委托？自己本家日常维持生计的事与我利益攸关，也就不包揽别人的事了。那些知道欠了自己什么的人，那些知道该为自己尽多少义务的人，就会发现大自然已经给了他们这份订单，满满的，绝不会让他们闲着。家务有的是，不用出门去。

人总是出租自己。他们的天赋不是为自己，而是为奴役他们的人用的。这样住在家里的不是自己而是房客。我不喜欢这种普遍心理。心灵的自由应该爱惜，只有在正当时机才可以把自由暂时抵押，我们若懂得明辨的话，这样的时机是很少的。且看那些只学会冲动与仓促做主的人，他们到处抵押心灵的自由，不管大事还是小事，跟他们相干还是不相干的事；只要那里有事有义务，他们不加区别都参与进去，只要他们不手忙脚乱，就好像不是在活着。"他们为忙而忙着。"（塞涅卡）他们为了找事做而找事做。

他们并非要这么做，其实是他们停不下来，恰如一块石头下坠，不落到地面上是绝不会静止的。工作对某种类型的人是能力与尊严的标志。他们的精神在行动中寻找休息，犹如婴儿在摇篮中能够入睡。他们可以称为对朋友很讲义气，对自己充满怨气。没有人会把钱分给别人，但人人会把时间与生命分给别人，我们拿什么也没拿这两样东西那么挥霍，其实只有在这上面吝啬才是有益和值得提倡的。

我采取的态度完全不同。我立足于自己，一般来说对想望的东西想望得并不强烈，也想望得不多。忙工作干活儿也如此，次数不多，不慌不忙。他们要的事，他们管的事，让他们全心全意、满怀热忱去要去管。世上处处是陷阱，若要万无一失就要浅尝辄止。应该在表面上滑过，不要陷入太深。声色犬马之事，沉湎太深也会乐极生悲。

波尔多的先生们选我当他们城市的市长，我那时远离法国，更远离这个想法。我请辞，但是有人跟我说我错了，国王也下旨敦促。这个职位除了其职责的荣誉以外没有薪俸也没有津贴，就显得格外崇高。任期两年，通过第二次选举可以连任，但这个情况极为罕见。这出现在我的身上，从前还有过两次，几年前德·朗萨克先生做过，最近又有德·庇隆先生，法国元帅，我是接他的位子；我初次任职的位子留给了德·马蒂尼翁先生，也是法国元帅，我以有这样显赫的同僚而感到风光十足。命运造成了这个特殊的局势，又送我走上了仕途。这不算完全是虚妄；因为亚历山大对科林斯使臣要颁发给他科林斯居民资格时，不当一回事，后来听使臣说酒神巴克科斯和大力神赫拉克勒斯也在名册上，才向他们再三道谢。

到任后，我认认真真如实介绍自己，我觉得我是这么一个人：没有记忆，没有警觉性，没有经验，没有魄力；也没有仇恨，没有野心，不吝啬，不粗暴；告诉他们在我任上可以期待做到什么，让他们了解清楚。因为他们认识先父，以及对他的怀念，使他们作出了这个决定，我还向他们清楚说明，他们召我来工作的就是当年父亲任职的地点，假若市政工作让我感到不堪重负，就像当年父亲一样，我会非常不安。

我记得童年时看到他日见苍老，公务缠身戕害他的心灵得不到片刻安宁，忘记了他多年因体弱而格外留恋的家庭温馨，不顾家务、健康，为公事进行长期艰苦的旅行，不重视安全，也几乎失去生命。他是这样一个人：他天生宽厚仁爱，很少有人像他那么慈善与受人爱戴。

别人身上这样的人生态度我赞赏，却不思模仿，这里面有我的原因。他听人说我们应该为他人忘掉自己，个人与大众相比毫不重要。

世上大多数规则与箴言都借这样的人生态度，把我们赶到了门外，进入广场论坛，为大众谋利益。他们想到作出极大努力让我们脱离自己，放弃自己，并称我们过分依恋自己是出于一种天然的束缚，不惜说什么也要达到这个目的。贤人不按事物的实际，而按事物的实用来说教，这不是什么新鲜事儿。

真理对我们自有妨碍、不便和格格不入的地方。经常需要受骗才使我们不自骗，需要蒙住我们的眼睛、塞住我们的耳朵才能锻炼和改进视力与听力。"无知者当法官，就需要经常上当才不会判决荒唐。"（昆体良）当他们要求我们去爱我们前面三十、四十、五十度的东西，他们提出了弓箭手的技艺，弓箭手要射中目的，要瞄准靶子的上方。木材也是矫枉过正才会平直。

我看到在帕拉斯神庙里，也如在其他宗教的寺庙里，有一些公开的圣物向大众开放，其他更神秘更宝贵的圣物，只是向门内人展示。看来在这些人身上存在着彼此友爱的真正交集点。这不是一种虚假的友谊，让我们一心毫无节制地去追求光荣、知识、财富和诸如此类的事，仿佛是我们的肢体一样不可或缺；也不是甜丝丝、占有欲强的友谊，就像我们看到常春藤，它抱住的那块墙壁都会被它损毁；而是一种有益身心有原则的友谊，同样也相互帮助和愉悦。

谁明白了友谊的义务，并实施这些义务，谁是真正站在缪斯的殿堂里；他达到了人类智慧与幸福的顶峰。这样的人完全知道自己该做什么，认识到对自己实施其他人与世界的做法，也应该是自己的任务，这样做的同时对公众社会贡献出他的一份义务与效力。谁活着不为他人，也就不为自己活着。"要知道，谁跟自己做朋友，也跟大家做朋友。"（塞涅卡）

我们最主要的职责，是各人管好自己的行为。我们在世上要做好这点。谁若忘了洁身自好，认为管理别人学好也算是自己尽了义务，他就是个蠢人。同样，谁抛弃自己健康愉快的生活去为别人劳累，这在我看来也是个违背自然的馊主意。

我不赞成一个人在接受公职以后，拒绝在工作时心勤、腿勤、口勤，需要时不付出血与汗，精神始终处于休息和健全的状态，这不是没有活动，而是没有烦扰、没有激动，这是外界因素促成的，偶然的。单纯的精神活动危害不大，即使在睡梦中也在进行。但是启动时要谨慎小心。因为身体是人家给它多少压力，它也承受多少压力，而精神随自己的心意给压力加码，往往压得身体不堪重负。我们用不同的力气和不同程度的意志做同样的事。力气与意志两者脱节也可以不错的。多少人在与我们毫无相干的战争中天天冒生命危险，在其成败绝不影响第二天睡眠的战斗中出生入死？

那个人待在家里，远离他不敢正视的危险，对这场战争的结果却比在阵地上流血卖命的士兵更为起劲更动脑筋。我可以做到处理公务而丝毫不改变自己的本色，为人效劳而不亏待自己。

这种誓不罢休的欲望对于意图贯彻的妨碍多于方便，使我们对不顺利或迟迟不发生的事焦躁不安，对跟我们商量对策的人尖酸刻薄。

我们受事情左右摆布，就永远做不好事情。

运用判断与机智的人，做得比较利落；他装假、退让、搪塞，根据情况需要应付裕如。他达不到目标，不烦恼，不丧气，准备一切从头开始，往前走缰绳从不脱手。一心采用暴虐手段的人，其行为必然很不谨慎与很不公正；欲望急躁会不顾一切、行动鲁莽，命运若不伸以援手，不会有多少效果。当我们受侮辱，从哲学上来说，我们予以惩罚时必须制怒。这不是为了复仇时下手轻，相反是要下手重，打得准与狠。急躁在它看来只会碍事。愤怒不但扰乱思想，还使惩罚者的手臂容易疲劳。怒火使力量用不到一处。就像心急时"求速反而慢"。（昆图斯·库提乌斯）匆忙会失足，会绊跤，会停下来。"速度会受速度之累。"（塞涅卡）

比如说，根据我平时做人的经验，吝啬最大的麻烦来自吝啬本身。吝啬愈甚，其收效也愈小。一般来说，当吝啬戴上慷慨的面具时，才能更迅速地敛财。

有一位乡绅，极好的人，我的朋友，对他的亲土主子的事务过于关切，忠心耿耿，把自己的头脑也几乎弄糊涂了。他的主子亲口向我这样描述自己：他对待大事跟常人一样，但是对于无可挽回的事他果断地下决心忍受；他命令做好必要的粮食储备后——他思维敏捷可以很快办成——就安静地等待事情的发生。说真的，我看见过他做事，处理重大棘手的事情时行为举止与脸部表情都满不在乎，非常洒脱。我觉得他在逆境中比在好运中还更有气魄、更干练。对他来说失败比胜利、死亡比凯旋更光荣。

不妨想一想，即使在那些娱乐消遣性的活动中，如下象棋、打网球这类事，急功求成，求胜心切，使思想与肢体陷入混乱；他眼花缭乱，手足无措，屡屡出昏招。对于胜负成败不那么计较的人始终处之泰然；他在比赛时不慌不忙不冲动，也就更占优势，更有把握。

总之，我们要心灵掌握的东西太多，反而不能使它集中与牢记。有些事只需知道，有些事要记住，有些事要刻骨铭心。一切事物心灵都是可以看见与感觉的，但是都要由心灵自己去汲取养料。真正触动它的东西，真正融入和组成它的实质的东西，才使它得到教育。

大自然的规律使我们学到我们必须学习的东西。贤哲告诉我们，按照自然的规律没有人是贫困的，按照人的意见人人都是贫困的，他们还细致区分从自然而来的欲望和因我们胡思乱想而来的欲望。大家看得到的欲望是来自自然的，在我们面前躲闪、让我们追赶不上的欲望是来自我们的。钱财的贫乏易治，而心灵的贫乏则不可治。苏格拉底看到有人担了大量钱财、珠宝和珍贵家具，大摇大摆穿过他的城市，说："我不要的东西怎么这样多！"梅特罗道吕斯每天吃12盎司粮食过日子。伊壁鸠鲁更少。梅特罗克勒斯冬天跟羊群一起睡，夏天宿在教堂的回廊里。"自然的需要自然皆可以供应。"（塞涅卡）克里昂特斯靠双手生活，还夸口说，他愿意的话还可以养活另一个克里昂特斯。

为了保护我们的生存，大自然原本对我们的要求确实是非常小的（究竟多么小，究竟生命只需靠什么就可以活下来，再也没有比下面这句话说得更清楚了：小得连命运怎么捕捉与冲撞都逮不住它），还允许我们自己再增添一点；这就是把我们每个人的习惯与条件也称作是自然需要吧；让我们根据这个尺度来犒赏自己，款待自己，我们的从属物与打算也可以扩大到这个程度为止。

因为在到达这个程度以前，我觉得我们总还有个借口。习惯是第二天性，但不比第一天性弱。我的习惯中缺少的东西，我认为也是我生命中缺少的东西。我在目前这个状态中生活了那么久，若有人要我紧缩和放弃，这不啻是让我盼着他们夺走我的生命。

我再也不是承受大变动、投入陌生新生活的年龄了。即使向高处走也不行。没有脱胎换骨的时间了。我抱怨的是有的好事当我还能享受时不来而现在才落到我的手中，我自叹腹中枉有些许经纶。做正直人太晚了还不如不做，生命已没有了还说什么明白地生活。我这人来日无多，乐意把处世谨慎的经验传给后来者。那也等于餐后才送上了芥末。对于我已无用的财富我也不知拿来做什么。对于一个头脑不清的人学问有什么用？让我们看到礼物，却引起心中正常的哀叹，该来的时候没有来，这正是命运之神对我们的侮慢与不再宠爱。

不用再引导我，我再也去不了哪儿。令人满足的事各种各样，对我们唯有耐性而已。你去给双肺已腐烂的歌手一副响彻云霄的好嗓子，让深居阿拉伯沙漠里的隐士能言善辩吧！没落毋需技巧，每件工作最后总是结束。我的世界已走到了头，我的形式是空了；我完全属于过去，必须承认这一点，相应走上这条出路。

我要说的是这个：教皇①最近在日历上抹去了十天，这使我情绪非常低落，让我无法适应。我生长在不以这样计算日期的年代里。这样一个悠久古老的习惯在向我招手，向我召唤。我无法接受这个仅仅是稍作改动的新事物，不得不在此当上了异端分子。尽管我年事已高，我的想象还总是跑在时间前面十天或后面十天，在我耳边嘀嘀咕咕。

这个规则涉及要活下去的人。即使健康多么甜蜜，断断续续找上门来，给我带来的也是遗憾多于享受，我已不再有地方可以容纳它了。时间正在离我而去；没有时间什么都无从占有。我看到世上有多少选择产生的高位，只是留给正要离去的人们，我对这一切都付之一笑！没有人关心他履职时能尽多少心力，能做多么长久：他一进门就要找边门出去了。

总之，我正在准备了结这个人，不是重新塑造一个人。年深日久，形式在我身上变成了实质，习惯也变成了天性。

所以我说我们每一个脆弱的生灵，认为在这个范围内的东西都是自己的，这情有可原，但是同样一出了这个范围都只是一片混乱。这是我们能够给予自己权利的最大空间。我们愈是扩大自己的需要与占有物，我们愈是会受到命运的冲击与灾星的降临。我们应该给欲望的路程设立禁区，限制在最近最直接的好事上。此外这条路程不应该设计在向外畅通无阻的直线上，而是按圆圈而行，路程的两端经过一个简单的转弯，汇集在我们自己身上。这番曲折也可说是接近实质的反思，没有曲折的行动就像吝啬者、野心家和其他直奔目标的人的行动，他们可以冲在别人前面奔跑，但这是错误和病态的行动。

我们的工作大部分都是闹剧。"人间就是一出戏"（佩特罗尼乌斯），我们应该尽心尽责扮演自己的角色，但只是一个特定人物的角色。不应该把面具与外形作为精神实质，把别人作为自己。我们不善于辨别人皮与外衣。在面孔上涂脂抹粉已经足够，不用再在良心上涂

---

① 教皇格列高利十三世改革儒略历，实际减去11天，后世称格列历，法国在1582年实施。

脂抹粉了。我见过有的人担任过多少个职务，变脸和变心就变了多少回，脑满肠肥大模大样，甚至在私室里也一身官气。

我教不了他们如何区别称赞他们本人的高帽子与称赞他们的差使、随员还是骡子的高帽子。"他们那么陶醉于自己的好运，竟至忘了自己的本性。"（昆图斯·库提乌斯）他们的官职高，把自己的心灵与思考能力也吹嘘得那么高。

波尔多市长与蒙田从前总是两个人，泾渭分明。作为律师与财政官员，不能不认清这类工作中的欺诈行为。正直的人跟他的职业中的罪恶或愚蠢是不相容的，可是不应该拒绝干这门行业；这是国家大事，有益于大众。人要靠世界过日子，尽量往最好方面去做。但是一位皇帝要超越自己的帝国，不掺私心杂念高瞻远瞩；而本人应该知道如何独自作乐，还像个普通人那样心地坦白，至少对他自己如此。

我不会让自己全身陷得那么深。当我决心站到哪一方，绝不至于偏激得不问是非。当此国家处于乱世时期，我没有因利益攸关而看不到我们对手值得赞扬的优点，我追随的这些人身上应该谴责的缺点。他们对自己一方的事都表扬，而我看到我方的大部分事都不能原谅。

一部优秀的作品并不因为它跟我的事业作对而失去它的精彩。除了争论的焦点以外，我让自己保持公平和完全置身事外的态度。"除战争的需要以外，我不怀任何深仇大恨。"（佚名）这点我对自己很满意，因为我常看到别人陷入相反的境地。"让不会利用理智的人去利用感情吧！"（西塞罗）

有人让愤怒与仇恨超过了事件本身，大多数是说明这来自其他特殊原因，就像某人溃疡病治愈了，但高烧还是不退，这说明他另有一种隐病。事实是为了公众事业，只要公众事业损害的是大家与国家的利益，他们绝不会恨；只是因为它损及了私利他们才会恨得什么似的。这就是为什么他们大动肝火，到了不顾正义与公理的程度。"他们谴责整体事业并不一心一意，但是谴责涉及个人的小事则步调一致。"（李维）我希望我方占优势，占不了优势我也不会发疯。我坚定地站在更磊落的一方，但是我不愿别人有意强调我超过一般情理与其他人为敌。这种恶劣的风言风语令我特别反感："他是神圣联盟的人，因为他欣赏德·吉兹王爷的风雅。""那瓦尔国王的活动叫他吃惊，他是个胡格诺。""他对国王的为人说三道四，准是怀有异心。"

我对那位大臣也不让步，虽然他有理由把一部书列为禁书，因为书中把一位异端评入本世纪最优秀诗人行列①。我们就不敢说有一个小偷长了一双好腿脚？女人当了妓女就一定品格下贱？在那些更智慧的年代，马库斯·曼利乌斯作为宗教与民众自由的保卫者，被授予卡皮托利人的最高荣誉后，又曾追回过他这个头衔吗？因为他后来热望建立君主制，有违于自己国家的法律，从而对他高风亮节的奖赏、彪炳史册的战功都一笔抹煞了吗？

他们若恨上了一名律师，第二天就会把他说成才疏口拙。我在其他地方也说到狂热驱使某些正直的人犯同样错误。我会如实地说："他坏心做这件事，他好心做那件事。"

同样，当事情的预测与前景看来黯淡不利时，他们都愿意自己一派的人个个是瞎子和笨蛋，他们的劝说与判断不是为真理服务，而是为实现我们的愿望服务。我只怕自己会受愿望的控制，以致纠偏后会朝向另一个极端走去。此外我对向往的事稍带怀疑的感情。在我那个时代，看到那些老百姓真是出奇地好糊弄，不问情由就让人摆布自己的信念与希望，去取悦和效力他们的头领，错误再多也视而不见，幻想与迷梦再破灭也不在乎。

我不再奇怪那些人中了阿珀洛尼厄斯和穆罕默德的花招，给他们牵了鼻子走。他们的感觉与理解全被狂热窒息。他们的辨别能力只限于选择叫他们乐开怀和让事业得益的事。在第一个狂热宗派②出现时，我已经注意到这占了显著地位。接着成立的另一个组织③，模仿它还有过之而无不及。

以此我看出这类事与群众的错误是密不可分的。第一个错误出现后，群众就同声附和，随波逐流。你若另有看法，若不随大流，你就不算是同一派。当然若用骗子去帮助这些正确的派别，那是在害它们。我对此始终持不同意见。这种做法只对病态的人有用，对于正常

---

① 事指宗教裁判所 1580 年至 1581 年在罗马谴责蒙田赞扬加尔文的继承者泰奥多尔·德·贝萨。

② 指主张宗教改革的新教徒。

③ 指天主教神圣联盟，成立于 1576 年。

的人还有更可靠也更诚实的做法，就是保持他们的勇气与原谅事情的挫败。

天下还没有见过恺撒与庞培这样严重的对立，今后也不会见到。然而我觉得在这些高尚的心灵里还是可以辨认出惺惺相惜的感情。这是一种争夺荣誉与指挥权的嫉妒，并不使他们产生不共戴天的仇恨，没有恶毒用心与诽谤。在你死我活的激战中，我发现他们流露出对彼此的尊敬与好意，因而我认为若能做到的话，他们中的哪位都希望成就自己的大业，更愿意不因此引起对方的毁灭。马略与苏拉的争雄完全不一样，这要小心提防。

做人不应该疯狂追求情欲与利益。我年轻时爱情来得太快我就抵制，有意安排得不太愉快，以免我沉湎其中，最后完全听从爱情的摆布；其他场合遇上精神过于亢奋时我也如法炮制。感到心像喝了酒似的跃跃欲试以求一醉时，我偏偏违反心意去做。我赶快逃避，不让自己过于纵情欢乐，以免要收回心时头破血流。

人的心灵糊里糊涂，看不透事情，坏事没有把它们害个够，就认为交上好运了。这也是一种精神麻风病，气色健康，即使哲学对这种健康也一点不小看。但是这也不是要把这个称为智慧的理由，像我们常做的那样。有位古人以此嘲笑第欧根尼，要在严冬三寒天，赤身裸体去拥抱一个雪人，考验自己的耐力。那个人遇到他时正处于这个状态。于是问："这个时候你冷得很吧？"第欧根尼回答说："一点不冷。"那人又说："既然不冷，那你这样抱着怎么算是高难度的示范动作呢？"为了检验恒心，必须学会吃苦头。

但是，心灵要受到命运千辛万苦、艰苦卓绝的折磨，要依人生中原有的严酷与沉重来衡量和体验，那就要利用人生艺术不去深究其原因，避开其锋芒。柯蒂斯国王就是这样做的：有人向他献上一套华美贵重的餐具，他给予厚赏；但是这套餐具实在脆薄易碎，他立即自行把它们打破，趁早别让自己动辄为此事跟仆人发脾气。

同样，我有意避免让自己的事务关系不清，也不想把我的财产跟我的亲戚与有深交的朋友沾上边，疏远与纠纷一般都是从这里产生的。从前我喜欢玩牌和掷骰子这类靠运气的游戏，也在很久以前戒除了，只是因为输了不管脸部表情怎么样，心里总不免有点疙瘩。一个自尊的人遇到撒谎和冒犯会想不开，也不会把这看作是一件蠢事而心中释然，这样的人应该避开暧昧和易起争执的事找上门来。

愁眉苦脸的人，易发脾气的人，我躲之唯恐不及，像见了瘟疫病人一样；对于不能无私和坦然对待的言论，若不为职责所逼，我也不参与。"开始就不做比中途停下不做要省心得多。"（塞涅卡）最可靠的方式是未雨绸缪，事前防备。

我自然知道有的贤哲去另一条道路，他们不怕同时遇到许多事去面对和解决其中的要害问题。这些人自信有力量，依靠它抵挡一切来犯之敌，以毅力与耐性跟逆运搏斗。我们不要搬弄这些例子；我们永远望尘莫及。他们执意要看个究竟，不会为国家的毁灭而心烦意乱，因为这掌握和控制着他们的整个意志。我们这些普通人，承受不了这样的力量与严酷。小加图为此放弃了他无比高尚的一生。对于我们这些小人物，暴风雨应该远远躲开。我们必须敏感，而不是忍耐，避开我们不知抵御的打击。

芝诺看到他喜爱的青年克莱莫尼代斯走近，在他身边坐下，突然站起身。克里昂特斯问他原因，他说："我听医生再三叮嘱要休息，不让任何部位激动。"苏格拉底不说：不要向美色的诱惑投降，要抗拒它，要反击它。而说：赶快逃离，跑出它的视线范围，不要跟它相逢，犹如躲开从远处抛过来打人的剧毒药。

他的一位好学生，编造或是叙述（我的意见是叙述多于编造）那位大居鲁士罕见的美德，说他提防自己没有力量去抵挡他的女奴、著名的绝代美人庞蒂娅的诱惑，就让另一位没他那么自由自在的人去探望和看管她。《圣经》也这么说："不叫我们遇见试探。"我们在祈祷中不说让我们的理智不要被美色打倒和征服，而是说我们的理智连试探也不要试探，不要让我们落到这个地步，由着罪恶接近、挑逗和诱惑而叫苦连天，祈求我们的主让我们的心保持宁静，彻底摆脱恶人的骚扰。

有人说他们战胜了复仇的情欲，或者其他难以克服的类似情欲，说的是目前的实情，不是以前的实情。他们对我们说起时，他们错误的原因都是他们自己造成和夸大的。但是回溯以前，再从根源上去探讨原因，那时你就会看到他们不是无可指摘的。他们是否要说从前犯的错误在现在看来也就小了，从一个错误的开始会产生一个正确的结果？

谁像我一样希望国家兴旺，而又不为之生溃疡病和消瘦，看到国家遭到破坏或经历一个破坏力并不稍减的时期，会不开心但不会发抖？

谁不张口结舌对君王的恩宠有所求，看作是生命中不可或缺的东西，那么看到他们面貌冷淡，接待怠慢，心思变化无常，也就不会太介意。谁不甘心为人奴似的溺爱儿女和追求名利，那么失去后也不会生活不自在。谁做好事主要为了自我满足，那么看到人家诋毁他的行为，攻击他的善举也就不会困扰。有点儿耐性这些烦恼都是可以消除的。

我用这个药方效果就很好，烦恼一冒头就把它轻易化解，从而觉得避过了许多劳苦与困难。激情初起时只费一点力就可予以制止，问题开始感到棘手、还未折腾我以前便抛下不顾。起跑止不住，奔跑也就停不下。不知道把它们拒之门外，以后也难把它们赶到门外。不能赢在开头也就不能赢在最后。控制不了晃动也止住不了坠落。"人一脱离理智，情欲就自由漂流；人性的弱点自以为是，鲁莽地进入大海深处，再也找不到避风港栖身。"（西塞罗）我及时感到微风吹入心中进行试探，发出声响——这是暴风雨的征兆："心灵早在征服以前便已动摇。"（佚名）

一个世纪以来，世事纷扰，阴谋诡计不断，我天性对此深恶痛绝，超过切身受到严刑和火烤；多少次我对待自己明显不公，为了避免从法官那里遭受更大的不公？"为了避免诉讼，应该不遗余力，甚至要超出能力去做一切。因为放弃一些自己的权利不但是件好事，有时还是件有利的事。"（西塞罗）

我们要是聪明的话，就应该高兴和夸奖，如同有一天我听到一位大家族子弟天真地逢人便庆贺他的妈刚打输了一场官司，就像摆脱了咳嗽、发烧或其他久治不愈的病。命运之神赐给我的这些恩宠，若有赖于有权柄者的亲谊和交情，我努力根据良心有意回避，不去利用来伤害别人，也不在正当的范围外实施自己的权利。

总之，我白天有那么多的工作要做（幸好我还能这么说），至少还没有上过一次公堂，也没有发生过一场口角。尽管我若愿意的话，好几次我可以师出有名，为自己的好处打上几场官司。我不久就要过完长长的一生，没有遇到过或给过人家严重的伤害，除了自己的名字以外也没有其他恶名：上天少有的恩泽。

引起我们最大纷争的动机与原因都很可笑。我们最后一位勃艮第公爵就为了一车子羊皮跟人吵架，造成了多少废墟①？这颗地球遭受的最可怕的灾难，其最初的主要起因不就是为了一枚纹章上的图案么②？而庞培与恺撒只是前两位的后辈与效法者而已。我在自己那个时代见过国王议院中最智慧的人物，花费国帑大摆场面签订条约与协议，其实真正的决策取决于具有至高权威的夫人内阁的闲谈和几位小女人的爱好。诗人们深解其中真意，因而说为了一只苹果把希腊和亚洲陷于血泊火海之中③。且看那个人为什么提了宝剑，揣了匕首，拿自己的荣誉与生命去碰运气；让他给你们说说这场争论是怎么引起的，他告诉你不会不脸红，因为原因实在太无聊了。

一开始，只需要有点见识便可消弭争端；但是一旦上了船，各种缆绳都在拉扯。这时需要有大气魄，那要困难和严重多了。真是上船容易下船难啊！应该从反面去学习芦苇生长之道，芦苇第一节很长很直；但是接着好像疲倦喘不过气来，节子短而密，仿佛停顿，已没有最初的活力与坚韧。应该在开始时仔细冷静，把耐力与冲动留到工作关键与完成的阶段。事件初起时可由我们指导，随我们的心意发展。但是后来当它们发动后，是它们指导我们、控制我们，我们只有跟在它们后面去。

然而这不是说这个忠告给我解除了一切困难，我经常不用费多少力气就可降服和控制我的情欲。它们并不总是按照时机场合进行调节，有时一来还很冲动暴烈。无论如何还是可以从这个做法中节制了感情，取得了效果，除非是有些人，他们做什么好事若不沾上名声就

---

① 影射勃艮第公爵查理（大胆者）对瑞士人的战争。起因是一个瑞士人经过罗蒙大人的领地，被他抢去了一车羊皮。

② 苏拉战胜努米底亚国王朱古达，要在纹章上刻图案纪念这次凯旋，此举引起马略嫉妒，遂成嫌隙。

③ 指希腊神话中，帕里斯评判金苹果属于谁而引起特洛伊战争的故事。

对任何效果都不满意。

因为事实上，这样的事有没有价值全看各人自己。如果你在加入行列和事态已经明显以前就已经改宗了，你为此更快乐，但不为此更受人重视；此外还有，不单是在这件事上，而且在人生的其他一切责任上，追求荣誉的人所走的道路确实与讲究秩序与理智的人是不同的。

我见过有些人没头没脑地、奋勇地进入竞技场，奔跑中慢了下来。如普鲁塔克所说的，有人由于做了见不得人的坏事，心虚，不论人家要什么，有求必应，事后又随便食言，赖个干净；同样的，轻易加入争吵的人也会轻易退出争吵。同样一件难事，会让我望而却步，当我激动和发热时又会挑动我去干。这是一种坏习惯，因为一旦你沾上手，你必须干到底或者自己垮掉。贝亚斯说："接手时随随便便，但是干起来风风火火。"缺乏谨慎会变得缺乏勇气，后者更不可忍受。

今日我们解决纷争的办法大多数很不光彩，充满谎言；我们寻求的是保全面子，于是背叛和掩饰我们真正的意图。我们掩盖真相；我们知道自己是怎么说过的，是什么用意，在场的人也都知道，我们要我们的朋友感到我们的优势。我们隐瞒自己的想法，为了达成协议靠虚伪去拣便宜，这损害了我们的坦诚和光明磊落的名声。为了挽回我们作出的否定，我们又一次否定自己。这不应该光看你的行动或你的言辞有没有另外解释；此后不管要你付出多大代价，应该维持你的真正诚意的解释。人家在对着你的品德、对着你的良心说话，这两样东西是戴不上假面具的。让那些卑劣手段和权宜之计应用在法庭诉讼中吧。

我看到为了弥补不当行为天天有人道歉与谢罪，而我觉得这些道歉与谢罪比不当行为本身还要丑恶。宁可再羞辱对手一次，也比向他作出这样的弥补来羞辱自己好。你在火头上顶撞了他，恢复冷静与理智后又去安抚他、讨好他，这样你后退的比前进的还多。我认为一位贵族不论说什么坏话，也不及他在强权的逼迫下否定前言那么可耻。一位贵族固执己见要比胆小怕死更可原谅。

情欲要我节制容易，要我避免则难。"从心灵中剔除要比克制容易得多。"（佚名）谁不能达到斯多葛派的那种高贵的无动于衷，那让他求助于我这种黎民的愚钝。那些人做这个靠的是品德，我做这个靠的是性情调养。中心地带酝酿风暴，两端则是哲人与俗人，一心想着过的是太平安逸日子。

一切事物诞生时都是柔弱的。可是应该睁大眼睛看着初始之时。因为小时不发现它的危害性，大时就会找不到医治之药。我抱有野心时，每天遇到千万个难题不容易解决，还不如在内心油然产生这个想法时，毅然把它抑止，这要容易得多。

一切公开活动都会招来不确定与莫衷一是的看法，因为评判的脑袋太多了。有人提到我担任这个城市的职位（我也很高兴能对此说上一句，不是这工作值得一谈，而是表示我在这类事情上的做法），说我在工作上缺少魄力，做事慢条斯理；他们倒离开表面现象不远。

我试图让自己的心灵与思想保持平静。"天性本来就爱静，今日年老更甚。"（西塞罗）有时我的思想一放肆给人留下粗鲁激烈的印象，这实在不是我的初衷。至于我天性慢条斯理，不要从中得出这是我无能的证据（因为不着急与不关注是两回事），更不要认为这是我对波尔多市民的漠视和忘恩负义。他们在认识我的前后，利用手中掌握的一切大大小小的方法来拥戴我，第二次推选我时比第一次还踊跃。

我愿他们一切都称心如意，当然任何时刻我会尽心尽力为他们效劳。我为他们就像为我自己竭尽忠诚。这是善良的人民，慷慨好义，也能服从与守纪律，若善于诱导必成大事。人们还说我在职时一切既不突出也无痕迹。这是好事，当大家都在兢兢业业工作时自然会嫌我没事做了。

我受意志驱使时做事雷厉风行。但是这却是坚韧不拔的大敌。谁根据我的特长使用我，给我分派的工作需要活力与自由的工作，做法直率，历时不太久，可以含风险，这样的事我可以有所作为。如果时间长，繁琐，辛苦，需要装模作样，转弯抹角，那不如另请高明了。

并不是一发重要的差使都是艰难的。事情如果确实需要，我会作出吃苦耐劳的准备。因为我还是有能力多做和做我不爱做的事。我自己知道，凡是我有责任去做的事我不曾半途而废过。那些职责与野心不分的事，以职责的名义来掩盖野心的事，我很容易忘记。但往往是这些事情听在耳里，看在眼里，人人皆大欢喜。可以出彩的不是事情本身，而是表面文章。他们若听不到声音，还以为大家都睡着了。

我跟爱喧闹的人完全是两个性子。我能够制乱而自己不乱，惩罚捣乱秩序者而自己心情不变。我要不要发怒和大光其火？偶尔用来装装样子。我的脾气温和，失之于软，不急躁。一位官员闲着我不怪他，只要他手下人也闲着，法律也闲着。我赞赏生活顺溜低调，不喧声，"不卑不亢不堕落。"（西塞罗）命运也要求我如此。我出身的家庭，过得平平淡淡，不事声张，历代讲究门风敦厚。

我们这个时代的人养成了浮躁、爱出风头的性格，以致不再注意善良、节制、平等、恒心，以及宁静无为的品质。丑事到处可见，好事了无影踪，病态满目皆是，健康则很罕见。令人高兴的事也就无法与令人伤心的事相比。把会议室可做的事放在大庭广众面前做，把前一夜能做的事放到白天中午做，同事可以做好的事恨不得自己来做，这样做是为了沽名钓誉和个人利益，不是为了对工作有利。就像希腊某些外科大夫，用木板搭台，在众目睽睽之下表演他们的开刀手术，目的是用熟练技术招揽顾客。他们认为大吹大擂才能让人听到事情得到良好解决。

野心不是小人物的一种罪行，也不是我们花力气所能实现的。有人对亚历山大说："令尊给您留下了一大片易于治理的和平疆土。"虽然这个孩子羡慕父亲的武功与他的政策的正义性，但是他不甘心懒洋洋、太平无事地管理世界帝国。在柏拉图的著作中，亚西比得宁可在年轻英俊、富有、高贵、极有学问时死去，也不愿在这个阶段停滞不前。

这样胸襟气魄的人身上有这个毛病可能是可以原谅的。但是那些侏儒、鼠辈小人也要沐猴而冠，以为判对了一桩案子或者维持了城门前的秩序，就可以名扬天下，真是要想出头反而露出了屁股。这种微不足道的好事既无分量也无生命力，一说出口最多传到下一条街口就烟消云散了。跟你的儿子与仆人去侃这号事吧。就像那位古人，见没有人听他的吹嘘，承认他的勇敢，就对着他的女仆大叫："佩莱特啊，你的主人真正是个儒雅的人哪！"

连这个也办不到的话，那就跟你自己去说吧，就像我认识的一位参政员，他聚精会神又蠢到极点地照本宣读一连串段落后，抽身离开议事厅到了宫里的小便池，只听到他认真地念念有词："主啊，荣耀不要归于我们，不要归于我们，要因你的慈爱和诚实归在你的名下。"（《旧约·诗篇》）谁若不能从别处得到，就只能自掏腰包了。

好名声可不是贱价出售的。它来自难能可贵的表率行为，绝不允许日常数不清的琐碎小事来凑热闹。草草修好一堵墙头或者挖通路旁的水沟，仅可把名字刻在大理石上对你歌功颂德一番，但是人是有感觉的，他们不会这样做。好事并不是做了以后都有反应的，这要求它艰巨和非同一般。据斯多葛派的看法，任何出自美德的行为根本不要求得到人家注意。有个人清心寡欲，拒绝一个满目眼屎的老太婆，他们认为对这样的人有什么可以感慨的呢。有人承认阿非利加西庇阿的高尚品质，但是拒绝珀尼西厄斯要给予他荣誉，称赞他谢绝重赏的做法，因为这样的荣誉感不是他一人独有的，而是他的时代共有的。

我们享有的福乐跟我们的命运是一致的。不要妄想大人物的福乐。我们的福乐更自然，因而也比他们的更稳固更可靠。即使不是从良心至少也要从野心出发去拒绝野心。要蔑视对虚名浮誉的贪图，这些是要我们低声下气向各式各样人物讨好的。不择手段，不计代价，"在市场能买到的光荣是什么玩意儿？"（西塞罗）

这样得来的荣誉不是荣誉。我们要学会没有能力赢得光荣也就不要贪图光荣。做了一件有用无谓的事神气活现，这是对这类事大惊小怪的人才会这样。这让他们付出代价，于是要提高它的身价。一件好事愈是叫得响，我愈是贬低其中的好意，会怀疑这是做了扬名而不是行善。抖搂到大众面前已算是一半被出卖了。这类行为若由做的人不经意间悄悄泄漏出来，然后有好事者核实后露出了水面，让它们自行不胫而走，这才有点意思。"我认为，不事声张、不忌讳人家怎么说的情景下做的事最值得赞扬。"（西塞罗）那位世上最神气的人是这么说的。

我只求事物的维持与存在，这都是无声无息、悄然进行的。革新引人注目，但是目前迫于形势，抗拒新兴事物，革新也就遭到了禁止。悠着做有时跟做一样高尚，但是悠着做就较少公开。我能贡献的绵薄之力也差不多在这方面。总之，选我上任的时机符合我的性情作风，我为此非常感激。

有谁为了看医生治病而希望自己生病的呢？若有医生为了表现他的医术而让我们得上瘟疫，不是应该抽鞭子吗？我绝没有这种不健康但颇为普遍的心理，希望这座城市动荡不安、百业凋敝，来显示我施政高明。我脚踏实地为市民安居乐业贡献力量。我工作时按部就班，冷清清，静悄悄，有人对此不以为然，但是他无法改变我有幸担任此职位属于我的工作作风。

我生来是这样的人，我喜欢自己既幸运又聪明，有所成就既归功于上帝的恩宠，又有赖于自己的工作参与。我也曾苦口婆心向大众说到我才疏学浅难以担任这项公职。比才疏学浅更糟的是我并不嫌弃才疏学浅，也不思改变才疏学浅，由于我已习惯于这样的生活。我对自己的政绩也不满意，但是当初对自己定下要做的事差不多都做了，对别人许愿要做的事还大大超过；因为我愿意答应的事要少于我能做的和希望完成的事。我要肯定自己没有留下冒犯和憎恨。至于留下对我的遗憾和希望，我至少知道我并不十分在乎：

　　我能信任这奇妙的宁静吗？
　　我能忘记风平浪静的海水下
　　隐藏的是什么吗？

——维吉尔

第二十五章　论阅历

　　没有一种欲望比求知的欲望更自然。我们尝试一切可以达到求知的方法。当理智够不上时，我们就使用经验。

　　经验是一种较弱、较不受重视的方法；但是真理是这么一件大事，我们不应轻视任何指引我们通往真理的媒介。理智的形式五花八门，使我们不知道怎样取舍，经验的形式也不见得更少。看到事物的相似就从中得出结论是不可靠的，尤其因为事物总是不相似的。事物的面目中若说有什么普遍性的话，那就是它们各有差异，互不相同。

　　希腊人、拉丁人和我们，都拿鸡蛋形状作为最明显的相似性例子。[1]然而也有人，尤其那位德尔斐人[2]，辨别得出鸡蛋的不同之处，绝不会把两只鸡蛋认错。他养了不少母鸡，还知道哪只蛋是哪只鸡生的。

　　我们的作品在形成过程中就产生了相异性，人工绝对达不到相同模样。扑克制造商贝罗泽和任何人都不可能把扑克牌的背面做到光洁无疵，让赌徒眼睛盯着发牌时认不出区别来。相像不会完全一样，相异则完全两样。大自然必然承诺要创造就创造不一样的东西。

　　可能那位查士丁尼一世皇帝的看法我也不大欣赏，他的《国法大全》把法律化整为零，弄得复杂繁琐来限制法官的权柄。他没有看到

---

　　① 法国俗语："如两只鸡蛋那么像。"

　　② 据《七星文库·蒙田全集》，应是西塞罗著作中提到的德洛斯人，不是德尔斐人。

法官按照自己的方法还是有同样的自由与空间去解释法律的。那些人还在嘲笑呢，他们用《圣经》上说得明明白白的话提醒我们，来限制与终止辩论。尤其因为我们的思想在检验别人的意思与表达自己的意思时都有同样的广阔天地，曲解仿佛也没有胡说八道那么耸人听闻与恶劣。

我们看到他是大错特错了。因为在我们法国，法律条文要比世上其他各国的总和还多，解决伊壁鸠鲁的所有原子世界还绰绰有余，"从前是丑闻，今日是法律，都是人间祸害"。（塔西佗）我们听任我们的法官来谈看法和做决定，以前还从来不存在这么强大与无所约束的自由。选择十万件不同的案例，用上十万条法律条例，我们的立法官这样做又得到了什么呢？

从人类行为无限的差异来说，这个数目实在微不足道。我们的法律再是成倍增加也跟不上案情的不断变化。就是把法律条例再乘以 100 倍吧，以后发生的案子中也找不出一件，会在我们筛选归档的千万件案子中，遇见另一件跟它完全吻合无异的，这里面总有一些情境与过程的差别，需要对此做出不同的考虑与判决。

我们的行为处在永恒的变动中，与固定不变的法律不大能够联结配合。最令人期望的法律是条文最少、最简单、最笼络的那种法律；我还这样相信，像我们这里这么庞杂的法律还不如没有法律的好。

大自然给我们制定的法规，总比我们给自己制定的法律更叫人幸福。诗人对黄金时代的描述，我们看到那些没有其他法律的民族的生活状态，就是明证。有的民族审判案件，是请第一个沿他们的山岭走来的过路人当法官。还有的是在集市那天，选出一个赶集人，当即把一切案子都审完。让最贤明的人当场凭眼力，不援用先例，不考虑后果，把我们的案件都一次审完，这有什么危险吗？正是什么样的脚套什么样的鞋。

西班牙斐迪南国王向西印度群岛殖民地移民，作出英明的决定，不许带去学法律的学生，担心这个新世界此后诉讼不断，因为这门学科就其本质来说就是口角与分裂的源泉。柏拉图说得对，法学家和医生都是国家的祸害。

我们的日常语言用在其他方面都那么轻松，为什么一写上了合同与遗嘱就变得晦涩难懂？那个人不论口头与书写都表达清楚明白，为什么在法律上说个什么没法不引起怀疑与反驳呢？要不就是精于此道的讼师小心翼翼，字斟句酌，用词严谨，笔法圆滑，每个音节都要掂量，每个组合都要剖析以致细针密缕，话中有话，似有所指又无所指，对不上任何语言的规则和规定，叫人看了简直不知所云。"一切分裂成了尘土，也就难于分辨了。"（塞涅卡）

谁见过孩子想把一团水银挤成一大堆水银珠吗？他们把水银挤得愈凶，愈要按照自己的意愿要它就范，这个生性豪爽的金属愈向往自由，躲开他们的逼迫，缩小分散，数也数不清楚。同样道理，抠字眼儿，钻牛角尖，只会叫人加深怀疑；让大家增加和混淆困难，纷争不已。扩散问题又细分问题，这让世界上冲突层出不穷，充满不安定。就像泥土，翻得愈深愈细，愈会长庄稼。"知识制造困难。"（昆体良）我们以前怀疑罗马法学家乌尔皮恩，现在还怀疑巴尔道吕和巴尔杜斯。这些数不胜数的意见分歧痕迹应该一笔抹去，不要舞文弄墨，装进后代人的脑袋。

我不知道对此该说些什么，但是凭经验觉得过多的说明反而冲淡和破坏实情。亚里士多德写文章是为了让人了解，他若做不到这一点，别人更做不到了，因为他在谈自己的想法，别人在这方面怎么会比他能干呢。我们打开物质，浸泡稀释；我们把一件事划分成1000件事，又增加又细分，跌入了伊壁鸠鲁的无限原子说中。

从来没有两个人对同一件事作出相同的判断，也不可能见到两个意见是一模一样的，不要说在不同人身上，就是在不同时间的同一人身上也见不到。一般来说，评论家不屑谈论的事我会对之怀疑。我更容易在平地上跌跤，就像我知道有些马在康庄大道上更会失前蹄。

谁不说注解增加疑问与无知，既然不论是关于人和神的任何哪部书，全世界都忙着在阐述，从没提出过解决难题的解释？第100位注疏者把书交给下一位时，那部书比第一人读的时候更多疑点、更难懂。什么时候我们一致同意说这部书的注解已经够多，再也不用对它谈论什么了呢？

在诉讼中这点看得还更清楚。我们把法律权威交给了无数的博学之士，无数的裁决，同样数目的阐释。我们是不是找到办法不再需要阐释了呢？是不是朝着太平时代有些许进步和接近呢？是不是没有大批法律颁布初期那么需要律师与法官了呢？相反，我们模糊和掩盖了其中的真意，我们不去发现它，只是听任栅栏与障碍竖在前面。

人认识不到自己精神上的天然疾病，他一味东张西望，到处寻求，不停地原地旋转，陷在工作中不得脱身，像我们的春蚕作茧自缚，窒息而死。"老鼠跌进了松脂堆。"（拉丁谚语）他以为远远看到了不知什么光明迹象与理想真理；但是当他往前跑去，许多困难一路上阻碍他去进行新的追求，致使他迷路和发昏。这跟伊索的狗也相差无几；它们看到海面上漂浮着像个尸体的东西，走近不了，企图喝干海水留出一条道来，把自己都咽死了。无独有偶，某位克拉特斯说到赫拉克利特的著作："读这样的作品需要善于泅水"，这样他的学说的深度与广度才不致把他淹死在水底。

让我们对别人或自己猎取到的知识感到满足，这只是个人的弱点使然；更有能耐的人是不会满足的。对于后来者总有空白要填补，是的，就是对于我们自己也可另辟蹊径。我们的追求是没有止境的，我们的目的完成于另一个世界。当一个人满足时，这是智力衰退的表现，颓废的标志。心胸宽阔的人从不停顿，他总是有所求，奋力勇往直前，有了成就再接再厉；他若不前进、不紧迫、不后退、不冲撞，他会半死不活的。他的追求没有期限也没有固定形式；他的养料是赞赏、追逐与朦胧向往。阿波罗就是持这样的主张，他对我们说的神谕总是一语双关、模糊不清、转弯抹角，使我们得不到要领，但是很感兴趣，忙个不停。这是一种不规则行动，永远不停歇，没有先例，没有目标。有所发现会相互鼓动，接连不断，层出不穷。

> 君不见一条流动的小溪，
> 水波滚滚没有边际，
> 沿着永恒的航道排成行，
> 后浪跟前浪，前浪让后浪。
> 此水推那水，
> 那水又追此水，
> 总是水流入水，总是

相同的小溪，总是不同的水。

——拉博埃西

　　注释注释比注释事物更多事儿，写书的书比写其他题材的书更多问世。我们只是在相互说来说去。

　　书里的注释都密密麻麻，创作者则寥寥无几。

　　我们这些世纪最主要、最著名的学问，不就是了解有学问人的学问吗？这不是一切学习的普遍与最终目的吗？

　　我们的看法都相互嫁接。第一个看法作为第二个看法的植株，第二个又为第三个看法的植株。我们这样一株接一株，从而最高的一株经常荣誉最高，其实功绩并不最大。因为它只不过比最后的一株高一节而已。

　　我多少次，也轻易傻傻地写书离题而谈到了这部书？说傻傻地，只因是为了这个理由要我去记忆我对其他同样做的人说过些什么。"他们屡次三番对自己的作品送去秋波，这说明他们心里爱得打颤，对它轻蔑地厉声斥责，其实只是出于母爱的含情脉脉的嗔怪。"据亚里士多德说，自我爱怜与自我贬斥都缘于同样的盛气凌人。在这方面，我应该得到宽宥，比别人有更多的自由，因为此刻我恰好在写自己、我的著作以及我的其他活动。我的课题也是对自身的颠覆，不知大家是否会接受。

　　我在德国看到路德提出的看法引起怀疑，造成许多冲突和争执，还超过他在《圣经》问题上引起的轩然大波。

　　我们的争论是口头争论。我问什么是自然、享乐、圈子和更替。答案也是用语言，做到口头解决。一块石头是一个物体。但是谁再问："什么是物体？"——"物质。"——"物质是什么？"——这样问下去，逼得解答的人哑口无言。用一个词来解释一个词，往往更陌生。我知道什么是人，胜过我知道什么是动物，不论是有寿命的还是有理智的。为了解决一个疑点，他们给了我三个疑点：真是七头蛇妖许德拉，头砍了一个又会长出一个。

　　苏格拉底问梅诺什么是德操。梅诺回答说："有男人和女人的德操，有官员和公民的德操，有儿童与老人的德操。"苏格拉底大叫：
"这妙极了！我们以前只是追求德操，原来德操有一大堆。"

我们提出一个问题，人家回敬我们一大串问题。如同任何事物与
任何形式不会跟另一个完全相像，也没有任何事物与任何形式跟另一
个完全不像。神奇的自然融合。我们的面孔若不相像，就分不出人与
兽了；我们的面孔若不是不相像，就分辨不出人与人了。

一切事物都靠某个相似性存在，一切例子都有偏差，从经验得出
的事物关系总是靠不住和不完善的；我们总是从某一方面来作比较。
法律就是这样为人服务，用迂回、勉强和旁敲侧击的解释凑合用到每
个案件上。

道德规范，只涉及各人本身的责任尚且那么难于制定，那么管
理众人的法律更是难上加难，也就不足为奇了。不妨想一想管理我们
的这套法律体制，那里面错误百出，充满矛盾，真是人性愚蠢的好样
本。我们在审判中有从宽与从严，这样的例子比比皆是，我不知道居
于中间公正的又有多少。这是身体的病态器官与畸形肢体，却是法律
的本质。

有几位农民刚才过来匆匆告诉我，他们把一个人留在了我的树林
里，他伤得很重，挨了上百刀，还有气，他求他们可怜给些水喝，把
他扶起来。他们说他们不敢走近他，都溜了。害怕法院的人会抓住他
们跟这事联系起来。就像以前有过这种事，有几个人被撞见在一个被
杀的人身边，由于没有证据、没有钱打官司证明自己是无辜的，就要
对这起事故负责，弄得倾家荡产为止。我能跟他们说什么呢？肯定的
是这种人道援助会使他们陷入困境。

我们发现多少无辜的人受到了惩罚，我说这话还不包括法官的
错判；又有多少这样的事我们没有发现的？这事就发生在我的时代。
有几个人因杀人罪被判处死刑；判决书虽未宣布，至少作出了结论和
决定。这时，法官们得到邻近下级法院的官员报告，说拘留了几名罪
犯，他们直言不讳干了那件凶杀案，此案无可置疑地出现转机。于
是对是否中止和延缓执行上述几个人的死刑判决进行了讨论。大家
考虑若这件案子重审，其后果会拖延判决；既然定罪已经在法庭上
通过，法官也就无悔无愧。总之一句话，这些可怜虫成了法律官样

文章的牺牲品。

腓力皇帝还是另一个人，也提供了一桩相似的冤案。他通过一项终审判决，罚一个人向另一个人支付大笔赔款。事后不久真相大白，是他判得极不公正。一方面要维护法律的公正，一方面要保持司法的程序。他于是维持原判，同时用自己的钱去补偿被判罚者的损失，这样使双方满意。然而他办的是一件可以弥补的意外；我说的那些人却是无可挽回地被绞死了。我曾见过多少判决比罪恶还要罪恶。

这一切使我想起古人的这些见解：要做好整体不得不损害局部；要在大事上公正就会在小事上不公正。人类正义跟医药的道理是一样的，只要有效就是用对了的好药。斯多葛派认为，在许多创造物中大自然还是反对公正的。昔兰尼加派认为无物本身是公正的，公正是由习俗与法律形成的；狄奥多洛斯派的看法是圣贤认为偷窃、亵渎、一切荒唐事对他有利就是公正的。

真是没治了。我采取的立场，像亚西比得一样①，怎么也不能把自己交给一个决定我的脑袋的人，那时我的荣誉与生命取决于我的检察官的技巧与关心，而不是取决于我本人的无辜。我涉险进入这么一个司法机关，它可以说我做了好事，也可以说我做了坏事；我对它既可以期望也可以害怕。金钱赔偿对一个人是不够的，最好的办法是不要惹上官司。我们的司法只向我们伸出一只手，而且还是左手。不管是谁，从法庭出来总是有所损失。

中国这个帝国的制度与人文习俗，跟我们未曾有过交往与借鉴，在许多方面则比我们的做法优越；它的历史也告诉我们世界是多么广阔，多姿多彩，不是古人也不是我们所能窥透的。那里的官员受皇帝委派，作为钦差大臣巡视各省，体察民情，惩罚渎职的官员，也重赏那些尽了本职工作义务以外再有良好政绩的官员。老百姓到他们面前不单是要求保护，也为了传达民情；不单是获酬，也为了受礼。

感谢上帝，还没有一位法官作为法官跟我谈话，不论是什么案件，我的还是他人的，刑事的还是民事的。我即使连散步也没去过任何监狱。一想到它即使从外表看也很不舒服。我那么酷爱自由，

---

① 据普鲁塔克《亚西比得传》，他对人说，关系到他生命的事，他连自己的母亲也不信任。

谁若禁止我前往西印度群岛的任何角落，我也会在生活中明显地开心不起来。只要觉得哪里天地宽阔，我就不会甘心待在我必须躲藏的地方。

那么多人就因为跟法律发生了冲突，限制在王国里的一块方寸之地内，不许进入大城市和庭院，使用公共道路。我的上帝！看到这种情况叫我如何忍受！我为之服务的法律只要伸出指头威胁我，我立即离开去寻找其他法律，不论在哪儿。我们处在内战时期，我煞费苦心谨小慎微，其目的就是不要失去四处走动的自由。

法律之所以有威信，不是因为它是公正的，而是它是法律。这是它权威的神秘基础；没有其他基础。这已够了。法律经常是蠢人制定的，更经常是仇恨平等又缺乏公道的人制定的，但又总是人，那些无能的、优柔寡断的笔杆子起草的。

法律有错误比什么都要严重危害四方；法律有错误也比什么都要稀松平常。谁要是因为法律是公正的而服从，那正是说他不应该服从时是不服从的。我们法国法律缺乏一致性不成系统，助长了在免除与执行时的混乱与腐败。法律的命令那么模糊与不连贯，在法律解释、行政管理和司法执行方面的违法乱纪都可以原谅。不管我们从经验中可以得到怎样的效果，只要我们不会好好利用自己的经验，从外国范例里学到的经验不会对我们的制度有多大帮助；因为我们自己的经验我们最熟悉，也就足够指导我们需要做的是什么了。

我研究自己比研究其他题目多。这是我的形而上学，我的物理学。

在茫茫人海中，我浑浑噩噩任由世界的普遍规律摆布。当我感觉了我就知道了。我的知识不会让它改变道路，它也不会为我而改弦易辙。抱着这样的希望是愚笨的，为此费心是更大的愚笨，既然普遍规律必然是相像的、公有的、共同的。

地方长官的善意与能力应该让我们完全不用去为他的治理操心。

哲学探索与沉思只是为我们的好奇心提供养料。哲学家极有道理让我们回到自然的规律上，自然的规律不需要有多么深奥的学问；而哲学家故弄玄虚，向我们介绍大自然时弄得繁复庞杂，迷人眼目。于是单纯统一的课题变得千头万绪。大自然赐给我们双脚来走路，也赐给我们明智如何去走生活之路。明智，不是哲学家空想的明智那么巧妙、四平八稳、夸张，但是相对地简单有用，只要谁照着大自然说的去做，像个愿意稍加努力天真地、规矩地，也即自然地去做的人，都可以做得好的。以最单纯的方式信任大自然，也是信任大自然的最聪明的方式。无知与无好奇心是个多么柔软舒服保健的长枕头，让脑袋放上去好好休息吧！

我宁愿通过自己，而不是通过西塞罗了解自己。凭自己的经验，若善于学习也足够使自己变得聪明。谁能回想起自己过去暴跳如雷、气昏了头的样子，那就比阅读亚里士多德更能看清这种情欲的丑恶，对它会更恰当地嫌弃。谁能记得他经历的苦难，受过的威胁，激起他情绪变化的小事情，那就可为今后的变化、自己的处境作出准备。

对我们来说，恺撒的一生不比自己的一生更多教益。皇帝也罢，小民也罢，人人都有磕磕碰碰的一生。不妨侧耳听一听，我们相互说的也无非是我们必需的东西。谁去回忆自己多少次作出了错误的判断，因而从此不再相信自己的判断，这不是个傻瓜吗？当我听了别人的说理而误信了一个错误的看法，我不会过多琢磨他告诉我什么新东西和个人对此的无知（这仅是小收获），而是琢磨自己的无能和理解力的背叛；从而改进我的总体修养。

对待我的其他错误我也是如此，觉得这是很有用的生活守则。我不把某件事、某个人看成是块让我绊脚的石头，我琢磨的是主要提防自己的步法，努力调整。明白人家说了一句蠢话，做了一件蠢事，这没有什么大不了，应该明白我们人无非是个傻瓜，这里面的学问可大着呢。我的记忆屡屡出错，即使最自以为是的时候也会错，但这些错也不是毫无用处的；至少它信誓旦旦要我相信它时，我会摇头。我记忆中的事一遇到有人反驳，就使我心头一惊，不敢在重大事件上相信记忆，也不敢在别人的事上为记忆保证。在我是记忆不佳而做的事，别人更经常是存心不良而去做，要不然我总是会接受从人家嘴里而不是从我嘴里说出来的事实。

假如每个人留心观察他自己受情欲控制的实际情况与环境，就像我观察自己深陷的情欲，他就可看到它们是如何产生的，对它们迅猛的来势略加阻挡。情欲并不是一上来就掐住我们的喉咙；威胁都是一步一步走近的。

判断在我心里占据了宝座，至少它战战兢兢地往上坐。它放任我的种种欲望自行其是，还有憎恨与友谊，甚至我对自己的偏爱，但决不让自己受影响与腐蚀。它若不能按照本意去改进其他情感，至少不让其他情感来败坏它。判断完全是自主进行的。

提醒大家认识自己，这应该是意义重大的事，既然知识与光亮之神阿波罗把这句话刻在他的神庙的门楣上，好像包含了他对我们的一切忠告①。柏拉图也说智慧无非是实现这条训诫。在色诺芬的作品中苏格拉底对此详加说明。

每门知识的困难与晦涩之处，只有进入堂奥的人才能窥知。而且还要有一定的聪明，知道自己毕竟是无知的，要推门才知道门对我们是关闭的。于是产生这句柏拉图妙言：知者不用探索，因为他已知；不知者也不会探索，因为要探索必须知道探索什么。然而在认识自己这个问题上，人人都那么自信和洋洋得意，人人都自忖理解得足够深刻，这说明没有人真正懂得。在色诺芬的作品中苏格拉底就是这样告诫欧提德莫斯的。

我这人不宣扬什么，只觉得学问深奥无比、变化无穷，我学习只学得了一个收获，那就是体会到学无止境。我软弱人所共知，也造成我性情谦卑，对规定我遵守的信仰唯命是从，表达意思始终冷静克制；憎恶这种令人讨厌、找人吵架的狂妄，自以为自己什么都对——这才是教育与真理的大敌。且听他们是怎样教育的，他们最初提出的馊主意就是给艺术风格订立清规戒律。"在感觉与认识以前先作出论断与决定，那是最见不得人的事。"（西塞罗）

希腊天文学家阿里斯塔克说，从前世界上仅有七位贤人，今天仅有七位愚人了。在这个时代我们不是比他更有理由说这样的话吗？断定与顽固是愚蠢的明显特征。愚人会跌在地上狗吃屎一天100次，立刻又趾高气扬，跟以前一样坚决与自满；你可以说有人给他注入了新的灵魂与理解力，犹如那位大地之子安泰俄斯，倒在地上即可恢复精力重新强壮，这个倔头倔脑的人不是精神焕发后再来想吵上一架吗？

我凭自身经验强调人的无知，依我看来无知是人世教育中最可靠

<hr>

① 指希腊德尔斐阿波罗神庙门楣上这句格言："认识你自己。"

的学问。那些人不愿意凭我个人或他们自己的一个那么微不足道的例子得出这样的结论，让他们通过这位众师之师苏格拉底来认识它吧。因为哲学家安提西尼对他的弟子说："好啦，你们和我去听苏格拉底吧；在他那里我和你们一样是弟子。"他提倡他的斯多葛派教义，认为美德足够使人生美满，不需要其他东西，他又说："除非有苏格拉底的力量。"

我长期仔细观察自己，训练得对别人也可作出适当的判断。很少有事情我能这么侃侃而谈，而且还中听。经常对朋友的情况观察和分析得比他们自己还确切。有一位听了我对他的事说得头头是道大为惊奇，我还要他多加注意。我从童年起就会把别人的生活结合自己的生活来看，在这方面养成了勤奋的性格。当我想到这样做时，周围凡有利于我达到这个目的的事：如举止、脾气、谈吐，很少能漏过我的注意力。我研究一切应该避免的事和应该追随的事。

因而，我从朋友的表情动作发现他们的思维情绪；不是把不可悉数、那么不同和缺乏连贯的动作，归纳在某些门类里，再把我的分门别类有区别地凑到公认的等级与部分里去。

学者把他们的想法分门别类，更为细致特别。我看问题不会超过我平时的学习习惯，没有规则可循，提出看法也笼笼统统，摸索前进。比如这一条：我发表宏论，前后章节不连贯，仿佛不能一口气把事整段说出来似的。在我们这些平凡庸俗的心灵中不存在连贯与一致。智慧是一座坚固完整的建筑，各部构件占一定的位置，有自己的标志："唯有智慧是完全内敛而不外露的。"（西塞罗）

我把这项任务交给了艺术家，不知道他们能否把这么复杂、零星、偶然的小东西理出个头绪来，由他们把这些变化无穷的面目归类，克服我们的无序不定，把它整理得有条有理。我觉得不但行动与行动之间难以连结，而且每个行动本身也很难根据什么主要品质给予一个适当的名称，因为那些行动都是有双重性，色彩驳杂。

马其顿国王佩尔修斯，他的心思不会专注于一件事上，形形色色的生活都要过，作风放浪不羁，自己不理解、任何人也不理解他是怎么一个怪人，而我则觉得其实人人都是这个样。

况且，我还见过一位身份与他相等的人，相信这个结论用在他的身上还更合适。①他从不处在中间立场，总是从一个极端令人意想不到地跳到另一个极端，怎么做总遇到奇妙的障碍与挫折，他的想法也从不直截了当，真是匪夷所思，后人有一天要勾勒他的面貌的话，最可能的是他有意做得不可捉摸而让人去捉摸。

我们必须有一对极硬的耳朵根才能倾听别人坦率的批评；因为很少人能够听了不感到像被咬了一口，谁大了胆子向我们提出是在对我们表现特殊的友谊；因为为了对方得益而不惜说重话伤感情，这是健康的友爱。我认为对一个缺点超过优点的人进行评价很不好办。柏拉图对于审查他人心灵的人提出三点要求：知识、善意与勇气。

有时我会听到这样的问题，若有人在我还能做事的年纪时想到使用我，我认为自己什么最擅长。我说："什么都不擅长。"我很愿意道歉，受制于人的事什么都不会做。但是我会对我的主人说真话，他若接受还规劝他的品行。不是笼统地用教条，那个我也不会（我也没见过用教条教育的人有过什么真正上进），而是利用一切场合亦步亦趋观察他，用肉眼一桩事一桩事评判他，简单自然，绝不同于对他溜须拍马的人。让他看到他在大家眼里是怎样一个人。

我们中间有人受到那些恶棍的日夜腐蚀，也就不会比那些君王优秀。不是么，像亚历山大这样伟大的国王与哲学家，也未能幸免！我需要有足够的忠诚、判断力与自由才能做到这点。这将是一种没有名分的效劳，不然就失去效果和不够磊落。这个角色不是不加区别谁都可以充当的。即使真理也没有这份特权在一切事物上随时随地都可使用的；使用真理不论出于多么崇高的目的，也有其区域与界限。世事就是这样，经常在君王的耳边说真话，不但不见效，还有害，甚至还蒙冤。

别人也不会让我相信，一条好的谏言不会用到歪途上，实质的利益不应该向形式的利益屈服。我在这项工作上要安排一个乐天安命的人。小康人家出身，一方面他有胆量狠狠打动一位君王的心，不怕仕途阻塞，另一方面由于是中产阶层，跟各行各业的人都容易沟通。我还要这个角色由一个人担任。因为把这种充分自由、工作通天的特权

---

① 据猜测指法国亨利四世国王。

交给几个人，就会产生一种不利于工作的大不敬行为。是的，我对他的要求首先是对沉默的忠诚。

朋友直言相劝充其量也不过听了刺耳，有没有效果还是掌握在听者手里；如果国王为了自身利益与改进也不能从善如流，那么当他吹嘘自己随时等待跟敌人一战为国增光的话，也是不可信的。从人的处境来说，谁也没有比他们更需要真正的自由的谏诤。他们生活在众人面前，要按那么多旁观者的意见严格律己。对他们的倒行逆施大家历来不会向他们声张的，这样他们弄得天怒人怨还不自知，其实这种情况若有人及时提醒规劝是完全可以避免的，也绝不影响他们骄奢淫逸的生活。

一般来说他们的宠臣关心自己更多于关心自己的主子。这样做于他们自己也有利，因为对国王真正要做到赤胆忠心，那是严酷与充满杀机的考验；这不但需要大量的爱、坦诚，还需要非凡的勇气。

总之，我在这里东扯西拉的这份大杂烩，只是我一生经历的记录，若从反面来汲取教训，对于精神健康还是有告诫作用的。至于身体健康，更是谁都不能比我提供更有益的经验，我提出的经验是纯的，决不弄虚作假使它蜕化变质。至于医学，那里理智没有立足之地，我的经验完全来自自身的感受。

提比略说活到20岁的人，有责任知道什么东西对他有益或有害，他应该学会怎样不靠医药而生活。这可能是学自苏格拉底的。苏格拉底劝他的弟子，要用心地把自己的健康作为一门主课来学习。他还说，一个善于领会的人注意锻炼、饮食，不难做到比医生更明白自己做什么好，做什么不好。医生还不就是以经验作为他行医的试金石么？

因此柏拉图说得很有道理，要做真正的医生，操此业的人必须自己体验过他要治愈的种种疾病，了解他作为诊断依据的各种情况与事件。医生若要会治梅毒，他必须先生梅毒，这话不错。这样的医生我是真正信得过的。其他人给我们导航，就像那个人坐在一张桌子前，画出海洋、礁石和港口，万无一失地把一只船模移来移去。把他放到海里实干，他就束手无策了。他们详细分析我们的病情，就像城里的走卒吹着号子大喊走失了一匹马或一条狗：什么毛色、什么高度、什么样的耳朵；但是把它牵到他面前，他就认不出来了。

上帝啊，让医生有朝一日给我手到病除，就可以看到我如何高声欢呼。一切许诺我们保持身心健康的技艺，是作出了莫大的许诺；但是没有一种技艺像医药与哲学那样许愿多，还愿少的。当今这个时代，以行医为职业的人在我们中间取得的成效都不及其他人。对他们说得好听一些是卖药的，但是要说他们是医生，那就过誉了。

我一生的阅历足以把我沿用至今的方法作一总结。谁要试一试，我可以像个侍酒随从那样供他一尝。以下是我记忆所及的几件事（我的每种方法，无不随着不同情况随时改变，但是我记录下那些最常用者，是至今依然在做的）。我的生活方式健康时与生病时都一样：同样的床、同样的作息时刻，上桌的是同样的肉与同样的饮料。我不添加什么别的，只是根据力量消耗与胃口的量加一点或减一点。健康对我来说就是保持习惯做法不变。

我看到疾病使我失衡偏向一边；我若信任医生，他们会拨我偏向另一边；或是命里注定，或是医生诊疗，都叫我离开我的生活轨道。可是我那么长久养成的生活习惯绝不会伤害我，这一点我是深信不疑的。

生活习惯形成我们的生活方式，方式必须符合习惯的需要，方式完全听命于习惯，这是女巫仙喀耳刻的药酒，完全随她的心意配制成分。有许多国家，还离我们不远，认为害怕夜晚的寒气很可笑，夜寒对我们的危害是很明显的；而我们的船夫与农民也不以为然。让一个德国人躺在床垫上会生病。就像意大利人躺在羽绒上，法国人不拉帐子不生火也会生病。西班牙人的胃受不了我们的吃法，我们的胃也不能像瑞士人那么喝酒。

我们害怕留在桶底的葡萄酒，葡萄牙人非常喜欢这股味道，这是王爷的饮料。总之，每个民族都有不少风俗习惯，对于另一个民族来说不但闻所未闻，简直是野蛮，匪夷所思。

还有个这样的民族，他们只接受上了印刷品的见证，不相信书上没提到的人和年代不够久远的真理，我们又该对他们做什么呢？蠢话被我们做成了铅模，就令人肃然起敬。对他说一声"我读过"，跟说一声"我听说过"，分量就不一样。但是我不相信人的嘴也不相信人的手，我知道书写的话也会与口说的话同样不谨慎，我对这个世纪跟对以往任何一个世纪同样尊重。我援引奥吕斯·吉里乌斯或马克罗比乌斯，同样乐意援引我的一位朋友；援引我读到的也援引他们写到的。正如他们主张美德并不因更长久而更高尚，我同样主张真理并不因更古老而更智慧。

我常说，跟着外国经院的范例后面跑，那是纯然的愚蠢。当今这些范例跟荷马和柏拉图时代同样丰富。但是我们引以为荣的岂不是到处引证，而不是阐发其中的真理？仿佛从瓦斯科桑或勃朗廷书坊里去借论证，要比在我们的村子里看到的真情更为重要。

关于我的题目，且不说从书里看来的例子，亚里士多德谈到阿尔戈斯人安德鲁斯，说他穿越干旱的利比亚沙漠不喝一口水这件事。而说有一位贵族，曾出色完成多项任务，在我面前说他在盛夏季节从马德里到里斯本没有喝水。他这个年纪身体可算健康，生活中唯一与人不同之处就是——他对我这样说——可以两个月、三个月甚至一年不喝水。他感到口渴，但是他忍着让它过去，说这种口渴感很快自行消失。他喝东西是出于高兴，而不是需要或乐趣。

还有一个例子。不久前我遇到法国一位家财殷实的大学者，他在一间挂满壁毯的客厅角落里读书，周围仆人毫无顾忌地大声嚷嚷。他对我说——塞涅卡也差不多说过同样的话——这种喧嚣使他得益匪浅，仿佛吵闹声逼得他思想内敛，更好默想，声浪激发他的思潮在心中回荡。

他在帕多瓦念过书，他的书房大多数时间都受广场上人马喧嚣声的冲击，他训练自己不但不受其影响，还利用噪声更好读书。

亚西比得奇怪苏格拉底怎么受得了妻子终日吵吵嚷嚷发脾气，苏格拉底对他说："就像大家已经听习惯了打井水的辘轳声。"我恰巧相反，我的思想灵敏，很容易入定；当我苦思苦想时，轻微的苍蝇嗡嗡声就会扰乱我。

塞涅卡年轻时，紧紧咬住塞克斯都的例子不放，却不张口吃杀死的东西，据他说开开心心地戒了一年时间。后来所以放弃是因为被人怀疑他是在奉行哪个新宗教传播的戒律。同时他接受斯多葛派的阿塔罗斯的一句箴言，不再睡往下陷的软床垫，直到晚年都一直挺直身体睡硬床垫。他那个时代让他觉得艰苦的习惯，我们这个时代还觉得温柔呢。

　　且看我的干粗活的工人与我的生活差别。就是斯基泰人与印度人也不见得离我的强度与方式那么远。我领回来几个在乞讨的孩子给我干活，他们不久就抛下我的供养和号衣离开了，只是为了要过原来的生活。我发现其中一个后来就在路边寻找蜗牛当饭吃，我就是求他、威胁他都无法叫他放弃贫苦生活的惬意舒适。

　　乞丐像富人有自己的豪华与享乐，据说，还有自己的尊严与政治等级。这是习惯使然。习惯不但可以把我们塑造成它喜欢的模式（可是贤人①说我们必须投入最好的模式，今后给自己带来方便），也要会适合变化与曲折，这是最崇高、最有用的学习。最佳的身体素质是柔软不僵硬，我的有些爱好比别人更率性、平凡和逍遥自在；但是我不用费力就可转过身，轻而易举地采用相反的方式。一个年轻人应该打乱自己的规则激发自己的活力，防止衰退沉湎。靠规则与纪律约束的生活方式是最蠢、最脆弱的生活方式。他时常要走一走极端，听我这劝告没错。不然稍一放纵便会毁了他；跟人交往时格格不入，难以融洽。正直人最要不得的品质就是娇气，在人前行为怪异。不灵活圆通就是怪异。由于无能而让别人做，或者不敢做同伴在做的事，都是可耻的。这样的人还是待在自己的厨房里吧！到哪儿都是不体面的。对于军人则是恶劣和不可容忍的，军人如菲洛皮门说的，应该习惯形形色色、变化无常的生活。

　　不可避免的事应该学会去忍受。我们的生活犹如世界的和谐，都是由相反的事物、不同的色彩构成的，温和的与暴烈的，尖的与平的，柔弱的与严厉的。音乐家只喜欢一种音色，会表达出什么？他必须善于调配各种声音，合成交响。我们也是，善与恶在我们的生活中是共生共存的。我们的存在不能没有这样的融合。这一部分与另一部分相互都是同样必要的。试图跟天然需要闹别扭，这是重现忒息丰②的傻劲，他要跟他的毛骡比赛谁踢得过谁。

　　我感觉到病痛很少去就医。因为这些医生使你取决于他们的慈悲时，就处于优越的地位，他们把自己的预测直往你的耳朵里灌。抓

---

　　① 据《七星文库·蒙田全集》，指毕达哥拉斯派。

　　② 普鲁塔克《怎样压抑怒气》一书中的人物。

住我从前病后体弱，就对我大加侮慢，满口教条，满脸官气，蹙额皱眉，一会儿威胁我会有剧痛，一会儿又说我难逃一死。我没有垂头丧气，也没有坐立不安，但是我感到冒犯和震惊，我的判断力并没有改变和搅乱，至少大受影响；毕竟内心会激动与抗争。

我对待自己的想象尽量温和，也尽量不让自己的想象为难和起争执。谁能就应该帮助它、笼络它，有时还哄着它。我的神志适合做这件事。做什么都不缺少理由，它的说服能力若赶得上说教能力，那我幸而就有救了。

你还想听个例子吗？我的神志说我生结石对我还是有好处的，我这个年纪的身体结构自然要使用肢体托架（这是它们开始松动散架的时候；这是普遍规律，总不见得为我一个人产生奇迹吧？我这也属于老年偿还欠债，没法再占便宜的）；还说这位病友可以安慰我，这到底还只是我这个时代的人最常见的偶然事件（我到处遇见这类病人，还是上流社会的，因为这病最爱找上贵人；它的本质就是富贵病）；还说结石病患者中很少人像我这么顺利应付过去的，就是有也要遵守一种难受的饮食制度，天天服那些难下咽的苦药，这方面我全凭运道好，因为我在几位夫人的好意劝说下，只服了两三次普通的白头蓟汤和土耳其草药。我病不重，她们却百般殷勤，把自己的药分一半给我，我也就觉得很好喝，但疗效还是没有。

他们给医神埃斯科拉庇俄斯许了 1000 个愿，给医生付了 1000 埃居，才使大量结石顺利排出，而我经常受惠于大自然。与人交往时举止并不因而有失当之处，也和别人一样可以 10 小时不撒尿。

我的神志说："从前你不了解这种病时，这种病使你非常害怕。有些人缺乏耐性又哭又失望，使病情加重，更让你感到恐惧。这种病只生在四肢上，你也是这部分最不方便；你还是个神志清醒的人。

"'只有不该生的病才令人叫屈。'（奥维德）且看这样的惩罚，跟其他相比还是温和的，像亲情那么温和。且看它来得也迟，只是占你一生中的一段时期。人生结构就是如此，先让你在青春时期花天酒地玩个够，到了这迟暮不长花草的季节给你带来一些不便。

"人家对这病害怕和可怜，反而给你增添光荣。这种光荣你可以满不在乎，在言辞中也不提及，你的朋友还可以在你的眉宇之间看出一二。这才叫坚强，这才叫耐性，听到人家这样说自己还是开心的。

"难道让人家看到你出汗呻吟，脸色白一阵红一阵，身子发抖，呕吐得出血，痉挛抽搐，怪怪的难受，有时大颗眼泪簌簌落下来，尿液浓浊发黑，令人感到可怕，或者被尿结石堵住，痛得大叫，阴茎颓皮也无情地擦破，可是还要在人前神色不变，谈笑自若，偶尔跟客人穿插几句玩笑，尽量保持说话不冷场，露出疼痛时用话表示歉意，舒解痛苦。

"你还记得吗，古代这些人一心要吃苦，表示自己在履行德操不坠？就这么说吧，是大自然领路把你送进了你自己绝不会高兴进去的学校。如果你对我说这个疾病危险，有生命之虞，那么哪些疾病不是呢？要是说不是直线去向死亡的疾病，就不在此例，那是医学的诈术。若意外死亡，若曲曲折折，绕来绕去还是轻易地把我们引上这条路，那又怎么不一样呢？

"但是你不是由于你生病而会死亡，你是由于你活着而会死亡。死亡不需要疾病的帮助就可以杀死你。对有的人疾病还帮助他们远离死亡，他们以为来日无多却活得比这更长久。况且有的病如同有的伤疤，像药物一样有益于健康。腹泻的生命力经常不亚于你；有些人从小就患腹泻一直活到耄耋之年；他们若不弃它而去，它会伴他们走得更远。是你杀了它更多于是它杀了你。当它向你显示死亡离此不远时，岂不是对一个上了年纪的人提供良好的服务，促使他要思考后事了？

"更糟的是，你治好身体也不为了谁。无论如何，共同的命运从第一天起就在向你召唤。想一想它如何巧妙地、徐徐地让你厌倦生活，淡出人间，不是像暴君似的强制你，好比发生在老人身上的那些疾病，缠着不放，得不到喘息机会逐渐衰弱和痛苦下去。而是隔一阵子给你发警告，告诉你怎么做，中间还有长时间的休息，好像让你有机会从容思考和复习你的功课，让你有机会清晰判断，痛下决心做个勇敢的人。它把你的情况全面摆在你的面前，有好有坏，在同一天生活有时轻松有时艰难。

"你若不拥抱死亡，至少每月一次可用手心接触它。同时你还可以期望它有朝一日不发出威胁就把你逮住了，由于屡次三番被领到港口，信念中你还是处在惯常的界限内平安无事，直到某天早晨你带着你的信念跨过了那条阴阳河还浑然不知。与健康光明正大分享时间的疾病，是不必要埋怨的。"

我要感谢命运的是它经常用同样的武器攻击我，也就一而再、再而三调教我，训练我，把我磨砺得再也不以为意了。我也大致知道以后如何了结。天生的记忆力下降我就用纸张，病体再有新症状我就记录下来。我已差不多经历过各种各样的病状，若有摸不清的事威胁我，翻阅这些活页小册子，犹如预言家书写神谕的叶子。在过去这些经验中，我再也不愁找不着令我心慰的有效诊断。久病成医也使我对未来有更高的期望；因为这样的排泄习惯由来已久，可以相信大自然不会再予以改变，今后也就不会发生比我现在更糟糕的事。还有这病情跟我这个急性子也没什么不合拍。当它慢吞吞袭击我，我倒害怕了，因为这说明短时间内不会好。但是按照自然状态腹泻来势凶猛，最多把我折腾上一两天。

我的肾脏前 40 年间没有损坏，后 14 年有了变化。坏事与好事皆有定时，也许这个人生插曲也快结束了。胃的热量因年龄而减弱，也引起消化不良，有的物质未经溶解进入我的肾脏。为什么到了一定的年龄段，我的双肾的热量就不同样减弱呢？这样肾脏就不能让黏液变成结石，自然找其他排泄器官通过。[①]年龄显然已经让我的分泌物枯竭。为什么不能对这些产生结石的排泄物也起同样作用呢？

当结石排出后，剧痛顿时消失，这样突然的改变真是无比美妙，就像闪电一样恢复了健康的美丽光芒，那么自由，那么充沛，在急性腹泻之后也有这种感觉。在这类痛苦中，还有什么能与突然痊愈的欢乐相比呢？疾病愈后的健康在我看来格外美丽！原先这两者那么贴近，我简直可以认出一个对着一个气势汹汹，大有不决出个雌雄绝不罢手之势！

正如斯多葛派说的，罪恶存在的好处是凸显德操的价值与艰难，我们更有理由，也更少猜测地这样说，大自然让我们痛苦，是为了珍惜行乐与无病无痛的时光。当苏格拉底被人卸去镣铐后，觉得铁器在两腿留下皮肤挠痒的滋味好不快活。他乐滋滋地考虑起疼痛与快活的

---

① 据《七星文库·蒙田全集》，这是蒙田根据当时医学理论而作的说明。

亲密联姻，好像它们实有必要成双配对似的，以致时而前后相随，时而我中有你你中有我。他还对好人伊索大声说，他应该从这个角度去构思，这太适合写出一篇美丽的寓言了。

我看到其他疾病最糟的是，发作时还不太难熬，遗留症则痛苦不堪。要整整一年恢复期，其间身体软弱，担心不止。病体康复要通过那么多的风险和步骤，简直没有完似的。在他们让你先脱去头巾，然后又是暖帽以前，在让你享受新鲜空气、葡萄酒、你的女人和大甜瓜以前，你不惹上新的毛病已经上上大吉了。新病还有这个特权，只要旧病尚未痊愈，留下若干隐患使身体虚弱容易感染，新病发起来干脆利落，这时旧病新病就会携手合作。

这些病可以原谅的是，它们占有了我们也就满足了，既不思扩充地盘也不带来它们的同伙——后遗症；而是还有一些病温文尔雅，通过我们身上还留下一点好作用。自从患上了结石症，我觉得摆脱了其他疾病，身子也好像比从前好，再也没有发过烧。我的论断是一方面我常犯的剧烈呕吐使我体内得到清涤；另一方面，胃口不佳，奇异的节食制度也消解了我的毒体液，结石内的有害物质也得到自然清洗。这样的医疗代价过于昂贵，这话不说也罢。因为那些难闻的汤药、烧灼疗法、切开手术、盗汗、排脓、禁食，还有那么多的治疗方法，由于我们受不了它们的粗暴与肆扰，带给我们的往往不就是死亡吗？因而，当我得了病，我把它看成是一种治疗；当我治了病，我把它看成是一种长期完全的解放。

以下要说病对我的另一个特殊恩宠，那就是病可以在一边做它的事，我可以在另一边做我的事，这只取决于有没有勇气。有一次病发作得最厉害时，我在马背上骑了十个小时。你只是忍着痛，不用其他服药饮食制度；玩，吃饭，做这个，做那个，只要你行；你放纵自己对身体利大于弊。对天花病人、痛风病人、疝气病人都可以这么去说。

其他的疾病需要更广泛的注意，严重妨碍我们的行动，打乱我们的生活秩序，安排总体生活时都要考虑到病情。我的病只受些皮肉之苦，智力与意志还是听凭我的支配；舌头和手脚也是这样。它不叫你昏昏沉沉，而使你清醒。心灵会受高烧而冲昏，受癫痫而惊厥，受剧烈的偏头痛而错乱，总之伤及全身和主要器官的疾病都触动心灵。

我的心灵没有受打击，它若情况不妙，咎由自取。它在自我背叛，自我放弃，自我气馁。只有傻瓜才会轻信人家说，在我们肾脏里沉淀的硬结石会被汤药化解；因此，一旦结石松动了，只要给它一条通道，它就会循行而出。

我还注意到这个特别的好处，这个病不需要我们多思量。得了别的病让我们对原因、条件、进展把握不定，又苦又烦没有个完，而我这病完全不必为此操心。我们不用去求医诊断，感觉就告诉我们这是什么病，病灶在哪里。

我用这些好好坏坏的道理，试图麻痹和逗引我的想象，给想象的伤口敷油膏，就像西塞罗对待他的老年病。病情明天若有恶化，明天我们再考虑别的脱身之计。

事情果真如此，后来又复发了，轻微的运动就使我肾脏渗血。这又怎么样呢？我照旧像以前那样运动，怀着年轻冒失的劲头追着我的狗群狂奔。发现我竟战胜了那么一桩横祸，只是使我后来感到这部分有点隐痛沉重而已。这是一块大结石在挤压和破坏我的肾脏，我的生命也在渐渐逸出体外，颇感自然舒心，犹如在清除一种多余有害的排泄物。

我感到什么东西在崩溃吗？你别等着瞧我会起劲地去检查脉搏，化验尿液，作出让人心烦的预测。我会及时去面对病，但不会害怕病而去延长病。谁害怕吃苦，已经为害怕在吃苦了。

此外，那些参与解释大自然的动力与内部演变的人所表现出的疑惑与无知，运用他们的方法作出了那么多错误的预测，这些都应该让我们相信大自然的奥秘是永远认识不完的。它给我们的期望与威胁，都带有极大的不确定性、多义性与模糊性。老年是接近死亡和其他一切意外的不容置疑的信号，除此以外我还看到少数信号，我们可以用以对今后作出预测。

我对自己作出判断，凭的都是真实的感觉，不是论证。既然我主张的是等待和耐性，又怎么样呢？你要不要知道我这样做的效果如何？那么就看看那些不这样做的人，他们依靠各人提供的不同建议与看法，身体还无恙思想已经在疑神疑鬼了！而我安安心心，撇开这些危险的预测，好几次很乐意把身上出现的情况告诉医生。我对他们作出的可怕结论安之若素，对上帝的恩惠更感谢，也对医学的虚实更有认识。

对青年的嘱咐，谆谆莫过于保持活动与警觉性。我们的生命在于运动。我启动困难，做一切缓慢：起身、卧睡、用餐；7 点钟对我是清晨，我在公职时午餐不在 11 点钟前，晚餐要在 6 点钟以后。从前我发烧生病都归咎于睡眠时间过长，引起昏沉沉萎靡不振，总是后悔自己早晨再度入睡。

柏拉图认为睡多了比喝多了还有害。我喜欢睡硬床，不跟妻子同枕共衾，完全国王作风，还戴好睡帽。不用炉子暖床，但是进入老年后，需要时让人用毯子盖在脚上和胃部。有人批评大西庇阿是瞌睡虫，依我看这里面另有原因，实在是他这人没有可以让人说的惹怒了他们。要说我有什么奇怪之处，那是表现在睡眠上而不是别的。但是像在其他事情上，我一般会根据需要作出让步和通融。

睡眠占去我一大部分生活，到了这个年纪还是这样，一口气可睡上八九个钟点。我从实用出发在摆脱这个懒惰的嗜好，取得显著效果，三天内就感到了变化。我没见过谁需要时可以对生活的要求更少，更持久地进行操练，对劳役更少叫苦。我的身体能够坚韧，但受不起突然的剧变。我从今避免激烈的锻炼，四肢还未发热已经发酸。我可以整天站立不坐，也从不讨厌散步。但是从小起我就只爱骑马上街，步行会溅得屁股上都是泥巴，小人物没有派头，哪能在路上不被人推推搡搡的。我一直喜欢休息，或坐或卧，两腿翘得跟座位一般高，或者还要高。

任何工作都不及军事工作令人兴奋，这是履行高贵的职责（因为最激昂慷慨的美德是勇敢），从事高贵的事业；没有什么奉献比保卫国家的安宁与伟大更正确、更深入人心。令人兴奋的还有与那么多出身名门、思想活跃的年轻人相处一起，悲壮的场面看在眼里习以为常，彼此说话直率随便，生性豪爽不尚虚饰，活动千变万化，雄壮嘹亮的战歌听在耳里热血沸腾，心潮澎湃，军功的这种光荣、艰辛与困难柏拉图并不欣赏，在他的理想国里只说是妇女与儿童分内的事。作为志愿兵，参加哪项任务，甘冒什么样的风险，可以根据你对它们的势态与重要性作出决定。你看到生命本身可以得到有益的使用时，

"在战火中死亡我想是美丽的。"（维吉尔）

害怕承担事关大众的共同风险，不敢做各行各业的人都敢做的事，那是过分卑劣软弱的心灵才会这样做。即使孩子也是合群时感到放心。如果别人在学识、风度、力量和财富上超过你，你可以责怪这是外界的各种原因，若性格上不及他们坚强，你只有责怪你自己了。病恹恹艰难地死在床上没有死在战场上那么风光，发烧与重伤风跟中弹枪伤同样痛苦和致命。谁能够勇敢地忍受日常生活中的种种意外，不必要从军队中培养勇气。"亲爱的卢西里乌斯，生活就是战斗。"（塞涅卡）

我记不得自己有没有生过疥疮。然而挠痒痒确是大自然最美妙的礼物，而且还唾手可得。但是它也附带着类似的惩罚，叫人太难忍受了。我最多是挠耳朵，到了季节里面就痒了起来。

我生来感觉器官长得几乎完美的程度。我的胃健康好使，还有脑袋，遇到我发烧绝大部分时间都保持状态。还有呼吸也好。我不久前度过了五十又六年；有些国家不无理由地规定 50 岁是人生的合理终结，谁都不让超过这个期限。我虽还可明确地延期审理，虽然是不稳定和短期的，但也谈不上有我青春时期的健康和无痛无病了。我更不说精神充沛，心情活泼，没有理由要它们超过期限还跟着我。我的容貌，还有眼睛，立即暴露出我的真面目；我的一切变化都开始于此；还比实际上更加尖锐；我经常让朋友动了恻隐之心，而我自己还不知道原因。镜子不会引起我的惊觉，因为就是年轻时，不止一次照见自己脸色灰暗、神态怪异，预兆不佳但也没什么大事；以致医生在我身上找不出原因说明这种外部变异，也就把原因归之于我的精神状态，在内心煎熬着什么秘密情欲。他们都错了。如果身体像心灵一样听命于我，我们走在一路上更为轻松。我那时候不但没有烦恼，而且还心满意足，这就是平时的状态，半是出自天性，半是得力于修养。

我认为我的这种心灵节制，好几次扶持着身体没有垮下。身体常受打击；心灵即使没有可喜的事，至少处于恬静安详的状态。我患四日疟长达四五个月，人都变了形；精神始终不但平静，还很乐观。疼痛打不到我身上，衰弱与疲乏也不会让我发愁。我看到许多肉体上的病痛，只是说起来令人心惊肉跳，其实生活中常见的千万种情欲与内心骚乱，更令我担心。我拿定主意不再奔跑，蹒跚走路已经不错。也不抱怨躲不过的自然衰退，我也不遗憾自己的一生没有橡树那么长寿强壮。

我也不抱怨自己的想象力。我一生中很少有心事让我半夜醒来再也睡不着的，除非是淫念把我闹醒不会让我伤心。我很少做梦，往往是开心的想法引起荒诞不经的怪事幻梦，好笑而不悲哀。梦是我们心思的忠实表达者，我相信这话是不错的。但是把它们贯串起来加以阐释，那就是异术了。

柏拉图还说，以详梦而能未卜先知，这是智慧的职能。我看不见得，除非是苏格拉底、色诺芬、亚里士多德提到的那些美妙的故事，他们都是无可挑剔的权威人士。据史书记载，亚特兰蒂斯人从来不做梦，也不吃杀死的东西，这里我要加一句，可能说明他们为什么不做梦的原因。因为毕达哥拉斯配制几份食谱，吃了会及时做梦。

我做的梦很温和，不会身子晃动，也不会怪声乱叫。我见过我同代许多人在梦中动作不可思议。哲学家提翁梦游，伯里克利的仆人会在房屋瓦顶上走来走去。

我在饭桌不挑食，吃放在最近的一道菜，也不太愿意换口味。盘子多、上菜快都使我不舒服，就像别的多与快也一样。我很满意少数几样菜。我讨厌法沃利努斯①的说法，他认为在宴席上，你对一盘肉刚吃出滋味就应该撤下，换上一盘新菜；如果不让客人吃够各种禽鸟的屁股就是一顿寒碜的晚餐；只有莺鸟才值得吃完整只。

我平时吃咸肉，因而更喜欢无盐面包。我家面包师在我的餐桌上从不放其他面包，这跟家乡的习惯不同。我童年时，其他儿童平时爱吃的东西如糖块、果酱、糕点，我都会拒绝，他们主要是纠正我的这个做法。我厌恨娇嫩的肉食，我的家庭教师就当作一种娇气来斥责。这样做其实就是挑食。一个孩子就是对麸皮面包、猪肉或大蒜有特殊的偏爱，谁剥夺他这些就是剥夺了他的糖果一样。有些人面对着山鹑美味，却为吃不到牛肉和火腿寻死觅活。他们过得高兴，是娇气中的

① 据《七星文库·蒙田全集》，其实蒙田引用奥吕斯·吉里乌斯的这部书，法沃利努斯反对这样的做法。

娇气。因为对平时常用的东西感到无味，那是娇生惯养者的口味，
"奢侈通过那些事逗弄富人的厌倦。"（塞涅卡）对人家的美味视之如
草芥，自己则食不厌精，这是罪恶的本质所在。若是真有这样的区
别，宁可压制你的欲望去顺应容易到手的东西；什么事非此不可就是
罪恶。从前我称一位亲戚娇气，他到了我们的苦刑船上就不知道用我
们的床，也不会脱衣服睡觉。

我若有儿子，希望他们有我这样的命运。上帝给了我那位好爸
爸（我没有什么可以报答他的，除了对他的慈爱那种真情实意的感
激），他从摇篮里就把我送到亲戚的一个穷村子里，寄养在奶妈家的
时期和后一阵子一直住在那里，让我习惯最朴实清苦的生活方式：
"大部分的自由时间是在调节肚子。"（塞涅卡）决不要由你自己，更
不要由你们的妻子，负责他们的教育。让他们在民众与自然的规则下
受命运的抚养，让他们随习俗的抚养，过节俭刻苦的生活。宁可让他
们从艰苦中走过来，而不是向艰苦走过去。

父亲的意愿中还有另一个目的，让我跟老百姓结合，熟悉需要我
们帮助的人的处境。认为我有责任关注向我伸出双臂的人，而不是对
我背转身的人。也是这个原因他让家境最贫困的人当我的教父，让我
跟他们有感情上的联系。

他的意图没有完全落空，我乐意帮助小人物，或者是这里面有荣
誉感，或者我天生无限的同情心。在我们的战争中，遭到我谴责的一
方若能兴旺昌盛，还会遭到我更严厉的谴责。要是看到他们陷入困境
焦头烂额，我或许会跟他们和解。我对切洛妮的高尚性格由衷钦佩，
她是斯巴达两代国王的女儿与妻子。当她的丈夫克朗普图斯趁城邦大
乱之时占了她的父亲利奥尼达斯的上风；她做个好女儿，跟父亲一起
流放吃苦，反对胜利者。

命运起了变化怎么办？她也乐意跟着命运一起变。勇敢地站在丈
夫一边，丈夫失魂落魄逃到哪儿，她跟到哪儿，好像没有其他选择，
投入到最需要她出现、最能表现她仁慈之心的那一边。我按天性更倾
向弗拉米尼的例子，他结交需要他的人，而不是可以帮助他的人；我
不会学皮洛斯，他在大人物面前低头哈腰，在小人物面前趾高气扬。

用餐时间长叫我发火，也对我有害。因为童年时不能很好控制养

成习惯，我在桌旁坐多久就会吃上多久。可是在家里虽然时间短，我
还是按照奥古斯都的方式稍后于别人入席；但是他也先于别人离席，
这点我不学他了。相反，我却喜欢饭后多留一些时间，听人家说话，
只是我自己不插嘴，因为吃饱了肚子说话使我累，有伤身体。就像我
觉得饭前空腹练几声叫喊，非常有益健康，愉悦身心。

古代希腊和罗马人做得比我们有道理，他们认为饮食是人生中的
一项主要活动，如果没有其他特殊大事来打扰他们，他们会花上好几
个小时、在夜里最好的时刻饮酒进食，不像我们做一切都匆匆忙忙，
他们从容不迫地慢慢享受这个天然乐趣，中间穿插有趣的谈话，还处
理各种各样事务。

照料我的人可以轻易让我不吃他们认为对我有害的东西，因为这
类东西我没看见，就不会想吃也不会提到，但是对于端上来的东西，
劝我不吃也是白费时间。因而我要斋戒时，必须把我与其他用餐的人
分开，给我端上一些限量仅够需要的点心就可以了。不然我一上桌就
会忘记决心。

当我要改变一盆肉的做法，下人就知道这就是说我食欲不振，
不会去碰它的。一些很嫩的东西，我喜欢煮得半生不熟的；还有许多
东西喜欢风藏过头，甚至有异味。一般来说只有硬的东西叫我没办法
（其他一切特性我像我认识的人一样马马虎虎无所谓），以致跟一般
人的脾性不同，即使鱼我也觉得有的太新鲜，有的太硬。这不是牙齿
的过错，它们一向健全好使，只是到了现在开始受到年龄的威胁。我
从小就学会在早晨、饭前、饭后用手巾擦牙。

谁的生命点点滴滴消逝，这是上帝对他的恩宠；也是老年的唯一
好处。最后的死亡其实并不完整，伤害不大；只杀害人的一半或四分
之一。我不久前掉了一颗牙，不痛也不费力，这是牙齿的天然寿命。
我人的这部分与其他许多部分已经死亡，还有半死亡的，甚至还有我
身强力壮时活跃在第一线的这部分也呈这个状态。我就是这样渐渐销
声匿迹。生命的坠落已有一段时间，我还要觉得这次下跌才是完全的
崩溃，这样的理解有多么愚蠢！我不希望如此。

事实上，想到死亡给我最大的安慰就是它是公正与自然的，从
此以后再在这件事上要求和希望命运的恩赐，都是不符合情理的。人

都要自己相信从前他们都身材更魁梧，寿命更长久。但是梭伦就是这些古老年代的人，充其量只活得 70 岁。我在一切事物中都无比崇拜这句古训："中庸为上"，也把折中措施当作最完美的措施，如何妄想做个老而不死的怪物呢？一切违背自然进程的事物都可能令人不快，一切顺着自然进程的事物总是顺顺当当的。"符合自然规律的一切都应该视为好事。"（西塞罗）因此柏拉图这样说，伤害与疾病带来的死亡属于暴卒，但是老年带领我们走向的突然死亡，是最轻松也最美满的死亡。"年轻人丧失生命是早逝，老年人丧失生命是寿终。"（西塞罗）死亡到处在纠缠我们的生命。衰退可以先期而至，甚至可以掺入到我们的成长过程中。我有自己 25 岁和 35 岁的肖像画，跟我此时的人相比：这哪儿还是我啊！我现在的模样离那时的模样比离死亡不知要远多少！我们对大自然的要求实在太过分，一路上麻烦它，逼得它只好离开我们，放弃给我们引路，让我们的眼睛、牙齿、腿脚和其余一切，听凭我们乞求来的外界帮助的摆布；它懒得再跟在我们后面，就由着我们在医生的手里忍气吞声吧。

除了甜瓜以外，我不特别爱吃蔬菜色拉和水果。父亲讨厌一切沙司，我则是沙司都喜欢。吃得太多使我烦恼，但是从食品性质来说，我又不确切知道哪种肉我吃了有害；就像我既不注意月圆与月缺，也不注意春秋之分。我们体内还是有活动的，不稳定也不清楚；因为譬如说辣根菜，我最初觉得它好吃，后来又不好吃，现在又好吃了。

在许多东西上，我觉得自己的胃与口味是在变，从白葡萄酒换到红葡萄酒，然后又从红葡萄酒换到白葡萄酒。我爱吃鱼，在小斋日大吃大喝，在大斋日又成了我的宴庆日；我相信有些人说的话，鱼比肉更容易消化。犹如在食鱼日吃肉违背我的良心，把肉与鱼混做又违背我的口味；看来其间的差别不可以道理计。

从青年时代起，我有时就少吃一顿，为了第二天胃口大开，因为伊壁鸠鲁禁食或吃素是禁欲养成箪食瓢饮的习惯，而我相反是嗜欲，可以对着美味佳肴大快朵颐；或者我节食是保持精力去做某个体力或脑力工作，因为胃部充血残酷地让我做什么都懒洋洋的。我尤其讨厌这种愚蠢的结合，一边是动人活泼的小仙女，一边是撑饱打嗝、满身酒气的小矮神。或许是为了治愈我的病胃，或许是由于没有合适的伙伴，因为我又像这位伊壁鸠鲁说的，要多加注意的不是吃什么，而是跟谁一起吃。我欣赏七贤之一开伦的做法，他在不知道跟谁同桌以前不愿意接受邀请出席伯利安得的宴会。对我来说，什么样好吃的菜，什么样开胃的沙司，都不及跟人来往那么美妙。

我相信细嚼慢咽、少吃多餐更有益于健康。但是还愿意强调胃口与饥饿，一天规定三四顿苦饭，像服药似的，这给不了我一点乐趣。我早晨胃口大开，谁能向我保证吃晚餐时还是如此？我们要趁着胃口一来就吃，尤其是老人。让编历书的人，还有医生，去编写每日宜吃什么的医学星相历书吧。

健康的最终成果是享受快乐，一有熟悉的快乐事出现让我们抓住不放。我在节食戒律上避免长期不变。谁要一种习惯对他有用，就不要继续不断使用。我们会墨守成规，机能也会僵化；六个月后，你的胃肠功能衰退，就会失去进食自由，吃别的都会引起不良反应。

我的大腿与小腿，在冬天不比在夏天穿得更多：一双简单的丝袜。我保持头部和腹部的温暖，防治感冒和缓解结石的疼痛。没几天病痛习惯了，就可放弃平时的防御措施。我脱下便帽戴头巾，脱下软帽戴夹帽。锁帷子棉袄的内衬对我已成了装饰，这没关系，我只要加一张野兔皮或秃鹫皮，头戴一顶无边圆帽。这样循序渐进，你就会过得挺好。这类事我是不会做了，我若有胆量，也很乐意否定我起初做的事。那么你遇上什么新的麻烦呢？这种改变对你已无好处，因为你已经习惯了；再另找一个吧。那些人就是这样毁的自己，他们陷入强制性饮食制度，盲目迷信而不能自拔。他们需要提出新的，新的以后再有新的，永远没完。

对于我们的工作与娱乐，像古人那么做要简便得多，不吃午餐，回家休息时再美餐一顿，不中断白天的时间。从前我就是这样做的。后来我从经验感到对于健康来说，恰恰相反，吃午餐还是好的，醒着时还是更易消化。

不论健康和生病，我都不容易口渴。生病时会口干，但不想喝；一般来说，只有在吃的时候才有喝的欲望，而且还会边吃边喝。作为一个普通人我喝得不算少，夏天享用佳肴时，我不但超过奥古斯都不多不少只喝三杯的限量；还会自然而然地加量喝上五杯，这是为了不违背德谟克利特的规则，他不许喝了四杯叫停，因为四是个不吉利的数字。

我喜欢喝小杯子，还高兴干杯，别人认为这是失礼不这样做。我在酒里经常掺上一半水，有时三分之一。我在家时，他们在酒室里先掺上水，两三小时后再端上桌子，这是按照医生给我父亲和他自己订的老习惯来做的。

他们说雅典国王克拉诺斯是这种水掺酒的发明者，不管有用还是没用我真见人为此进行辩论的。我认为孩子过了 16、18 岁以后再喝为宜，对健康有益。最实用、最普通的生活方式是最好的生活方式，我觉得这里面避免了一切与众不同的做法，不然对德国人在酒中掺水，法国人干喝，都一样会不喜欢。这一类事都是以大众习惯说了算。

我害怕空气隔绝，烟雾一起死命往外逃（我奔回家第一桩要修理的就是壁炉与小间，老房子都有这个令人难以忍受的毛病），在战争引起的诸多困难中就有这些浓密的灰尘，有一个夏日把人整天活埋在里面。我呼吸顺畅，感冒过去后经常不影响肺部，也不引起咳嗽。

夏季的酷热比冬季的严寒更使我如临大敌。因为炎热比寒冷更不易抗御，阳光晒得人容易中暑以外，我的眼睛也受不了强光的刺激。现在我无法坐着面对熊熊炉火吃饭。从前我更经常读书，在书籍上盖一块玻璃减弱白纸的反光，感到舒适多了。直到目前我还不用戴眼镜，看得像从前、像其他人一样远。薄暮时刻，开始感到看书有点模糊不清，那时，尤其是晚上，阅读确实很伤眼力。

这是后退了一步，不算太明显。我还会往后退，从第二步到第三步，从第三步到第四步，悄悄然，非得变成了全盲才感到视力的衰弱与老化。命运三女神有意搅乱我们的生命之线。我若怀疑我的耳朵逐渐变得重听，你会看到我即使听力失去一半，还是会怪跟我说话的人声音不对头。我们必须聚精会神才使心灵感到它正在消逝。

我的步履还是轻快而坚实，我不知道精神与身体，两者中哪个更难保持原状。布道师是我的朋友，讲道时间要我集中思想。仪式举行时，人人都神情肃穆，我看见那些女士都目不斜视，我总是做不到身上有的部位一动不动；我虽坐着，但不闲着。就像哲学家克里西波斯的女仆说她的主人只有两条腿是醉的（因为他不论什么坐姿都有抖动腿的习惯，女仆说这话时是其他人都醉了，而主人却毫无反应），从我童年起，有人也说我有一双疯脚或者水银脚，我不管把它们放在什么地方总是动个不停。

像我这样吃东西狼吞虎咽的，除了有损健康、影响乐趣以外，还不礼貌。我经常咬到舌头，偶尔慌张时还咬到手指。第欧根尼遇到一个孩子有这样的吃相，给他的家庭教师扇了一记耳光。在罗马有人教走路也教嚼东西，都要做得雅观。我因此失去说话的乐趣，这其实是餐桌上非常开胃的佐料，只是语言也要简短有趣。

我们的各种乐趣之间也有嫉妒和羡慕，相互冲突，相互阻挡。亚西比得当然是位美食家，他设宴时不安排音乐，由于音乐干扰悠闲的谈话，他根据柏拉图提供的理由，认为招乐师与歌手来宴会助兴，这是俗人的习惯，他们语言无趣，缺少愉快交谈，而风雅之士妙语如珠，说得满座皆欢。

瓦罗对宴席提出这样的要求：赴宴的人俱仪表堂堂，谈吐儒雅，既不是一声不出，也不是口若悬河，菜肴与地点清淡精致，天气晴朗。宴席办得好，是一个精心策划、灯红酒绿的盛会，那些军界与哲学界大人物从不拒绝讨教这方面的学问。有三场宴会在我的记忆中永志不忘，那是在我风华正茂的不同时期，命运让我领会了什么是雍容大雅。因为每位宾客都各有风采，体魄与气度不同凡俗。以我目前的境况再也无缘与此相遇了。

我只是操办世俗之事，憎恨这种非人性化的聪明之说，要我们轻视和敌视体格教育。违心接受和纵情享受天然乐趣，我认为同样都是不恰当的。泽尔士是个狂人，他享尽人间欢乐，还悬赏征集有什么其他享受。另一种同样的狂人，那是他舍弃大自然赐予的乐趣。这些乐趣不应该沉湎，不应该逃避，但应该接受。我接受过更为放肆，也较为文雅的乐趣，更多随心所欲。我们不必夸大这些事的无益性，它本身会让人感觉到这点，让自己显得如此。多亏我们病态的精神挺扫人兴，自然而然会对这些事产生厌烦。我们的精神对待自己与自己接受的东西，不论过去与未来，都是一贯的摇摆，不感到知足，想到哪儿就是哪儿。

我自吹利用生活之赐有独到之秘，若对各物仔细审察，发现几乎一切都只是一阵风。不是么？我们在哪里都是一阵风。说起风，还比我们更聪明，它喜欢发出响声，喜欢来回飘忽，满足于自己的功能，不思固定不动——固定不动，这不是风的品质。

出自想象的至乐，出自想象的不乐，据有些人说这是最牵动人心的，像克里托拉乌斯的天平表示的那样[①]。这不奇怪，想象按照个人喜爱拼凑欢乐，大小可以任意剪裁。这些明显、有时还令人神往的例子天天可见。我这人性格复杂，趣味粗俗，不会紧紧盯住这个单一的目标不放，而不去狠狠享受现成的乐趣；这些乐趣符合人的一般规律，肉欲中含有精神，精神中含有肉欲。昔兰尼加派哲学家认为肉体的欢乐和肉体的痛苦更强烈，像加倍强烈，也像更有道理。

亚里士多德说，有人粗野愚蠢，厌恶肉体的欢乐。我认识一些人这样做还挺神气。他们为何不把呼吸也放弃了呢？为什么不靠自己本身生活，拒绝这个不用出钱、不用他们发明和花力气的阳光呢？文艺神维纳斯、谷神刻瑞斯、酒神巴克科斯都不需要，只让战神玛斯、科学神帕拉斯、商业神墨丘利伴着他们看看。他们不会趴在老婆身上做白日梦吧！

我讨厌我们身体坐在餐桌前，有人要我们精神上升到云端里。我不求心思沉溺在这里，死守在这里，但是我求心思放在这里，是坐着不是躺着。亚里斯提卜保护的只是肉体，仿佛我们没有心灵；芝诺只拥护心灵，仿佛我们没有肉体。这两人都有缺陷。有人说，毕达哥拉斯追求的是静修哲学，苏格拉底关注的是风俗与行为。柏拉图在两者之间找到了折中。但是他们这样说完全是瞎编，真正的折中是在苏格拉底的学说中，柏拉图学说中苏格拉底多于毕达哥拉斯，这对他也更合适。

我跳舞时跳舞；睡觉时睡觉；在美丽的果园里独自散步时，即使有一阵子会浮想联翩，大部分时间思想还是会回到散步、果园、这时独处的好处和我自己。大自然慈爱地安排了这一切，赐给我们满足需要的活动也要同样充满欢乐，不但让我们从理智上也从肉欲上去接

----

① 据西塞罗《图斯库伦辩论集》，雅典逍遥派哲学家克里托拉乌斯在天平两端盘子上秤精神财富与世俗财富，精神财富永远重于世俗财富。

受。破坏这些规则是不公正的。

恺撒与亚历山大，在日理万机之际，也充分享受自然赐予的，也就是必要和合乎情理的乐趣；当我看到他们这样，我不说这是在松懈斗志，反而会说这是在加强斗志，以巨大的气魄把铁马金戈、运筹帷幄的大事情作为日常生活来过。他们若相信前者是他们的日常工作，后者才是了不起的大业，这才是聪明人。

我们是大傻子。我们说：

"他游手好闲过了一辈子。我今天什么也没干。"

"什么，您没有生活过吗？这恰是你生活中最基本，也是最光辉的工作。"

"要是让我有机会做大事，我就会展现自己会做什么。"

"您知道沉思与掌握自己的人生？那您已完成了一切事物中的最伟大的事物。"

大自然为了让人看清和利用它的资源，不需要转弯抹角。它暴露自己每个层次，前前后后像没有帘子一样。我们的任务是树立我们的风俗习惯，不是编写书本；建立我们的行为秩序与促成和睦相处，不是攻城略地打胜仗。我们最伟大与光辉的业绩，是生活和谐。其他一切事情如统治、攒积财富、盖房子，最多只算是附属物与辅助品。

我饶有兴趣地读到一位将军站在他即将攻击的一个突破口下，全身暴露在敌前，跟朋友吃饭谈天。布鲁图斯在天地共谋反对他与罗马的自由之际，还在巡夜之余偷闲几小时，安心阅读和批注波里比阿的著作。只有卑微的心灵才会埋在事务堆里不能干净脱出身来，凡事要拿得起放得下。或是出于玩笑，或是确有此事，索邦神学院里举行的修士酒宴遐迩闻名。他们在学院里认真严肃地晨修，然后舒舒服服、高高兴兴吃顿午餐，我认为这是有道理的。想到光阴没有虚度，也是餐桌上应有的美味调味。

贤人就是这样生活的。大加图与小加图专心修身养性，令人钦佩，无法模仿；然而其严峻得近乎苛刻的态度遇到人的自然规律、爱神维纳斯和酒神巴克科斯也都软化下来，曲意遵照学派的戒律，做一个完美的贤人，既要履行人生职责，也要精于天然逸乐之道。"心地贤良的人，也要善于品味。"（西塞罗）

心胸豁达的大人物，我觉得尤因洒脱随和而受人尊敬。伊巴密浓达跟他的城邦中的青年一起跳舞、唱歌、演奏乐器，玩得全神贯注，他不认为这有损于他的彪炳战功和完美人格道德。大西庇阿①在公众眼中简直是位天人，在他值得称道的为人中，令人最爱戴的是看到他童心未泯，悠悠然沿着海滩捡贝壳，跟列里乌斯玩奔跑拾物比赛；遇上天气不佳，就兴致勃勃地把最粗俗的民间轶事写成喜剧形式。他满脑子都是在非洲跟汉尼拔对阵的战役，参观西西里岛的学校②，学习哲学书籍，直至去罗马口齿伶俐地驳斥他的政敌的盲目野心。苏格拉底最引人注目的事，是晚年还抽出时间延请人教他跳舞和演奏乐器，认为时间用得值得。

这个人在希腊大军面前，一天一夜站着精神恍惚，突然想到了什么深刻的问题出了神。人家看到他在那么多武士中间第一个冲过去救援被敌人压着打的亚西比得，用身子掩护他，把他从众多的兵器下拉了出来。当三十僭主命卫队押了忒拉米尼上刑场，雅典人与他都被这可耻的一幕激怒，苏格拉底也是中间第一人去救他，虽然身后只有两三人跟着他，只是在忒拉米尼本人予以责备后才放弃这次大胆行动。他钟情的一位美人找上门来，他还按照情况保持严格的克制。在提洛岛战役中，他把滚下马背的色诺芬扶起来，救了他一命。

他还不断地奔赴战场，赤脚踩在冰块上，冬夏都穿同一件长袍，工作毅力超过他的同伴，无论宴席与日常用餐都吃同样的食物。他27年如一日，同样坦然忍受饥饿、贫穷、孩子的忤逆、妻子的恶意中伤；还有诽谤、暴政、牢狱、铁镣和毒药。这个人赴宴饮酒是由于公民的礼仪，履行军人职责也表现不凡。他不会拒绝跟孩子玩榛子游戏，骑在木马背上与他们追逐，玩得还很开心。因为哲学的论点是任何活动对于贤人都是合适的，都是光荣的。

这位人物的睿智让人们说个没完，人们也永远会把他的形象看作完美与理想的楷模。丰满纯正的人生本来就寥若晨星，又加上我们教育的弊端，天天向我们介绍那些孤陋寡闻的笨蛋与庸才，只会拉我们

---

① 据《七星文库·蒙田全集》，这里应指伊米利埃纳斯·西庇阿（即小西庇阿）。

② 据《七星文库·蒙田全集》，蒙田在此混淆大西庇阿与小西庇阿的事迹，这才是大西庇阿所做过的事。

往后退，成事不足败事有余。

　　认为从两端开始比从中间开始容易，因为一端的终点可以作为界线和指示，而中间的道路又宽又看不见尽头，有人这样想就错了。按照规则也比按照自然方便，但是这也就没那么高尚，没那么值得称道了。心灵的伟大不是往上与往前，而是知道自立与自律。心灵认为合适就是伟大，喜爱中庸胜过卓越显出它的高超。最美最合理的事莫过于正正当当做人，最深刻的学问是知道自然地过好这一生，最险恶的疾病是漠视自身的存在。

　　当肉体患病时，为了不让心灵受感染，谁愿意把两者隔离的话，要做得及时勇敢；其他时间，则反其道而行之，让心灵去推波助澜，随同肉体参加这些天然乐趣，共同沉迷其中，若更为明智的话，可以稍加节制，以防稍不留神灵与肉俱会陷入痛苦。

　　纵欲是享乐的瘟疫，节制不会给享乐造成灾难，反而使它有滋有味。欧多克修斯宣扬享乐至高无上，他的朋友也把享乐看得极端重要，通过节制更把这个乐趣提高到无比美妙，这在他们身上表现得极为突出与典型。

　　我命令我的心灵对待痛苦与享乐要同样节制，"心灵在欢乐中张扬与在痛苦中颓唐，同样应该谴责。"（西塞罗）以同样坚定的目光，但是一个开心地，一个严厉地；还是依照心灵的能力，同样花心思去缩小痛苦，扩大享乐。健康地看待好事也会做到健康地看待坏事。痛苦缓慢初起时带有某种不可避免的东西，而享乐过度结束时带有某种可以避免的东西。

　　柏拉图把这两者结合，认为与痛苦斗争，与沉湎其中不知自拔的享乐斗争，皆为勇敢的举动。这是两口井，不论是谁在适当时间从适当的那口井汲取适当数量的水，对城市、对人、对牲畜都是幸运的。第一口井从医学需要出发，要予以精确计算，另一口井从干渴出发，要在陶醉前停止。痛苦、欢乐、爱、恨都是一个孩子的最初感觉；产生了理智，以理智为准绳，这就是美德。

　　我有自己的独特词汇：当天雨不便时，我"消磨"时间；天气晴朗时，我不愿"消磨"，而是享受时间，留恋时间。坏时间要匆匆打发，好时间要悠然闲坐。"消遣"与"消磨时间"这类普通词句，表现出谨小慎微者的用法，他们绝不去想一想还可更好利用自己的人生，只是让它流逝、消失、消磨、回避，只要他们还有时间，也是忽视与躲闪，仿佛这是什么讨厌鄙弃之物似的。

但是我对人生有另一种认识，觉得它可贵可亲，甚至在暮年还是非常执著于人生。大自然把生命交到我们手中，配有各种各样的花絮装饰，充满机遇，它若让我们感到紧迫，一无收获地溜了过去，这只能怪我们自己。"丧失理性的人生是徒劳的，它碌碌无为，一心向往着未来。"（塞涅卡）

然而我还是做到面对失去而不遗憾，不是因为它带来烦恼与麻烦，而是它原本是要失去的。所以这样说来只有乐于生活的人才不惮于死亡。享受生活需要技巧，我享受生活是别人的两倍，因为享受的程度取决于我们对生活的关注的多与少。尤其此刻，我发觉自己来日无多，必须寸阴寸金地过。时间流逝得快，我出手抓得也快；过得也卖力气，抵消日月如梭的匆忙；占有人生的时间愈短，我也愈要活得更深、更充实。

其他人感觉到满足与兴旺的甜蜜，我跟他们同样感受，但是不应有过眼烟云的感慨。应该细细品，慢慢嚼，反复回味，还对赐予我们的上帝表示应有的感激。他们享受其他乐趣就像享受睡眠的乐趣，并不领会。以前我被人惊扰了好梦还觉得不错，以便我不让睡眠糊里糊涂地过去，窥知睡眠是怎么一回事。我有意默想高兴的事，不一掠而过。我探索它，敦促我那变得多愁善感的理智去接受它。我是不是心态平静呢？有什么欲念使我心里痒痒的呢？我不让它去欺骗感官。我用心灵去跟它联系，不是承担责任，而是予以认可；不是迷失其中，而是寻找自我。我动用心灵是让它在这兴奋状态中认清自己，掂量、估算和扩大幸福。心灵会明白良心无愧与其他牵肠挂肚的情欲趋于平静，身体正常与有分寸地享受甜蜜温情的功能，要多么感谢上帝。

上帝伸张正义要我们受苦，又好心用感官享受来进行补偿。心灵多么重视要居于这样的位置，目光所到之处四周的天空一片宁静。没有欲望、恐惧或疑虑会改变他的神色，也没有困难——不论过去、现在和未来——通过意念而不烟消云散的。

这样的思考通过困难条件的比较而愈益明显。我在千万张面孔中挑选出那些受命运和自身错误之累而风雨飘零的人，还有那些生活在我身边对自己的好运漫不经心、无精打采接受的人。他们这些人是真正地在消磨时间；他们漠视现在与已有的东西，而去充当希望的奴隶，追求幻想摆在他们眼前的海市蜃楼，愈有人追逐，跑得愈快愈远。他们追逐的果实与目标就是追逐，如像亚历山大说他工作的目的就是工作。

我这人爱生活，上帝赐给我怎样的生活我就怎样过。我不会希望生活中去谈吃喝的需要，要是希望生活中有加倍的需要，在我看来也情有可原。"贤人追求自然财富十分贪婪。"（塞涅卡）我也不希望我们只要在嘴里放些药片就可活着，埃比米尼德斯就是服药败坏胃口来维持生命；也不希望大家用手指和阳物笨手笨脚地生后代，恰巧相反——恕我冒昧——用手指与阳物还是可以做得快快活活，也不希望身体没有欲望，没有冲动。

这些是无情无义无公道的牢骚。我开心地、感激地接受大自然给我做的一切，衷心赞美。拒绝这位伟大万能的施予者的礼物，否定它，歪曲它，这是大错特错。他的一切是善良的，做的一切也都善良。"符合自然的一切都值得尊敬。"（西塞罗）

我乐意采纳的哲学思想是最坚实的，也就是说最人性化、最符合我们的哲学思想。我的言论符合我的为人，平庸谦让。哲学有时在我看来像个孩子，张牙舞爪向我们说教，把神圣与世俗、理性与非理性、严厉与宽大、诚意与无诚意凑合一起是在搞野蛮婚姻，说肉欲本质上是粗野的，贤人不该津津乐道。唯一的性趣，他只能从年轻美貌的妻子身上去享受，这才是心安理得的乐趣，合乎事物道理的行为，就像骑马疾驰就要穿上马靴。但是这个哲学的追随者在给他们的老婆破身时，也没有这个学说那么刚直、有劲头和多精华！

苏格拉底，我们大家的哲学先师，不是这样说的。他实事求是地高度评价肉体乐趣，但是他更喜爱精神乐趣，因为它更有力量、更稳定、更方便、更丰富、更有尊严。这个乐趣不是唯一的（他才不是个爱幻想的人），但是只是首位的。对他来说，节制是调节器，不是享乐的敌人。

大自然是温和的引路人，但是不因温和而不谨慎与公正。"必须深入事物的自然状态,才确知它需要什么。"(西塞罗)我到处搜罗自然踪迹。我们把自然与人工做作混淆不清。逍遥派哲学"按自然状态生活"的至善学说,由于这个原因变得很难界定与阐释。斯多葛派"服从自然"的至善学说与它相近。那么重视不那么绝对需要的行为就错了吗?他们永远不会从我的头脑清除这个思想,即乐趣与实用相结合是门当户对的婚姻,一位古人也说天上的神一直在为实用这件事暗中商量。两心相悦、两情缱绻的好事我们非要拆开有什么好呢?相反,我们应该双方从中撮合。让精神唤醒和激活笨重的肉体,肉体又防止精神的轻率,保持稳定。"谁赞扬心灵为至善,谴责肉体为恶,其实是以肉体的观点来拥抱与赞美心灵,也以肉体的观点来逃避肉欲,因为他还是以人的真理,不是以神的真理来判断的。"(圣奥古斯丁)上帝赐给我们的礼物中,没有一件东西不值得我们关心,甚至一根毫发也应该重视。按人的条件来指导人不是人可以敷衍了事的差使。这是明确的、老老实实去做的最基本任务,创造主给我们时非常严肃认真。唯有权威使普通人领会,用不同的语言来传达也更有分量。让我们在这里再提一提。"谁不认为,愚蠢其实就是该做的事不好好做,还发牢骚,使身心相违,各执一词,分别走向相反的方向。"(塞涅卡)

不妨看一看,你要人谈一谈哪天他脑袋里在胡思乱想些什么,他还为此不去享受美餐,埋怨把时间都用在吃上面了;你会觉得你桌子上哪一道菜都没那人心灵中的美丽对白那样乏味(大多数时间,闷头睡大觉要比照应着我们在照应着的事更加值得),你会觉得他的言论与意图还及不上你的炖肉。

即使阿基米德发现定理时的狂喜,又算得什么呢?我在这里不谈这问题,也不把可敬的心灵跟我们这些芸芸众生,跟我们消遣解闷的无聊空想混为一谈。他们思想高尚,信仰虔诚,长年认真默思天上的事。这些心灵热烈期望提前尝到永久的食粮,这是基督徒心目中的最终目标和最后栖息地,唯一常存不朽的欢乐;不屑于关切我们的日常需要,飘忽而又模糊,让肉体去沉浸在声色犬马之中。这是一种特权学问。让我们私下说一句,天上的学说与地下的风俗,这两类事在我看来有一种离奇的巧合。

伊索这位大人物，看见他的老师边走边撒尿，说："这么看来，我们应该边跑边拉屎啦。"我们要爱惜时间。我们还是会有许多时间闲着和使用不当。我们的精神总是爱这样去想，它只需要甚少的时间，若不跟肉体分离，就没有足够的时间去做它要做的事。

他们要摆脱精神与肉体，逃出人体。这是疯狂，他们不但变不成天使，而会变成牲畜。不但不会升到天上，而会跌在地上。这类要振翅高飞的念头令我害怕，就像面对高不可攀的绝顶。苏格拉底的生平中就是他的出神与灵迹叫我无法接受，柏拉图被大家称为神性的一面却充满了人性。

在我们的学问中，提升到最高最伟大的，我觉得是最低最通俗的。在亚历山大一生中，我认为他对自己不死的种种幻想是最平凡、最世俗的。菲洛特斯在回答中对他进行了尖刻的嘲弄。他带了朱庇特·阿蒙的神谕跟他共享欢庆，神谕中亚历山大与他同列诸神班子："对你的高升我甚感欣慰，但是也对那些人有一颗怜悯之心，他们不得不跟一位不以人自居、高高在上的人一起生活，并对他唯命是从。""因为你服从神就可统治天下。"（贺拉斯）

为了纪念庞培的入城仪式，雅典人献上一句亲切的铭文，其意义跟我说的倒也符合：

> 正因为你成了神，
> 更应该认清自己是人。

——普鲁塔克

知道光明正大地享受自己的存在，这是神圣一般的绝对完美。我们寻求其他的处境，是因为不会利用自身的处境。我们要走出自己，是因为不知道自身的潜能。我们踩在高跷上也是徒然，因为高跷也要依靠我们的腿脚去走路的。即使世上最高的宝座，我们也是只坐在自己的屁股上。

依我看，最美丽的人生是以平凡的人性作为楷模，有条有理，不求奇迹，不思荒诞。现在老年人需要更体贴的对待。让我们向这位神讨教，健康与智慧之神①，但是快乐与合群：

> 拉托那之子啊，允许我享受
> 我的财富和机能健康的身体，
> 让我老当益壮，
> 还有精力弹奏我的里拉琴！

——贺拉斯

---

① 据《七星文库·蒙田全集》，指阿波罗。

附：蒙田年表

1533 年 2 月 28 日，米歇尔·德·蒙田诞生于法国南部佩里格地区距卡蒂翁镇四公里的蒙田城堡。他是家里的第三个孩子，被送至邻村抚养。父亲皮埃尔·埃康是个继承了丰厚家财的商人。

1535 年 父亲爱好新奇事物，从意大利带回一个不懂法语的德国人，专门给他三岁的儿子进行拉丁语教育。

1536 年 父亲被任命为波尔多市副市长。

1539 年 进入居耶纳中学，那是法国最好的中学之一。在那里学习了七年，获得不少历史知识，欣赏拉丁诗歌，学了肤浅的希腊语。日后蒙田抱怨学校死背书本的教学法。

1544 年 父亲任波尔多市市长。

1548 年 波尔多发生暴动，遭到德·蒙莫朗西公爵的残酷镇压。波尔多市失去一切特权，包括自选市长的权利，亨利二世决定把原为终身职的波尔多市市长一职改为两年一任。

1549 年 或许由于时局骚乱和波尔多大学法学教育缺失，蒙田被父亲送至图卢兹，进著名的图卢兹大学学习法律。

1554 年 亨利二世在佩里格建立间接税最高法院。蒙田年 21 岁，被任命为推事。三年后这家法院被撤销，推事被分派到波尔多法院工作。同年，依然当波尔多市市长的父亲成为受人重视的社会人物，得到大主教的批准，建造塔楼，把原来朴实无华的蒙田城堡修建一新，颇为富丽堂皇。

1557 年 蒙田进入波尔多最高法院工作。

1558 年　　蒙田结识年长自己三岁的艾蒂安·德·拉博埃西，两人成为莫逆，虽相交仅六年（其中两年还不在一起），拉博埃西的斯多葛思想对蒙田的影响殊为重大。

1563 年　　2 月，蒙田回到波尔多。8 月 18 日拉博埃西在波尔多附近英年早逝。他遗赠给蒙田不少藏书和自己的著作。还留下色诺芬的《经济论》、普鲁塔克的《婚姻规则》等译稿和自己创作的十四行诗。

1564 年　　差不多全年阅读和注解尼古拉·基尔的《编年史》。

1565 年　　跟弗朗索瓦兹·德·拉·夏塞尼结婚。妻子是一位同事的女儿，比他小 11 岁，给他带来 7000 图尔币的嫁妆。后来给他生了六个女儿，只有一个幸存下来。

1568 年　　父亲过世。在他的五个儿子与三个女儿之间分割遗产。蒙田成了蒙田庄园的主人和领主。在继承问题与母亲发生矛盾。

1569 年　　蒙田贯彻父亲的遗愿，在巴黎出版了雷蒙·塞邦的《自然神学》译著。

1570 年　　蒙田第一个孩子出世，是个女儿，两个月后夭逝。

1571 年　　蒙田 38 岁，退休，他书房里的一篇拉丁铭文，足以表明他当时的心志："基督纪元 1571 年，时年 38 岁，三月朔日前夕，生日纪念，米歇尔·德·蒙田早已厌倦高等法院工作和其他公务，趁年富力壮之时，投入智慧女神的怀抱，在平安与宁静之中度过有生之年。他住在祖先留下的退隐之地，过自由、宁静、悠闲的生活，但愿命运让他过得称心如意！"蒙田被法国大使德·特朗侯爵正式授勋为米迦勒勋位团骑士；9 月 9 日被查理九世国王任命为王宫内侍。10 月 28 日，女儿莱奥诺出世，这是蒙田六个女儿中唯一活下来的孩子。

1572 年　　先后发生圣巴托罗缪大屠杀、拉罗歇尔叛乱。内战打得正酣，蒙田开始撰写他的《随笔集》。

1573 年　　蒙田的第三个女儿安娜出世，只活了七个星期。

1574 年　　蒙田的第四个女儿出世，活了三个月。5 月 11 日，蒙田在波尔多高等法院王室成员面前转呈德·蒙邦西埃公爵给朝廷的奏折，然后作了一个长篇发言。

1576 年　蒙田命人做了一块铭牌，一边是蒙田纹章，环绕米迦勒的园环，一边是一座横放的天平，上刻 1576 年日期，还写上皮浪的格言："我弃权"。他写出一部分《雷蒙·塞邦赞》。

1577 年　蒙田的第五个女儿出世，活了一个月。11 月 30 日纳瓦拉国王封蒙田为王宫内侍。

1577 年至 1578 年　蒙田患肾结石，他的父亲和祖先也曾患过这个病。肾结石、痛风或风湿病使他终身受苦。《随笔集》第二卷的大部分是此时起至 1580 年写成的。

1578 年　2 月 25 日，蒙田开始详细阅读恺撒的《内战记》和《高卢战纪》，五个月间作出许多注解。

1580 年　3 月 1 日，《随笔集》在波尔多出版，第一版分为两卷。之后，蒙田去法国、瑞士、意大利等国旅游治疗。在巴黎，蒙田把《随笔集》献给亨利三世。8 月，蒙田参加费尔围城战。在多姆雷米，拜会圣女贞德家族的后裔。12 月 29 日在罗马晋谒教皇格里高利八世。

1581 年　9 月 7 日，蒙田尚在意大利逗留，消息传来他当选为波尔多市市长，任期两年。他准备行装回国。

1582 年　《随笔集》第一、第二卷修改增补后再版，主要添加了意大利诗人的章节和在罗马客居时的回忆。这一版本在波尔多还可看到。

1583 年　蒙田再次当选为波尔多市市长，任期两年。在第二次任期中，内战和瘟疫都蔓延到佩里格地区、阿基坦省。他的第六个女儿玛丽出世，只活了几天。

1586 年至 1587 年　阅读大量历史书籍。开始撰写《随笔集》第三卷。

1588 年　2 月 16 日，蒙田到巴黎出版第四版《随笔集》，在奥尔良附近的维尔布瓦森林里，被蒙面的"神圣联盟"分子抢劫。随后他们又把衣服、钱和书籍（其中肯定有《随笔集》的原稿）还给他。后来蒙田在信中向马蒂尼翁讲起这件不幸的事，和《随笔集》中的叙述有些出入。6 月，《随笔集》出第四版，也有称第五版的，有600多处增注。7月，他回到鲁昂，住在圣日耳曼郊区，风湿病发作了三天。10日下午三四点之间，蒙田被巴黎来的军官逮住，押往巴士底狱，这是出于艾勃夫公爵的指使，要拿他当人质，因为公爵的一名亲戚被亨利三世关押在鲁昂。当天晚上，卡特琳·德·美第奇王太后下令释放。

1589年　8月2日，亨利三世逝世。

1589年至1592年　这时期，蒙田准备新版的《随笔集》，增添了1000多条内容，其中四分之一涉及他的生活、情趣、习惯和想法。撰写《随笔集》的20年来，这部书愈来愈带有个人生活色彩，趋向内心自白。蒙田在写《随笔集》的同时敞开自己的胸怀；他写书，书也塑造了他。

1590年　6月18日，蒙田给亨利四世写了一封优美的信，似是他的政治生命的遗嘱。7月20日，亨利四世从圣德尼军营给蒙田回信，希望蒙田在他的身边担任职务。

1592年　9月13日，蒙田在自己房间，还在进行弥撒时，咽息离去。被葬在波尔多斐扬派教堂。

（马振骋　编译）